Grant Michaels
Tête-à-tête mit dem Tod

Foto: Jim Wigler

Grant Michaels, geboren 1947 in Lawrence, Massachusetts, lebt heute in San Francisco. Bei Rotbuch liegen außerdem vor: *Zum Sterben schön* (Rotbuch 88), *Tödliche Trüffel* (Rotbuch 97), *Der mit dem Tod tanzt* (Rotbuch 1012), *Maske für eine Diva* (Rotbuch 1053), *Fit to kill* (Rotbuch 1094), *Key West* (Rotbuch 1103)

Stan Kraychik ist wieder da – »männlicher« denn je …
Mit jedem neuen Lover gerät der ehemalige Star-Figaro Stan Kraychik in einen neuen, schrägen Mordfall. Ihm zur Seite steht nur der Macho-Cop Vito Branco. Inzwischen lebt Stan in seinem neuen Haus in Boston und fühlt sich ziemlich einsam, besonders, seit sein Schwarm Vito Branco eine »süße italienische Jungfrau in legalem Alter« geheiratet hat. Da trifft es sich, dass Vito ihn anruft, weil auf einer Cowboy-Convention in der Nachbarschaft rätselhafte Dinge um gestohlenen Schmuck vor sich gehen. Dabei sterben drei Freunde, und wieder gerät Stan in einen außergewöhnlichen Fall – den er gewohnt unkonventionell löst. Ist das endlich die Gelegenheit, seinem angebeteten Vito Branco nahe sein zu dürfen?

Grant Michaels

Tête-à-tête mit dem Tod

Ein Stan-Kraychik-Krimi

Aus dem Englischen
von Karen Kloß

Rotbuch Verlag

Für Vidalia, das süßeste kleine Mädel
Und in Gedenken an Kris Benton Anderson

Bibliografische Information Der Deutschen Bibliothek

Die Deutsche Bibliothek verzeichnet diese Publikation in der Deutschen Nationalbibliografie; detaillierte bibliografische Daten sind im Internet über http://dnb.ddb.de abrufbar

Originaltitel: »A Doo-si-doo with Death«

Umschlaggestaltung: projekt ® | Cathrin Günther, Hamburg
unter Verwendung einer Fotografie von photocina/Heather Robbins
Herstellung: Das Herstellungsbüro, Hamburg
Druck und Bindung: Clausen & Bosse, Leck
Printed in Germany

ISBN 3-434-54036-9

Informationen zu unserem Verlagsprogramm
finden Sie im Internet unter: www.rotbuch.de

1

Morgens um halb zehn am Freitag vor dem Memorial Day, und die Wettervorhersage für Boston meldet keinen Schnee.

So weit, so gut.

Die Sonne scheint, die Luft ist angenehm kühl, und ich genieße die schattige Oase meines eigenen Gartens, höchstes Statussymbol in Bostons South End.

Das Haus hingegen ist eine andere Sache. Durch ein Schlupfloch im System bekam ich die ursprüngliche Immobilie zwar für einen Apfel und ein Ei, aber dann wurde sie von einem Brandstifter abgefackelt (den ich nicht angeheuert hatte). Zum Glück hatte ich das Haus zum Marktwert versichert und konnte dadurch das neue Gebäude finanzieren ... beinahe. Das Haus ist ein wahr gewordener Traum, jedenfalls von außen, aber die Schlussrechnung war einfach absurd. Alles kostete mehr, viel mehr als angenommen, und das Geld von der Versicherung reichte gerade bis zur Verlegung des letzten Dachziegels (von Hand gebrannt, importiert). Im Grunde genommen wohne ich in einem nagelneuen, viergeschossigen Einfamilienhaus im viktorianischen Stil, mit Rohrleitungen, Heizung, Lüftung, Klimaanlage, dreifach verglasten Fensterscheiben und fast allen Bodenbelägen. Stützpfeiler und Deckenträger sind schon da und warten auf Schallisolierung, Rigipswände, Putz und Farbe. Aber das war es dann auch schon. Abgesehen von zwei Badezimmern kann man in meinem neuen Haus die Unendlichkeit schauen.

Ich kann mit diesem Anblick leben, da die Fertigstellung, so wie ich sie mir vorstelle, mein ganzes angespartes Vermögen verschlingen würde. Es ist schon witzig, mich das Wort »Vermögen« gebrauchen zu hören. Wenn man bedenkt, wie ich an die Kohle gekommen bin – mein Ehemann starb –, würde man annehmen, ich hätte sie längst für hirntötende Vergnügungen ausgegeben. Stattdessen habe ich das eigenartige Bedürfnis entwickelt, mich daran festzuhalten, so wie ich auch die Erinnerungen an ihn festhalte. Es ist, als ob die Geldanlage und der Anblick ihres Wachstums mir eine sichere Reise auf dem nebelhaften Lebensweg garantieren könnten. Schon komisch, denn das war bisher nicht meine Art. Ich halte Sicherheitsdenken für ein Problem der Mittelschicht, etwas, worüber ich mir als Mitglied der arbeitenden Bevölkerung nie einen Kopf gemacht habe. Aber nun, mit ein paar investierten Millionen, scheinen sich die Dinge zu ändern. Ich mag in einem Haus ohne Innenwände wohnen, aber wen juckt das, solange ich über die Mittel verfüge, um weiterhin die wichtigsten Entscheidungen treffen zu können: *Kaufen! Verkaufen! Halten!*

Vielleicht habe ich die Richtung verloren.

Unterdessen sitze ich in meinem kleinen Garten hinterm Haus wie ein fünfunddreißigjähriger Frührentner, schlürfe Kaffee und beobachte Vögel. Ich denke an Sugar Baby, meine kürzlich verstorbene Katze, die weder Haus noch Hof miterleben durfte. Sie hätte sich beide in gewohnter katzenköniglicher Manier Untertan gemacht. Ich kann mir die qualvolle Gunst vorstellen, die sie den Kreaturen hier draußen erwiesen hätte, doch Sugar liegt friedlich und harmlos unter dem noch zu pflanzenden Rosenhain.

Heute Morgen ist es besonders ruhig, weil der größte Teil der Nachbarschaft schon am gestrigen Donnerstagmorgen oder in der Nacht zum Freitag die Stadt verlassen hat. Nach dem Feiertag rollen sie am Dienstag wieder an und fangen am Mittwoch erst spät wieder mit der Arbeit an. In der Yuppie-

Sprache nennt sich das ein »langes Wochenende«; auf gut Deutsch ist es eine Woche Urlaub.

Und warum bin *ich* zu Hause? Weil ich beschlossen habe, eine Grillparty zu veranstalten – bei mir –, ein richtiges Memorial Day Barbecue, das allererste meines Erwachsenenlebens. Ich werde die zuvorkommendste aller Gastgeberinnen sein, solange sich alles draußen abspielt (drinnen hieße nun wirklich, es mit der Einfachheit etwas auf die Spitze zu treiben). Die Gästeliste ist kurz, aber erlesen: Da ist meine beste Freundin, Nicole, die den Snips Salon so führt, wie ein frühreifes Kind ein Internetbusiness betreiben würde; dann ist da mein bewundernder und bewundernswerter Freund Benjy. Für ihn bin ich der Widerspenstige, dessen Zähmung noch aussteht. Und zu guter Letzt – auf einem Ehrenplatz, der der Walhalla angemessen ist – steht Lieutenant Vito Branco von der Bostoner Polizei. Seitdem ich diesem Bullen das Leben gerettet habe, pflegen wir so etwas wie freundschaftlichen Umgang miteinander.

Wartet mal. Das Telefon in der Küche klingelt.

»Stan?«

Es ist der Gott höchstpersönlich.

Er sagt: »Du klingst, als wärst du außer Atem.«

»Ich war draußen.«

»Immer noch kein schnurloses Telefon?«

»Ich denke darüber nach. He, Lieutenant, du willst doch wohl nicht absagen, oder?«

»Was absagen?«

»Meine Grillparty am Montag. Du wirst doch kommen, nicht wahr? Keine Pläne in letzter Minute? Kein plötzliches Verlangen, Richtung unbekannt zu verschwinden?«

Er fragt: »Wovon redest du eigentlich?«

»Ich weiß, wie unvorhersehbar alles wird, wenn man erst mal verheiratet ist. Wie *ist* denn das Eheleben dieser Tage?«

Er macht eine Pause, und ich kläre euch schnell mal auf. Ja, Branco hat vor ein paar Monaten geheiratet. Wie sonst würde dieses Musterexemplar der Männlichkeit einen chronischen Fall unsicherer sexueller Neigungen lösen? Er fand eine nette, italienische Jungfrau, volljährig, und heiratete sie in einer Kirche. Es war ein großes, ganztägiges Ereignis. Die Familie des Mädchens – verzeiht, die Familie der jungen Braut, aber ehrlich, sie könnte locker Brancos Tochter sein, na, egal –, ihre Familie und Freunde füllten die Kirche und nahmen auch den größten Teil von Brancos Seite ein. Da Branco eigentlich keine Familie hat, waren es im Grunde genommen ich, Nicole, der Bürgermeister von Boston, ein Abgesandter des Gouverneurs von Massachusetts, ein echter US-Senator und eine erkleckliche Anzahl Bostoner Polizisten, die auf seiner Kirchenseite saßen. Die errötende Braut trug Weiß, was ihr hohes Maß an Fruchtbarkeit noch unterstrich. Man konnte den Eisprung schon fast spüren, während sie den Gang entlangschritt. Diese paar Minuten mit Branco am Altar reichten völlig aus. Nach der Zeremonie, auf dem Weg zurück durch den Mittelgang, strahlte sie im feurigen Glanz der Empfängnis. Branco seinerseits sah ein wenig beschämt aus. Vermutlich ein Neuling, was Sex in der Öffentlichkeit angeht. Manchmal frage ich mich – ungefähr einmal die Stunde –, ob sie es noch miteinander treiben, jetzt, wo sie schwanger ist. Werden sie wohl, oder?

Brancos Stimme kommt durchs Telefon.

»Ich erzähle dir was über die Ehe«, sagt er. »So toll ist sie auch wieder nicht. Und was treibst du heute Morgen?«

»Nicht viel«, sage ich. »Warum?«

»An Arbeit interessiert?«

»Arbeit?«

»Genau«, sagt Branco. »Weißt du noch, was das ist? Dafür hast du doch deine Lizenz als Privatdetektiv haben wollen. Oder ziehst du jetzt den Schwanz ein?«

Woher kommt es, dass sich da so ein gewisses Kribbeln regt, wenn Branco »Schwanz« sagt? Liegt es an dem Tabu, dass ein Hetero-Mann einem Schwulen gegenüber keine sexuellen

Anspielungen machen sollte? Oder ist es Branco selbst? Wenn er »Schwanz« sagt, wäre ich jedenfalls am liebsten die errötende Jungfrau, die er geheiratet hat.

Branco fragt: »Bist du noch dran?«

Quakend wie ein Frosch antworte ich: »Ich bin hier.«

»Hast du Interesse?«

»Woran?«

»An Arbeit!«, bellt er. »Was ist los mit dir? Pennst du etwa noch?«

»Nein. Ich bin abgelenkt worden.«

»Von was?«

»Den Vögeln draußen.«

»Klingt mehr nach vögeln drinnen«, sagt er. »Hast du Besuch? Habe ich dich zu einem schlechten Zeitpunkt erwischt?«

Vito, Schätzchen! Es gibt keinen schlechten Zeitpunkt. Weißt du das denn nicht? Ich wünschte, du würdest mich jeden Tag, jede Stunde anrufen und »Schwanz« sagen.

Jetzt, da Branco verheiratet ist, kann ich mir solche Sachen eingestehen.

Zu ihm sage ich: »Was ist das für eine Arbeit?«

»Weißt du etwas über eine Cowboy-Tagung, die an diesem Wochenende in Boston stattfindet?«

»Drüben im Park Plaza Hotel«, sage ich. »Ist eine große Sache, die erste dieser Art in Boston. Eine Riesentanzveranstaltung.«

»Genau die meine ich«, sagt Branco. »Scheinbar hatten sie heute Morgen ein bisschen Ärger dort drüben. Ein Typ behauptet, sein Schmuck sei gestohlen worden. Er macht ein ganz schönes Geschrei darum, deshalb hat uns das Hotel angerufen, um der Sache nachzugehen.«

»Die haben dich angerufen?«, frage ich. »Im Morddezernat?«

»Stan, warum sollte ich mich um gestohlenes Eigentum kümmern?«

»Woher weißt du dann davon?«

Ich höre Branco durchs Telefon knurren, sein Markenzeichen. Erstaunlich, welche Klangtreue diese altmodischen Schnurtelefone doch haben.

Er sagt: »Ich habe Wind davon gekriegt, okay? Und ich dachte, das wäre vielleicht was für dein Kaliber.«

»Mein Kaliber?«

Er zögert. »Da dieser Vorfall sich sozusagen in deiner Gemeinde zugetragen hat, habe ich halt an dich gedacht.«

»Du rufst mich also an, weil einem schwulen Kerl auf einer schwulen Veranstaltung etwas passiert ist?«

»Nicht nur deswegen«, sagt Branco.

»Das will ich doch schwer hoffen.«

Er sagt: »Du willst doch als Profi ermitteln, richtig? Und ich habe dir geholfen, die Lizenz zu kriegen, richtig?«

»Hm, ja ...«

»Also, hier ist deine Chance, Erfahrungen zu sammeln. Und wenn du etwas herausfindest, das der Versicherungsgesellschaft des Hotels entgangen sein sollte, dann bezahlen sie dich sogar für deinen Aufwand.«

»Aber niemand beauftragt mich wirklich.«

Branco legt eine Pause ein. »Das stimmt.«

»Wie erkläre ich dann meine Anwesenheit?«

Branco sagt: »Das hat dich doch bisher noch nie gehindert.«

Touché.

»Und jetzt hast du eine Lizenz«, sagt er. »Wenn dich jemand fragt, in wem seinem Auftrag du arbeitest, dann erzählst du denen einfach, dass du es nicht sagen kannst.«

Wessen, wirft meine allzeit präsente grammatikalische Macke ein. In *wessen* Auftrag ich arbeite.

Ich sage: »Du bist also nicht der Auftraggeber?«

»Keineswegs!«, erwidert Branco. »Du und ich, wir führen nicht einmal dieses Gespräch miteinander. Das ist alles ganz vertraulich, Stan. Es handelt sich um gestohlenes Eigentum. Darüber sollte ich gar nichts wissen.«

»Aber«, singe ich, »der Wind hat dir ein Lied erzählt ...«

Branco knurrt wieder mal.

Ich frage: »Könnte es sein, dass du versuchst, mir Arbeit zu verschaffen?«

»Warum sollte ich das tun?«

Soll ich es aussprechen? *Um mir dafür zu danken, dass ich dir das Leben gerettet habe.*

Ich schaue aus dem Küchenfenster, seufze, dann sage ich zu ihm: »Mein erster Fall als lizenzierter Ermittler ist demnach also diese Pseudoarbeit, den gestohlenen Schmuck eines schwulen Cowboys aufzutreiben.«

»Aller Anfang ist schwer.«

Manche Menschen haben einen Mentor, ich habe Branco.

Er sagt: »Der Geschädigte nennt sich Palladin.«

»Palladin, und wie weiter?«

»Das war's«, sagt Branco. »Einfach Palladin.«

Ich sage ihm: »Mein Großvater hat immer so einen alten Fernsehwestern geguckt, in dem ein Typ namens Palladin mitgespielt hat.«

»Meiner auch«, sagt Branco.

Diese gemeinsame Erinnerung haut mich um. Wie kann es in Brancos Leben auch nur einen einzigen Aspekt geben, der meinem Leben ähnelt?

Er sagt: »Wenn du den Fall annimmst, solltest du bald mal dort vorbeischauen. Ich weiß nicht, wie lange diese Leute sich noch in der Stadt aufhalten.«

»Ich glaube, die Veranstaltung endet erst am Montag mit einer großen Grillparty. Apropos Grillparty, du kommst doch zu meiner, nicht wahr?«

»Wenn es im Buch steht«, sagt er, »dann geht das klar.«

»In welchem Buch?«

Knurren. »Meine Frau macht unsere gesellschaftliche Buchführung.«

»Richte Costanza meine Grüße aus.«

»Sie hat sich nach dir erkundigt.«

»Was wollte sie denn wissen?«

»Nichts«, sagt Branco. »Sie hat sich bloß erkundigt.«

»Jetzt hast du ihr ja was zu erzählen.«

»Genau«, sagt der Bulle und legt auf.

Zwei Schlückchen vom nunmehr lauwarmen Kaffee, und das Telefon klingelt schon wieder.

»Habe ich dich geweckt?«

Es ist Nicole, die Power-Geschäftsfrau des Jahrtausends und zudem meine adoptierte große Schwester und beste Freundin.

»Nein, Schatz. Ich war schon auf.«

»Schade«, sagt sie.

»Wie bitte? Bloß, weil du heute arbeiten musst, soll ich auch im Morgengrauen aufstehen?«

»Stimmt genau, Darling. Außerdem ist es längst hell.«

»Branco hat gerade angerufen.«

»Vito? Wie geht es ihm? Und wie geht es seinem Schatz Costanza? So ein süßes Mädel.«

»Wie gut, dass ich mein Dramamin schon genommen habe.«

»Was ist los, mein Lieber? Hoffst du immer noch heimlich darauf, dass die Ehe in die Brüche geht?«

»Wie kommst du denn auf die Idee?«

»Durch dein Verhalten seit der Hochzeit.«

»Wie verhalte ich mich denn?«, frage ich.

»So, als ob du niemals akzeptieren könntest, dass sie ein Paar sind.«

»Nikki, ich habe sie beide zu meiner Grillparty eingeladen, nicht wahr?«

»Ja, Darling, aber soweit ich mich erinnere, warst du alles andere als begeistert. Es war offensichtlich, dass du Vito lieber allein da haben würdest.«

»Würdest du das etwa nicht?«

»Nein«, sagt sie. »Im Gegensatz zu dir, Stanley, bin ich

aufrichtig froh, dass er jemanden gefunden hat, mit dem er glücklich sein kann.«

»Dramamin-Nachschub!«

»Kannst du dich nicht auch für ihn freuen?«

»Ich freue mich, Nikki. Freude, Freude, Freude. Aber wenn die Ehe doch so eine tolle Sache ist, warum wirkt Branco dann nicht gesetzt und zufrieden? Heißt es nicht, man würde gesetzt und zufrieden, wenn man verheiratet ist?«

»Du warst es nicht«, sagt sie.

»Ich war ja auch nicht verheiratet.«

»Und was war das dann zwischen dir und diesem gut aussehenden Teufel?«

»Ich war der Lust verfallen.«

»Das ist bei Vito vielleicht nicht anders.«

»Branco? Verfallen?«, erwidere ich. »Das sähe ihm gar nicht ähnlich.«

»Und genau das ist es, was ihn durcheinander bringt. Er war noch nie in einer solchen Situation, mit einer jungen Frau, die ihn unter dem Pantoffel hat. Aber das heißt ja nicht, dass es ihm nicht gefällt.«

»Nikki, ich würde ihm so etwas niemals antun. Ich würde nie versuchen, ihn zu unterdrücken, bei mir wäre er nicht durcheinander. Branco würde bei mir einen sicheren Hafen finden, einen Rückzugsort fernab aller Fährnisse des Lebens.«

»Klingt nach einem Kloster«, sagt Nicole.

»Besser als hirnloser, abgeschmackter Sex.«

»Ich bin mir sicher, dass sie viel Spaß zusammen haben.«

»Mit einer Kindfrau kann ich mich natürlich nicht messen.«

»Du *bist* eifersüchtig«, sagt sie. »Das passt gar nicht zu dir. Aber falls es dich tröstet, mein Lieber, ich stimme dir sogar teilweise zu.«

Ich spüre eine Veränderung in Nikkis Stimme, als sie sich auf meine Seite schlägt.

»Vitos Ehe könnte für jemanden in seiner Stellung ein wenig deplatziert wirken.«

»*Deplatziert*, Schatz? Hast du schon wieder zu viel gelesen?«

»Das ist ein ganz normales Wort, Stanley. Aber wenn Vito die Eheschließung für nötig gehalten hat, aus welchen Gründen auch immer, dann hätte er vielleicht doch eine ältere Person wählen sollen ...«

»Wie dich, zum Beispiel?«

»... und außerdem«, fährt Nicole ungerührt fort, »und außerdem hätte er ja, wenn er so begeistert von einer jungen Frau war, das Ganze, nun ja, einfach nebenbei erforschen können.«

»Außerhalb der Ehe.«

»Genau«, sagt sie. »Sehen wir den Tatsachen doch mal ins Auge, Stanley. Das Mädel, nett, wie es ist, ist jung genug, um seine Tochter sein zu können.«

»Schatz, biologisch gesehen ist sie beinah jung genug, um *meine* Tochter sein zu können, und das hieße, *du* wärest die Groß...«

»Das reicht.«

»Und für das zu erwartende Baby wärest du dann die Urgroß...«

»Du hast dich klar genug ausgedrückt!«, fährt Nicole mich an. »Also, warum hat Vito dich angerufen?«

»Zurück zur Arbeit, was?«

»*Ich* bin bei der Arbeit.«

»Sozusagen. Mit Branco habe ich Folgendes abgemacht.«

Ich erzähle ihr, wie stinkig ich bin, weil Branco mich wegen fehlender Schwulenklunker angerufen hat, wo wir doch zuvor durch Mord verbunden waren – echte Männerarbeit.

»Und das hier ist keine?«, fragt Nicole.

»Klingt mir nach Spielerei.«

»Nun, Darling, es wird dir die Zeit bis Montag vertreiben. Ich freue mich schon so auf dein Galadiner.«

»Erwarte bloß nicht zu viel, Schatz. Es wird eine altmodische Grillparty, sonst nichts, nichts Schickes.«

»Sei nicht so bescheiden, Stanley. Es wird doch elegant, mit Hinsetzen und so.«

»Bei mir zu Hause? Nikki, falls es dir noch nicht aufgefallen sein sollte: Ich habe kein Esszimmer. Ich habe überhaupt keine Zimmer.«

»Aber es findet draußen statt, nicht wahr? Kerzenlicht? Kristallgläser, Leinentischtücher, Silberbesteck? Es klingt wunderbar.«

»Nikki, wie kommst du auf solche Ideen?«

»Durch deinen Freund Benjamin.«

»Benjy?«

»Benjamin, genau.«

»Du hast mit ihm gesprochen?«

»Ja.«

»Wann?«

»Wie bitte, Stanley?«

»Wer hat wen angerufen?«

»Wen juckt's?«

»Mich! Das ist meine Grillparty, Nikki, und ich bin derjenige, der entscheidet, wie sie werden soll.«

»Ja, ja«, sagt sie. »Und ich dachte, du wolltest deinen Freunden was Nettes bieten.«

»Das will ich auch.«

»Vielleicht regnet es am Montag ja auch, dann ist es ohnehin egal.«

Dann legt sie in gewohnter Manier ohne ein weiteres Wort auf.

Okay, vielleicht hat sie Recht. Vielleicht habe ich nicht genug zu tun. Vielleicht täte es mir gut, meinem Leben eine gewisse Struktur zu geben, auch wenn dies bedeutet, einen schwulen Juwelenraub zu untersuchen. Ich nehme also die Herausforderung an und suche mir eine Verkleidung heraus, die eines properen Schnüfflers würdig ist: ein rosa Baumwollhemd, graue Bundfaltenhose und schwarze Mokassins. Sicherlich nicht gerade Cowboykleidung, aber es erinnert doch, zumindest, was die Farben angeht, an ein wunderbares, zweifarbiges Cabriolet mit Heckflossen aus den längst vergangenen Zeiten Gene Autrys und Roy Rogers.

Nunmehr wie ein Retro-Dandy ausgestattet, verlasse ich meine Oase, um mich in das geschäftige Treiben der Außenwelt zu stürzen.

2

Das Park Plaza Hotel ist nur einen Katzensprung von meiner Behausung im South End entfernt. Es ist bald elf, und die Sonne klettert ihrem täglichen Zenit entgegen. Ich gehe auf der Berkeley Street nach Norden zur Columbus Avenue. Dann biege ich nördlich in die Columbus ein. (In Boston ist es normal, nach Norden abzubiegen, während man nach Norden geht. Das Gleiche gilt für jede andere Himmelsrichtung. Die Kühe sind schuld. Aus deren Trampelpfaden ist der erste Stadtplan entstanden.) Mein Ziel auf der Columbus ist die einen Straßenzug entfernte Arlington Street. An dieser Kreuzung befindet sich das Castle.

Das Castle wurde 1891 als Waffenlager für das Erste Bostoner Kadetten-Corps gebaut. Seine Errichtung wurde zum Teil mit Geldern finanziert, die eine Gruppe junger Männer der Bostoner Oberschicht aufgetrieben hatten. Sie verdienten dieses Geld – und das an sich ist schon ein erstaunlicher Umstand für Bostons Elite – durch den Verkauf von Abonnements für Laienmusicals, die sie selbst schrieben und aufführten. Historische Fotos aus diesen glücklichen Tagen zeigen etliche dieser jungen Männer, die fröhlich und überzeugend verkleidet sind, um auf der Bühne atemberaubende Frauen darzustellen. Es gibt sogar dokumentarische Belege darüber, dass männliche Groupies diesen jungen »Schauspielerinnen« den Hof machten, wohl wissend, welche anatomischen Wahrheiten sich unter der Schminke, den Reifröcken und der Wattierung befanden. Aber all das wurde für die Errichtung des Waffenlagers in Kauf genommen. Welche Opfer diese Jungs aus längst vergangenen Zeiten bei der Verfolgung ihres Grals auch auf sich genommen haben mögen, es hat sich gelohnt, denn hier steht sie, die Frucht ihrer Lenden – pardon, ihrer Arbeit: eine prachtvolle Festung aus Granit, mit Wassergraben und Türmen, mitten in Bostons Back Bay. Nichts weniger als eine Nationale Historische Gedenkstätte, die jetzt dem Park Plaza Hotel gehört.

Während ich mich dem Castle nähere, höre ich das gedämpfte Wummern von Musik mit einem deutlichen, lebhaften Beat. Je näher ich komme, desto mehr Form nimmt der Lärm an, und ich erkenne den Kaugummi-Akzent und die Energie echter Yippie-ay-ey-Countrymusik. Drei riesige senkrechte Fahnen flattern vor dem Castle:

MUCHO
MACHO
HONCHO

Die gigantischen Druckbuchstaben wechseln sich in der Farbe auf den Fahnen in einer Weise ab, dass sie einen enormen, sich bauschenden Regenbogen bilden, die Flagge schwuler Identität. Ich bin eindeutig am richtigen Ort.

Der Haupteingang ist geöffnet, und die Musik fegt über mich hinweg wie ein Sommergewitter, dessen Lichtblitze und Donnergetöse so stark sind, dass man gar keine Angst bekommt, sondern sich stattdessen freut und lacht, weil es so gewaltig ist. Genauso geht es auf der Party im Innern des Castle zu – Licht, Lärm und Bewegung. Ich betrete das Foyer und werfe einen Blick in den höhlenartigen Saal. Der Raum ist brechend voll, eine Masse wackelnder Köpfe – farbenfrohe Hüte und Frisuren –, die sich hin und her bewegen und die Richtung ändern, wie ein einziger großer Organismus, der auf die Musik reagiert. Auch bei mir fangen Kopf und Schultern an zu wa-wa-wackeln.

Trotz des Lärms höre ich links von mir eine Stimme, die mich in einem quäkenden, gezwungenen Falsett anspricht.

»Haben Sie Ihren Ausweis?«

Ich drehe mich um und sehe eine Person an einem Tisch in einer Nische sitzen, eine Erscheinung in Rosa, die ich bestenfalls als »scheinbar weiblich« beschreiben könnte.

»Den Ausweis, bitte«, sagt sie mit einem freundlichen Lächeln und arg überlasteter Stimme. (*Sie?* Wie spricht man einen Mann in Fummel richtig an? Hängt es von der Ernsthaftigkeit des Täuschungsmanövers ab?) Wie auch immer, das Falsett verlangt Opfer.

»Zeigen Sie mir bitte Ihren Ausweis«, wiederholt sie barsch.

Ihr ausladendes, gerüschtes Kleid ist rosa, der dick aufgetragene Lidschatten ist rosa, die langen Kunststofffingernägel sind rosa, und das zu einem imposanten Bienenkorb aufgetürmte Haar ist ebenfalls rosa. Ihre Zähne sind glücklicherweise nicht rosa, aber sie sind so umwerfend weiß, dass sie unmöglich echt sein können. Und trotz dieser monochromen Exzesse, mit denen sie versucht, Weiblichkeit auszustrahlen, ist es doch sehr, sehr offensichtlich, dass irgendeine Art von Mann darunter lauert.

Noch einmal spricht sie mich mit diesem rauen, überanstrengten Falsett an – Opernsänger nennen das *stracciatta della voce*. Für gewöhnliche Ohren klingt es eher nach Paul Bocuse mit einem Klumpen *foie gras* in der Luftröhre.

»Haben Sie einen Ausweis?«, krächzt die Dame in Rosa.

»Nein«, sage ich und gehe zu ihrem Tisch hinüber. Ein süßer, blumiger Duft umgibt sie, penetrant, aber angenehm, passend. Es ist ein rosa Duft, wahrscheinlich all die Schminke.

»Wollen Sie zur Tagung?«, fragt sie.

»Genau genommen bin ich hier, um einen Diebstahl zu untersuchen.«

»Einen Diebstahl?«, fragt sie. »*Hier?* Das glaube ich nicht. Sie wollen bestimmt zum Hotel.« Ihr Lächeln ist schon weniger freundlich. »Auf der anderen Straßenseite«, sagt sie und deutet streng und unmissverständlich zur Tür, und dies mit einer mit Ringen und Armreifen behängten Hand, die in einem rosa Handschuh steckt, der bis über den Ellbogen reicht.

Ich erzähle ihr: »Ich bin mir sicher, dass ich hier richtig bin.«

»So, wie Sie angezogen sind, gehören Sie sicherlich nicht zur Polizei.«

»Ich bin ein privater Ermittler.«

»Können Sie sich ausweisen?«

Ich zeige ihr meine Lizenz.

Sie betrachtet sie aufmerksam und macht dasselbe dann mit mir. Ich bemerke, dass ihre Augen nicht rosa sind, sondern lavendelfarben – eventuell rosa Kontaktlinsen über blassblauen Augen.

»Interessanter Name«, sagt sie, »aber ich weiß trotzdem nicht, wie wir Ihnen helfen können.«

Ich erzähle ihr: »Der Diebstahl wurde von einem Cowboytänzer gemeldet, und nach dem, was da drinnen abgeht ...«

Die Dame in Rosa schnalzt mit der Zunge. »Mein lieber junger Mann, was da drinnen abgeht, ist Squaredance, nicht Cowboytanz.«

»Was auch immer die da tun, ich bin mir sicher, dass ich am richtigen Ort bin.«

»Und woher wissen Sie das?«

»Wegen der Musik«, sage ich, »und wegen der Regenbogenfahnen außen am Gebäude.«

»Aha«, sagt die Dame in Rosa und wird plötzlich weichherziger. »Und, schwenken auch Sie diese Fahne?«

»Wenn ich eine Fahne schwenken würde, dann wahrscheinlich diese.«

»Wenn das so ist«, sagt sie, »dann sind Sie hier herzlich willkommen.«

Um die Hundertachtzig-Grad-Kehrtwende in ihrer Einstellung zu mir zu unterstreichen, zwinkert sie mir kokett zu. Aber ihre falschen Augenwimpern sind so unglaublich lang – sind die auch rosa? –, dass sie Schwierigkeiten damit hat, die Augen wieder aufzubekommen. Mit einem Lid auf Halbmast fährt sie fort.

»Und da Sie sagten, Sie seien aus beruflichen Gründen hier, kann ich Ihnen sicherlich einen unserer speziellen Presseausweise ausstellen.«

Ich antworte ihr: »Es macht mir nichts aus zu zahlen. Klingt doch nach einem guten Zweck.«

»Es ist für einen guten Zweck, aber ich würde nicht im Traum daran denken, Sie Eintritt zahlen zu lassen, wenn Sie doch zum Arbeiten hier sind.« Sie wühlt hinter ihrem Tisch herum und findet einen Presseausweis für mich. Ich nehme ihn und will ihn gerade an meine Hemdtasche klipsen, als die Dame in Rosa sagt: »Sie müssen ihn nicht tragen. Kein Grund, den frischen, glatten Look Ihres hübschen rosa Hemdes zu ruinieren. Wie Sie sehen, mag ich Rosa auch. Halten Sie den Ausweis einfach bloß parat. Dann können Sie kommen und gehen, wie es Ihnen beliebt.«

»Danke«, sage ich.

Dann streckt sie mir ihre rosa behandschuhte Hand entgegen. »Ich bin Fannie Mae«, sagt sie. »Fannie Mae Knox ... *Miss.*«

Ich ergreife ihre Hand. »Ich bin Stan Kraychik.«

»Ja, ich weiß«, sagt sie. »Steht auf Ihrer Lizenz. Sehr erfreut, Sie kennen zu lernen, Mr. Kraychik. Bald geht der Tanzwettbewerb in den Sonderkategorien weiter. Es macht Spaß zuzuschauen. Einige der Tänzer haben Profiniveau. Und wenn Sie mit der Arbeit fertig sind, bleiben Sie doch auf jeden Fall noch, und amüsieren Sie sich.«

»Danke«, sage ich, »aber zuerst muss ich einen Typ namens Palladin finden.«

»Ach«, sagt Miss Fannie Mae Knox.

»Er ist derjenige, dessen Juwelen verschwunden sind.«

»Ach«, sagt sie noch einmal, »ich verstehe.« Dann macht sie *hmpf*. Ich bin mir sicher, dass ihr Hals von all dem Gequäke schon ganz entzündet ist. »Ich würde sagen, Sie finden Mr. Palladin höchstwahrscheinlich im Umkleideraum im Keller. Dort bereiten sich die Wettbewerbsteilnehmer vor. Gehen Sie einfach rein und dann an der linken Wand entlang, bis Sie zur Treppe kommen. Offen gesagt würde ich an Ihrer Stelle lieber warten, bis das Halbfinale vorbei ist. Wenn Sie jetzt da runtergehen, tun Sie das auf eigene Gefahr. Es handelt sich um eine höchst überempfindliche Gruppe von Tänzern.«

»Ich kenne mich mit überempfindlichen Tänzern aus«, sage ich. »Aber trotzdem, danke für die Warnung.«

»Sehr gern geschehen«, sagt Fannie Mae Knox in ihrer rosa Rüstung.

Ich schlendere durch den Hauptsaal, wo alles umeinander wirbelt, wie in »Wirbel deinen Partner herum!«. Die Musik ist laut, der Beat stark. Die ultraverstärkte Stimme eines unsichtbaren Mannes gibt einen Sprechgesang in einer seltsamen Sprache von sich, deren Sinn ich nicht deuten kann, obwohl ich die Worte verstehe. In seiner tiefen, schlüpfrigen Stimme knödelt er solche Begriffe wie »gleite hindurch«, »schlüpf durch« und »reite durch«. Die Anspielungen sind anregend, aber auf der Tanzfläche tut sich absolut nichts Erotisches. Die Schritte und Figuren werden glatt und geschmeidig mit unbeteiligter, fast militärischer Präzision ausgeführt.

Die Kostüme sind hingegen ausgelassene Spielerei. Schlaksige, dauerlutscherfarbene Cowboys verschränken ihre Arme mit Damen, die pastellfarbene Unterröcke tragen und männliche Waden blitzen lassen. Alles so farbig und zusammengewürfelt wie in einem Kaleidoskop. Und die Frisuren? Für einige dieser Perücken brauchte es meterweise Haare – ganze Ballen womöglich –, um eine solche Höhe zu erreichen und dieses Ausmaß an Kubikmetern einzunehmen. Überall flimmern Pailletten – auf Stoff, Haar und Haut –, und es gibt so viel Leder und Fransen, die Oberkörper und Gliedmaßen schmücken, dass die Ausrottung des heimischen Rindes kurz bevorzustehen scheint. Und zu guter Letzt: Wie viele Ausführungen von Annie Oakley, Dale Evans und Dolly Parton könnt *ihr* erkennen? Das Erste Bostoner Kadetten-Corps würde sich darüber freuen, dass sein bahnbrechender Geist auch heute noch unter den echten Männern und falschen Frauen fortbesteht.

Die Musik kommt brausend zum Ende, und die Tänzer beklatschen sich selbst, begleitet von Johlen, Grölen und Pfeifen, wie bei einem echten Rodeo. Dann schütteln sie sich gegenseitig die Hände, richtig bodenständig. Ich kann den Mann, der die Anweisungen gibt, den körperlosen Squaredance-Ausrufer, noch immer nicht sehen.

Die Musik setzt wieder ein, und ich erinnere mich daran, dass ich ja eigentlich zum Arbeiten hier bin. Ich halte mich an Fannie Maes Wegbeschreibung, erreiche die Treppe und gehe hinunter. Hier unten betrete ich eine völlig andere Welt. Dies hier mag der Umkleideraum sein, aber den Geräuschen nach zu urteilen wird hier gerade eine griechische Tragödie aufgeführt. Ich höre zwei Männer, die sich gegenseitig anschreien. Die eine Stimme hat Macho-Tendenzen, ein aggressiver Bariton; die andere ist katzenhaft, aber streitlustig und aggressiv. Ich bewege mich leise auf die offene Tür zu und schaue hinein. Eine große, freie Fläche wird von an den Wänden aufgestellten Schminktischen und Spiegeln eingefasst. Eine Menge Kerle halten sich hier auf. Einige basteln an ihren Kostümen herum, einige an ihrem Make-up, andere dehnen ihre Muskeln. Ein Paar versucht, einen Tanzschritt zu proben, stößt dabei aber ständig gegen die Umstehenden. Man knurrt sich gegenseitig an, aber keinen scheint es zu stören, dass sich zwei Männer lautstark streiten. Vielleicht gehört das heißblütige Temperament ja dazu. Fannie Mae hat mich gewarnt.

»Ich weiß, dass du sie hast, du Schlampe!«, klagt die männlichere Stimme an. Ich kann ihn jetzt sehen. Er ist ein junger Gott in knallenger schwarzer Lederjeans mit ebenfalls schwarzem Seidenhemd. Sein glänzendes schwarzes Haar ist mit Pomade glatt gekämmt, wie bei einem alten Leinwandidol. »Wo sind sie?«, verlangt er zu wissen. Die glitzernden Pailletten auf seinen Ärmeln widersprechen seinem aggressiven Gehabe. Der Mann mit der weicheren Stimme protestiert: »Ich hab's dir doch gesagt, Palladin, ich habe sie nicht!«

Sieh an, ich habe Palladin endlich gefunden.

Der andere Typ ist Asiate, klein und zart gebaut. Seine Kleidung ist ebenfalls eng anliegend, und soweit ich das sehen kann, sind es sehnige, kernige Muskeln, die seinen kompakten Körper antreiben. Er sagt: »Vielleicht hast du sie zu deinen Tampons gelegt.«

Palladin macht einen Satz auf ihn zu, aber der Kleinere weicht dem Angriff geschmeidig wie eine Katze aus. Palladin fällt zu Boden und brüllt: »Ich bring dich um, du kleine Schlampe!«

Der plötzliche Krach zieht alle Aufmerksamkeit auf sich. Einen Moment lang ist es ganz still in dem großen Raum, obwohl oben Tanz und Musik mit erdbebenhafter Lautstärke weitergehen.

Der kleinere Typ sagt zu Palladin: »Du bist die Schlampe.« Dann bewegt er sich vorsichtig auf die offene Tür zu, dorthin, wo ich stehe.

Mittlerweile hat ein dritter Mann Palladin wieder auf die Beine geholfen. »Kümmer dich nicht drum«, flüstert er ihm zu.

Aber ich höre kaum, was er sagt. Sein sanftes, einladendes Gesicht hat mich gefangen genommen, und ich bin überwältigt von der Erinnerung an meine erste große Liebe, einen Jungen in der fünften Klasse. Selbst damals, im Pleistozän, bevor ich überhaupt wusste, was Homosexualität ist, selbst da wollte ich schon mit ihm durchbrennen und ewig mit ihm in Grundschulwonnen schwelgen.

Ich werde angestupst und kehre zurück in die Gegenwart.

Der leichtere, katzenartige Typ steht neben mir an der offenen Tür, bereit, jederzeit die Flucht zu ergreifen, lungert aber wie jede gute Katze noch ein wenig herum, um den Schaden zu bewundern, den sie gerade angerichtet hat: einen Hengst durch pure Arglist zu Fall gebracht.

Palladin sieht ihn und brüllt: »Schafft ihn hier raus!«

Klar, dass die kleine Katze nicht verschwindet, sondern ihre Beute weiter provoziert. Er tritt wieder in den Raum, bleibt aber nah bei der Tür. »Ich würde deinen heiligen Tand nicht anrühren«, sagt er. »Schlimm genug, dass ich mich mit deinen Klamotten abgeben muss.«

»Und genau dabei hast du sie dir genommen«, sagt Palladin. »Als du letzte Nacht hereingekommen bist, um die schmutzige Wäsche abzuholen. Du warst letzte Nacht als Einziger in dem Zimmer.«

»Was ist mit Chester?«, sagt der Katzenjunge. »Er war da.«

Chester? Der knuddelige Cowboy mit den sandfarbenen Haaren, mein Kindheitstraum Fleisch gewordener Wonnen, heißt Chester?

Palladin sagt: »Chester hat sie nicht genommen. Warum sollte er?« Palladin wirft Chester einen Blick zu.

Chester lächelt zurück.

Natürlich hat er sie nicht genommen. Chester könnte gar nichts stehlen, ausgenommen vielleicht das ein oder andere Herz.

Palladin sagt: »Bleibst also du übrig, Kitty.«

Kitty? Die an diesem kleinen Sturm beteiligten Kerle heißen Palladin, Chester und Kitty?

Kitty wagt sich weiter in den Raum hinein. »Ich weiß zufällig ...«, sagt er.

Aber Chester fällt ihm ins Wort und gurrt Palladin zu: »Vielleicht hast du sie in deiner Hemdtasche gelassen.«

Palladin sagt: »Ich habe sie nirgendwo *gelassen*! Ich packe sie immer ordentlich weg. Das ist ein Ritual.« Dann wendet er sich an Kitty: »Was hast du mit ihnen gemacht?«

»Ich habe sie nicht angerührt!«

»Du bist letzte Nacht reingekommen und hast sie genommen.«

»Ich habe die schmutzige Wäsche geholt! Vielleicht ist ja sonst wer hereingekommen, und du hast ihn nicht gehört, weil du im Whirlpool zu beschäftigt warst.«

»Halt die Klappe, du kleine Schlampe!«, kreischt Palladin und setzt erneut zum Sprung auf Kitty an. Chester hält ihn zurück. Palladin kocht vor Wut. »Sieh zu, dass du in deinen Laden kommst und meine Kragenspitzen holst!«

Kitty winkt ab. »Ich renn doch nicht deinem Tand hinterher. Ich habe drei weitere Kunden, die ich hier heute Morgen ausstatten muss.«

»Ich hole sie dir«, sagt Chester.

»Wie willst du sie denn holen?«, fragt Palladin. »Wir sind gleich dran.«

»Dann musst du ohne sie tanzen.«

»Das kann ich nicht«, sagt Palladin. Er klingt ernsthaft verzweifelt. »Ich habe keine Zeit für diesen Scheiß! Vielleicht können sie das Halbfinale verschieben, bis ich meine Kragenspitzen wieder habe. Und du, Kitty, *du* kannst einen Boten beauftragen, der zu deinem Laden geht und sie herbringt.«

Kitty sagt: »Ich lasse doch keinen Fremden in meinen Laden, wenn ich nicht da bin.«

»Dann rufe ich die Polizei an, damit die sie holt.«

»Nur zu«, sagt Kitty. »Das wird dann deine Beerdigung, denn ich habe sie nicht, und mein Anwalt wird dich so schnell am Arsch packen, dass du nicht mal mehr Zeit hast, damit in deine tollen Kostüme zu schlüpfen.«

Hatte ich schon erwähnt, dass Palladin einen tollen Arsch hat?

»Dann fick dich doch!«, sagt Palladin. »Fick dich und jeden und alles!«

Wenn das keine Lösung für ein Problem ist.

Kitty sagt: »Sieht so aus, als ob du deine üblichen Aufwärmübungen gar nicht mehr zu machen bräuchtest, bevor du auftrittst. Du bist ja jetzt schon voll heißer Luft.«

Daraufhin dreht Kitty sich um und stolziert aus dem Raum. Er hat den Kopf hoch erhoben und bewegt sich geräuschlos wie ein Kätzchen.

Die Lautsprecheranlage erwacht mit folgender Durchsage zum Leben: »Tänzer, noch drei Minuten bis zum Halbfinale für die Kategorie des Zusammengehörigsten Paares. Kommt bitte auf die Tanzfläche. Noch drei Minuten bis zum Zusammengehörigsten Paar.«

Plötzlich wird es unruhig im Umkleideraum, als den Tänzern klar wird, dass sie wertvolle Minuten an Palladins Drama verschwendet haben. Sie beeilen sich, um auf den letzten Drücker hektische Verbesserungen an Gesichtern, Haaren, Kostümen, Stiefeln und Seelen vorzunehmen. Ich halte es für besser, wenn ich mich jetzt verziehe, bevor der durchgedrehte Mob auf die Tanzfläche rast.

Auf dem Oberdeck findet gerade ein weiterer Squaredance statt, und ich suche mir ein nettes Plätzchen für den anstehenden Wettbewerb. Dann fühle ich einen sanften, aber absichtsvollen Stupser. Es ist schon wieder Kitty. Er scheint eine Menge für Stupser übrig zu haben. Er sieht unter der Krempe seines schwarzen, frisch aufgesetzten Wildleder-Cowboyhuts zu mir auf. Seine dunklen Augen sind eindringlich. Sie sehen aus, als könnten sie ebenso gut aus Liebe weinen, wie einen Rivalen gnadenlos versengen. Er hebt das Kinn leicht an, als wolle er mich auffordern, etwas zu sagen – oder zumindest meinen Mund zu gebrauchen. Ich halte mich an die sichere Variante.

»Wo ist der Ausrufer?«, frage ich.

Ich sehe seinen Augen an, dass er scharf darauf ist, mich kennen zu lernen, aber er antwortet widerwillig, als ob meine blödsinnige Frage die Mühe nicht wert sei.

»Es ist eine CD.«

»Ja, aber gibt es da keine echte Person, die ausruft?«

Er blickt finster drein, wie ein junger Tiger, der sich seiner Beute nicht sicher ist. »Nicht bei dieser Tagung.«

»Warum nicht?«

»Weil die das so wollen.«

»Wer?«

Seine Augen sagen: »Wie blöd kannst du noch fragen?« Sein Mund sagt: »Sie.« Er schaut zur Bühne am anderen Ende des Saals hinüber. »Jetzt kommt der Auftritt von Frau Obermotz.«

Eine weibliche Stimme schreit mit Amphitheater-Lautstärke über die Anlage: »Dank eusch allen, ihr Tänzer!«

Eusch?

Alle wenden sich zur Bühne, auf der eine Frau wie ein gefangenes Tier in die Freiheit prescht. Ihr Bubikopf ist in den verschiedensten Blondtönen gefärbt. Sie hält ein schnurloses Mikrofon gefährlich nahe an einen Mund voller Zähne, die wie der Leuchtturm von Nantucket strahlen. Sie trägt einen Anzug – sehr rot, sehr viel Schurwolle, sehr italienisch. Keine Cowboyklamotten, sondern Erste-Sahne-Business-Zwirn. Ihr einziges Zugeständnis ist ein Halstuch, das sie sich locker über die Schulter geworfen hat, aber selbst das sieht nach handgewebter italienischer Seide aus. Vielleicht hat Giorgio Armani ja eine Reihe für Westernkleidung entworfen, die sich *Quasi un uomo di vaca* nennt. Falls nicht, sollte er es schleunigst tun. Die Frau ist todschick dünn, und dennoch poltern ihre Füße – in den handgenähten italienischen Stiefeln – auf der Bühne herum wie Spalthufe. Eine Verbeugung vor bovinem Bewusstsein, nehme ich an.

»Für den Fall, dass jemand von eusch da draußen mich immer noch nicht kennt: Ich bin Bistany Evans, eure Zeremonienmeisterin.«

Hat sie gerade *gekichert*?

»Wie gefällt eusch Jungs dieser Klang? Zeremonienmeisterin?«

Keine Reaktion vom Publikum.

»Ich bin Bistany Evans«, sagt sie in pseudotexanischem Dialekt, »und nicht mit Dale verwandt.« *Kicher.* »Und ich kann eusch gar nicht sagen, wie begeistert ich bin, hier zu sein und die allererste Mucho-Macho-Honcho-Tanztagung der Geschichte zu veranstalten. Dies ist ein großer Tag für uns alle, und ich bin so begeistert! Geht es eusch allen da draußen genauso?«

In das Publikum kommt ein wenig Bewegung, aber kaum Begeisterung, ganz anders als bei der Irren auf der Bühne.

Ein weiterer Moment vergeht, und Bistany sagt: »Nun denn, meine Damen und Herren ... und Sonstige ...« Sie macht wieder eine Pause für den Lacher, der nicht kommt. »Okay, also dann möchte ich eusch alle bitten, die Tanzfläche noch einmal zu räumen. Ja, ich weiß, dass ihr das schon den ganzen Morgen lang treibt – runter, rauf, runter, rauf –, aber so ist das nun mal bei Wettbewerben. Eusch ist allen bekannt, dass die Tanzfläche wieder ganz eusch Tanzbegeisterten gehört, sobald der Wettbewerb vorüber ist. Jetzt aber Platz da. Ich danke eusch!«

Die Leute schlurfen über die Tanzfläche – sie meckern mit dem Körper –, bis sie schließlich geräumt ist. Dann verkündet Bistany: »Und jetzt bin ich ganz besonders stolz darauf, die Halbfinalisten für die Kategorie des Zusammengehörigsten Paares vorzustellen. Ich bitte eusch, sie alle ganz herzlich willkommen zu heißen! Applaus!«

Während das Publikum applaudiert, stürmen zwölf männliche Paare – *ganz* männlich, keine Fummelträger darunter – auf die Bühne, als wäre Sommerschlussverkauf in Filene's Basement. Die hübschen Kerle verbeugen sich mehrmals – darf ich daran erinnern, dass sie noch gar nicht getanzt haben –, und dann kommen sie zur Ruhe und nehmen ihre Ausgangspositionen ein. Einen Moment lang ist es ganz still. Dann setzt die Musik ein. Es ist »Stand By Your Man«, gesungen von der einzigartigen Patsy Cline. Neben *mir* steht Kitty und lehnt sich ziemlich offensichtlich an mich. Er schaut mit solcher Sehnsucht – oder Bedürftigkeit, das weiß ich nicht – zu mir auf, dass ich wegrücke. Sah ich so aus, damals in der fünften Klasse, als ich mich nach der grenzenlosen Liebe meines Kindheitsidols sehnte?

Im Scheinwerferlicht auf der Tanzfläche sehe ich Chester und Palladin zusammen. Ohne Palladins Gebrüll scheinen sie den Traum des männlich-männlichen Paares zu verkörpern, jenseits aller Worte. Palladin führt natürlich, und Chester folgt in zufrieden stellend männlicher Weise. Oder nicht? Ich schaue genauer hin. Ich brauche mir nichts vorzumachen. Chester spielt schlicht und einfach die Mädchenrolle. Er wird geführt, nein, er wird von Palladin über die Tanzfläche geschleift. Da fällt mir auf, dass Chester humpelt. Vielleicht hat er sich verletzt, als Palladin vorhin gestürzt ist. Es hält ihn jedenfalls nicht von seinem Auftritt ab. Wahre Tänzer halten Schmerzen aus, bei denen jeder Marineinfanterist längst in die Knie gehen würde.

Patsy singt noch mal den Refrain. Ich starre Chester an und sehe wieder meinen Fünftklässlertraum ewiger Wonne. Ein ganzes Jahr lang war ich ihm verfallen – eine Ewigkeit für einen Zehnjährigen. Von ihm kam nichts dergleichen zurück, nichts in der »Für immer und ewig«-Variante, die ich wollte und brauchte. Er war nett zu mir, aber er hatte einen anderen besten Freund, dessen Nachnahme alphabetisch nach seinem kam, und das Schicksal machte sie daraufhin zu Pultnachbarn. Jeden Morgen fielen die beiden sich in die Arme, wenn sie in der Schule eintrafen. Sie verbrachten die Pausen zusammen, Hand in Hand, und gingen auch oft gemeinsam heim. Und niemand hat sie auch nur ein einziges Mal »Schwuli« genannt. Das war mir vorbehalten, dem vom alphabetischen Schicksal Betrogenen, der damals noch mit *Mädchen* Händchen hielt. Dann zog seine Familie plötzlich fort, und er war weg. Ich dachte, ich wäre verzweifelt, aber im Grunde genommen war ich erleichtert. Und bis zu dem Zeitpunkt, als ich heute Morgen diesen Typen namens Chester zu

Gesicht bekam, habe ich nicht ein einziges Mal mehr in all den Äonen, die verstrichen sind, seit er mein Leben betreten und mir die Fakten der unerwiderten Liebe beigebracht hat, an diesen anderen Jungen gedacht.

Der Song ist gleich vorbei. Bis auf ein Paar haben alle ihren Tanz beendet. Als Patsy Clines Anordnung, seinem Mann zur Seite zu stehen, langsam verebbt, wird Chester – derzeitige Inkarnation meiner längst verblichenen Liebe – von seinem Partner Palladin hoch über dessen Kopf gestemmt und dort mit nur einem Arm in einer fantastisch verschraubten Figur gehalten. Es ist eine sensationelle, schier unglaubliche Pose, die pure Muskelkraft mit Anmut verbindet. In Las Vegas wäre das aufregend; in Boston ist es unbegreiflich. Während sie die Pose halten, drehen sich die beiden Männer langsam und bilden ein romantisches *tableau vivant*. Lichter funkeln oben in der Luft auf den Pailletten von Chesters Jeans und unten auf Palladins Hemd.

Das Publikum brüllt vor Begeisterung. Selbst Kitty applaudiert, ungeachtet seiner vorausgegangenen Streiterei mit Palladin. Allerdings schaut er mich noch immer mit diesem Schlafzimmerblick an.

Palladin setzt Chester lässig wieder ab, und der Applaus schwillt an. Ein guter Trick ist die halbe Miete.

Und dann ...

Bistany Evans lutscht schon wieder am Mikrofon.

»Ich danke eusch, ich danke eusch allen! Sind sie nicht fantastisch? Applaus für die zwölf Halbfinalisten für das Zusammengehörigste Paar. Ich bin so stolz auf eusch alle! Und nun, liebe Tänzer, und diesmal meine ich eusch alle da draußen, nicht nur unsere Teilnehmer, nun gibt es wieder Tanz für eusch alle, diesmal einen Rundtanz. Also stellt eusch auf mit dem Kerl, den ihr schon den ganzen Morgen auf dem Kieker hattet, und wirbelt ihn herum!«

Sie gibt dem DJ, der in einer kleinen Kabine hoch über der Tanzfläche versteckt ist, ein Zeichen. Dann verlässt sie die

Bühne – klump, klump, klump – und gräbt dabei ihre Absätze in den Boden wie ein aufgeregter, stumpfsinniger Wiederkäuer. Vielleicht ist das die wirkliche Verbindung zwischen Bistany Evans und dem Wilden Westen – ihre mörderischen Hufe.

Die Musik setzt ein, und während die Paare auf die Tanzfläche strömen, lässt der Druck der Menge langsam nach. Kitty lungert immer noch herum, als ob er darauf warten würde, dass ich ihn zum Tanzen auffordere. Ich sehe aber Palladin am anderen Ende des Saals. Er steht an einer Seite der niedrigen Bühne und redet mit Chester. Da ich ja hier bin, um Palladins verloren gegangene Juwelen zu untersuchen, mache ich mich mal besser an die Arbeit. Außerdem gibt mir das die Gelegenheit, Chester aus der Nähe zu betrachten. Vielleicht sind die beiden ja bloß Freunde. Können »bloße Freunde« auf diese Art und Weise miteinander tanzen? Man muss doch nicht intim miteinander sein, um sich gemeinsam so bewegen zu können, oder? Und vielleicht lasse ich ja meinen Fünftklässler-Traum der wahren Liebe noch mal wieder auferstehen, auch wenn ich weiß, dass Chester überhaupt nicht derselbe Kerl ist.

Je näher ich den beiden komme, desto gröber werden Palladins Gesichtszüge. Ironischerweise erklärt das, warum Palladin auf der Bühne so gut aussieht. Um aus der Ferne und unter grellem Licht erkennbar zu bleiben, müssen die Gesichtszüge etwas übertrieben sein. Folglich benutzt man Make-up. Aus der Nähe betrachtet kehrt sich das Ganze um. Ein beeindruckendes Profil auf der Bühne entpuppt sich im richtigen Leben schnell als Rübennase.

Chester hingegen ist von nahem betrachtet viel attraktiver. Große Überraschung. Am liebsten würde ich immer näher herantreten, bis ich sehen kann, wie toll er wirklich aussieht. Und vielleicht auch, wie er schmeckt.

Ich stehe da und warte darauf, dass einer der beiden mich zur Kenntnis nimmt.

Endlich fragt Palladin: »Willst du irgendwas?«

Deinen Liebhaber.

Ich frage: »Bist du Palladin?«

Er schaut sich um, grinst und täuscht Bescheidenheit vor. »Sieht aus, als ob du mich gefunden hättest.«

»Hast du was dagegen, wenn ich dir ein paar Fragen stelle?«

»Worüber?«

»Über deinen verschwundenen Schmuck.«

Er fragt: »Bist du 'n Bulle?«

»Ich bin ein privater Ermittler«, sage ich und lasse meine Lizenz aufblitzen.

»Hast dir ja ganz schön Zeit gelassen«, sagt er. »Ich brauchte die Kragenspitzen vor dem Tanzwettbewerb, nicht hinterher.«

Chester beruhigt ihn. »Ist doch okay, Pal. Morgen gibt's ja noch das Finale.«

Pal? Kein gutes Zeichen. Solche kumpelhaften Spitznamen lassen auf fleischlichen Kontakt schließen.

Palladin sagt: »Lass uns erst mal abwarten, wie wir abgeschnitten haben, Ches, bevor wir davon ausgehen, dass wir im Finale sind.«

Ches? Pal und Ches? Die beiden treiben es definitiv miteinander.

Dann lehnt sich Chester zu Palladin hinüber und flüstert ihm etwas zu. Palladin sagt: »Dann sind wir im Finale.« Sie lächeln sich auf eine Weise an, die Chester vom properen Jungen in einen lüsternen Kerl verwandelt, der letzte Beweis für eheliche Vergnügungen. Chester nickt mir lässig zu – Herzensbrecher! – und lässt Palladin und mich allein.

Ich schaue ihm hinterher.

Palladin beobachtet, wie ich Chester beobachte.

»Also?«, sagt er. »Du wolltest mich etwas fragen?«

Vielleicht auch nicht. Die schreckliche Wahrheit ist, dass ich mehr über Chester erfahren will. Ich bin genauso schlimm wie Paul Drake, der sich immer in die sexy Zeuginnen von Perry

Mason verknallt. Vielleicht kann ich mich wieder an die Arbeit machen, wenn ich mich auf Palladin konzentriere. Aber bei dessen hautenger Lederjeans kann ich mich lediglich auf seine Beine und seinen Hintern konzentrieren, die Markenzeichen eines professionellen Tänzers. Er hatte sicherlich auch Ballettunterricht, wenn man die Leichtigkeit bedenkt, mit der er den Hebeakt ausgeführt hat. Palladins Visage mag ja grob sein, aber diese einzigartigen Lenden sind aus der Nähe betrachtet schon ausgesprochen hinreißend. Ich kann Chesters Interesse beinahe nachvollziehen.

»He!«, fragt er. »Bist du wach?«

»Entschuldige«, sage ich.

»Wer hat dich eigentlich geschickt?«

»Niemand.«

Er denkt darüber nach. »Du willst mir erzählen, dass dich niemand beauftragt hat?«

»Ja, genau«, sage ich.

»Was machst du dann hier? Willst du dir einen guten Fall an Land ziehen?«

Ich verziehe das Gesicht. »Nicht ganz.«

Palladin hat die Gesprächsführung übernommen und degradiert mich zum Empfänger seiner Schnellfeuerfragen. Dann hat er halt prächtige Lenden, na und.

Ich erlange mein professionelles Selbstvertrauen wieder und frage: »Wann warst du zuletzt im Besitz des verschwundenen Schmucks?«

»Letzte Nacht«, sagt er.

»Kannst du ihn mir beschreiben?«

»Das habe ich heute Morgen schon für die Hotelleute getan.«

»Noch einmal für mich.«

»Es handelt sich um ein Paar Kragenspitzen«, sagt er. »Zwei Teile, für jede Kragenseite eins, nur für den Fall, dass du wieder eingepennt bist.«

»Vielen Dank.«

Schlampe.

Er sagt: »Willst du das nicht aufschreiben?«

»Wenn es irgendwas gibt, das ich vergessen könnte, werde ich es aufschreiben.«

Er sagt: »Sie waren aus Platin und mit Edelsteinen besetzt.«

»Welche Art von Edelsteinen?«

»Diamanten, glaube ich.«

»Glaubst du?«

»Gibt es irgendetwas diamantfarbenes, das mehr wert ist als Diamanten?«

»Nein.«

»Dann waren es Diamanten«, sagt er.

»Hast du eine Quittung?«

»Nein, aber sie waren arschteuer.«

Nach seinem Hinterteil zu urteilen also ein Vermögen.

»Wie viel?«, frage ich.

»Ich habe dir doch schon gesagt, dass ich keine Quittung habe, also weiß ich es nicht genau. Spielt das eine Rolle?«

»Wenn du Anzeige erstatten willst, spielt es natürlich eine Rolle.«

Sein Kiefer verkrampft sich, als ob er mit den Zähnen knirschen würde.

Ich frage: »Waren sie ein Geschenk?«

»Was?«

»Du hast keine Quittung, und du weißt nicht, aus welchem Material sie sind, also waren sie vielleicht ein Geschenk.«

Er sieht mich misstrauisch an. »Bist du sicher, dass dich niemand engagiert hat, um hinter mir her zu schnüffeln?«

»Ganz sicher.«

»Du brauchst ja keine Namen zu nennen«, sagt er. »Sag einfach nur ja oder nein.«

»Das klingt ja beinahe so, als ob *du* jemanden wüsstest, der jemanden wie mich engagieren würde.«

»Vergiss es«, sagt er.

Mittlerweile windet er sich richtiggehend vor Nervosität. Oder er denkt nur gerade an Chester, und ihm wird deshalb seine Hose zu eng. Palladin ist jedenfalls eine Augenweide, wenn sich seine tollen Beine und der felsenfeste Hintern so im engen Leder winden, auch wenn er ansonsten ein Idiot ist.

»Okay«, sagt er, »du hast Recht. Die Kragenspitzen waren ein Geschenk. Und ich weiß auch, dass sie versichert sind, aber ich kann es dem Menschen, von dem ich sie bekommen habe, nicht erzählen, weil ... na ja, weil er nicht besonders erfreut wäre, wenn er wüsste, wo ich war, als ich sie verloren habe. Kapiert?«

»Ich denke schon.«

»Wenn du es also so aussehen lassen könntest, als ob es hier im Hotel passiert wäre, dann sind die verantwortlich, stimmt's?«

Ich erkläre ihm: »Hotels lehnen grundsätzlich jede Haftung für im Zimmer aufbewahrte Wertsachen ab.«

Palladin sagt: »Du klingst wie ein verdammter Anwalt. Kannst du mir nicht helfen?«

»Dir helfen?«

»Kannst du nicht behaupten, du hättest einen Verdächtigen in der Nähe meines Zimmers gesehen, oder so ähnlich?«

»Du meinst, ich soll lügen?«

Er sagt: »Ich beteilige dich an meiner Entschädigung.«

»Ich werde dir helfen, die Teile wieder zu finden, aber ich helfe dir nicht dabei, eine falsche Verlustmeldung zu machen.«

»Das ist keine falsche Verlustmeldung«, sagt er. »Sie sind wirklich weg.«

»Dann sag das dem Typ, der sie dir geschenkt hat, und lass ihn die Anzeige erstatten.«

»Ich habe dir doch schon erklärt, dass ich das nicht tun kann!«, sagt Palladin. »Ich muss das Hotel drankriegen.«

»Und ich sage dir, dass du nichts gegen das Hotel in der Hand hast, solange der Schmuck nicht im Hotelsafe lag.«

Meine erste professionelle Befragung entpuppt sich als ergebnisloses Wortgefecht auf miserablem Niveau.

Ich sage: »Viel Glück«, und wende mich ab, um zu gehen.

Er sagt: »Komm bloß nicht auf dumme Gedanken, was Chester angeht.«

»Gedanken?«

»Ich habe gesehen, wie du ihn angeschaut hast.«

»Er ist ein gut aussehender Typ«, sage ich.

»Dass es mir schön dabei bleibt – beim Gucken.«

Als die Musik ausklingt, sehe ich, dass Chester sich am entgegengesetzten Ende des Saals im Schatten eines Balkons mit Kitty unterhält.

Ich frage Palladin: »Was ist übrigens mit seinem Fuß passiert?«

»Was?«

»Ich hatte den Eindruck, dass er den Fuß beim Tanzen geschont hat.«

Er sagt: »Da musst du dich wohl verguckt haben.«

Dann bemerkt auch Palladin, dass Chester und Kitty sich verstohlen unterhalten. Er brummt: »Warum wimmelt diese kleine Schlampe ständig um Chester herum? Das ist schon das zweite Mal heute Morgen, dass sie sich hinter meinem Rücken unterhalten.« Er macht Anstalten davonzueilen, wendet sich dann aber wieder an mich. »Damit wir uns recht verstehen«, sagt er, »das gilt auch für dich. Du brauchst dir gar keine großen Hoffnungen zu machen. Chester ist schon vergeben.« Er richtet sich zu voller Größe auf und streckt die Brust vor. »Und zwar an mich!«

Um seine letzten Worte zu unterstreichen, rammt er sich den Daumen mehrmals in die aufgeblasene Oberweite.

Wie ein Echo auf dies Brustgetrommel ertönt auf der Bühne ein schweres Klump-Klump. Bistany Evans ist zurück und dröhnt uns eine weitere Ankündigung in die Ohren.

»Ich grüß eusch alle! Habt ihr eusch für heute Abend mit eurem Traumprinzen verabredet? Prima, *prima!* Also, Leute, wir haben hier eine ganz besondere Situation, und deshalb möchte ich eusch um eure ganz besondere Mitarbeit bitten. In der Kategorie für die Besten Neuen Tanzschritte, die heute Morgen im Wettbewerb war – wie ihr eusch vielleicht erinnert? –, nun, da haben wir noch einen weiteren Halbfinalisten, und diese Gruppe ist unvergleichlich einzigartig. Und aus Gründen der allgemeinen Sicherheit machen wir eine Ausnahme von den Wettbewerbsregeln und geben dieser Gruppe die Gelegenheit, die Tanzfläche ganz allein, ohne weitere Teilnehmer, zu nutzen. So! Nun bitte ich eusch, weit von der Tanzfläche zurückzutreten. Könntet ihr das bitte alle tun? Jetzt? Ja, genau. Ja, ich meine eusch alle, tretet bitte zehn Schritte zurück. Ich rede von texanischen Schritten. Diese zierlichen, kleinen Boston-Schrittchen reichen hier nicht aus. Streckt eure Beine aus, Freunde, und tretet richtig zurück. Los jetzt! Eins! Zwei! Drei! …«

Während sie sich der Zehn nähert, hat sich Palladin am Rand der Tanzfläche entlang den Weg zu Chester und Kitty gebahnt, die sich noch immer unterhalten. Bei seinem Anblick ergreift Kitty die Flucht. Ängstliches Kätzchen! Ich hingegen kann mich überhaupt nicht rühren, weil ich von der Menge an die Wand gedrückt werde.

Bistany ist mit unserem Ölsardinen-in-der-Dose-Zustand zufrieden und verkündet: »Dank eusch allen! Dank eusch! Und jetzt heißt die Loco Moto Mavericks willkommen!«

Aus der Lautsprecheranlage ertönt eine Folge rhythmischer Stampfer, die die Wände zum Wackeln bringen und im echten Wilden Westen ein *Erdbeben* ankündigen würden. Das Stampfen geht weiter, gegenläufige Tonfolgen kommen hinzu und entwickeln sich schnell zu einem komplexen Klangteppich, einem High-Tech-Percussion-Stück. Instrumente setzen ein, und ein komplettes, synthetisches Orchester untermalt den Einzug der Loco Moto Mavericks. Dreizehn Männer in Rollstühlen katapultieren sich auf die Tanzfläche – und mit katapultieren meine ich: durch die Luft fliegen.

Dem Publikum verschlägt es zuerst die Sprache, dann johlt es wild.

Die actionreiche Show der Loco Motos beginnt. Sie drehen sich, schlagen Rad, hüpfen, schlittern, springen. Sie bilden Formationen – richtiger Busby-Berklee-Kram –, Windräder und Kaleidoskope und explodierende Sterne. Je länger sie tanzen, desto gewagter werden ihre Tricks, wie bei Skateboardern, deren höchstes Ziel es ist, mehr Zeit in der Luft als am Boden zu verbringen. Ob mit oder ohne Bodenhaftung, die glänzenden Rhodium-Speichen ihrer Rollstühle schimmern und funkeln im Scheinwerferlicht. Die Loco Motos selbst haben massige und kräftige Arme und Schultern. Wie könnten sie sich auch sonst immer wieder in Raketen verwandeln? Ihre unteren Gliedmaßen sehen jedoch gebrechlich und zart aus. Bei zwei Männern sind sie gar nicht vorhanden. Dies ist eine erstaunliche, neue Sichtweise aufs Tanzen, und die dreizehn Männer der Loco Moto Mavericks beenden ihre Aufführung in einer wahren Explosion von Jubel, Pfeifen und Fußgetrampel. Die Wände des Castle wackeln, als wäre das ursprüngliche Kadetten-Corps für diese Gelegenheit auferstanden.

Mitten im Tumult betritt Bistany wieder die Bühne. Der Applaus für die Loco Moto Mavericks überdeckt ihr Hufgeklapper. Selbst aus nächster Nähe höre ich nichts. Dafür wabert allerdings eine Wolke giftiger Luft hinter ihr her und malträtiert meinen Geruchssinn. Bistany Evans hat ihren akustischen Anschlägen chemische Waffen hinzugefügt. Kurz darauf dröhnt ihre Stimme über die Anlage.

»Grüß ohoich alle!«

Was ist mit dem *eusch* passiert? Ist wohl dem Giftgas erlegen.

»Wie geht es ohoich allen? Gut? Prima! Also, hier bin ich wieder, und ich habe die Entscheidungen der Jury dabei. Na, gefällt ohoich das, ja?«

Die Stimme, die Hufe und jetzt auch noch die Dämpfe werden mir zu viel. Ich quetsche mich an der Wand entlang zur anderen Seite des Saals. Ich muss möglichst viele Raummeter zwischen mich und Bistany bringen.

Ihre Stimme röhrt weiterhin über die Anlage: »Es ist so toll, hier zu sein, nicht wahr? Zeigt mir, dass ihr eusch freut!«

Das Publikum bedenkt sie mit einem anständigen Applaus, der aber wohl eher auf die Begeisterung über die Loco Motos zurückzuführen ist.

»Ihr seid eine tolle Gruppe! Ich bin so stolz auf ohoich alle! Also, die Jury hat die Finalisten für die Kategorien Zusammengehörigstes Paar und Beste Neue Tanzschritte ausgewählt. Aber bevor ich jetzt die Finalisten bekannt gebe, möchte ich meine persönlichen Gefühle mit eusch teilen. Darf ich? Ich danke eusch!«

Wer hat denn ja gesagt?

»Diese Veranstaltung ist für mich der Höhepunkt eines einjährigen Traumes. Als ich den Mangel an kommerziellen Veranstaltungsorten in Boston für Cowboyliebhaber und -tänzer sah, da bin ich losgezogen und habe einen geschaffen. Natürlich wäre das ohne ohoich alle nicht möglich gewesen. Ihr solltet stolz sein, jeder von eusch, dass ihr mir geholfen habt, meinen Traum zu verwirklichen, die erste total integrierte Feier dessen, was *eusch* wirklich ausmacht, mit allen Gemeinsamkeiten und Unterschieden. Dies ist der krönende Augenblick, eure Verschiedenlichkeiten zu vereinen und eusch stark zu machen für das allerhöchste Ziel – eine vereinigte Integrativlichkeit, in der jeder Einzelne widerhallt. Ich danke eusch!«

Klingt, als hätten die Dämpfe Bistanys Sprachzentrum geschädigt.

»Jetzt also«, sagt sie, »ohne weiteres Gedue …«

Schätzchen, meinst du etwa *Getue*? Davon machst du mehr als genug.

»… verkünde ich voller Freude, dass die drei Finalisten in der Kategorie des Zusammengehörigsten Paares die Nummern eins, sechzehn und neununddreißig sind. Würdet ihr ohoich alle mal hier auf die Bühne begeben, damit jeder eusch sehen kann?«

Eine Woge des Beifalls begleitet die drei Paare zur Bühne. Palladin springt zuerst hinauf und dreht sich dann um, damit er Chester zu sich hochziehen kann. Aber Chester ist nicht da. Wo steckt er bloß, mein wuschelköpfiger, knuddeliger Fünftklässler mit dem Dackelblick?

»Oh, großartig, ganz großartig!«, quietscht Bistany und klatscht wie ein Zirkusseehund auf Speed. »Sind das nicht wirklich die Besten?«

Sie sieht die drei Paare an, beziehungsweise das, was drei Paare sein sollten, und fragt Palladin: »Wo ist Chester?«

Palladin scheint verwirrt, wie er da über das Publikum schaut.

Bistany sagt zu ihm: »Hast du was verloren?« *Kicher*.

Palladin sieht sie finster an, tritt dann an den Bühnenrand und ruft: »Chester!«

Etliche Leute im Publikum rufen ebenfalls, und das klingt, als ob ein Fünftklässler zum Abendbrot reingerufen wird. »Chester!« »Chester!« »Chester!« Dann schreit jemand: »Beweg deinen Hintern hierher!«

Chester taucht nicht auf, und Bistany zuckt mit den Achseln. »Er musste wohl mal für kleine Jungs oder so. Ich mache hier jetzt weiter. Die Finalisten für die Kategorie der Besten Neuen Schritte sind die Paare Nummer achtzehn, Nummer dreiundzwanzig und, als unser ganz besonderer Favorit, mit der Nummer fünfunddreißig die Loco Moto Mavericks.«

Diese Ankündigung löst einen Beifallssturm aus.

Der Anführer der Loco Moto Mavericks wirbelt seinen Rollstuhl mit einem dramatischen Satz à la Evil Knievel auf die niedrige Bühne. Er rollt zu Bistany hinüber und bittet sie um das Mikro. Seine Stimme zittert beim Sprechen, und er scheint den Tränen nah zu sein.

»Ich möchte meinem Bruder Theodore danken, der den

Soundtrack komponiert hat, zu dem wir heute getanzt haben. Danke, Teddy! Und ich möchte all den Verantwortlichen dieser Tagung danken, die es uns ermöglicht haben, an diesem Wettbewerb teilzunehmen, und uns geholfen haben, so weit zu kommen. Ich spreche für jeden Einzelnen unserer Gruppe, wenn ich sage, dass es eine Ehre für uns ist, hier zu sein, ganz besonders, weil wir keine rein schwule Gruppe sind. Genau genommen sind die meisten von uns *nicht* schwul. Aber ich möchte euch alle wissen lassen, dass wir jeden in unserem Klub aufnehmen, auch Leute ohne Behinderung. Ich lade euch also alle ein, bei uns vorbeizuschauen, mitzumachen und Spaß zu haben!«

Das Gebrüll der Menge nach dieser Ansprache zeigt vor allem eins: Die Kerle sind hier, um sich zu amüsieren, wenn die Zeremonienmeisterin sie nur ließe.

Aus dem Nichts taucht plötzlich ein gut bestückter Cowboy auf der Bühne auf. Sein kurz geschorenes schwarzes Haar ist grau gesprenkelt, und er trägt eine Levis und ein rot kariertes Hemd. Er geht zu Bistany und sagt etwas zu ihr, woraufhin sie verneinend den Kopf schüttelt. Daraufhin geht der Cowboy auf den Loco Moto Maverick zu, der noch auf der Bühne ist, und nimmt sich dessen Mikro.

»Hallo«, sagt er. Seine Stimme ist sehr kontrolliert, tief und rau, so wie man sie vom Marlboro-Mann erwarten würde, wenn man nicht wüsste, dass der eine Falsettstimme hat. »Ich bin Colt Remington«, knödelt er. »Ich bin heute euer DJ, aber da die Kabine gut versteckt ist, habt ihr wahrscheinlich noch nicht viel von mir gesehen.«

Dafür gibt es jetzt reichlich zu gucken. Der Typ ist groß und breit und muskulös. Die knappe Jeans und das eng anliegende Hemd lassen erkennen, dass jeder Muskel bis zur Perfektion trainiert ist. Er könnte als Fotomodell für ein Sportstudio werben, oder auch für käuflichen Sex.

Er sagt: »Ich bin außerdem der DJ im Gunsmoke Saloon, den die Jungs von hier sicher kennen.«

Vereinzelte Rufe und Applaus aus der Menge.

»Danke«, sagt Colt. »Ich bin außerdem ein ausgebildeter Squaredance-Ausrufer, aber diejenigen, die bei dieser Tagung an den Schalthebeln der Macht sitzen, wollten keine Live-Aufrufe, weshalb hier vorab aufgenommene Bänder verwendet werden. Wie findet ihr das denn?«

In der Menge wird gebuht.

»Genau«, sagt Colt. »Und wollt ihr wissen, warum das so ist? Um Geld zu sparen, schlicht und einfach. Höhere Gewinne für die Tagung, auch wenn das weniger Spaß für euch bedeutet.«

Bistany bewegt sich auf Colt zu, aber er hebt einen massigen Arm, um sie aufzuhalten. Was bleibt ihr anderes übrig, als stehen zu bleiben? Ein Arm von Colt hat die Größe von Bistanys Oberschenkeln – beiden zusammen.

»Aber ich bin nicht aus diesem Grund hier oben«, sagt er. »Mein wichtigster Grundsatz ist Fairness. Und ich muss leider sagen, dass wir es hier mit einer Situation zu tun haben, die mir nicht fair zu sein scheint.«

Bistanys schrille Stimme lässt sich auch ohne Mikro vernehmen. »Was soll das?«

»Noch einen Moment Geduld«, sagt Colt. »Also, dem einen oder anderen wird aufgefallen sein, dass die Loco Moto Mavericks sehr stark von Bistany unterstützt werden. Tatsache ist, dass eine von Bistanys Firmen – Angel Wheels – die Loco Motos sponsert, und das ist gut so, denn der Klub hat sehr, sehr hohe Kosten. Dennoch möchte ich euch alle fragen, ob das nicht nach einem Interessenkonflikt aussieht?«

Die Menge schweigt, was Colt so durcheinander bringt, dass Bistany an ihn herantreten und sich das Mikro schnappen kann.

»Das reicht, Colt. Danke!«

Er ergreift erneut das Mikro. »Ich bin noch nicht fertig!«, sagt er.

Und dann, an die Menge gewandt: »Also, zu Bistanys

persönlichem Interesse in Form von Angel Wheels kommt obendrein die Möglichkeit, dass sie die Jury so beeinflusst hat, dass die Loco Motos in das Finale der Besten Neuen Tanzschritte kamen.«

Aus der Menge erhebt sich plötzlich ein Schwall an Buhs und lauten, spöttischen Rufen, aber es lässt sich nicht erkennen, ob sich die Ablehnung auf Colt bezieht oder auf die vermeintliche Ungerechtigkeit, die er bloßstellen will.

Nachdem wieder Ruhe eingekehrt ist, sagt er: »Ist euch nicht aufgefallen, wie schnell die Jury ihre Entscheidungen gefällt hat? Die Jungs waren noch nicht raus aus dem Scheinwerferlicht, und *schwupps!* waren sie auch schon im Finale.«

Sofort geht ein Aufschrei durch die Menge.

»Ganz ruhig«, versucht er sie zu besänftigen. »Seht mal, ich weiß, dass wir alle darin übereinstimmen, dass die Loco Motos genau wie jeder von uns die Chance verdienen, an diesem Wettbewerb teilzunehmen und zu gewinnen. In der Tat war es mein eigener Klub, die Boston Bobbie Boxers – der leider inzwischen dichtgemacht hat –, der die allerersten Fundraiser gesponsert hat, um die Loco Moto Mavericks in die Gänge zu bringen, lange bevor Bistany und ihre Angel Wheels in die Stadt kamen. Die Loco Motos wissen also, dass ich jederzeit hundertprozentig hinter ihnen stehe. Aber es stellt sich nach wie vor die Frage, im Namen der Fairness, wie wir Menschen auf zwei Beinen mit diesen High-Tech-Maschinen, mit denen sie tanzen, konkurrieren können? Es sollte zwei verschiedene Wettbewerbe für den Preis der Besten Neuen Tanzschritte geben, einen für Geher und einen für Roller.«

Bistany düst auf Colt zu und entreißt ihm das Mikro. »Ich danke dir für deine Bemerkungen, Colt, und wir schätzen sicherlich alle, was du uns mitzuteilen hattest. Aber lass mich dir Folgendes entgegenhalten: Eines der Gründungsprinzipien für die Mucho-Macho-Honcho-Tagung ist es, dass wir zu jeder Zeit und bei jeder Veranstaltung die Integrativlichkeit fördern. Das ist der Schmelztiegel unserer Mission: Integrativlichkeit. Wir sondern nicht aus. Wir integretieren.«

Sie macht eine Pause, als hätte der letzte Rest ihres verkümmerten Sprachgefühls protestiert.

Das Publikum wirkt mittlerweile genauso irritiert, wie ich es bin. Sie sind zum Vergnügen hier, ich zum Arbeiten, und stattdessen werden wir popeligen Nicklichkeiten und verstümmelter Sprache ausgesetzt.

Bistany sagt zu Colt: »Würdest du jetzt bitte wieder hinauf in deine DJ-Kabine gehen und den Job erledigen, für den wir dich bezahlen? Danke schön.«

Colt funkelt sie böse an und verlässt schmollend die Bühne.

Bistany fährt fröhlich fort. »Also denn! Ich möchte ohoich alle zu einer besonderen Party heute Abend im Gunsmoke Saloon einladen. Unsere Wohltäterin, die Dame mit der dicken Kohle, Miss Fannie Mae Knox, ist die Gastgeberin des Events. Einen Scheinwerfer bitte auf Fannie Mae!«

Ein gleißender Scheinwerferstrahl schwenkt über die Menge, bis er in einer entlegenen Ecke in der Nähe des Eingangs zur Ruhe kommt. Dort steht im grellen Licht die Erscheinung in Rosa, die mich an der Tür begrüßt hat. Sie sieht blass und zweidimensional aus, als ob ein Paparazzo sie hinterrücks überrascht hätte. Aber Miss Fannie Mae Knox nimmt schnell Haltung an und verbeugt sich hoheitsvoll – wohl geübt, wie man sieht – vor den Johlern und Rufern aus der Menge. Neben ihr steht niemand anderes als Kitty, der Kostümschneider. Die kleine Mieze kommt viel rum.

Bistany sagt: »Ich möchte ohoich allen noch sagen, dass die Getränke heute Abend aufs Haus gehen, Alkohol natürlich ausgenommen, und das verdanken wir Fannie Maes Großzügigkeit. Aber denkt daran, dass ihr eusch euren Tagungsausweis ansteckt, keine Ausnahmen von der Regel. Okay? Und jetzt, ihr wilde Horde, ist hier für den Rest des Tages freies Tanzen angesagt, und morgen gibt es dann das Finale! Jetzt stell ich dieses Mikro ab und werde mich auch amüsieren gehen. Wow! War das ein Morgen, was? Und noch einmal einen Applaus für die Finalisten! Jippie-Jay!«

Das Publikum jubelt und klatscht, und Bistany macht ein Zeichen Richtung DJ-Kabine. Aber die Musik fängt nicht an. Es vergehen einige Augenblicke. Bistany grabscht sich noch mal das Mikrofon. »Colt?«, sagt sie. »Wo bist du? Probier hier nicht deine Machtspielchen an mir aus.«

Stille.

»Colt, wir warten.«

Immer noch Stille.

»Verdammt, Colt! Wehe dir, wenn ich da raufkommen muss.«

Noch immer keine Musik.

Bistany wirft das Mikrofon auf die Bühne, was der Lautsprecheranlage ein heftiges *Klok!* entlockt. Dann stürmt sie davon.

Wurde so der Wilde Westen erobert?

Plötzlich dröhnt Musik über die Anlage, und die Cowboys und ihre »Damen« stürzen sich in den Tanz.

Für mich wird es Zeit zu gehen.

3

Draußen angekommen, beschließe ich, Branco anzurufen und ihm mitzuteilen, dass es sich bei dem Juwelenraub lediglich um einen versuchten Versicherungsbetrug handelt. Ich weiß, dass das nicht sein Zuständigkeitsbereich ist, aber vielleicht kann er ja dafür sorgen, dass die entsprechende Abteilung ebenfalls Wind davon bekommt. Zuerst brauche ich aber ein Telefon. (Ich habe noch kein Handy. Haben die Dinosaurier sich auch so gefühlt?) Ich werde den Münzfernsprecher im Park Plaza Hotel benutzen, gegenüber vom Castle.

Auf meinem Weg ins Hotel sehe ich Miss Fannie Mae Knox und Kitty, wie sie das weite, mit Teppich ausgelegte Foyer durchqueren und zu den Aufzügen gehen. Wahrscheinlich eine Kostümanprobe.

Bevor ich Branco anrufe, beschließe ich, noch einen weiteren »offiziellen« Schritt zu unternehmen, ehe ich diesen bescheuerten Fall hinschmeiße. Ich suche den Sicherheitsbeauftragten des Hotels auf, stelle mich vor und frage ihn, was er mir über Palladins fehlende Juwelen erzählen kann. Er möchte meine Lizenz sehen. Danach ist er sehr kooperativ, was mich überrascht, da ich bis jetzt ganz anders empfangen wurde. Vielleicht liegt es daran, dass ich keine Cowboyklamotten trage, oder daran, dass wir einer ähnlichen Beschäftigung nachgehen. Was auch immer der Grund ist, er nimmt mich mit in sein Büro und informiert mich dort darüber, dass Vaslav Palladin (was für ein Vorname!) seine juwelenbesetzten Kragenspitzen in der vergangenen Nacht ohne jeden Zweifel *nicht* in den Hotelsafe zurückgebracht hat und dass das Hotel überhaupt keine Verantwortung für den vermeintlichen Verlust übernehmen wird. Als Dreingabe kichert der Typ leise und bezeichnet die Kragenspitzen als mit Glasstückchen besetztes Rhodium-Blech.

»Nicht Diamanten und Platin?«, frage ich.

»Nicht, was ich gesehen habe. Es ist versuchter Versicherungsbetrug.«

Wie ich schon sagte: ein bescheuerter Fall.

Ich bedanke mich bei dem Typ und verlasse sein Büro. Ich überlege, ob ich zum Castle zurückgehen soll, um Palladin mit den Tatsachen in der Hinterhand zur Rede zu stellen. Aber warum sollte ich noch mehr Zeit vergeuden? Ich werde Branco stattdessen die Meinung geigen. Doch als ich gerade zu den Telefonkabinen im Foyer gehen will, steigt mir hier im Flur der vertraute Geruch von Giftgas in die Nase. Durch die geöffnete Tür eines anderen Büros höre ich die unverkennbare Stimme von Bistany Evans, Miss Kuhfuß persönlich. Sie streitet sich mit der Hotelverwaltung über eine Klausel im Vertrag. Eine zweite Frauenstimme erklärt Bistany, dass »diese Zirkusvorstellung mit den Rollstühlen keinerlei Deckung durch die Versicherung hatte«.

Bistany erwidert: »Aber es ist ja nichts passiert.«

Die andere Frau bleibt eisern. »Werte Dame, Sie haben jegliche Zusatzversicherung abgelehnt und dennoch eine Veranstaltung durchgeführt, die alle Zuschauer einem großen Risiko aussetzt. Wir können Ihnen nicht gestatten, weiterhin so grob fahrlässig vorzugehen, wenn Sie Ihren Vertrag mit uns nicht dementsprechend anpassen. Es sei denn, Sie können belegen, dass Sie bereits für alle von uns zur Sprache gebrachten Eventualitäten abgesichert sind.«

»Soll heißen, Ihnen geht es um mehr Geld«, sagt Bistany.

Hinter den Kulissen ist vom pseudotexanischen Akzent auf einmal nichts mehr zu hören.

»Wir wollen eine Absicherung!«, sagt die Frau vom Hotel. »Sie können nicht von uns erwarten, dass wir für eine solche Situation die Verantwortung übernehmen. Der Ort ist nicht für derart gefährliche Veranstaltungen ausgerüstet, und Sie haben diese vorher auch nie erwähnt.«

»Und wenn ich diese Versicherung nicht abschließe?«

»Dann schließen wir Ihre Veranstaltung.«

»Wenn Sie das tun«, sagt Bistany, »dann hetze ich Ihnen in null Komma nix den Bürgermeister auf den Hals. Haben Sie noch nie von gleichen Zugangsberechtigungen für Menschen mit Behinderungen gehört?«

»Dies ist keine Frage des Zugangs«, sagt die Frau. »Wir ermöglichen überall den sicheren Zugang für Behinderte. Es geht darum, was Ihre Leute machen, wenn sie erst einmal drinnen sind. Und da dies ein Feiertagswochenende ist, werden auch *Sie* vor Dienstag nicht allzu viel im Rathaus ausrichten. Und in der Zwischenzeit wird Ihr kleines Rodeo stillgelegt. Habe ich mich klar genug ausgedrückt?«

»Scheiße!«, sagt Bistany.

Ich hole tief Luft, gehe zur Tür und schaue hinein. Bistany zieht eine Kreditkarte aus ihrer Brieftasche. Die Frau vom Hotel nimmt die Karte, dankt Bistany herzlich, als ob von einem Ultimatum nie die Rede gewesen sei, und wickelt den Geschäftsvorgang ab. Während ich so dastehe, stelle ich fest, dass Bistany ihr Parfüm »aufgefrischt« hat – wie kann man sich bloß mit Insektenspray einnebeln? – und es womöglich im ganzen Hotel nicht genug Luft gibt, um diesen Gestank zu verdünnen. Wie kann die Hotelangestellte neben dieser Stinkbombe bloß atmen?

Sie gibt die Kreditkarte zurück, und Bistany sagt zu ihr: »Nächstes Jahr werden wir unsere Veranstaltung woanders abhalten.«

Die Hotelangestellte erwidert lässig: »Wie Sie wünschen.«

Bistany erhebt sich und verlässt das Büro.

Ich flüchte vor dem nahenden Erstickungstod in Richtung Polizeihauptdienststelle.

4

Die neue Polizeihauptdienststelle befindet sich im Bostoner Bezirk West Roxbury. Ich bin mir sicher, dass jemand tonnenweise Studien angefertigt hat – oder es zumindest behauptet hat –, um den besten Standort für die Behörde zu finden. Aus Sicht der Polizei mag die Arbeit von hier aus ja effizienter vonstatten gehen. Aber für einen nicht motorisierten Schnüffler wie mich (der Alfa ist schon wieder zur Reparatur – der Alfa ist *immer* schon wieder zur Reparatur) ist das neue Haus der Bullen viel zu weit weg von meinem neuen Haus.

Das Gebäude ist ein ausuferndes Monstrum aus Glas und Stahl. Das Glas ist dunkelblau – wie der Lauf einer Waffe –, und alles ist furchtbar gepflegt und sauber – ganz geschäftsmäßig – genau so, wie Lieutenant Branco es liebt.

Ich erreiche sein Büro, und er telefoniert. Er bedeutet mir, hereinzukommen und mich hinzusetzen, während er weiterspricht. Es ist ein persönlicher Anruf. Das kann ich aus seiner Haltung und seiner Stimme schließen (er ist sehr einsilbig). Ich will wegschauen, um ihm etwas Privatsphäre zu geben, aber er beachtet mich ohnehin nicht. Also kann ich ihn im Schutz geistiger Abwesenheit betrachten. Seine graublauen Augen sind kühl und entnervend, wie dünnes Eis. Im welligen schwarzen Haar glänzen bläuliche Reflexe, wie bei Superman. (Die vereinzelten Silberfäden betonen nur noch den Glanz.) Seine Haut hat noch immer diesen olivfarbenen Ton des Mittelmeeranwohners. Aber es hat sich auch etwas verändert. Über den Augenbrauen zeichnet sich der Beginn einer Falte ab, ein erstes Zeichen der Reife. Ist dies eine Folge seiner frisch geschlossenen Ehe und der Tatsache, dass der täglich zunehmende Umfang seiner Kindfrau ihn daran erinnert, dass ein kleiner Baby-Branco unterwegs ist? Er scheint auch ein wenig abgenommen zu haben. Er treibt jetzt wohl weniger Sport – im Sportstudio jedenfalls. Sex auf Abruf macht den stärksten Hengst mager und hungrig.

Er legt auf und sagt zu mir: »Hallo, Stan. Was führt dich her?«

Sein beiläufiger Tonfall entwaffnet mich. Bisher waren seine Begrüßungen stets Attacken. Auch dies ein Zeichen des geläuterten und verheirateten Brancos, der nun jede gesellschaftliche Situation unvoreingenommen und sachlich angeht? Ach was, zum Teufel mit den ehelichen Nettigkeiten. Ich bin ja nicht mit ihm verheiratet.

»Was mich herführt«, sage ich, »bist du.«

»Was habe ich jetzt schon wieder angestellt?«, fragt er.

Du, du, du, Vito, immer wieder du. Du bist die Sonne, der Mond und die Sterne, und wir anderen krabbeln auf eierigen Umlaufbahnen um dich herum.

»Du hast mich auf einen vorgetäuschten Juwelendiebstahl angesetzt.«

»Halt, halt, halt«, sagt er, und seine erhobenen Handflächen signalisieren *Stopp!* Er steht auf und schließt die Bürotür. Wieder zurück auf seinem Stuhl, sagt er fest: »Ich habe dich auf gar nichts angesetzt.«

»Hast du mich heute Morgen etwa nicht angerufen?«

Sein Mund verspannt sich. »Was ich getan habe«, sagt er, »ist Folgendes: Ich habe von einer gewissen Sache Wind bekommen und dir dann zufällig davon erzählt. Das ist passiert.«

»Und du hast mir nicht *zufällig* vorgeschlagen, dass ich ...«

»Ich dachte, du könntest ein bisschen Erfahrung brauchen«, sagt er. »Wenn dich diese Arbeit nicht interessiert, hättest du sie ja nicht annehmen müssen. Aber komm jetzt nicht hierher, um dich zu beschweren.«

»Ich kam mir vollkommen blöd vor.«

Er sagt: »Ich kann nichts daran ändern, wie du dich fühlst.«

Sprichst du so auch mit deiner Frau?

Ich sage: »Dieser Typ, Palladin, der will seinen Schmuck noch nicht mal wiederhaben. Der will bloß das Geld. Eine Menge Geld für Diamanten und Platin. Er wollte sogar, dass ich ihm bei einer falschen Anzeige helfe. Aber als ich dann beim Sicherheitsbeauftragten des Hotels nachgehakt habe, stellte sich raus, dass der Kram, den Palladin im Hotelsafe aufbewahrt hat, bloß Modeschmuck ist. Das heißt, ich habe meine Zeit umsonst vergeudet.«

Branco sagt: »So laufen die meisten Ermittlungen ab, *echte* Ermittlungen. Man muss eine Menge Fußarbeit machen. Wenn du fertige Rezepte haben willst, Stan, dann hättest du Koch werden sollen.«

»Da wäre ich bestimmt erfolgreicher, bei den Knochen, die du mir zuwirfst.«

Brancos Augenbrauen schießen in die Höhe, seine schönen, schrägen, glänzend schwarzen Mittelmeeraugenbrauen.

»So siehst du das?«, fragt er. »Als Knochen?«

»Es ist Betrug, sonnenklar, und das Ganze ging mich nichts an.«

»Dann halt's Maul und lass es bleiben!«

Das Telefon klingelt. Branco hebt ab und meldet sich zornig, aber dann wird seine Stimme sofort weicher. Er hört eine Weile zu, antwortet einsilbig – es muss sich um Ehe-Slang handeln –, dann sagt er ruhig: »Ich vergesse es nicht.«

Er legt auf und notiert auf einem Block: Eiscreme.

Er atmet tief durch und sagt dann zu mir: »Sieh mal, Stan, nach dem, was wir zusammen erlebt haben, habe ich kein Recht, dir etwas vorzuschreiben oder dich zu kritisieren. Ich kann nicht einmal ...« Er sucht nach Worten, findet keine und schüttelt den Kopf. »Egal.«

»Was denn?«, frage ich.

Er kämpft mit sich, dann sagt er: »Es geht mich ja nichts an, aber Tatsache ist, dass du jetzt, wo du ein bisschen Geld hast, immer gleich aufgibst, wenn mal nicht alles nach deiner Nase geht. Und ich finde, Aufgeben ist was für Verlierer. Und ich hasse die Vorstellung, dass der Kerl, der mein Leben gerettet hat, ein Verlierer ist.«

»Das Schicksal kann einem schon grausame Streiche spielen, Lieutenant.«

»Du bist kein Verlierer!«

»Wem willst du das weismachen?«

Branco schüttelt den Kopf. »Tut mir Leid, dass ich das Thema angeschnitten habe.«

»Aber du hast es getan«, sage ich.

Knurr! »Ich habe heute Morgen Wind von einem weiteren Diebstahl bekommen.«

»Zweimal an einem Tag? Eure neuen Büros müssen ja ganz schön zugig sein. Oder versuchst du wirklich, mir Jobs zuzuschanzen?«

»Willst du's jetzt hören oder nicht?«

»Schieß los«, sage ich.

Branco erzählt mir: »Ein Typ namens Colt Remington hat

heute Morgen angerufen, um eine gestohlene Gürtelschnalle zu melden.«

»Colt Remington? Der war auf der Tagung. Er hielt eine große Rede und hat einen ganz schönen Wirbel verursacht.«

»Welche Art von Wirbel?«, fragt Branco.

»Er ist so eine Art selbst ernannter Texas Ranger der örtlichen Cowboy-Szene. Sein Credo ist Fairness. Heute Morgen ließ er sich über die unfaire Behandlung von Rollstuhlfahrern aus.«

Branco sagt: »Welche Probleme gibt es da?«

»Colt Remington glaubt, dass die Typen im Rollstuhl eine Sonderbehandlung bekommen und dass das nicht fair ist.«

»Niedlich«, sagt Branco. »Fakt bleibt, dass wir jetzt zwei Diebstähle bei derselben Veranstaltung haben.«

»Willst du, dass ich mit Colt Remington rede?«

»Stan, ich *will* überhaupt nichts. Ich erzähle dir nur, was ich gehört habe, ganz inoffiziell. Mach damit, was du willst. Das tust du ja ohnehin meistens.«

»Zwischen uns spielt sich also alles in der Grauzone ab.«

»Noch nicht mal das«, sagt Branco. Er öffnet die Schreibtischschublade, zieht einen großen grauen, versiegelten Umschlag heraus und gibt ihn mir. »Ich habe das hier nie gesehen«, sagt er, »und ich weiß nicht, wie du daran gekommen bist. Nachdem du es gelesen hast, vernichte es.«

Ich nehme den Umschlag und will ihn öffnen.

»Doch nicht hier!«, brüllt Branco.

Ich stecke den Umschlag schnell in mein Hemd.

Es kehrt wieder Ruhe ein.

Ich frage: »Woher wusstest du, dass ich herkommen würde?«

»Wusste ich nicht«, sagt er. »Ich hatte es nur für alle Fälle vorbereitet.«

Er steht auf und öffnet die Tür. »Die Zeit ist um«, sagt er.

Ich gehorche und verschwinde.

Ich fahre auf dieselbe Art und Weise in die Stadt zurück, wie ich gekommen bin: mit der T, was die Abkürzung für MBTA ist, was wiederum die Abkürzung für Metropolitan Bay Transit Authority ist. Seit Jahren stellt sich die Frage, wo genau die Autorität endet und der Transit beginnt. Während ich also an der Haltestelle Ruggles Street auf Godot warte, lese ich den Polizeibericht, den Branco mir zugesteckt hat. Es ist ein Standardformular, welches kaum Eintragungen enthält, weil dieser Vorabbericht per Telefon aufgenommen wurde. Ich stelle fest, dass Colt Remington ganz in meiner Nähe in South End wohnt. Man sieht sein Haus von meiner (natürlich noch im Rohbau befindlichen) Dachterrasse aus. Colt hat heute früh sofort bei der Polizei angerufen, nachdem er festgestellt hatte, dass seine wertvolle Gürtelschnalle aus der Zeit des Bürgerkriegs nicht in ihrem Schaukasten lag. Letzte Nacht hatte er eine Party für gut zwanzig Leute und deren Gäste gegeben. Er wolle keine vollständige Gästeliste an die Polizei weiterleiten, da einige der Geladenen auch seine Kunden seien und er sich verpflichtet fühle, deren Privatsphäre zu schützen.

Fairness über alles. Das passt zu Colt. Aber was sind das für Kunden? Und was für eine Party war das?

Colt nennt den Namen eines möglichen Schuldigen, einen örtlichen Cowboykostüm-Designers namens Wang Chu. (Das muss Kitty sein.) Colt und Mr. Chu sind »einander bekannt«, aber nicht in freundschaftlicher Weise. Mr. Chu erschien unerwartet auf der Party und wurde schnell verabschiedet. Ungeachtet von Colts Anschuldigung hätte der Diebstahl auch von jedem anderen Gast begangen werden können, da der Verlust der Schnalle erst heute Morgen festgestellt wurde, lange nachdem der letzte Gast gegangen war.

Wenn man Colts Bericht Glauben schenken kann.

Der Zug läuft ein. Ein paar Minuten später bin ich in South End und mache mich auf den Heimweg, um ein paar Telefonate zu führen. Tja, wenn ich ein Handy hätte, könnte ich meine den Fall betreffenden Telefonate überall führen, nicht nur in der Kraychik-Zentrale oder von einem schmierigen, verkeimten Münzfernsprecher aus – vorausgesetzt, er wäre nicht kaputt. Aber bin ich schon so weit, den technisch-sozialen Sprung zu wagen und ein Handy in der Öffentlichkeit zu benutzen? Werde ich mich je wohl dabei fühlen, die Straße entlangzugehen und dabei in voller Lautstärke zu labern? Die Leute erzählen mir, dass man sich daran gewöhnt. Verdammt, man kann sich an alles gewöhnen. Aber sollte man es auch?

Daheim, ganz ohne mich an der Tür begrüßende *felis* und *homo domesticus*, fühlt sich mein wandloses Haus noch leerer an, als es aussieht. Ich rufe meinen Freund Benjy an, den früheren Geschäftsführer von Hairnet, dem Netzwerk für Friseurtratsch.

Als er meine Stimme hört, quietscht er: »Penny!« Diesen Spitznamen hat er mir wegen meiner kupferroten Haare verpasst.

Ich erzähle ihm, dass ich seine Hilfe brauche.

Er sagt: »Für dich tu ich alles, Pen.«

Wie ich schon sagte: die Zähmung des Widerspenstigen.

»Es geht um einen Job, den ich gerade erledige – genau genommen um einen Fall.«

»Einen Fall?«, fragt er. »Richtig wie ein Bulle?«

»Richtig wie ein privater Ermittler.«

»Das kann doch kein Schwanz unterscheiden!«, sagt er.

Seht ihr? Kein Kribbeln. Nicht wie bei Branco.

»Meiner schon«, sage ich.

Benjy sagt: »Aha, dein Italiener kommt in der Geschichte vor!«

Benjy hat schon von Branco gehört, ihn aber bisher nicht kennen gelernt.

Ich erzähle ihm: »Ich brauche Hintergrundmaterial, und da dachte ich an dich, den Zauberer des Informationszeitalters.«

»Welche Art von Hintern-Grundmaterial brauchst du denn?«, fragt Benjy.

Ist Branco ähnlich genervt, wenn ich ihn so platt provoziere?

»Es geht um Folgendes«, sage ich. »Erst fehlen dem einen Typ die Kragenspitzen, dann verliert ein anderer seine Bürgerkriegsgürtelschnalle.«

»Kragenspitzen?«

»Es geht um diese große Cowboy-Tanztagung in der Stadt.«

»Mucho Macho Honcho«, sagt Benjy, der gesellschaftlich stets auf dem Laufenden ist. »Penny, wenn diese Sachen verloren wurden, solltest du dich ans Fundbüro wenden, nicht ans Internet.«

»Aber sie wurden angeblich *gestohlen.*«

»Dann ruf die Polizei an.«

»Genau das haben die Besitzer getan, und ich arbeite an dem Fall.«

»Wow«, sagt er. »Du arbeitest jetzt für die Polizei?«

»Nein«, sage ich. »Ich habe ganz und gar keine Verbindung zur Bostoner Polizei.«

»Ach ja, richtig, genau«, sagt Benjy. »Oh ... Branco ... Ohnmachtsanfall! Das trifft's wohl eher! Groß, kräftig, hart ...«

»Verheiratet.«

»Ja, Penny, ich weiß, dass er verheiratet ist. Ich war's, der dir das erzählt hat, weißt du noch? Ich habe das Aufgebot gesehen, bevor es in den Zeitungen stand. Und wie oft hast du es mir dann noch erzählt? Manchmal glaube ich, du wiederholst das andauernd, um dich daran zu erinnern, dass es wahr ist. Weil du es vielleicht nicht *akzeptieren* willst, hmm?«

»Lass uns auf die Arbeit zurückkommen, Benjy.«

»Ich hab wohl einen Nerv getroffen?«

»Da also die Kragenspitzen und die Gürtelschnalle angeblich gestohlen wurden ...«

»Du sagst dauernd angeblich. Wurden sie gestohlen oder nicht?«

»Es gibt bisher keine Indizien.«

»Au weia, Penny, du klingst wie ein Schnüffler.«

»Oder wie ein Trottel«, sage ich. »Aber mal angenommen, sie wären gestohlen worden, dann würde es mir helfen, wenn ich wüsste, wo der Dieb so was losschlagen würde. Gibt's da im Internet nicht so Stellen, wo Leute Zeug verkaufen?«

»Penny, Penny, Penny«, sagt er. »Das Netz ist ein einziger gigantischer Flohmarkt. Du kannst alles kaufen und verkaufen.«

»Also dann könnte ich – ich meine, vielleicht könntest du – den Kram da drin auftreiben.«

»Aber so funktioniert das doch nicht. Du kannst doch das Netz nicht fragen: ›Wo sind die gestohlenen Objekte?‹, und eine Antwort erwarten. Das kann ein Computer nicht.«

»Du hast mir mal erzählt, man könnte alles da drin finden.«

»Beinahe, Penny. Aber ich habe sicherlich von Informationen und Unterhaltung gesprochen und nicht vom Verbleib gestohlenen Eigentums. Aber egal, erzähl mir ein bisschen was über das Zeug.«

»Diese Kragenspitzen scheinen Modeschmuck zu sein, aber die Gürtelschnalle könnte echt sein. Der Besitzer behauptet, sie wäre aus der Zeit des Bürgerkriegs.«

»Kennt er die Herkunft der Schnalle?«

»Das war im Polizeibericht nicht erwähnt.«

Benjy sagt: »Ich dachte, du arbeitest nicht für die Polizei.«

»Tu ich auch nicht.«

»Wie kommt's dann, dass du den Polizeibericht kennst?«

»Die sind nicht geheim, Benjy. Jeder kann die einsehen.« Kann er meinen Eiertanz hören?

»Das wäre mir neu«, sagt er. »Bist du sicher, dass du keine Sondervergünstigungen bekommst, seit du diesem Bullen das Leben gerettet hast?«

»Kann schon sein«, sage ich.

»Wenn ich dein Leben retten würde, bekäme ich dann Sondervergünstigungen von dir?«

»Die Arbeit, Benjy.«

»Klar, Penny. Okay, also, je nach Zustand könnte so eine Bürgerkriegsgürtelschnalle wertvoll sein.«

»Wie wertvoll?«

»Für manche Sammler gibt es nach oben keine Grenzen. Aber weißt du, Penny, hier in Boston haben wir einen weltberühmten Aufbewahrungsort für Relikte aus dem Bürgerkrieg.«

»Die Bundesreservebank?«

»Die Vade Mecum«, sagt Benjy.

»Klingt nach Zahnpasta.«

»So frisch ist sie nicht mehr. Die Bostoner Vade-Mecum-Gesellschaft ist die älteste Leihbücherei der Vereinigten Staaten. Lange Zeit konnte man nur auf Einladung Mitglied werden. Aber so nach und nach mussten sie auch für den Rest der Gesellschaft die Türen öffnen, weshalb auch Gesindel wie wir rein darf.«

»Klingt reichlich verstaubt.«

»Eine Menge alter Säcke«, sagt Benjy, »und eine Menge alte Kohle.«

»Und wie kann mir eine schimmelige, alte Bücherei weiterhelfen?«

»Weil, meine liebe Penelope, sie außerdem so eine Art Museum ist. Tatsächlich wurde die ursprüngliche Sammlung in grauer Vorzeit schon so umfangreich, dass ein Ableger gebildet wurde, der dann zum Museum of Fine Arts geworden ist.«

»Ich bin beeindruckt.«

»Sie ist beeindruckend«, sagt Benjy. »Und da die Vade-Mecum-Gesellschaft ihre Bürgerkriegssammlung noch immer im eigenen Haus hat, könnte dir dort vielleicht jemand sagen, wo und von wem entsprechende Objekte gekauft und gehandelt werden.«

»Auch gestohlene?«

»Pff, Penny, ich würde an deiner Stelle meine Erkundigungen ein bisschen diplomatischer anstellen. Man weiß ja nie, vielleicht hat die Vade-Mecum-Gesellschaft ja genau diese Gürtelschnalle in Empfang genommen. Und benutze lieber Wörter wie ›Antiquitäten‹ oder ›Relikte‹ und nicht ›Andenken‹ oder ›alter Kram‹, okay?«

»Klar, Benjy. Marktplätzliche Umgangssprache wird meinen Jargon nicht penetrieren.«

»Was nimmst du nur für schmutzige Wörter in den Mund!«

»Da wäre noch etwas, das ich mit dir, äh, besprechen möchte.«

»Ja, klar«, sagt Benjy.

»Es ist was Ernsteres.«

»Du willst was Ernstes mit mir besprechen?«

»Ja«, sage ich.

»Na, dann leg los.«

»Ich weiß nicht, wie ich anfangen soll.«

»Sag es einfach, Penny.« Er klingt ganz eifrig, als ob ich gleich um seine Hand anhalten würde, mit kirchlicher Hochzeit, Empfang im Garten und monatelanger Hochzeitsreise durch die Karibik.

Ich frage ihn: »Hast du mit meiner Freundin Nicole gesprochen?«

»Sie ist ja so ein Schatz! Du kannst ja so froh sein, dass du sie hast!«

Er klingt, als ob er gerade seine zukünftige Schwägerin getroffen hätte und sie sich *wirklich* mögen würden. Und darauf folgt, wie die Nacht dem Tage, dass Benjy und ich heiraten werden.

Benjy sagt: »Wie hast du sie kennen gelernt?«

»Nikki und ich, wir sind uns einfach passiert.«

»Sie ist einfach hinreißend!«

»Dann solltest du vielleicht um ihre Hand anhalten.«

Er sagt: »Du weißt, dass es für mich nur einen Mann gibt.«

»Und das ist nicht Nicole, nehme ich an. Ich war ein bisschen überrascht, als sie mir heute Morgen erzählte, dass meine Grillparty am Memorial Day eine förmliche, superschicke Sache wird, mit Hinsetzen und so. Und da ich so etwas nie vorhatte, frage ich mich, wie sie darauf kommt.«

»Ich habe sie darauf gebracht, Penny. Wir haben über deine Party gesprochen, und darüber, wie nett das wäre, wenn wir in deinem Garten so ein richtig feines Outdoor-Galadiner veranstalten könnten, mit Silberbesteck und Kristallgläsern und Leinentischtüchern und Kerzen und …«

»Ach, und wo soll diese breite Auswahl an Hausrat herkommen?«

»Von mir, Penny. Das ist mein Einweihungsgeschenk an dich. Ausgenommen das Silberbesteck. Das ist von meiner Großmutter und wäre dann nur geliehen. Vorerst zumindest.«

»Suchst du das Porzellan und die Gläser auch selbst aus?«

»Ich dachte, das könnten wir zusammen machen. Nicole fand die Idee klasse.«

»Sie hat einen guten Geschmack, Benjy.«

»Ich meinte dich, Penny. Ich will diesen Einkaufsbummel mit dir machen.«

»Hör zu, Benjy, das ist eine nette Idee, aber das wird eine Grillparty und kein Hochzeitsempfang. Ich will das so machen, wie wir das zu Hause in meiner Familie immer gemacht haben – mit Papptellern und Plastikbesteck und Servietten, die davonflattern, und Hamburgern und Hotdogs und Kartoffelsalat. Und Bier aus der Kühlbox. So in der Art.«

»Bier?«, fragt Benjy. »Du trinkst Bier?«

»Mein Vater trank welches.«

»Oh«, sagt er. »Knapp daneben. Also, deine Idee klingt auch ganz gut, aber biederst du dich deinem Bullen nicht ein bisschen sehr an?«

»Anbiedern?«

»Mit dem Bier, meine ich, und den Hotdogs. Vielleicht

könntest du das ja ein bisschen verfeinern, nur für den Fall, dass es an deinem Bullen eine Seite gibt, die du noch nicht kennst.«

»Du aber?«

»Ich meine ja nur, Penny, dass du krampfhaft versuchst, ihm zu gefallen, und dabei gar nichts mehr von deiner eigenen Persönlichkeit durchblicken lässt.«

»Das tue ich gern, Benjy. Ich möchte es so machen.«

»Aber ich dachte, du magst stilvolle Abendessen.«

»Tu ich auch, aber ich möchte auch, dass Branco sich wohl fühlt. Es ist das erste Mal, dass ich ihn zu Gast habe.«

»Klingt, als ob die ganze Veranstaltung nur für ihn wäre.«

»Sie ist für alle.«

»Seine Frau kommt auch, stimmt's?«

»Ja«, sage ich.

»Wird sie sich wohl fühlen?«

»Wieso nicht?«

»Sie ist doch schwanger, oder nicht?«

»Sie ist bestimmt schon so rund wie 'ne Tonne.«

»Das ist nicht sehr nett, Penny.«

»Vielleicht bin ich nicht sehr nett.«

»Sie kann noch nicht so rund sein«, sagt Benjy. »Sie ist doch erst im dritten Monat, oder? Es sei denn, sie wären schon mal vorehelich Probe gefahren.«

»Doch nicht Branco, nicht mit einer Jungfrau.«

»Sie war noch Jungfrau?«

»Das war wahrscheinlich der Haken, an dem Branco hängen geblieben ist.«

Benjy sagt: »Woher weißt du das denn?«

»Nicole hat es mir erzählt.«

»Und woher weiß sie es?«

»Sie sieht so was.«

»Aber um noch mal darauf zurückzukommen, Penny, meinst du nicht, ein stilvolles Diner würde Brancos Frau beeindrucken?«

»Seine Frau?«, sage ich. »Seine Frau ist mir egal. Ich habe sein Leben gerettet. Reicht das nicht?«

»Aber sie waren noch nicht verheiratet, als du das getan hast.«

»Umso wichtiger. Ohne mich wäre sie heute nicht mit ihm verheiratet.«

»Du hast Recht, Pen. Es ist nur dir zu verdanken, dass sie jede Nacht, wenn wir beide einsam unter unseren Bettdecken frieren, mit diesem großen, muskulösen Italiener im Bett liegt, und sie ringt mit seinem großen, muskulösen, italienischen ...«

»Benjy! Geht dir gerade einer ab? Schau, ich möchte einfach eine Grillparty – nichts Besonderes –, bloß eine schlichte, gemütliche Grillparty. Wenn Branco sich wohl fühlt, dann fühle ich mich vielleicht auch wohl.«

»Vielleicht«, sagt Benjy.

»Ich sagte ja schon *vielleicht*, klar? Und wäre das nicht auch nett für alle anderen?«

»Ich glaube immer noch, dass es Nicole auf meine Weise besser gefallen würde und Brancos Frau auch. Wir sind schwule Männer, Penny. Frauen erwarten so was von uns.«

»Es ist meine Party, Benjy, und ich will sie schlicht.«

»Okay«, sagt er mit einem traurigen kleinen Maunzen. »Auch wenn das Silber schon poliert ist. Es ist so schön, Penny. Es könnte eines Tages deins sein, weißt du, eines Tages ...«

»Ja, ja, das können wir ja ein anderes Mal entscheiden.«

»Lass dir alle Zeit der Welt.«

»Ich meinte die Grillparty, Benjy. Einen Vorteil hätte es ja, wenn wir sie stilvoll machen würden – es wäre ein Jux, Branco mit dem Besteck herumfummeln zu sehen.«

»Das Angebot steht, Penny, auch für das Silberbesteck meiner Großmutter.«

Wann wird Benjy endlich merken, dass er seine kostbaren Edelmetalle bei dem Versuch verschleudert, einen Mann mit einem Herzen aus rostfreiem Stahl zu umwerben?

Er gibt mir eine Wegbeschreibung zur Vade-Mecum-Gesellschaft, und wir verabschieden uns. Bestens informiert mache ich mich daraufhin auf den Weg, um herauszufinden, wo man in Boston eine gestohlene Bürgerkriegsgürtelschnalle vertickt.

5

Benjys Beschreibung führt mich direkt zur Bostoner Vade-Mecum-Gesellschaft. Sie liegt auf der höchsten Erhebung in Beacon Hill, beinahe gegenüber dem Parlamentsgebäude. Ich bin schon oft hier vorbeigekommen und habe die Vade Mecum dabei nie wahrgenommen. Jetzt, wo ich sie sehe, kann ich mir gar nicht erklären, wie ich sie bisher übersehen konnte. Es ist ein altes Steingebäude – die Art, die man als Residenz bezeichnet –, imposant, aber diskret, wie die aristokratische Oberschicht, die es erbaut hat.

Die gargantuanischen Türen aus Bronze stehen weit und einladend offen. Aber innerhalb der massiven Metallzargen befinden sich zwei weitere Türen, die mit verbrämtem roten Leder bezogen und mit Messing beschlagen sind. Die Ledertüren sind geschlossen – sie sehen sogar versiegelt aus –, was dem einladenden Eindruck einen gewissen Dämpfer verpasst. Vielleicht sollen so alle außer den wirklich entschlossenen Seelen vom Betreten der heiligen Hallen abgehalten werden.

Ich habe jedoch eine Mission zu erfüllen und kann es mir nicht leisten, mich wie ein Angsthase aufzuführen, also stoße ich die Türen auf und trete ein. Nachdem ich den Eingangsbereich aus Bronze und Leder hinter mir gelassen habe, finde ich mich in einer palastartigen Vorhalle mit Marmorfußboden wieder, umzingelt von vier überlebensgroßen Porträts vier überlebensgroßer Männer, wahrscheinlich der Typen, die das Ding gebaut haben. Eine Statue von George Washington, die

Morgendämmerung der Zivilisation symbolisierend, gibt es auch.

Ich durchquere die Vorhalle und gehe ein paar Schritte in eine kleine Kammer hinein, die einen wie ein Flaschenhals zwingt, einen Wachmann zu passieren. Ich erzähle ihm, dass ich wegen einiger Nachforschungen gekommen bin. Ich muss mich in eine Besucherliste eintragen, dann darf ich eintreten.

Drinnen herrscht Grabesstille. So geht die Oberschicht zur Bücherei. Genau geradeaus befindet sich eine riesige Ausleihe, aus massivem Mahagoni, gut sechs Meter lang, und dahinter ein Palladio-Fenster, groß wie eine Kinoleinwand. Auf der gigantischen Ausleihe steht eine nach dem Fenster ausgerichtete, sechzig Zentimeter hohe Porzellanvase. Daraus birst ein kompletter botanischer Garten hervor, der noch einen Meter an Höhe draufsetzt. Dafür, dass sie so ein konservativer Haufen sind, lieben diese feinen Pinkel es aber ziemlich dramatisch. Oder ihr Florist ist schwul. Bei den Blumen handelt es sich überwiegend um Lilien, Rosen und Nelken, und die Luft ist erfüllt von einem beruhigenden, unbeschreibbaren Duft, ein Potpourri der Gelassenheit. Hinter der Ausleihe sitzt eine vornehm aussehende Frau Mitte fünfzig. Sie lächelt mir zu.

»Kann ich Ihnen behilflich sein?«, erkundigt sie sich freundlich.

Ich frage sie: »An wen würde ich mich wenden bezüglich Antiquitäten aus der Bürgerkriegszeit?« Ich klinge wie ein Idiot, der einen Briten imitiert, aber so spricht man doch in diesen Kreisen, oder nicht?

Die Frau bemüht sich, ein Lachen zu unterdrücken. »Sind Sie Schauspieler?«, fragt sie.

»Nein.«

»Ich dachte, Sie würden einen Text proben.«

»Nein.«

»Tut mir Leid«, sagt sie und beruhigt sich wieder. »Wir haben eine hervorragende Bürgerkriegssammlung, aber ich weiß nicht, ob der Kurator heute hier ist. Ich frage mal eben nach.« Sie telefoniert. »F. L.? Sie *sind* also da. Ich muss Sie wohl verpasst haben. Hier ist ein junger Mann, der sich für Bürgerkriegsantiquitäten interessiert ... Ja, hier an der Ausleihe ... Das weiß ich nicht.« Sie sieht zu mir auf. »Sind Sie Wissenschaftler?«

Wie soll ich darauf antworten?

Sie spricht ins Telefon: »Nein«, und fragt dann mich: »Sammler?«

Ich schüttele den Kopf.

Ins Telefon: »Nein, kein Sammler.« Zu mir: »Tourist?«

Ich flüstere ihr zu: »Was muss ich sagen, damit er mich empfängt?«

Sie spricht ins Telefon: »Er sagt, es sei eine persönliche Angelegenheit ... Ja, ich werde es ihm ausrichten.« Sie legt auf und sagt zu mir: »Mr. Newbegin wird in ein paar Minuten hier unten sein.«

»Danke für die Hilfe mit der ›persönlichen Angelegenheit‹.«

»Gern geschehen«, sagt sie.

Ein paar Minuten später erscheint ein Mann an der Ausleihe. Er ist relativ groß, ungefähr eins achtzig, und gut in Form für einen Mittfünfziger. Sein Haar wird schon dünner, bildet aber noch eine edle, silbrige Krone. Er hat ein rotes Gesicht, und die Haut sieht frisch und gut geschrubbt aus. Die Augen sind blassblau – sehr munter –, und er trägt eine Nickelbrille. Er lächelt mich vorsichtig an und wendet sich dann an die Frau hinter der Ausleihe.

»Wo ist der junge Mann mit der persönlichen Angelegenheit?«

Ich bin wohlgemerkt der einzige Besucher weit und breit.

»Hier bin ich«, sage ich.

Er wendet sich mir zu und streckt die Hand aus. »Wie schön, dass Sie gekommen sind. Ich bin F. Lloyd Newbegin.«

Sein Händedruck ist kräftig, aber beherrscht, und ein

schwacher, fruchtiger Geruch kommt aus seinem Mund – angenehm.

»Ich bin Stan Kraychik.«

»Das ist tschechisch, nicht wahr?«

»Ja«, sage ich.

»Es ist schön, dieser Nation anzugehören.«

Als ob ich mir das ausgesucht hätte.

Er schaut mich direkt an. »Sie kommen mir bekannt vor. Sind wir uns schon einmal begegnet?«

»Ich bin zum ersten Mal hier.«

»Na, das wird Ihnen nicht noch einmal passieren, nicht wahr?« Dann lacht er, ein diskretes *Hö-hö!*

Guter Witz.

Er sagt: »Wie kann ich Ihnen helfen?«

»Ich habe eine Frage zu einem Bürgerkriegsrelikt.«

»Da sind Sie hier an der richtigen Adresse, junger Mann. Gehen wir hoch in mein Büro.«

Im Aufzug sagt Mr. Newbegin: »Sie sind zu einem günstigen Zeitpunkt gekommen. Nur etwas früher, und ich wäre noch nicht da gewesen – ich habe lange gefrühstückt. Nur etwas später, und ich wäre nicht mehr da gewesen, weil wir heute früher schließen. Das ist nicht immer so, aber wegen des Feiertags und so, da ist es doch nett, wenn man früh ins Wochenende starten kann.«

In seinem geräumigen Büro duftet es genauso beruhigend blumig wie an der Ausleihe. Vielleicht ist das ganze Gebäude aromatisiert, um Gelassenheit zu verbreiten. Dann bemerke ich die Blumenvase auf Mr. Newbegins Schreibtisch – auch hier überwiegend Lilien, Rosen und Nelken.

Mr. Newbegin schlägt vor, in den beiden Lederklubsesseln, die in einer Nische stehen, Platz zu nehmen. Ein Perserteppich – cremefarbene Muster auf dunkelblauem Grund – begrenzt die Nische. Die Sessel stehen sich schräg gegenüber. Ein kleines Tischchen steht zwischen ihnen. Ich erwarte schon fast, dass er mir einen Drink anbietet, aber das tut er nicht.

»Nun«, sagt er, »welche persönliche Angelegenheit wollten Sie denn mit mir besprechen?«

Ich erzähle ihm: »Ich untersuche den Verlust einer Bürgerkriegsgürtelschnalle, und ich habe mich gefragt, wo solch ein Objekt, wenn es verloren geht, wohl wieder auftauchen könnte.«

»Sie drücken sich vorsichtig aus, junger Mann. Sie sprechen von ›Verlust‹ und ›verloren gehen‹.«

»Was tatsächlich damit passiert ist, steht nicht fest, und ich versuche herauszufinden, wo eine Person mit der Suche nach dem Objekt anfangen könnte.«

Er schmunzelt und sagt: »Sind Sie die Person, die sich auf die Suche machen will?«

»Ja.«

»Gehört die Schnalle Ihnen?«

»Nein.«

»Ich verstehe«, sagt er. »Sie suchen bloß danach.«

»Genau.«

»Und Sie möchten, dass ich Ihnen vorschlage, wo Sie mit der Suche anfangen sollten?«

»Das würde mir weiterhelfen.«

»Ich verstehe«, sagt er noch einmal und denkt einen Moment nach. »Dürfte ich Ihnen eine Frage stellen? Arbeiten Sie für eine Versicherungsgesellschaft?«

»Nein.«

»Aber Sie stellen Nachforschungen an.«

»Das ist richtig.«

»Von privat beauftragt also?«

Ich zögere. »Ja.«

»Das ist immer am besten«, sagt er. »Nun, wo würde man anfangen, wo würde man anfangen, lassen Sie mich nachdenken ... Es gibt private Sammler, aber gewisse Objekte gelangen bei denen nie wieder ans Licht der Öffentlichkeit.«

»Weil es sich um gestohlene Sachen handelt, meinen Sie?«

Meine Direktheit irritiert ihn ein wenig, aber er fängt sich schnell wieder.

»Nun, ja«, sagt er. »Aber natürlich sind nicht alle Sammler so gestrickt, junger Mann.«

»Wie sieht es mit Orten wie diesem aus?«

Er schmunzelt. »Wir haben kein Interesse daran, *unsere* Sammlung zu verändern, nicht einmal mit legalen Objekten. Was die anderen Museen betrifft, die würden die Herkunft eines jeden Stückes überprüfen, bevor sie es erwerben.«

Er lächelt mich an, und ich lächele zurück. Es tritt eine Pause ein, während wir dasitzen und uns anlächeln. Seine Zähne sind weiß und gesund, aber nicht in Reih und Glied gezwungen worden. Vielleicht gehörte sich Kieferorthopädie bei männlichen Vertretern seiner Kaste damals nicht.

Ich breche das Schweigen. »Wie dem auch sei ...«

»Genau, wie dem auch sei!«, ruft er mit einem Mal ganz lebhaft aus. »Ja, ja, *wie dem auch sei*, junger Mann! Jetzt kommen wir zu den Tatsachen. Man kann nicht leugnen, dass im wirklichen Leben, im Gegensatz zu der ideellen Welt der Museen und der Privatsammler, die Quelle und die Herkunft eines Objekts völlig irrelevant sein können. Und daher sind Sie schlau, wenn Sie ›wie dem auch sei‹ sagen. Also, wann ging das gute Stück verloren?«

»Heute Morgen.«

»Also sind Sie schon ein wenig in Verzug.«

Ich sage: »Ich bin gerade erst hinzugerufen worden.«

»Und sagen Sie mir noch mal genau, um was für ein Stück es sich handelt.«

»Um eine Gürtelschnalle«, sage ich. »Eine Bürgerkriegsgürtelschnalle.«

»Union oder Konföderierte?«

»Ich weiß es nicht.«

»Kommen Sie!«, sagt er. »Wie können Sie so etwas nicht wissen? Um den Wert eines Bürgerkriegsrelikts zu schätzen, müssen Sie zuerst wissen, von welcher Seite es stammt.«

»Ich habe sie genau genommen nie gesehen. Ich bin nur ein Teil der Bemühungen, sie wieder zu finden.«

»Von privat beauftragt«, sagt Mr. Newbegin.

»Wie ich bereits sagte.«

»Ja, nun«, sagt er, »die Dinge bewegen sich so schnell in unserer Welt, dass man nicht sagen kann, wo sich diese Gürtelschnalle jetzt in diesem Moment gerade befindet. Es würde mich gar nicht wundern, wenn sie heute Abend in der *Antiques Roadshow* zu sehen wäre.« *Hö-hö!*

Ich erzähle ihm, dass die Show im Voraus aufgezeichnet wird.

»Tatsächlich?«, sagt er. »Damit kenne ich mich nicht aus. Aber ich habe von dem Programm gehört – offensichtlich ist es unverdient erfolgreich.«

»Es kommt ursprünglich aus England.«

»Tatsächlich? Wie konnte mir das entgehen.« Dann setzt er hinzu: »Falls das überhaupt *stimmt.*« *Hö!* »Pardon, junger Mann«, sagt er, »ich wollte Sie nicht beleidigen.«

»Ich bin nicht beleidigt.«

»Und wenn Sie sonst keine weiteren Fragen mehr haben, dann würde ich mich jetzt gern entschuldigen. Sie verstehen, das lange Wochenende und so weiter.«

»Selbstverständlich«, sage ich und stehe auf.

Er macht an seinem Schreibtisch Halt und bietet mir aus einer kleinen Blechdose eine Fruchtpastille an.

»Die werden bevorzugt von Opernsängern genommen«, sagt er. »Sie kommen aus England, wie die ursprüngliche *Antiques Roadshow.*«

In dem Moment bemerke ich, dass hinter seiner Bürotür ein großes Poster hängt, aufgezogen und gerahmt, welches eine vergangene Ausstellung in der Vade-Mecum-Gesellschaft ankündigt. Auf dem Druck sind zwei Cowboys bei Sonnenuntergang in der Wüste zu sehen. Einer steht aufrecht, breitbeinig, die Hände in die Seiten gestemmt. Eine Pistole mit langem Lauf funkelt aus einem tief sitzenden Hüftholster. Der andere Kuhtreiber liegt auf dem Bauch und stützt sich auf seine Ellbogen, die gespreizten Beine weit von sich gestreckt. Er poliert seinen Revolver mit einem roten Halstuch. Der Lauf der Waffe zeigt nach oben. Beide Männer werden vom sanften Glühen des Lagerfeuers beleuchtet, während zwei Pferde friedlich daneben grasen.

Mr. Newbegin sagt: »Sie haben das Werk von Mr. Bryce Timothy entdeckt. Er ist ein junger Meister in der Tradition des großen Will James.«

»Und mit einer ziemlich eindeutigen Aussage.«

»Aussage?«, fragt Mr. Newbegin.

Ich zögere. »Ich meine, mit den Waffen und dem Feuer und ihrer Körperhaltung. Das ist beinahe ... romantisch.«

»Romantisch?«, fragt er.

»Wie George Quaintance, nur nicht nackt.«

»George Quaintance, was Sie nicht sagen!«, sagt Newbegin. »Damit haben Sie aber Ihre Unwissenheit verraten, junger Mann. Etwas *Derartiges* habe ich noch nie in Bryce Timothys Arbeiten gesehen.«

Aber das Funkeln seiner Augen verrät mir, dass er genau das Gegenteil meint.

Er sagt: »Ich war der Kurator einer Ausstellung von Bryces neuen Werken, die letztes Jahr hier in der Gesellschaft zu sehen war. Sie hat alle Zuschauerrekorde gebrochen. Die Matronen vom Beacon Hill kamen immer wieder, und der Katalog war nach einer Woche ausverkauft.« Er sieht auf die Uhr. »Und jetzt, junger Mann, wenn ich Sie bitten dürfte ...«

»Ich wollte mich gerade auf den Weg machen«, sage ich. »Ich danke Ihnen nochmals.«

»Viel Glück«, sagt er. »Hier ist meine Karte, falls Sie sich noch einmal bei mir melden wollen.«

Leicht taumelnd verlasse ich die Vade-Mecum-Gesellschaft. Ich fühle mich, als hätte ich mir ein Elixir einverleibt, für dessen Verdauung mir die nötigen Enzyme fehlen. Das muss an meinem Hintergrund liegen, sowohl dem genetischen als auch dem kulturellen. Mr. Newbegin hat auf meinen Namen hingewiesen. Wenn ich ein geborener Stanley Coleridge wäre statt eines Kraychik, hätte er mich dann anders behandelt? Er war ja sehr herzlich, oder war das lediglich fachmännisch ausgedrückte Duldung? Was hätte sich in F. Lloyd Newbegins Büro abgespielt, wenn ich von gleichem Geblüt gewesen wäre? Hätte er mir dann tatsächlich einen Drink eingeschenkt? Während ich durch diese Ausdünstungen meiner Klassenkomplexe wate, frage ich mich: »Was *habe* ich über Bürgerkriegsgürtelschnallen in Erfahrung gebracht?« Die Antwort: Rein gar nix.

Es ist schon nach vier, und die Nachmittagssonne lädt dazu ein, den längeren Weg nach Hause zu nehmen, durch Bostons grüne Lunge – die öffentlichen Gärten –, wo ich mich an einem natürlichen, städtischen Potpourri erfreuen kann. Danach gehe ich in Richtung Newbury Street, um Nicole im Snips Salon zu besuchen. Heute wird sie nicht viel zu tun haben, nicht an einem Freitagnachmittag vor dem Wochenende des Memorial Day. Alle haben die Stadt bereits verlassen, richtig?

Falsch. Der Laden brummt.

Die neue Empfangsdame des Snips erkennt mich nicht. Sie hält mich tatsächlich auf, als ich an ihrem Pult vorübersegele, und fragt, ob ich einen Termin habe. Ich sage ihr, dass ich keinen Termin brauche. Prompt betätigt sie den Summer, der unter Nicoles Maniküretischchen Alarm schlägt, und innerhalb von Sekunden steht Nicole am Empfang.

»Ach, du bist es«, sagt sie und wendet sich an die Empfangsdame. »Ist schon in Ordnung, Belinda. Er ist ein ehemaliger Angestellter.«

Autsch.

Nikki war früher mal ein Mannequin, und obwohl sie über die Jahre ein wenig zugenommen hat, sieht sie immer noch toll aus. Heute trägt sie einen Anzug aus grauem Woll-Crêpe mit scharlachroten Paspeln. Ihr kastanienbraunes Haar ist zu einem klassischen Knoten frisiert, ein Relikt aus Laufstegzeiten.

Ich sage zu Nicole: »Was machen denn all die Leute an einem Feiertagswochenende hier?«

»Dasselbe wie du, Stanley. Sie versuchen, ihrem Leben wenigstens einen freudigen Anschein zu verleihen.«

»*Einen Anschein zu verleihen*, Schatz?«

Nicole lächelt.

Ich frage: »Hast du eine Minute Zeit?«

Sie erwidert: »Mal sehen«, obwohl sie ihre Termine immer haargenau im Kopf hat – und die anderer Leute ebenfalls. »Ich habe tatsächlich gerade nichts zu tun«, sagt sie.

Wir gehen zusammen in das hintere Büro, beziehungsweise ich gehe, denn Nicole schreitet. Ich wette, sie schritt schon vor ihrer Zeit als Mannequin. Wahrscheinlich hat sie ihre ersten Babyschritte schon mit Drehungen à la Dior veredelt.

»Okay«, sagt sie, nachdem wir uns hingesetzt haben, »ich erwarte gleich wirklich eine Kundin. Am besten kommst du sofort zur Sache und erzählst mir, was du auf dem Herzen hast.«

»Was zum Beispiel?«

»Stanley, du kommst nur dann unangemeldet hier reingeschneit, wenn du was auf dem Herzen hast, also rede.«

»Nikki ...« Ich werfe einen Blick zum Barschränkchen hinüber.

»Es ist noch zu früh«, sagt sie.

»Seit wann denn das?«

»Seit ich in sieben Minuten eine Kundin habe. Aber bedien dich, wenn's sein muss.«

»Ich brauche keinen Drink.«

»Aber du möchtest einen«, sagt sie.

»Du etwa nicht?«

»Nein.«

»Lügnerin.«

Sie sagt: »Du hast wohl Schwierigkeiten mit dieser Untersuchung, mit der Vito dich beauftragt hat.«

Ich erzähle ihr: »Branco hat mich mit gar nichts beauftragt. Das hat er ganz deutlich gemacht. Er hat lediglich beiläufig einen Diebstahl erwähnt, ganz inoffiziell, und alles, was ich unternehme, ist meine Sache.«

»Wo ist also das Problem?«, fragt sie.

»Branco ist nicht hinter mir.«

Nicole zieht eine Braue in die Höhe.

»Ich meine, er steht nicht hinter mir.«

Die andere Braue geht ebenfalls in die Höhe.

»Darling, willst du sagen, dass Vito deine Arbeit von offizieller Seite aus anerkennen soll?«

»Tu nicht so gönnerhaft.«

»Dann sag mir, was los ist.«

»Die ganze Sache ist ein Witz, und ich werde sie hinschmeißen, das ist los.«

»Schon wieder?«, fragt sie.

»Was meinst du mit ›schon wieder‹?«

»Du gibst immer auf, wenn etwas schwierig wird.«

»Dasselbe hat Branco auch gesagt.«

»Vito hat meistens Recht, was dich betrifft. Natürlich nicht, was Oberflächlichkeiten angeht.«

»Natürlich«, sage ich. »Branco befasst sich nur mit Tiefgründigem. Trotzdem, Nikki, diese Idee, Privatdetektiv zu werden, war einfach blöd.«

»Dann lass es bleiben, und widme dich deinen anderen Beschäftigungen.«

»Als da wären?«

»Da wären das Katzen-Sitting für Freunde, Blumen gießen, Briefkästen leeren, so was eben.«

»Hurra.«

Sie sagt: »Und dann hast du ja immer noch die eine oder andere Kundin hier.«

»Ein dreifaches Hurra. Nikki, ich will etwas Nützliches machen. Ich dachte, Privatdetektiv zu sein wäre nützlich. Aber da bekomme ich mal einen Fall, und dann handelt es sich um einen fadenscheinigen, schwulen Strass-Diebstahl. Ist es das, was die Zukunft für mich bereithält? Ein schwuler Schnüffler zu sein?«

»Zuerst«, sagt sie, »solltest du dir eine bessere Berufsbezeichnung zulegen.«

»Ich bin es leid, Nikki. Ich bin es leid, mir eine neue Beschäftigung zu suchen.«

»Dann komm zurück in den Salon.«

»Das würde dir so gefallen.«

»Dir auch«, sagt sie.

»Aber das wäre ein Rückschritt.«

»Ein Rückschritt von wo aus betrachtet?«, fragt Nicole. »Dir ging es gut, bis du dieses Geld bekommen hast. Da hast du angefangen, dein Leben in Frage zu stellen, und jetzt sieh dich doch mal an. Du bist wie ein Blatt im Wind.«

»Nicht wie ein Fähnchen im Wind?«

»Du brauchst Arbeit! Du bist zu träge!«

»Musst du gerade sagen.«

»Ich lasse mich gerne mal gehen, Stanley, aber ich habe mir das auch verdient.«

»Verdient?«, frage ich. »Was soll das denn heißen?«

»Das soll heißen, dass ich arbeiten gehe und du faul geworden bist.«

»Vielleicht sollte ich Jura studieren und ein zweiter Perry Mason werden. Dann könnte ich richtige Verbrechen aufklären, anstatt verlorenen Kinkerlitzchen hinterherzujagen.«

»Aber Darling«, sagt Nicole, »du bist gar nicht der naive Typ.«

»Nikki, Perry Mason war nicht naiv.«

»Was war er dann?«

»Breit in den Schultern und schnell in den Slippern.«

»Slipper wie du sie trägst, meinst du?«

»Ja, mein Schatz. Übrigens sind richtige Naive auf den Brettern, die die Welt bedeuten, immer junge Frauen.«

»Bist du sicher?«, fragt sie.

»Ja.«

»Na ja, gefühlsmäßig sind die genauso.«

»Wie wer?«

»Wie du, mein Lieber. Und jetzt verrat mir mal, ob du morgen früh Zeit hast.«

»Das kommt drauf an.«

»Mrs. Haffenreffer kommt zum Färben und Schneiden, und als sie das letzte Mal hier war, hat sie mir erzählt, dass sie dich lieber hat als Ramon.«

»Mich? Oder meine Arbeit?«

»Ist das nicht dasselbe?«

»Nicht bei Ramon.«

»Stanley, willst du den Termin oder nicht?«

»Um wie viel Uhr?«

»Um zehn.«

»Kann ich einrichten.«

»Ich bin dir zu Dank verpflichtet«, sagt Nicole.

»Das alte Mädchen gibt jedenfalls ordentlich Trinkgeld.«

»Laut Ramon nicht.«

»Das liegt daran, dass er bloß rumsteht und sein Trinkgeld *verdient.*«

»Du musst zugeben, Stanley, dass Ramon schon klasse aussieht.«

»Ich gebe es zu, Nikki, aber bewundern muss ich das ja wohl nicht.«

Nicole erhebt sich. »Zeit für meinen Fünf-Uhr-Termin. Was machst du noch so?«

»Ich werde mit jemandem reden, der eine Gürtelschnalle verloren hat.«

»Könnte interessant werden, je nachdem, wobei er sie verloren hat.«

»Er hat sie zu Hause verloren«, sage ich.

Nicole sieht mich fragend an. »Vielleicht hast du Recht, Stanley. Diese Art der Arbeit klingt wirklich etwas öde.«

Dann lässt sie mich allein im Büro zurück. Ich werfe noch

einen Blick auf das Barschränkchen, bemerke dann aber, dass ich nur aus Langeweile und Frust einen Drink möchte. Dabei habe ich doch noch zu arbeiten. Mir steht noch das Erlebnis bevor, Colt Remington von Angesicht zu Angesicht kennen zu lernen.

Vielleicht ein winziger Schluck, bevor ich mich auf den Weg mache?

6

Auf dem Schild des Hauses, in dem Colt Remington wohnt, stehen hinter seinem Namen einige merkwürdige Buchstaben:

C. Remington, PIB & PPS

Ich gebe den Code ein, der für seine Wohnung angegeben ist, und Colt betätigt die Sprechanlage.

»Ja?«

Statisches Krächzen kommt aus dem Teil, deshalb schreie ich hinein.

»Stan Kraychik hier. Ich möchte zu Colt Remington!«

»Oberster Stock«, sagt er und drückt ohne weitere Fragen auf.

Weiß er, wer ich bin? Ist es ihm egal, wen er hereinlässt?

Ich nehme den Fahrstuhl und finde sein Apartment. Ich will gerade anklopfen, als ich feststelle, dass die Tür nur angelehnt ist. Von drinnen kann ich zwei Stimmen hören, eine männliche und eine weibliche, die sich laut streiten. Ich kann die beiden nicht sehen, aber gut hören. Zum Glück – oder Unglück – erschnüffle ich auch den Hauch von etwas Entspannungs- und Käferfeindlichem: Es ist Bistany Evans stechendes Parfüm.

Sie sagt: »Und zieh ja nicht noch mal so eine Show wie heute ab!«

Für ihren Auftritt hinter den Kulissen hat sie den pseudotexanischen Tonfall wieder einmal abgelegt.

»Und wenn doch?«, fragt Colt.

»Das war völlig unangebracht.«

»Kann mir doch jetzt egal sein. Du hältst dein Versprechen ja sowieso nicht ein.«

»Welches Versprechen?«, fragt Bistany.

»Du hast gesagt, dass du mich auf die nationale Tournee mitnimmst, wenn ich nicht gegen das Playback hier in Boston protestiere.«

»Das habe ich nie gesagt.«

»Poster-Boy«, sagt Colt. »Das hast du zu mir gesagt. Nationaler Poster-Boy für die Mucho-Macho-Honcho-Tagungen, plus eine chefetagenmäßige Aufwandsentschädigung.«

»Baby«, sagt sie, »ich kann mich nicht erinnern, dir jemals so was versprochen zu haben.«

Baby?

»Hast du aber«, sagt er.

»Sieh mal«, sagt Bistany, »ich habe gerade eine Menge Stress am Hals – Stress, den du dir gar nicht vorstellen kannst. Mit dieser Tagung steht und fällt die Firma. Es ist ernst. Ich habe also keine Zeit für jedermanns kleine Nicklichkeiten und Pläne. Ich bin schon zufrieden, wenn wir die nächsten Tage überstehen, ohne uns gegenseitig umzubringen.«

Colt fragt: »Ist das eine Drohung oder eine Warnung?«

»Du weißt, was ich meine«, sagt sie.

»Ich weiß jedenfalls genau«, sagt er, »dass du Chester Wright als deinen neuen Poster-Boy einsetzen willst.«

Chester Wright? So heißt er? So wie: Mr. Right, der richtige Mann fürs Leben?

Colt fragt: »Habe ich nicht wenigstens eine Erklärung verdient? Ich bin ein besserer Ausrufer als Chester. Ich könnte mehr für Mucho Macho tun als irgendwer sonst in Boston. Also, warum hast du deine Meinung geändert?«

»Ich musste es tun, Baby.«

»Musstest?«, sagt Colt. »Das ist doch sonst nicht deine Art. Ich glaube, du brauchtest etwas, um deine idiotische, alles integrierende Kampagne zu fördern. Und da kam Chester vorbeigehumpelt, und du konntest nicht widerstehen. Du hättest *mich* auf deinem Poster haben können, und stattdessen nimmst du diesen Krüppel. Hast du es deshalb gemacht? Wegen der Integration?«

»*Integrativlichkeit*«, sagt Bistany. »Und es ging nicht nur um Chester.«

»Um was dann?«

»Um diesen Kampfklub, den du geführt hast – dein Ruf ist befleckt, Baby, und ich kann es mir nicht leisten, dass diese Art von Flecken mit mir oder der Tagung in Zusammenhang gebracht werden.«

»Aber der Klub ist geschlossen. Dafür haben Heather und du ja gesorgt.«

»Aber die Leute wissen es noch.«

»Ich habe also in der Vergangenheit etwas getan, zu dessen Aufgabe *du* mich veranlasst hast, und deshalb hast du jetzt deine Meinung über mich geändert.«

»So ist es«, sagt Bistany. »Du hast Frauen ermutigt, sich gegenseitig zusammenzuschlagen. Diese Idee ist einfach zu gefährlich.«

Colt sagt: »Du hast also Angst vor einer Idee.«

»Ich habe Angst davor, was jemand wie du meinen Plänen antun könnte.«

»Aber was ist mit mir?«, fragt er. »Was ist mit uns?«

»*Uns* gibt es nicht mehr, Baby.«

»Einfach so?«

Sie sagt: »Was wir getan haben, war völlig unangebracht.«

»Klingt ja so, als ob alles, was mich betrifft, auf einmal völlig unangebracht ist.«

»So könnte man es ausdrücken«, sagt sie. »Und, können wir jetzt zur Tagesordnung übergehen?«

»Fahr zur Hölle!«, sagt er.

»Fahr du doch zur Hölle, du Bastard!«

Vom Baby zum Bastard in wenigen Sekunden.

Colt sagt: »Vielleicht kämen wir da besser miteinander aus.«

Dann kommt Bistany durch die Tür gestürmt. Sie rennt in mich hinein und bestäubt mich dabei mit ihrem widerwärtigen Insektenspray.

Sie schmettert: »Wer sind Sie denn? Wieder einer von seinen Jungs?«

Aus der Nähe betrachtet sieht sie älter aus als das Domina-Küken, das sie auf der Bühne darzustellen versucht. Feine Fältchen um Augen und Mund lassen auf ein gewisses Alter schließen. Die schlaffen Hautpartien an Kiefer und Nacken weisen darauf hin, dass sie erst kürzlich eine Menge abgenommen hat, lange nach den Salatzeiten elastischen, jungen Fleisches.

»Das passt!«, murmelt sie und trampelt den Flur entlang zum Aufzug.

Hinter den Kulissen ist Bistany überhaupt nicht nett.

Ich betrete Colts Apartment.

Er fragt: »Wo ist die Pizza?«

»Pizza?«

»Sind Sie nicht der Pizzabote?«

»Nein.«

»Aber ich habe Ihnen doch gerade aufgemacht.«

Ich erzähle ihm: »Sie haben mir aufgemacht, aber ich bin nicht der Pizzabote.«

»Wer sind Sie dann?«

»Ich bin ein Ermittler. Stan Kraychik.«

»Ausweis?«, sagt er und schnipst mit den Fingern.

Ich reiche ihm meine Lizenz. Während er sie betrachtet, verschaffe ich mir einen schnellen Überblick über das Apartment. Es ist eine Maisonette-Wohnung, spärlich eingerichtet und penibel sauber. Aus allen Ecken schreit es: »Designer!

Trendy! Teuer!« Ich verschaffe mir einen schnellen Überblick über Colt und komme zum selben Ergebnis.

»Himmel noch mal!«, sagt er. »Sie heißen so. An der Sprechanlage dachte ich, Sie wären so ein Ausländer, der die Pizza liefert, aber es ist Ihr Name.« Er gibt mir die Lizenz zurück und fragt: »Wie lange standen Sie schon da draußen im Flur?«

»Lange genug, um zu wissen, dass Sie und Bistany Evans keine Busenfreunde sind.«

Er kichert. »Heute Abend nicht. Also, was wollen Sie von mir?«

»Es geht um Ihre Gürtelschnalle.«

»Meine Gürtelschnalle?«

»Sie haben der Polizei telefonisch den Diebstahl Ihres Eigentums gemeldet.«

Er sagt: »Aber Ihrem Ausweis nach zu schließen sind Sie kein Bulle.«

»Das stimmt.«

Er starrt mich an, beobachtet, fällt Urteile. Dasselbe mache ich mit ihm. Ich war heute Morgen von seinem Körper beeindruckt, als er seine große Anklagerede hielt, aber jetzt, im wirklichen Leben, ohne Rampenlicht, sieht Colt Remington noch besser aus. Er ist groß und kräftig, mit schweren Knochen. Der Rest ist pures Fleisch – festes, mageres Fleisch, der geborene Verteidiger oder Schwergewichtsboxer. Das schwarze Haar ist grau gesprenkelt und wie beim Militär brutal kurz geschnitten und dabei so dicht wie eine Schuhbürste. Sein Aussehen entspricht der »Standardausgabe« gewisser Typen seines Alters und Körperbaus, sprich, um die vierzig und gebaut wie ein Schrank. Die bloße Masse seiner Muskeln ist faszinierend, auch wenn ich es lieber nicht zugeben möchte. Nicht sexy, aber faszinierend.

Er fragt: »Arbeiten Sie für die Versicherungsgesellschaft?«

»Ich arbeite freiberuflich. Bringt mehr Abwechslung und macht die Arbeit interessanter.« Irgendwann werde ich mich sogar selbst damit überzeugen.

»Abwechslung ist die Würze des Lebens«, sagt er. »Aber ich habe jetzt keine Zeit für Sie. Ich erwarte einen Klienten.«

»Und eine Pizza.«

»Hä?«, sagt Colt. »Ach ja, stimmt.«

»Mag Ihr Klient ebenfalls Pizza?«

»Die ist für mich«, sagt er.

»Was für ein Glück, dass Sie Bistany rechtzeitig losgeworden sind.«

»Also, passen Sie auf«, sagt er, »was auch immer Sie wollen, machen Sie es kurz.«

»Na klar. Erzählen Sie mir von Ihrer fehlenden Gürtelschnalle.«

»Erzählen Sie mir erst mal, wer Sie angeheuert hat.«

»Wie ich schon sagte, ich arbeite freiberuflich.«

»Aber irgendwer muss Sie ja beauftragt haben, es sei denn, sie arbeiten auf gut Glück.«

»So was in der Art«, sage ich.

»Okay«, sagt er. »Die Schnalle war sehr alt, sehr selten, sehr wertvoll.«

»Wann haben Sie sie zuletzt gesehen?«

»Vergangene Nacht.«

»Wo war sie? Ich meine, Sie haben sie ja offensichtlich nicht getragen, als sie verschwand.«

Er zieht eine Braue in die Höhe. »Wieso offensichtlich?«

»Jemand hätte Sie Ihnen vom Leib stehlen müssen.«

Colt lächelt. »Das hätte interessant sein können.«

»Aber Sie trugen Sie nicht.«

»Nein. *Offensichtlich*. Sie war in ihrem Schaukasten, den ich aber nicht verschließe. Es macht doch keinen Sinn, etwas zu besitzen und es dann dauernd nur beschützen zu müssen.«

»Es macht nicht den Eindruck, als ob Sie sehr sorgfältig mit Ihrem Spielzeug umgingen.«

Er sagt: »Und Sie machen den Eindruck, als ob Sie Ihren Witz als Waffe benutzen.«

»Eine Schutzmaßnahme gegen ausgeprägte Unsicherheit.«

Colt lächelt wieder. »Das bezweifle ich«, sagt er. »Sehen Sie, in der vergangenen Nacht sind hier viele Leute ein und aus gegangen. Jeder von ihnen hätte die Schnalle nehmen können. Und wie wär's, wenn Sie mich jetzt etwas fragen würden, was Sie wirklich wissen wollen?«

»Okay«, sage ich. »Warum haben Sie den Bullen lediglich Wang Chus Namen genannt?«

Er ist überrascht, fängt sich aber schnell. »Sie haben den Polizeibericht gesehen«, sagt er. »Kommen Sie so an Ihre Fälle?«

»Nah dran«, sage ich.

Er denkt darüber nach und sagt: »Ich habe der Polizei Kittys, ich meine, Wang Chus Namen genannt, weil ich glaube, dass er die Schnalle gestohlen hat.«

»Aber Sie sagten, dass vergangene Nacht viele Leute hier waren.«

»Ja.«

»Wie viele?«

»So genau weiß ich das nicht.«

»Aber Sie wissen, wen Sie eingeladen haben?«

Er lächelt schwach. Vielleicht macht ihm Widerborstigkeit Spaß.

»Natürlich«, sagt er, »aber einige Leute haben Gäste mitgebracht, und andere haben sich gar nicht blicken lassen.«

»Gäste«, sage ich. »Also waren auch Fremde anwesend.«

»Ja, einige.«

»Und einer von ihnen hätte die Gürtelschnalle stehlen können.«

»Möglicherweise«, sagt er, »aber nicht wahrscheinlich. Es war Kitty, ähem, Wang Chu. Da bin ich mir sicher.«

»Warum hätte er sie stehlen sollen?«

»Wer weiß?«, sagt Colt und zuckt mit den massigen Schultern.

»Sie müssten es wissen«, sage ich.

»Wen interessiert's?«

»Wollen Sie Ihre Gürtelschnalle nicht zurückbekommen?«

Er lächelt. Der Kerl lächelt oft. »Ich kriege wahrscheinlich mehr von der Versicherung wieder, als die Schnalle wert war.«

Wir sehen uns an.

Er sagt: »Vielleicht sollten wir diesen kleinen Tanz jetzt beenden.«

»Die Polizei wird vielleicht nicht so entgegenkommend sein. Sie haben immerhin Anzeige erstattet.«

Colt verlagert sein Gewicht. Seine enge Jeans quietscht ein bisschen.

»Sehen Sie«, sagt er, »ich habe wirklich keine Zeit.«

»Sie meinen, weil dieser nicht existierende Kunde kommt?«

Er versucht, mich mit einem schwelenden Theda-Bara-Blick zu verunsichern, aber das habe ich schon gekonnter gesehen.

»Was für eine Art von Party war es?«, frage ich.

»Was glauben Sie?«, erwidert er kokett und zwinkert mir zu.

Wen will er denn jetzt darstellen? Eine flirtende Sophia Loren?

»Raten Sie mal«, sagt er, »was das für eine Party war.«

»Okay«, sage ich. »Wie wär's mit dem Naheliegendsten? War es eine Sexparty?«

»Warum ist das nahe liegend?«

»Weil Sie wie jemand aussehen, der ein aktives Sexleben hat.«

»Was bringt Sie darauf?«

»Ihr Körper.«

»Keine schlechte Vermutung«, sagt Colt.

»Sie wissen, was Sie haben.«

»In der Tat«, sagt Colt, »und ein Körper wie dieser bringt Verantwortung mit sich.«

»Also, mit anderen Worten, es war keine Sexparty letzte Nacht.«

Er wird neugierig. »Wie kommen Sie darauf?«

»Wenn es eine Sexparty gewesen *wäre*, hätten Sie das entweder geleugnet, weil Sie etwas zu verbergen hätten, oder Sie hätten damit geprahlt, weil Sie Gruppensex betreiben. Sie haben nichts von dem getan. Stattdessen haben Sie meine Aufmerksamkeit auf Ihren Körper gelenkt.«

»Und was meinen Sie, warum ich das getan habe?«

»Um sicherzugehen, dass ich Ihr Prachtstück bemerke und die damit verbundene Verantwortung zu schätzen weiß.« Jetzt zwinkere ich *ihm* zu, aber auf ironische Weise, wie Rosalind Russell.

Colt sieht mich geradeheraus an. »Wissen Sie was? Ich glaube, Sie gefallen mir. Das kommt selten vor, aber ich habe das Gefühl, dass Sie genau die Art von Mensch sind, die mir gefallen könnte.«

»Tja, danke«, sage ich mit einem Mal verlegen. Also wirklich, was juckt es mich, was er denkt? Ich finde diesen Kerl überhaupt nicht attraktiv. Ich bin nur von seinen Muskeln fasziniert.

Fasziniert.

Musik, Kapellmeister, wenn ich bitten darf.

Wir schweben im Walzertakt durch sein makellos sauberes Wohnzimmer. Seine faszinierenden Muskeln führen mich ebenso, wie Palladin heute Morgen Chester geführt hat. Wir vollführen sogar diesen triumphalen Hebeakt, und Colts heldenhafte Stärke stützt mich mühelos – keine schlechte Leistung, wenn man mein beharrliches Übergewicht bedenkt. Das Lied ist zu Ende, und das Publikum jubelt. Die ganze Welt ist begeistert.

Colt mampft derweil ein Stück Pizza – mit Pilzen und extra viel Käse. Scheinbar haben in der Gegenwart die Ereignisse ihren Fortgang genommen, während ich in meine tänzerischen Halluzinationen versunken war, die bestimmt von Bistanys noch immer im Raum schwebenden Dämpfen hervorgerufen wurden.

Colt sagt: »Sind Sie auch Palladins Kragenspitzen auf der Spur?«

»Woher wissen Sie das?«

»Von meiner DJ-Kabine aus sah ich Sie heute Morgen im Saal mit ihm sprechen. Und jetzt sind Sie hier und sprechen mit mir. Vielleicht sind Sie so ein zwielichtiger Schnüffler, der Fälle aufgabelt, bei denen es um gestohlenes Eigentum geht.«

Kann dir doch egal sein, Baby.

»Wo Sie gerade von Palladin sprechen«, sage ich, »wussten Sie, dass er heute Morgen Kitty angegriffen hat, also Mr. Chu?«

»Klingt, als ob er ihn gefunden hätte.«

»Wer?«, frage ich. »Wer fand wen?«

Colt lächelt schon wieder. Widerborstigkeit macht ihm wirklich Spaß. Oder er ist einfach sehr von sich eingenommen.

Er sagt: »Palladin hat heute einen ziemlichen Wirbel veranstaltet, als er ins Castle kam, irgendwas über gestohlenen Schmuck. Ich musste sogar versuchen, Kitty über den Pager zu erreichen – ich meine, Mr. Chu. Klingt ja, als ob er ihn gefunden hätte. Wo fand der Angriff denn statt?«

Ich erzähle es ihm: »Im Umkleideraum.«

»Wurde Kitty, äh, Mr. Chu verletzt?«

»Er ist Palladin ausgewichen. Er ist ziemlich schnell.«

»Er hat Glück«, sagt Colt, »aber irgendwann ist es vorbei mit dem Glück. Kitty …« Er setzt zur üblichen Korrektur an, zuckt dann aber die Achseln. »Kitty verlässt sich auf seine defensive Taktik, aber um sich wirklich schützen zu können, braucht man auch eine gute Offensive.«

»Sie haben diesen Kampfklub geführt.«

»Interessieren Sie sich fürs Kämpfen?«

»Ich bin ein geborenes Weichei.«

»Dann sollten Sie sich erst recht dafür interessieren«, sagt Colt. »Sind Sie es nicht leid, Angst vor anderen Leuten zu haben? Wüssten Sie nicht gerne, dass Sie dem nächsten Arschloch, das Sie belästigt, die Scheiße aus dem Leib prügeln könnten?«

»Ich habe eigentlich noch nie darüber nachgedacht, nicht auf diese Weise.«

Er sagt: »Abgesehen davon, dass Kämpfen einen großartigen Schutz bietet, ist es auch eine ehrliche Art, sich selbst auszudrücken. Es kann auch eine wirksame Form der Therapie sein. Der Kampf – *mano a mano* – kann einem helfen, die eigenen Wurzeln zu finden. Interne Dynamik hängt von externen Stimuli ab.«

»Sie reden wie ein Seelenklempner.«

Colt sagt: »Wenn ich nicht gerade als Squaredance-Ausrufer oder DJ arbeite, betätige ich mich als Therapeut.«

»Diese Buchstaben hinter Ihrem Namen …«

Er sagt: »PIB steht für Persönliche Inventur Beratung, und PPS heißt Persönlicher Personen Service.«

»Das klingt, als ob Sie Schränke aufräumen und Botengänge machen.«

Colt lächelt. »Wieder mal Ihr aggressiv-defensiver Witz. Witz war in der Tat *meine* Absicht, als ich diese Bezeichnungen für meine Therapien auswählte. Ich helfe den Leuten, ihren ganz persönlichen Ballast zu erkennen und zu benennen. Das ist die persönliche Inventur. Dann helfe ich ihnen, den Tatsachen ins Gesicht zu sehen und den Ballast abzuwerfen. Das ist der Persönliche-Personen-Teil. Darum geht es doch im Leben: seinen Problemen ins Auge zu sehen.«

»Welchen Abschluss haben Sie?«

»Spielt das eine Rolle?«, fragt er. »Worauf es ankommt, ist eine natürliche und disziplinierte Intelligenz, gepaart mit dem Verantwortungsbewusstsein, zu wissen, wann und wo man sie einsetzt.«

Wie mit diesem Körper.

Er fragt: »Was für einen Abschluss haben Sie?«

»Ich dachte, das spielt keine Rolle.«

»Tut es auch nicht«, sagt er.

Ich erzähle ihm: »Klinische Psychiatrie.«

»Im Ernst?«, fragt er. »Und was ist dann passiert?«

»Ich mochte den klinischen Teil nicht.«

»Manche Leute erlangen Wissen und können es dann nicht anwenden.«

Ich sage: »Und andere behandeln Leute, indem sie sie kämpfen lassen.«

Colt zuckt erneut die Achseln. Jede Menge Achselzucken und Lächeln bei ihm. Er sagt: »In manchen Therapien wird Kunst benutzt. In anderen Sex oder ein schwammiges Konzept von Liebe. Einige benutzen Religion. Ich werfe den ganzen Zierrat raus und benutze den Nahkampf. Das ist viel ehrlicher als reden.«

»Wir reden doch jetzt.«

»Bisher.«

»Aber Kämpfen tut weh«, sage ich.

»Nicht so weh wie Lügen. Wenn Ihnen im Kampf wehgetan wird, dann wissen Sie, was passiert ist – Sie haben irgendwo einen Fehler begangen. Und Sie finden den Fehler schnell, weil Sie ja merken, wo es wehtut, und Sie können dann was dagegen unternehmen. Können Sie für all das Gerede von Liebe und Religion dasselbe behaupten?«

»Aber man kann nicht hingehen und jemanden zusammenschlagen, bloß weil man ein Problem hat.«

»Manche Leute tun das«, sagt Colt, »aber das ist zu vereinfachend. Es ist auch falsch. Man muss richtig kämpfen lernen, mit Disziplin. Es ist viel wirkungsvoller als der Versuch, ein Problem vom Tisch zu reden. Logik ist ein netter geistiger Zeitvertreib, nichts weiter. In Wirklichkeit leben wir im instinktiven Teil unseres Körpers. Und das ist genau der Teil, den wir durch diszipliniertes Kämpfen aufwecken und entwickeln können.«

Ich frage: »Wenn Kämpfen so toll ist, warum haben Sie dann heute Morgen auf der Tagung so einen Aufriss gemacht?«

»Das war ein ›Akt der Selbstbehauptung‹, kein Kampf.«

»Sie war kämpferisch, diese flammende Rede.«

»Sie klingen wie ein Lehrbuch«, sagt er. »Ich habe niemanden dadurch verletzt, dass ich da hochging und redete.«

»Sie könnten einige Gefühle verletzt haben.«

»Was sind Gefühle?«, fragt er. »Zeigen Sie mir, wo die sitzen.«

Colt deutet auf verschiedene Muskeln seines faszinierend muskulösen Körpers. »Sitzt hier ein Gefühl? Oder hier? Wie wäre es mit hier?«

Ich wüsste gerne, wie sich *der* Muskel gerade fühlt.

»Gefühle sind nur eine Form von Gedanken«, sagt er. »Das Gleiche gilt für Emotionen. Das findet alles in unserem Gehirn statt.«

»Aber Emotionen fühlt man im Körper.«

»Nicht ganz richtig«, sagt Colt. »Was Sie als Emotion wahrnehmen, ist in Wirklichkeit Ihr Gehirn, das die Signale, die es vom Körper erhält, interpretiert. Tatsache ist, dass Ihr Körper überhaupt nichts fühlen kann, wenn Ihr Gehirn es ihm nicht sagt. Und jetzt kommt das Gute an der Sache: Wenn man sein Gehirn so disziplinieren kann, dass es seine Denkweise ändert, oder zumindest die Themen, über die es nachdenkt, dann kann man auch die Art und Weise ändern, wie das Gehirn die Signale interpretiert, die es vom Körper erhält. Schließlich kann man sich eine völlig andere Reaktion auf eine schon lange bestehende, bekannte Situation antrainieren. Und all die alten Gefühle und Emotionen? *Pfffft!* Weg damit.«

»Einfach so?«

»Genau«, sagt Colt.

»Aber wie sieht es mit dem Instinkt aus? Haben Sie nicht gerade gesagt, dass alles vom Körper abhängt?«

»Ja, das tut es«, sagt Colt, »und genau deshalb kann es vollständig vom Gehirn kontrolliert werden.«

Er sieht auf seine Uhr.

Ich sage: »Eine Frage noch.«

Er lächelt: »Sie haben wohl immer noch eine Frage?«

»Sie sagten, dass Sie Palladin heute Morgen im Castle gesehen haben, oben aus Ihrer DJ-Kabine. Und dass er sich wegen seiner Kragenspitzen aufgeregt hat.«

»Das stimmt«, sagt er.

»War sein Tanzpartner anwesend?«

»Meinen Sie Chester?«

»Ja.«

Colt sagt: »Sie wissen, was ich von Chester halte, nicht wahr? Sie haben gehört, worüber Bistany und ich vorhin gesprochen haben.«

»Ja«, sage ich. »Aber das interessiert mich nicht. Ich möchte wissen, was Chester heute Morgen gemacht hat. War er aufgeregt? Hat er mit jemandem gesprochen? Hat ihn jemand angesprochen?«

Colt grinst mich an. »Das sind aber viele Fragen.«

»Ich muss es wissen.«

»Sie müssen es wissen?«, sagt er lachend. »Wissen Sie, dass Ihre Augen aufleuchten, wenn Sie von ihm sprechen? Ich würde sagen, Sie sind verknallt in ihn. Schauen Sie sich dieses Wort an. Verknallt, so wie jemandem eine *knallen*, also schlagen, hauen. Sich lieben und sich schlagen – sehen Sie, wie nah das beieinander liegt?«

»Das ist mir zu biblisch.«

»Ich sage, was ich sehe«, sagt er. »Glauben Sie's oder lassen Sie's bleiben. Macht ihr Kerle doch, was ihr wollt.«

»Wir Kerle?«

Er grinst wieder, und mir reicht es jetzt.

»Ich bin nicht wie Sie«, sagt er. »Ja, ich fördere und begrüße alles, was Leute tun, um sich sexuell auszudrücken. Aber für mich selbst ist Sex von Mann zu Mann nichts.«

»Sie meinen, Sie sind hetero?«

»Überrascht Sie das?«, fragt er.

»Ich hatte einen anderen Eindruck gewonnen.«

»Das geht vielen Leuten so.«

»Woran das wohl liegt?«

»Persönlicher Ballast«, sagt Colt. »Die Leute glauben das, was sie gern glauben wollen.«

»Sie meinen also, dass ein Kampf zwischen Männern okay ist, Sex zwischen Männern aber falsch?«

»Nein, nein«, sagt er. »Sie haben mir nicht richtig zugehört. Wenn Männer Sex miteinander haben, dann ist das eine gute Sache – jede Art von Sex ist eine gute Sache –, aber Sex zwischen Männern ist nichts für *mich*. Kämpfen ist eine ganz andere Angelegenheit. Ich kämpfe mit jedem Mann, egal, ob homo oder hetero. Ich kämpfe sogar mit Frauen. Aber ich schlage niemals jemanden, der nicht in der Lage ist, zurückzuschlagen.«

»Was ist mit Ihren Kunden?«

»Was soll mit denen sein?«

»Sind die alle schwul?«

»Aus irgendeinem Grund«, sagt er, »sind sie es.«

Ich zähle bis zehn. Zum Teufel mit der Faszination.

Colt fährt fort: »Nun, ich will nicht sagen, dass ich keinerlei homosexuelle Tendenzen habe. Ich bin ehrlich genug, das zuzugeben. Fast jeder Mann auf Erden wird zumindest schon mal darüber nachgedacht haben. Aber ich bin nicht praktizierend. Ich schätze, was ihr Kerle tut. Wirklich. Ich bin in der Tat von der homosexuellen Selbstdarstellung fasziniert. Aber ich treibe es nicht mit Männern. Und das«, sagt er mit einem Achselzucken und einem Lächeln, »war mein Sexualleben in Kurzform. Und, hilft Ihnen das, sich den Gedanken abzuschminken?«

»Welchen Gedanken?«, frage ich.

»Sex mit mir zu haben.«

»Ich will keinen Sex mit Ihnen haben.«

Okay, ich gebe ja zu, dass ich mir in meiner giftgasvernebelten Fantasie vorgestellt hatte, wie wir durch den Raum tanzen, aber da ging es nicht um Sex. Sich vielleicht ein bisschen aneinander reiben, sich vielleicht auch ganz doll aneinander reiben, aber sonst nichts. Außerdem ist die Musik längst vorbei, und die Faszination ist verpufft.

Colt sagt: »Ich bin ganz ehrlich zu Ihnen. Können sie dasselbe auch von sich sagen? Sind Sie ganz ehrlich?«

Ich sage nochmals: »Ich will keinen Sex mit Ihnen haben.«

»Finden Sie mich nicht attraktiv?«

»Sie sind ... faszinierend ... aber ich will keinen Sex mit Ihnen haben. Nehmen Sie es nicht persönlich, Colt.«

»Ich nehme nie etwas persönlich. Das wäre Zeitverschwendung.«

»Außer, wenn Bistany ihre Meinung ändert und Sie wegen Chester fallen lässt.«

Wie? Kein Lächeln? Kein Achselzucken?

Colt blickt finster drein. »Was Bistany gemacht hat, war blöde, aber es richtet sich im Grunde nicht gegen mich. Sie versucht, ihre Geschäftsidee zum Erfolg zu zwingen. Ich persönlich finde ihre Ideen beschissen, aber sie hält große Stücke darauf. Und ich nehme es nicht persönlich. Aber bei dem, was ich mit Ihnen bespreche, geht es um Ehrlichkeit. Ich vertrete die Ansicht, dass die meisten Menschen den Grad ihrer Ehrlichkeit variieren, je nachdem, mit wem sie sprechen. Ich bin da anders. Ich bin geradeheraus und absolut ehrlich, zu jedem und jederzeit.«

»Ich will trotzdem keinen Sex mit Ihnen haben.«

Colt sieht wieder auf seine Uhr.

»Nun«, sagt er, »da mein neuer Klient offensichtlich nicht auftaucht – ein Verlierer –, werde ich schnell noch etwas trainieren vor meinem Auftritt heute Abend.«

Er will schon aus dem Raum gehen, als er sich noch einmal zu mir umdreht.

»Wollen Sie's sich anschauen?«

»Was anschauen?«

»Mich«, sagt er. »Ich habe ein Gerät in meinem Schlafzimmer. Nennt sich Interim-Gym. Da kriegt man ein anständiges Training, wenn man mal keine Zeit für das ganze Programm im Studio hat.«

»In Ihrem Schlafzimmer?«

»Genau«, sagt Colt.

»Und Sie laden mich zum Zuschauen ein?«

Er zuckt die Achseln. »Steht Ihnen frei.«

»Nein, danke.«

Er lächelt. »Ich wollte Sie nur mal auf die Probe stellen.«

Oder dich selbst, Schätzchen.

Er sagt: »Sie sollten heute Abend im Gunsmoke Saloon vorbeikommen. Da können Sie mich bei meinem anderen Job sehen, vielleicht haben Sie dann keine so schlechte Meinung mehr von mir.«

»Ich habe keine schlechte Meinung von Ihnen.«

»Aber Sie wollen keinen Sex mit mir haben.«

»Wissen Sie was, Colt? Für einen Hetero denken Sie aber ganz schön oft daran, Sex mit mir zu haben.«

»Nein«, sagt er. »Ich denke daran, dass *Sie* Sex mit *mir* haben.«

Ich versuche vergeblich, das zu verstehen.

Er lacht in sich hinein. »Wenn Sie eine Frau wären, sähe die Sache ganz anders aus.«

Was für eine Erleichterung.

»Aber jetzt«, sagt er, »habe ich eine Verabredung mit mir selbst. Keine Zeit mehr für Sie.«

Ich verlasse Colts Wohnung und gehe zu Fuß nach Hause. Ich fühle mich benommen, als ob Colt mich nicht nur mit Worten gebeutelt hätte. Ist es das, was er seinen redenden Kunden antut? Vielleicht *ist* Nahkampf wirklich ehrlicher.

7

Gegen acht Uhr komme ich zu Hause an. Auf dem Anrufbeantworter ist eine Nachricht von Benjy, die aus lauter Entschuldigungen besteht: Natürlich soll die Grillparty meiner ursprünglichen Idee entsprechen. Es ist meine Party, meine Gästeliste, mein Menü, alles meins, meins, meins. So drückt er sich natürlich nicht aus – Benjy ist zu bitterem Sarkasmus nicht fähig –, aber ich höre es heraus, weil Sarkasmus *meine* Muttersprache ist. Da sich alles so offensichtlich um *mich* dreht, frage ich mich doch, ob ich einer Kreatur wie Colt allmählich ähnlicher werde, als ich mir eingestehen möchte. Vielleicht bin ich sogar schon wie er.

Ich rufe Benjy an. »Ich habe deine Nachricht erhalten«, sage ich, »und es ist nicht nötig, dass du dich entschuldigst.«

»Manchmal mische ich mich in Sachen ein, die mich nichts angehen, Penny.«

»Sie gehen dich was an, Benjy. Ich bin hier der Sturkopf.«

»Anders kenne ich dich auch gar nicht.«

Wir haben uns geküsst und vertragen, und ich frage ihn: »Kennst du einen Laden namens Gunsmoke?«

»Den Gunsmoke Saloon«, sagt er. »Klar. Wieso?«

»Ich glaube, da muss ich mal reinschauen.«

»Du *musst*, Penny?«

»Für den Fall, an dem ich arbeite.«

»Dein erster Fall«, sagt Benjy, »der schwule Juwelenraub.«

»Danke, dass du mich daran erinnerst.«

Wenn ich allerdings wirklich glaube, dass der Fall bloß Schmu ist, warum will ich dann in den Gunsmoke Saloon? Nur weil Colt gesagt hat: »Kommen Sie vorbei, und besuchen Sie mich mal«? Oder weil Handeln besser als Rumsitzen ist? Oder weil ich Chester Wright wieder sehen könnte?

Benjy sagt: »Ich begleite dich, wenn dir das hilft.«

»Mir wobei hilft, Benjy?«

»Wenn es dir hilft, Penny. Ich möchte dir immer helfen.«

Bin ich Benjys unerwiderte Fünftklässler-Liebe? Bin ich sein Chester?

Ich sage ihm: »Es ist besser, wenn ich allein gehe.«

Er sagt: »Setz dir einen Cowboyhut auf oder so. Ansonsten musst du Eintritt bezahlen.«

»Tut's ein Lasso auch?«

»Kommt darauf an, was du damit treibst.«

»Ich zahle lieber Eintritt«, sage ich. »Aber ich habe noch eine Frage. Es geht um etwas, wobei nur du mir helfen kannst.« Mein Mund wird plötzlich staubtrocken. »Ich weiß nicht mal, ob ich es aussprechen kann.«

»Ja?«, sagt Benjy mit dieser erwartungsvollen Hoffnung in der Stimme.

Meine Stimme ist heiser. »Ich glaube, es ist Zeit.«

»Für was, Penny?«

Sekunden verstreichen. Mein Herz rast. »Benjy, ich glaube, ich sollte vielleicht ... hmm ...«

»Penny, du meinst ...?«

Kann ich die Worte über die Lippen bringen?

»Benjy ... Ich glaube, für mich ist die Zeit gekommen, drahtlos zu telefonieren. Oder mobil oder digital oder wie auch immer das heißt.«

»Oh!«, quietscht er. »Ich freue mich ja so für dich!« Seine Stimme zittert. »Was hat dich so weit gebracht? Der Bulle?«

Nachdem ich es ausgesprochen habe, verlangsamt sich mein Puls wieder auf Normalniveau. »Nein«, sage ich. »Ich bin es einfach leid, immer nach Hause rennen zu müssen oder funktionierende Telefonzellen zu suchen, wenn ich mal telefonieren muss. Und überhaupt, wie sähe es in den Frisiersalons aus, wenn wir bei Henna und Brennscheren stehen geblieben wären?«

Benjy ist außer Atem. »Also wirst du es endlich tun.«

»Ja«, sage ich mit einem Seufzer.

»Du kannst mein Extrahandy haben.«

»Dein Extra?«

»Es ist zu groß für mich«, sagt er. »Du meine Güte, ich hätte nie gedacht, dass ich mal so was sagen würde. Ich kann dir auch einen Vertrag besorgen. Wenn ich mich mit einer Sache auskenne, Penny, dann sind es die besten Telefonverträge.«

»Danke, Benjy.«

»Also, soll ich es dir gleich vorbeibringen?«

»Lass mich darüber nachdenken.«

»Aber du hast doch gesagt, dass du es brauchst.«

»Es ist ein großer Schritt«, sage ich. »Gib mir noch einen Tag, und dann entscheide ich mich.«

»Warte nicht zu lange, Penny. Die Technologie verändert sich rasant.«

Wir verabschieden uns.

Warum zögere ich noch mit dem Telefon? Ich habe wichtige, lebensverändernde Entscheidungen schon viel schneller getroffen. Vielleicht steht dieses Handy ja auch als Metapher für Benjy, und ein Teil von mir glaubt, dass ich mit dem Handy zugleich ihn selbst in mein Leben lasse, so wie er es sich wünscht. Wir würden uns allmählich so ineinander verweben, bis wir nur noch eine Persönlichkeit mit zwei Körpern wären. Die Psychiater nennen das *Cathexis*. Manche Leute nennen es Liebe.

Was würde Colt Remington von dieser geistigen Karussellfahrt halten? Wahrscheinlich würde er mir vorschlagen, Benjy zu verprügeln, um alle Probleme zu lösen.

Im Gegensatz zu Colt lege ich keine kleine Trainingseinheit ein. Ich mixe mir stattdessen einen riesengroßen, staubtrockenen Martini und werfe ein schnelles Abendessen zusammen – ein Spinat-Käse-Omelett mit gebutterten Bratkartoffeln. Dazu einen weiteren Martini. (Es sieht eben doch nur wie ein Frühstück aus.)

Gesättigt und beschwingt mache ich mich auf den Weg zum Gunsmoke Saloon.

8

Benjys Wegbeschreibung ist wieder mal einfach und zutreffend. (Ist er mein verloren gegangener Kompass?) Es stellt sich heraus, dass der Gunsmoke Saloon bloß ein paar Straßenecken von meiner Behausung in South End entfernt ist. Es ist erstaunlich, was man so alles in seiner Nachbarschaft entdecken kann, wenn man bereit ist, ausnahmsweise mal links abzubiegen, wo man sonst immer rechts herum geht.

Der Laden befindet sich im Erdgeschoss eines alten Lagerhauses. Das Gebäude ist groß und zeichnet sich jetzt – um zehn Uhr abends – in der Dunkelheit ab, die jedoch von einer gigantischen elektrischen Leuchtreklame über dem Eingang vertrieben wird. Zwei fantastische Cowboystiefel, beide gut eins achtzig hoch – Standard-Cowboygröße –, werden durch eine Schrillion kleiner Lämpchen auf der riesigen Tafel in Bewegung versetzt. Ich schaue vom Bürgersteig aus zu, wie die Stiefel freudig über meinem Kopf tanzen, die Hacken hochwerfen, sich kreuzen, Pirouetten drehen und dann plötzlich still stehen, während die Sporen sich drehen und funkeln und ein in allen Regenbogenfarben schillerndes Feuerwerk von sich geben. Das tolle Teil sieht aus, als wenn es direkt aus Las Vegas importiert wäre. Jetzt verursacht es Stromschwankungen im gesamten Stadtbereich von Boston.

Der Bürgersteig bebt im Takt der Musik, die von drinnen herausschallt. Ich öffne die Tür, und Dunkelheit umfängt mich, zieht mich fort vom gleißenden Licht der Leuchtreklame. Die laute, lebhafte Musik lässt den Boden erzittern, und meine Füße fangen von allein an zu tanzen, genau wie die steppenden Cowboystiefel draußen am Eingang.

Benjy hatte Recht. Der Eintritt für nicht westerngemäß gekleidete Leute ist saftig. Der schlanke Kuhtreiber an der Tür ist so ein verdammt gut aussehender Racker, dass ich mir sage: Was soll's? Ich ziehe mein Portemonnaie hervor, um zu zahlen, aber eine Stimme ruft über den Lärm und die Musik hinweg: »Nicht doch, Travis! Er ist ein *Gast.*«

Es ist das Kastratenkrächzen von Fannie Mae Knox. Selbst im spärlichen Licht des Gunsmoke spiegelt ihre Erscheinung die Myriaden von Schattierungen einer einzigen Farbe wider – rosa, rosa, rosa.

Sie schimpft mit mir. »Wo haben Sie denn den Presseausweis gelassen, den ich Ihnen heute Morgen gegeben habe?«

»Ich glaube, ich, ähm, habe ihn einfach vergessen.«

»Sie böser Bube«, sagt sie und fährt fort, »macht ja nichts. Kommen Sie mit.« Sie packt mich mit ihrer rosa behandschuhten Hand und führt mich in den Saloon. »Willkommen in meinem Reich«, sagt sie glucksend. »Meinem Hoheitsgebiet.«

Im Gegensatz zum Castle mit seiner öffentlichen Veranstaltung im Tageslicht ist der Gunsmoke Saloon dramatisch dunkel. Es herrscht eine Atmosphäre wie ... ja, wie? ... wie in einem Raubtiergehege zur Brunftzeit. Die Leute tanzen alle paarweise, ohne die lässige Zurückhaltung des Squaredance. Hier halten sich alle fest umarmt, und so füllen sie die Tanzfläche – aneinander gepresst. Hier gibt es auch keine Drag-Queens. Der Schick der falschen Damen ist für den schwulen Spaß des Squaredance bei Tage reserviert. Im Gunsmoke Saloon sind die Männer Männer.

Mit Ausnahme von Fannie Mae Knox.

Sie schiebt mich zum hinteren Ende der Bar, an einen idealen Eckplatz. Auf dem Tresen leuchtet eine rosa Mixtur in einem Martiniglas, bereits halb getrunken.

»Dies ist mein Beobachtungsposten«, sagt sie und tätschelt mit ihrer rosa behandschuhten Hand einen besonderen Barhocker, der mit rosa Samt bezogen ist. »Und Sie, Kürbis, sind mein nächstes Objekt.«

Kürbis? Wer ist Kürbis?

»Also«, sagt sie, »bleiben Sie hier sitzen, während ich mir die Nase pudern gehe.«

Sie zeigt auf den benachbarten Barhocker – nicht auf den in Rosa, Gott sei Dank –, und ich tue wie befohlen. Vielleicht hält man mich für jemand Bedeutenden, wenn ich neben ihr sitze, oder auch nur für einen weiteren Verehrer.

Die Barfrau kommt herüber. Sie ist ein kräftiges, vollbusiges Mädel, mit einem Schopf lockiger roter Haare, die selbst im Dunkeln als gefärbt erkennbar sind. Sie sieht aus, als ob sie die letzte verbleibende Rockerbraut spielen würde.

»Hallöchen«, sagt sie mit einem breiten Lächeln. »Welches Gift bekommst du?«

In so einem Laden bestellt man am besten etwas Männliches.

Ich sage: »Einen Black Russian, trocken.«

»Versuchst du, dir wen aufzureißen, Darlin'?«

»Nicht, dass ich wüsste.«

Sie sagt: »Kerle trinken normalerweise Black Russians, wenn sie wen aufreißen wollen.« Ihr Kaugummi-Akzent ist noch etwas unsicher, als ob sie noch am Üben wäre.

Ich sage: »Dann nehme ich ein Bier.«

»Bier?«, sagt sie. »Darlin', du bist doch kein Biertrinker. Wenn du wen aufreißen willst, wird dir die kleine Heather schon helfen.«

Die kleine Heather? Etwa so wie in »Klein Dumbo«?

»Ich mix dir meine Spezialversion«, sagt sie. »Heißt Russian Revolver. Macht dich abenteuerlustiger als der normale Black Russian. Mehr wie Russisches Roulette.« Sie lacht.

»Ich weiß nicht, ob ich so abenteuerlustig werden will.«

»Keine Bange, Darlin'. Ich mach nur Spaß. Ich mache immer Späßchen mit den Leuten, die zum ersten Mal hier sind. Ist meine besondere Art, sie willkommen zu heißen, und du scheinst ganz nett zu sein.«

Ich? Nett?

»Einmal Russisches Roulette, bitte«, sage ich.

Sie verbessert mich. »Russian *Revolver*, Darlin'.«

Ich schaue ihr zu, wie sie den Drink mixt. Sie arbeitet unbeholfen, nicht gerade die geborene Barfrau. Der Drink setzt sich wie ein gewöhnlicher Black Russian zusammen, bis zu dem Moment, als sie eine kleine Plastikflasche aus dem Regal nimmt und einen Spritzer daraus in den Drink gibt.

»Was ist das?«, frage ich.

»Eine geheime Zutat«, sagt sie.

»Die, die mich abenteuerlustiger macht.«

»Ganz genau, Darlin'.« Sie stellt den Drink auf den Tresen. »Los. Probier mal.«

Ich mache es. »Zitrone«, sage ich.

»Ganz genau, Darlin'. Das ist der ganze Trick. Fermentierte Zitronen.«

»Warum in einer Plastikflasche?«

»Weil ich die Originalflasche nicht öffentlich zeigen kann.«

»Warum nicht?«

Sie lehnt sich zu mir herüber. »Weil das Zeug aus Italien geschmuggelt ist. Jesus, ich hoffe bloß, du bist kein Spitzel vom Drogendezernat.«

Ich erwidere: »Die wollten mich nicht.«

»Na, umso besser, Darlin'.« Sie richtet sich wieder auf, keine weiteren Geheimnisse. »Und was führt dich in diese Gegend?«

Ich erzähle ihr: »Ich war heute auf der Tagung und dachte mir, ich könnte heute Abend gleich weiterfeiern.«

Heather sagt: »Freut mich, dass du so viel Spaß hast, aber meinst du nicht, du solltest dir mal 'ne Ausrüstung zulegen?«

»Ausrüstung?«

»Westernklamotten«, sagt sie.

»Ich bin neu in der Szene.«

»Mal im Ernst«, sagt sie, »selbst ein Grünschnabel sollte sich was Passendes anziehen.«

»Ich, ähm, hatte keine Zeit.«

Sie sagt: »Vielleicht kann ich dir helfen. Wie war noch gleich dein Name?«

»Stan. Stan Kraychik.«

»Freut mich, dich kennen zu lernen, Stan Kraychik. Ich bin Heather Blossom. Und willkommen im Gunsmoke Saloon.«

Ich zücke mein Portemonnaie, um den Drink zu bezahlen, doch sie winkt ab.

»Der erste geht aufs Haus«, sagt sie.

»Bist du sicher?«

»Ich sollte es wissen«, sagt sie. »Mir gehört der Laden.«

»Danke«, sage ich.

Wenn also Heather Blossom das Gunsmoke besitzt und als Barfrau darin arbeitet, entspricht das dann Nicole, der das Snips gehört und die als Maniküre darin arbeitet? Aber Heather hat ihre Tarnung mir gegenüber schon auffliegen lassen, während Nicole ihre auch gegenüber den ältesten Kundinnen aufrechterhält.

»Ist ein netter Laden hier«, sage ich. »Wie lange gibt's ihn schon?«

»Fast ein Jahr, und wir haben gerade die neue Leuchtreklame draußen angebracht. Wie findest du sie?«

»Unglaublich.«

»Ich und Fannie Mae, wir waren uns nicht sicher, ob wir uns diese Extrakosten jetzt leisten konnten, aber mit der Tagung und so war es doch ein guter Zeitpunkt.«

»Du und Fannie Mae?«

»Wir sind Partnerinnen«, sagt Heather.

»Das heißt?«

»Das heißt, wir sind Geschäftspartnerinnen«, sagt sie. »Manche Leute sprechen von Partnern, wenn sie Ehemänner oder Ehefrauen meinen, weißte?«

»Sicher, aber Fannie Mae ist doch in Wirklichkeit ein Mann, oder?«

Heather lächelt. »Ja, Darlin', aber ich *mag* Männer. Ich schein bloß keinen abzukriegen. Die Leute denken, ich wär lesbisch, weil ich diesen Laden schmeiße, aber ich bin's nicht. Wie steht's mit dir?«

»Für mich die Ken-Puppen.«

»Na«, sagt sie, »leg dich nicht zu früh fest. Du könntest glatt als hetero durchgehen.«

Ich? Hetero? Und auch noch nett?

Heather sagt: »Aber was Fannie Mae und mich betrifft, wir sind gute, sehr gute Freundinnen. Obwohl ...« Sie lehnt sich wieder zu mir herüber. »Es gibt Dinge, die man noch nicht mal seiner besten Freundin erzählen kann.«

»Warum nicht?«

»Warum? Na, wegen *ihren* Freunden!« Sie lacht und wendet sich den anderen Kunden zu.

Von der luftigen Höhe meines Barhockers herab schaue ich mich in dem Laden um. Ein langsamer, altmodischer Walzer läuft als Abwechslung zu der schnellen Fahr-deine-Süße-heim-Musik, die den Laden zum Beben gebracht hat, als ich ankam. Kerle drehen sich anmutig mit anderen Kerlen im Kreis, Mädels tun desgleichen mit Mädels. Es gibt sogar einige echte gemischte Paare. Aber mit Ausnahme der rosa Erscheinung gibt es im Gunsmoke keine Tunten im Fummel. Und meine Klamotten sind stinklangweilig. Vielleicht meint Heather deshalb, dass ich als hetero durchgehen könnte.

Ich schaue hoch und sehe Colt Remington in seiner DJ-Kabine. Heute Abend trägt er eine schwarze Lederweste und darunter nichts als Haut. Um den linken Oberarm trägt er ein Lederband, das die Wölbungen seiner frisch aufgepumpten Muskeln noch unterstreicht. Die glänzenden Nieten des Armbandes blitzen und tanzen umher, wenn Colt sich in der Kabine bewegt. Er hat sogar einen kleinen Halogenstrahler darauf gerichtet, um diesen Effekt zu erzielen. Ansonsten ist das Licht in der Kabine gedämpft, so dass Colts kantiges Gesicht dem eines Zauberers gleicht, der die Menge mit Musik verhext.

Hat Colt mir gerade zugewinkt? Ich winke zurück, und tatsächlich, er winkt noch mal und lächelt. Aber das geht in Ordnung, er ist ja hetero. Offensichtlich kann Colt von seinem Kontrollturm aus so ziemlich alles sehen, was sich im Gunsmoke tut, ebenso wie im Castle. Er wendet seine Aufmerksamkeit wieder der Tanzfläche zu, und dort wird sie von etwas festgehalten. Ich versuche, seinem Blick in die Menge zu folgen. Ich schaue und schaue, lasse den Blick über die vielen Köpfe und Hüte schweifen, die im Takt der sentimentalen Musik schwanken, aber es ist bloß ein Haufen Leute, die Cowboy und Cowgirl spielen.

Und dann entdecke ich, was Colt Remington vielleicht so fesselt. Mr. Wang (alias Kitty) Chu hängt am Arm eines großen Cowboys – ein riesiger Bursche vom Land, der wahrscheinlich Tex heißt –, der den Boden mit ihm fegt. Der zarte Kitty, der in einer verschwommenen Weise mit Colt zu tun hat, sieht jetzt so zufrieden aus wie eine Dorfschönheit, die sich gerade den Sohn des Bürgermeisters eingefangen hat.

Heather kommt mit einem weiteren Russian Revolver zurück.

Ich erzähle ihr: »Die gehen runter wie nix.«

»Sei vorsichtig«, sagt sie. »Und sieh mal, was ich dir noch Schönes mitgebracht habe.«

Mit der anderen Hand zaubert sie einen Cowboyhut hervor.

»Setz ihn auf, Darlin'.«

Das Ding sieht wie ein Scherzartikel aus.

»Nein, danke«, sage ich.

»Mach schon. Hab ein bisschen Spaß.«

Ich nehme den Hut. Er ist aus irgendeinem künstlichen, knirschenden Material. Ich setze ihn auf.

Sie sagt: »Siehst du süß aus!«

Süß? Ich will nicht süß aussehen. Ich will knallhart aussehen, wie Colt in der DJ-Kabine oder der Schrank, der Kitty über die Tanzfläche wirbelt, oder meinetwegen auch wie Travis, der Türsteher. Ich sehe mein Antlitz im Spiegel hinter der Bar. Ich sehe nicht wie einer von den Kerlen aus. Ich sehe aus wie ein Dreijähriger, der sich als Hopalong Cassidy verkleidet hat. Ich will den Hut wieder abnehmen, aber Heather langt über die Theke und drückt ihn mir auf den Kopf.

Ich sage: »Gehe ich jetzt immer noch als hetero durch?«

»Behalt ihn, Darlin', als Erinnerung an dein erstes Mal.« Sie lacht laut heraus. »Kapiert? Dein erstes Mal!«

Sie geht weg, und Fannie Mae kommt zurück.

Als Ihre Königliche Rosigkeit sich wieder auf ihrem Thron niederlässt, murmelt sie: »So eine lange Schlange vor den Damentoiletten.«

»Warum gehen Sie nicht aufs Männerklo?«

»Weil, mein lieber Kürbis, eine Dame so etwas nicht tut.«

»Es ist doch nur ein Kostüm.«

»Nur?«, sagt Fannie Mae. »Wenn Sie Kostüme schlecht machen wollen, Kürbis, sollten Sie zuerst einmal an das lächerliche Ding auf Ihrem Kopf denken.«

»Heather hat ihn mir gegeben.«

»Entfernen Sie ihn bitte.«

»Warum?«

»Weil er mir nicht gefällt«, sagt sie.

Das liegt bestimmt an all dem Rosa. Deshalb ist sie so, wie sie ist. Es sind diese Jahre des Rosa-in-Rosa. Es hat ihre Farbwahrnehmung zerstört, und damit einhergehend auch ihren Realitätssinn.

Fannie Mae fährt fort: »Wie soll ich denn sonst Ihr Haar sehen? Und warum sollte ich Sie *Kürbis* nennen, wenn nicht wegen Ihres Haars?«

Mein Haar? Mit dem strahlenden Kupferglanz? Das ist ja wohl kaum die Farbe eines schlammigen, alten Kürbis. Ich sollte wohl froh sein, dass sich der Spitzname nicht auf meine Statur bezieht.

Fannie Mae sagt: »Also, Kürbis, bitte nehmen Sie den Hut ab.«

»Mein Name ist Stan.«

»Sie sind Herr Kürbis«, sagt sie. Sie hebt das Kinn leicht an und schaut mich an der Nase entlang an. »Und in Gegenwart einer Dame hat ein Herr seinen Hut zu ziehen.«

Ich schiebe den Hut in den Nacken, so wie ein echter Ranch-Arbeiter ihn tragen würde.

»Widerspenstiger Bube!«, sagt sie.

Lässig nehme ich einen Schluck von meinem Drink und sage zu ihr: »Heather sagt, dass Sie Geschäftspartnerinnen sind.«

»Ach?«, sagt Fannie Mae.

»Ist das wahr?«

»In gewisser Weise.«

»Welcher Weise?«

»Kürbis, Geschäftsgespräche sind so langweilig.«

»Was ist mit Bistany? Ist sie auch eine Partnerin?«

»In gewisser Weise ja, in gewisser Weise nein«, sagt sie.

»Ich bin ein wenig überrascht, dass Bistany heute Abend nicht hier ist.«

»Oh, sie ist hier«, sagt Fannie Mae.

»Ich sehe sie nirgends.«

»Die Welt spielt sich nicht nur vor Ihren Augen ab, mein kleiner Kürbis. Und jetzt verraten Sie mir mal, was *Sie* machen?«

»Was ich mache?«, frage ich.

»Ja, Kürbis. Sie wachen jeden Morgen auf, und was tun Sie dann? Abgesehen davon, dass Sie Leute provozieren.«

»Ich, ähm ...«

»Oh je«, sagt Fannie Mae. »Das klingt ja nicht gerade glänzend.«

»Kürbisse glänzen auch nicht, und schon gar nicht morgens.«

»Das tun sie wohl, wenn das Licht richtig fällt.«

Ich frage: »Was machen *Sie* denn?«

»Ich?«, sagt sie mit einem seltsamen Glucksen. »Ich verschenke mein Geld.«

»Wie glänzend.«

»Das kann es sein, Kürbis. Aber das ist noch nicht alles, was ich mache. Selbstverständlich muss man auch noch etwas anderes machen. Liebe zum Beispiel. Ich mache viel aus Liebe. Und Sie, Kürbis? Machen Sie irgendetwas aus Liebe?«

»Ich, ähm ...«

»Oh je!«, sagt Fannie Mae. »Sollte ich mich getäuscht haben, als ich Sie erwarb?«

»Vielleicht könnten Sie mir erzählen, was *Sie* aus Liebe tun.«

»Was ich aus Liebe mache, Kürbis, ist schauspielern.«

»Sie schauspielern.«

»Ja«, sagt sie.

»Aus Liebe.«

»Genau.«

Glänzend, glänzend.

Ich frage sie: »Und wo schauspielern Sie?«

Sie sagt: »Wenn man in dieser Stadt – ich werde Boston nicht mit der Bezeichnung Metropole ehren –, aber wenn man in dieser Stadt aus Liebe schauspielert, dann muss man das jeden Tag, überall und jederzeit machen.«

»Sind Sie in einer Theatertruppe?«

»Die Welt ist meine Bühne«, sagt Fannie Mae Knox.

Immer noch glänzend.

Heather erscheint mit einem frischen rosa Drink für Fannie Mae, die das Glas nimmt und Heather zuprostet.

»Auf die Tagung«, sagt sie, »und auf unsere Zukunft.« Sie kippt die Mixtur auf ex hinunter, stellt das leere Glas auf den Tresen und sagt: »Noch einen bitte, liebste Heather. Und schenk Kürbis auch noch einen von dem ein, was er da trinkt.«

Währenddessen ist Kitty auf der Tanzfläche noch immer im siebten Himmel mit Tex, dem Turm, und Colt lässt die beiden nach wie vor nicht aus den Augen.

»Sehen Sie etwas Interessantes?«, fragt Fannie Mae.

»Kommt drauf an«, sage ich.

Sie folgt meinem Blick auf die tanzende Menge und macht wieder dieses kleine *Hmpf*, das bei abgesetzten Hoheiten so häufig zu hören ist. Dann sagt sie: »Haben Sie Geld, Kürbis?«

»Ich habe ungefähr fünfzig Dollar dabei.«

»Nein, nein«, sagt sie. »Ich meine Geld – Aktiendepots, Einkünfte, Grundbesitz. Haben Sie so etwas?«

»Ich habe ein bisschen was.«

»Wie sind Sie daran gekommen?«, fragt sie.

»Lebensversicherung.«

»Ist es das, was Sie beruflich machen?«, fragt sie. »Versicherungen verkaufen? Kein Wunder, dass Sie nicht damit herausrücken wollten.«

»Jemand ist gestorben«, erkläre ich, »und ich war der Begünstigte.«

»Oh«, sagt Fannie Mae. »Nun, das ist schon etwas besser, aber immer noch sehr unzuverlässig. Da könnten Sie ja ewig warten.«

»Ich musste nicht warten.«

Fannie Mae sagt: »Na, wenigstens ein Trost.«

Das soll Rafiks Tod gewesen sein? Ein Trost?

Heather kommt mit unseren neuen Drinks.

Fannie Mae sagt: »Wenn Sie ein ganz braver kleiner Kürbis sind, dann erzähle ich Ihnen vielleicht, wie ich an *mein* Geld gekommen bin.«

Heather stellt die Drinks ab, lehnt sich zu mir herüber und flüstert: »Den wirst du bestimmt brauchen.«

Ich erzähle ihr: »Diese Russian Revolver sind großartig. So ähnlich wie Espresso mit einem Hauch von Zitrone.«

»Lass es locker angehen, Darlin'«, sagt sie. »Du hast noch die ganze Nacht vor dir, und das hier ist schon dein dritter.«

»Wer zählt das schon?«

»Ich«, sagt sie und lässt uns allein.

Fannie Mae beugt sich zu mir und spricht leise. »Heather ist meine beste Freundin, mein kleiner Kürbis, aber es ist doch wirklich schade, wenn Leuten die natürliche Anmut fehlt.« Sie richtet sich wieder auf und prostet mir zu. »Auf Kürbis!«, sagt sie und kippt das Gebräu mit einem Schluck hinunter. Dann hebt sie den rosa behandschuhten Arm und schnipst mit den Fingern, um Heathers Aufmerksamkeit zu erlangen. Zu hören ist lediglich ein dumpfes *Flupp!*

So viel zur natürlichen Anmut.

Die Musik wechselt abrupt. Das Tempo ist wieder schnell, der Rhythmus zackig, und die Botschaft lautet: »Bisher habt ihr euch lieblich den Hof gemacht, aber jetzt geht's ans Eingemachte.« Und vom Eingang des Saloons dringen Jubel und Applaus zu uns herüber. Ich versuche genau wie Fannie Mae, den Grund dafür zu erblicken.

Chester und Palladin sind gerade eingetroffen und werden wie heimkommende Helden gefeiert. Dieser einarmige Hebeakt heute Morgen hat Eindruck gemacht. Und heute Abend, trotz der schwachen Beleuchtung im Gunsmoke – oder gerade deswegen –, finde ich Chesters Gesicht noch anziehender. Die Liebe eines Fünftklässlers geht tief.

Jemand berührt meinen Arm.

Fannie Mae fragt: »Im Nebel versunken?«

»Diese Drinks haben es in sich«, sage ich.

»Gefällt Ihnen der junge Mann?«

»Welcher?«

»Welcher, natürlich!«, sagt sie glucksend. »Der, der mit Palladin hereinkam. Wenn Ihre Wünsche wahr würden, Kürbis, dann könnten Sie den jungen Mann haben, und Palladin würde eine Lektion erteilt bekommen.«

Kann sie meine Gedanken lesen?

Ich sage: »Das klingt, als ob Sie Palladin nicht leiden können.«

»Er könnte einen kleinen Dämpfer gebrauchen«, sagt Fannie Mae, »aber ich kenne ihn nicht gut genug, als dass es mich interessieren würde.«

Chester und Palladin sehen aus, als ob ihnen etwas Sorgen

bereitet. Wie können sie Sorgen haben? Sie sind doch beinahe schon das Zusammengehörigste Paar. Wie kann so jemand Probleme haben?

Palladin lässt Chester stehen und bahnt sich in unsere Richtung einen Weg durch die Menge. Er geht aber ohne anzuhalten an uns vorbei. Er bemerkt uns nicht einmal. Stattdessen steigt er die Metalltreppe zur DJ-Kabine hinauf. Colt lässt ihn herein, und sie begrüßen sich wie alte Kameraden. (Im Schützengraben ist alles möglich, nicht wahr?) Da Palladin jetzt beschäftigt ist, kann ich mir vielleicht ein wenig Zeit mit Chester stehlen. Er steht immer noch dort herum und scheint nach jemandem Ausschau zu halten. Am liebsten möchte ich rufen: »Chester! Hier drüben! Du suchst nach mir!«

Aber ich tue es nicht.

Fannie Mae sagt leise: »Unser Kürbis ist verzaubert.«

Palladin kommt schon wieder aus der DJ-Kabine – das ging aber schnell – und joggt die Metallstufen hinunter, dank seiner Tänzermuskulatur ohne jedes Geräusch. Wiederum geht er an Fannie Mae und mir vorüber, ohne uns zu bemerken. Palladin ist ein Mann mit einer Mission.

Fannie Mae lässt ein verdrießliches kleines Hmpf vernehmen, ganz eindeutig kein fröhlicher Gluckser.

Colts Stimme kommt aus der Lautsprecheranlage. »He, Jungs – und Mädels –, ich bin's, hier oben im Kontrollturm, Colt Remington, euer Gunsmoke-DJ.« Diese simple Botschaft klingt bei ihm sexy und einschmeichelnd. »Es wird Zeit für meine Pause, deshalb fahr ich jetzt das Band ab, damit ihr weitertanzen könnt, bis ich das Steuer wieder übernehme. Das erste Stück ist ein Lieblingssong von Palladin: Alan Jackson mit ›My Own Kind Of Hat‹. Wie wär's, wenn ihr ihm für die erste Strophe und den Refrain die Tanzfläche überlasst, damit er uns zeigt, was er am besten kann.«

Die Musik setzt ein, und Palladin geht auf die Tanzfläche. Obwohl es ein Solo ist, kann man den unsichtbaren Tanzpartner erahnen. Jede Drehung, jede Pose, jeder leise Sprung ist diesem Partner gewidmet. Palladins Arme streicheln und umarmen die Luft; seine Beine und Hüften überwältigen den Raum um ihn herum; sein Gesicht erobert das Herz des unsichtbaren Geliebten. Der Adressat dieser körperlichen Liebeserklärung darf sich glücklich schätzen. Mein Mann war ein Tänzer, und nur, wenn er seinen Körper einsetzte, glaubte ich ihn zu verstehen. Dann stellte ich fest, dass er all diese Bewegungen vor dem Spiegel bis zur Bedeutungslosigkeit einstudiert hatte.

Ich werfe einen Blick auf Fannie Mae. Sie ist so von Palladin entzückt, dass sie feuchte Augen bekommt. So weit lasse ich es nicht kommen, nicht einmal mit Chester.

Sie spürt, dass ich sie beobachte. »Würden Sie mich entschuldigen, Kürbis? Die verdammte Blase!« Sie setzt tapfer ein strahlendes Lächeln auf. »Wir sehen uns gleich wieder.« Das klingt wie bei einer Fernsehmoderatorin vor der Werbepause. »Und bestellen Sie mir noch einen Drink, ja? Seien Sie ein braver Kürbis.«

Zum zweiten Mal schlängelt sich Fannie Mae schnell den Gang hinunter, wo sich die Toiletten befinden. Da Palladin jetzt auf der Tanzfläche ist und Fannie Mae sich ums Geschäft kümmert, habe ich endlich freie Bahn, um mit Chester zu sprechen. Abgesehen von der Tatsache, dass Chester jetzt mit jemand anderem spricht – Kitty. Das sieht alles ganz freundlich aus. Selbst Kittys Tanzpartner, Tex, der Turm, lächelt und plaudert mit ihnen. Ich werde mich dazugesellen. Je mehr, desto lustiger.

Aber ich bin kaum aufgestanden, da fängt die zweite Strophe des Songs an, und alle anderen Tänzer – die gewöhnlichen Sterblichen – bewegen sich langsam wieder auf die Tanzfläche und beenden Palladins Solo. Zur gleichen Zeit fällt die restliche Meute im Saloon – die Leute, die nur zugucken und gar nicht tanzen – über die Bar her, und ich bin gefangen. Wenn ich zu Chester gelangen will, muss ich mich durch all diese Leute hindurchkämpfen, bis an das andere Ende des Raums, wo er sich mit Kitty und Tex, dem Turm, unterhält. Was tut man nicht alles aus Liebe? Ich kippe den Rest meines Drinks à la Fannie Mae hinunter und bahne mir langsam und behutsam einen Weg durch die Menge.

Unterwegs spüre ich immer stärker die berauschende Wirkung der fermentierten Zitronen. Ich habe irgendwie den Überblick über die Zeit verloren, und Chester aus den Augen. Ich versuche, durch die ineinander verwobene Masse von Körpern hindurch etwas zu sehen. Kitty steht jetzt allein in der Nähe eines Ausgangs. Chester und Tex sind nicht bei ihm. Als ich schließlich dort eintreffe, scheint Kitty sich zu ducken, als ob er nicht gesehen werden will.

Ich frage: »Wo ist Chester denn hingegangen?«

»Wer?«, erwidert Kitty.

»Chester Wright. Palladins Partner. Du hast eben erst mit ihm gesprochen.«

Kitty sagt: »Ich kenne keinen Chester.«

»Ich habe dich gerade mit ihm gesehen. Ist er mit deinem Cowboy abgezogen?«

»Mit wem?«

»Mit dem großen Kerl, deinem Tanzpartner. Oder kennst du den auch nicht?«

»Der steht Schlange«, sagt Kitty. »Das Männerklo ist immer rammelvoll, wenn Colt eine Pause macht.«

Dem gibt es nichts hinzuzufügen.

Plötzlich steht Palladin neben uns, und Kitty tritt Schutz suchend an mich heran. Ganz schön wankelmütig.

Palladin bellt Kitty seine Anschuldigung entgegen: »Was genau geht zwischen dir und Chester vor?«

Das ist der Typ, von dem du behauptest, dass du ihn nicht kennst.

»Nichts«, sagt Kitty zitternd.

»Ihr zwei führt was im Schilde«, sagt Palladin, »und was, das werde ich schon irgendwie herausbekommen.«

Kitty sagt: »Frag ihn doch.«

»Ich entscheide, wem seine Antwort ich will!«, sagt Palladin.

Es heißt *wessen*, Schätzchen. Aber mach dir nichts draus.

Dann taucht Tex, der Turm, auf, und Kitty flüchtet sich in seine Arme.

Tex fragt: »Gibt's ein Problem?«

Selbst Palladins göttliche Proportionen werden von Tex' monolithischer Größe und Breite unterminiert.

Tex sagt zu Kitty: »Möchtest du gehen?«

Kitty nickt wortlos.

Tex fragt: »Was ist mit deinem Freund? Wollen wir noch auf ihn warten?«

Kitty schüttelt den Kopf und sagt: »Ist nicht wichtig.«

»Das wär's dann«, sagt Tex. »Wir gehen heim.«

Sie drücken die Tür zum Ausgang auf und verschwinden in der Nacht.

Palladin dreht sich zu mir um und erkennt mich wieder. »Du! Was machst du denn hier? Machst du hier einen auf schwul?«

»Du meinst, man sieht es mir nicht an?«

»Ich meine, es ist egal«, sagt er. Er sieht sich ungeduldig um. »Wo ist Chester?«

»Was fragst du mich?«

»Du hast hier mit Kitty gestanden, und Kitty hat sich mit Chester unterhalten.«

»Und sie sind beide weg«, sage ich.

»Mich interessiert nur Chester.«

»Er hat sich wohl aus dem Geschirr gewunden, was?«

Palladin sagt: »Weißt du, was die beiden vorhaben?«

»Nein«, sage ich. »Hast du übrigens deine Kragenspitzen gefunden?«

»Die sind mir egal.«

»Nach all dem Wirbel, den du heute Morgen gemacht hast?«

Palladin sagt: »Chester und ich sind auch ohne sie ins Finale gekommen, wozu brauche ich sie da noch?« Während er spricht, behält er angespannt die Menge im Auge. Er murmelt wütend: »Wo ist er hin? Ich habe ihm gesagt, dass er mich hier nach meinem Solo treffen soll.«

»Vielleicht ist er spazieren gegangen.«

»Das solltest du am besten tun«, sagt er.

Daraufhin geht *er*, wird aber von der Menge behindert.

Jetzt stehst du nicht im Rampenlicht, Kumpel.

Im Gegensatz zu Fannie Mae, die selbst das Rote Meer teilen könnte, muss sich Palladin seinen Weg durch die Menge erkämpfen.

Ich sollte mich jetzt auch auf den Weg machen. Warum bin ich überhaupt hergekommen? Um festzustellen, wie vernarrt ich in Chester bin? Das legt sich schon wieder, zumal er nicht ein einziges Zeichen in meine Richtung gegeben hat. Warum sollte er auch? Er hat ja keine Ahnung von meinen närrischen Gefühlen. Vielleicht ist es gar nicht so verkehrt, allein zu Hause zu hocken. Vielleicht sollte ich mir eine neue Katze zulegen.

Plötzlich verändert sich der Raum. Die Dimensionen verschwimmen, und ich verliere mein Gleichgewicht. Meine Beine fühlen sich leer an, und mein Körper taumelt. Ich halte mich am nächstbesten Typen fest, um nicht umzufallen. Er sieht mich an, als wäre ich ein stinkender Betrunkener. Ich hechte in Richtung Bar, dann arbeite ich mich, einen Barhocker nach dem anderen als Halt benutzend, bis ans hintere Ende der Bar vor, zu Fannie Maes königlicher Sitzecke, die ich mit meinem trüben Blick gerade noch erkennen kann. Ich erreiche den Verehrerhocker und erklimme ihn erschöpft. Innerhalb von Sekunden taucht ein Barkeeper auf – ein schlanker Typ, eindeutig nicht Heather – mit einem großen Glas Wasser. Ich schütte es in mich hinein, aber mein Mund fühlt sich wie Watte an.

Er fragt: »Alles in Ordnung?«

»Mehr bitte«, krächze ich.

Er füllt das Glas auf, und ich trinke es aus. Mein Mund ist jetzt wieder feucht, aber ich fühle mich mehr und mehr abgeschottet von allem, was um mich herum geschieht.

Der Barkeeper sagt: »Sah aus, als ob du umkippst.«

»Danke«, sage ich wackelig.

»Schon in Ordnung«, erwidert er, »aber ich dreh dir für eine Weile den Hahn ab. Nur noch Wasser.«

»Soll mir recht sein«, sage ich und danke ihm noch einmal.

Ich versuche, wieder einen klaren Kopf zu bekommen, indem ich die Menge beobachte und der Musik lausche. Es klappt aber nicht, und ich brauche plötzlich frische Luft. Ich muss hier raus. Der Widerschein der gigantischen tanzenden elektrischen Cowboystiefel in der Leuchtreklame blinkt im vorderen Fenster des Saloons. Ich stelle mir vor, ich hätte diese Stiefel an den Füßen, und sie würden mich nach Hause tanzen. Wenn ich jetzt bloß die Reflexionen dieser Neon-Tretmühle da draußen betrachte, mit den wirbelnden Sporen, die die regenbogenfarbigen Funken sprühen lassen, vielleicht *bin* ich dann tatsächlich gleich zu Hause, ganz von allein, sicher und geborgen.

Neben mir sagt jemand: »Geht's dir gut?«

Es ist Benjy. Obwohl meine Sicht verzerrt und das Gunsmoke schummrig ist, leuchten Benjys blonde Haare, und seine Augen funkeln fröhlich.

Er sagt: »Ich hatte das Gefühl, du könntest einen Reiseleiter gebrauchen, Penny. Geht es dir gut? Du siehst komisch aus.«

»Ich fühle mich komisch.«

Heather taucht hinter der Bar auf. »Braucht ihr Jungs irgendwas?«

Ich sage: »Du bist wieder da.«

»Ich war nie weg, Darlin'.«

»Mich hat gerade jemand anders bedient.«

Sie fragt: »Braucht dein Freund etwas?«

Benjy sagt: »Ein Wasser, bitte.«

Heather lächelt. »Kümmerst du dich um ihn?«

Benjy nickt.

Sie verlässt uns.

»Was ist?«, frage ich. »Mir geht's gut.«

»Bist du sicher, Penny?«

»Wo ist Chester?«

Habe ich gerade »Woisch« gesagt?

»Wer ist Chester?«, fragt Benjy.

»Ich will mit Cheschter tanschen.«

»Penny, ich glaube, du solltest lieber ruhig sitzen bleiben.«

»Ich will tanschen.«

»Okay, ich tanze mit dir, Penny.«

»Du? Tanscht?«

»So 'n Typ aus Oregon hat mir ein paar nette Schritte beigebracht.«

»Oregon?«

Benjy sagt: »Er war hetero, aber er hat gerne mit Männern getanzt.«

»War dasch nicht scheltscham, mit einem Hetero schu tanschen?«

»Es ging nicht um Sex, Penny. Wir haben bloß getanzt.«

»Alscho wenn dasch kein Schexsch ischt, dann losch!«

Ich stelle mein Wasserglas auf die Theke und kippe es beinah um. Scheiß drauf. Scheiß auf alles. Ich werde mich jetzt amüsieren. Fühlt sich ja doch ein bisschen seltsam an, wenn man einem Freund so eng gegenübersteht, sich über die Tanzfläche bewegt und sich seiner gegen meinen presst. Fühlt sich schon wie Sex an, aber das ist es nicht, nicht wahr?

Benjy führt. Tsss! Er, der kleinere, blonde, muntere Kerl führt mich, das größere, vollschlanke Mädel, das als Hetero durchgehen könnte, wenn man Heather Blossom Glauben schenken würde.

Plötzlich ertönt ein lautes Summen, und die Lichter werden grell, so grell, dass mir Augen und Kopf davon schmerzen.

Dann hört das Summen auf, und die Lichter gehen aus. Meine Lichter, wohlgemerkt.

9

Ich werde leicht angestupst, und das Sonnenlicht tut mir in den Augen weh.

Und ich habe Schmerzen, starke, niederschmetternde Schmerzen.

Ich brauche einen Moment, um herauszufinden, wo ich bin.

Ich bin zu Hause. Ich bin in meinem Bett. Ich bin nackt. Und es ist ... Was für ein Tag ist heute?

Ich drehe meinen Kopf, um auf die Uhr auf dem Nachttisch zu schauen.

Autsch.

Ich höre Benjys Stimme. »Penny?«

»Oaarh?«, ist meine erste Äußerung.

Benjy sagt: »Es ist alles in Ordnung. Ich bin hier, und dir geht's besser.«

Ich zögere. »Was ist passiert?«

»Erinnerst du dich nicht?«, fragt er.

»Habe ich irgendwas getan, das ich bereuen müsste?«

»Bereuen, Penny?«

»Wieso bin ich nackt?«

»Was glaubst du wohl?«

»Hab ich dich angemacht?«

»Würdest du das bereuen, Penny?«

»Manchmal werde ich nach ein paar Drinks anlehnungsbedürftig.«

»Ich weiß«, sagt Benjy. »Ich finde das niedlich.« Er lässt mich allein und geht nach unten.

Ich schreie hinter ihm her: »Ich will nicht niedlich sein!«

Aua!

Er ruft aus der Küche hinauf: »Du *bist* aber niedlich, Penny! Und mach dir keine Sorgen – was mich betrifft, hat das, was heute Nacht passiert ist, nichts zwischen uns geändert.«

Ich ziehe meinen Morgenmantel an und stolpere nach unten. Langsam, ganz vorsichtig. Jeder Schritt verursacht ein Pochen in den Augen, im Gehirn. Benjy bereitet in der Küche den Kaffee zu, besser gesagt, den Cappuccino. Er macht das perfekt, dieses Aufbrühen und Milchschäumen. Er reicht mir eine große Tasse voll. Ich nehme einen Schluck. Besser könnten sie ihn in einem italienischen *Caffé* auch nicht machen.

Ich bemerke einen zerknitterten Cowboyhut auf dem Küchentisch.

»Was ist passiert, Benjy?«

»Du bist bewusstlos geworden.«

»Von drei Drinks?«

»Mehr hast du nicht getrunken?«, fragt er.

»Drei, da bin ich mir sicher.«

Benjy zuckt ungläubig mit den Achseln.

Ich sage: »Jetzt mal Schritt für Schritt, was ist passiert?«

»Schritt für Schritt«, sagt er. »Das ist niedlich.«

»Benjy!«

»Nein, wirklich, Penny, Schritt für Schritt haben wir angefangen zu tanzen. Das meinte ich damit. Du bist der geborene Tänzer. Du solltest öfter ausgehen.«

»Ja, genau, und dann treffe ich vielleicht einen Hetero aus Oregon, der mit Männern tanzt.«

Benjy fragt: »Daran kannst du dich erinnern?«

»Das hast du mir erzählt. Willst du dich jetzt rausreden?«

»Nein«, sagt er, »aber wenn du dich daran erinnern kannst, dann warst du letzte Nacht vielleicht wirklich nicht betrunken.«

»Ich habe dir ja schon gesagt, Benjy, dass es nur diese drei Drinks waren.«

»Du hast ganz prima angefangen – dich gedreht wie ein

Brummkreisel –, und dann sah es plötzlich so aus, als wäre dir dein Gleichgewichtssinn abhanden gekommen. Du sagtest, du seist durstig, sehr durstig. Dann bist du in Panik geraten, und ich habe dich von der Tanzfläche gebracht. Und du hast immer wieder gesagt: ›Mir geht's gut, mir geht's gut‹, aber du sahst alles andere als gut aus. Ich habe dir dann etwas Wasser geholt, und du sagtest: ›Ich will nach Hause.‹ Ich sagte: ›Okay, ich bestell ein Taxi.‹ Dann sagtest du: ›Huch?‹ Und das war's. Pennys Lichter gingen aus.«

»Ich frage mich, ob mir jemand was in den Drink gerührt hat.«

»Drogen, meinst du?«, sagt Benjy. »Warum sollte jemand das tun?«

»Vielleicht habe ich zu viele Fragen gestellt. Oder jemand will, dass ich unglaubwürdig wirke.«

»Nach dem Motto: Wer glaubt schon einem Trinker? Meinst du das?«

»Ganz genau«, sage ich. »Aber ich werde da noch hinter sehen.«

Benjy lächelt. »Ich habe *deinen* Hintern gesehen. Sehr niedlich.«

»Hör mit diesem niedlich auf!«

»Sieh mal, Penny, ich weiß, dass wir zwei in dieser Hinsicht nicht weiterkommen. Umso mehr Grund für dich, öfter auszugehen. Das Witwendasein passt nicht zu dir.«

»Wer ist hier eine Witwe?«

Benjy stöhnt. »Übrigens«, sagt er, »Nicole hat wegen deinem Zehn-Uhr-Termin angerufen. Ich habe ihr erzählt, was passiert ist, und sie sagte, Ramon würde einspringen.«

Ich sehe auf die Küchenuhr: Viertel nach neun. Gerade genug Zeit, um mich zusammenzureißen und zum Snips zu gelangen. (Das war recht paradox bei mir und meinem verstorbenen Liebhaber: Obwohl er durch seine Bühnenerfahrung dieses schnelle Umkleiden draufhatte, brauchte er zu Hause Stunden, um sich für eine gewöhnliche gesellschaftliche Veranstaltung zurechtzumachen, während ich mich in weniger als einer halben Stunde von stoppelbärtig zu semispektakulär mausern konnte.)

Ich erhebe mich und verkünde: »Ramon wird mir nicht meine besonderen Kundinnen stehlen!« Ich torkele zur Treppe, klammere mich am Geländer fest und drehe mich noch einmal zu Benjy um. »Danke, dass du dich um mich gekümmert hast.«

»Wofür hat man Freunde?«, sagt er, aber er sieht ein bisschen traurig aus.

Ich gehe mit meiner Kaffeetasse in der Hand wieder nach oben, langsam und ganz vorsichtig.

Benjy ruft: »Wir unterhalten uns dann später, okay?«

»Roger!«, sage ich und: »Over and out.«

Der Spaziergang zum Salon macht meinen Kopf wieder etwas klarer, und ich fälle eine Entscheidung: Ich werde diesen Fall ein für alle Mal hinschmeißen. Genau genommen habe ich noch nicht mal einen Auftraggeber, was gibt es also hinzuschmeißen? Es handelt sich lediglich um möglichen Versicherungsbetrug von Palladin und Colt. Vielleicht versuchen sie ja, Bistany Evans aus dem Geschäft zu katapultieren, indem sie zwei Diebstähle auf ihrer ersten Tagung vortäuschen. Vielleicht verstecken sie ihre »geraubten Juwelen« sogar gegenseitig. Aber warum hat dann Heather – oder sonst wer – meinen Drink gedopt? War mir etwas zu Ohren gekommen, das ich schnell wieder vergessen sollte? Vielleicht ist auch etwas passiert, während ich weggetreten war? Wenn das der Plan war, dann hat er funktioniert, denn ich kann mich nur noch an wenig erinnern, das nach dem dritten Drink passiert ist. Und jetzt, wo mir die Morgensonne auf den Rücken scheint, bin ich sehr froh, dass Benjy aufgekreuzt ist und mich gerettet hat. Wo wäre ich sonst jetzt? Würde ich aus der Notaufnahme irgendeines Krankenhauses heimwärts stolpern?

Welch eine andere Erfahrung bietet da doch der Snips

Salon! Der Laden brummt wie an jedem Samstagmorgen. Man käme gar nicht darauf, dass es ein Feiertagswochenende ist. Nicole sieht mich eintreten und bugsiert mich schnell zur Seite, weg vom Empfangstresen.

»Solltest du nicht lieber zu Hause bleiben«, fragt sie, »in deinem Zustand?«

»Die Morgenübelkeit ist vorüber, Schatz.«

»Endlich mal Vollzug mit Benjamin?«

»Nein, Schatz. Meine magischen Liebestränke wähle ich mir doch lieber selbst aus.«

»Dem einen sein Uhl ...«, sagt sie grinsend.

Meine Kundin, eine Mrs. Haffenreffer, freut sich sehr, mich zu sehen. Ramon, der schon in den Startlöchern stand und in Erwartung meines Fernbleibens sabberte, freut sich nicht so sehr. Ich brauche einen Moment, um die Gehirnwindungen kurzzuschließen, die für belangloses Geplauder und Süßholzraspelei zuständig sind. Als ich dann aber erst einmal in Gang bin, ist es, als wäre ich nie fort gewesen. Am Waschbecken – ja, ich wasche die Haare meiner langjährigen, besonderen Kundinnen selbst – erzähle ich Mrs. Haffenreffer, dass ich gerne »mal zur Hand gehe, aber nur bei meinen besten Kundinnen«. Sie kichert zufrieden. Ich glaube mir das beinahe selbst.

Auf dem Weg zurück zum Frisierstuhl kommen wir an Ramon vorbei. Er lehnt träge an der Wand und lässt seine schlanken, kubanischen Hüften im Rhythmus einer Musik kreisen, die nur er hört. Er grinst mich an. »Du siehs aba ga nich gut aus, Baby.«

Ich erwidere: »Musst du nicht irgendwas aufwischen?«

Eine Weile später, als ich gerade die restliche Farbe auf Mrs. Haffenreffers Haar auftrage, sehe ich Nicole in meinem Spiegel. Sie hängt am Arm keines Geringeren als Lieutenant Branco.

»Du hast Besuch«, sagt sie.

Branco sieht mich durchdringend und neugierig an, als ob

er wirklich gerne verstünde, was ich hier mache. Dann lehnt er sich zu Nicole hinüber und sagt etwas, woraufhin sie erwidert: »Glaubst du wirklich?« Dann lässt sie ein glucksendes kleines Lachen vernehmen und stolziert davon.

Ich bitte Ramon, Mrs. Haffenreffer zur Trockenhaube zu begleiten. Er grummelt, aber er macht's. Als er an Branco vorbeikommt, mustert er den Bullen eindringlich von Kopf bis Fuß. Er lässt keine Erhebung und keine Fläche aus. Ich will schreien: *»Das ist meiner!«*, aber dieses Teeniegehabe ist was für Ramon, nicht für mich. Wenn es um Branco geht, bin ich ein vernünftiger, verantwortungsvoller Erwachsener. Und wie ein vernünftiger, verantwortungsvoller Erwachsener führe ich Branco ins Hinterzimmer – ich meine natürlich das hintere *Büro* –, wo wir allein sein können.

Der Bulle setzt sich mir gegenüber hin. Er lehnt sich im Stuhl zurück, kreuzt die Arme über der Brust und sitzt breitbeinig da. Es ist alles so wie immer, nur dass er jetzt eine Frau hat.

Branco fragt: »Irgendwelche Fortschritte mit den Diebstählen?«

»Ich habe die Sache hingeschmissen, Lieutenant.«

Knurr. »Bist du eventuell dazu gekommen, einen Typen namens Chester Wright zu befragen?«

»Nicht ganz«, sage ich. »Warum?«

»Was soll das heißen, ›nicht ganz‹?«

»Chester erinnert mich an jemanden, und ich kann nicht ganz ...«

»Himmel noch mal!«, sagt Branco kopfschüttelnd. »Erzähl mir nicht, dass du dich mit diesen Leuten einlässt.«

»Ich habe mich nicht mit ihnen eingelassen«, verteidige ich mich mit weinerlicher Stimme.

Branco knurrt noch einmal.

»Um was geht es eigentlich, Lieutenant?«

»Du hast nichts mit Chester Wright?«

»Er hat einen Partner«, sage ich. »Dieser Typ namens Palladin, der die Kragenspitzen verloren hat, der und Chester sind ein Paar. Okay?«

Branco stößt den Atem durch geschlossene Lippen hervor, so als müsste er Dampf ablassen. »Warum hast du mir das nicht gleich erzählt?«

»Weil es um Diebstahl geht, nicht um Mord. Um einen *Bagatell*diebstahl obendrein, mit dem du nichts zu tun hast.«

Seine Augen glitzern wütend. »Welche Informationen hältst du noch zurück?«

»Keine«, sage ich.

»Wie kann ich da sicher sein?«

»Woher soll ich denn wissen, was du wissen willst?«

»Ich will alles wissen!«, schreit er. »Wie soll ich meinen Job erledigen, wenn du alles für dich behältst?«

»Lieutenant, gestern hast du mir unmissverständlich klar gemacht, dass alles, was ich in Bezug auf den gestohlenen Schmuck unternehmen würde, einzig und allein meine Sache sei und ich in keinster Weise für dich arbeiten würde. Und heute kommst du hier reingeschneit und scheißt mich zusammen, weil ich dir *nichts* erzählt habe.«

Branco murmelt: »Jesus!«, und fährt sich mit der Hand durchs Haar. »Okay, hör zu«, sagt er. »Die Situation hat sich geändert. Jemand ist ermordet worden, und jetzt zählt jede Einzelheit – einfach alles.«

»Wer ist es?«

»Chester Wright.«

»Er ist tot?«

Branco nickt.

Die Verkörperung meiner Fünftklässler-Liebe ist tot?

Branco sitzt still da und beobachtet mich. Dann murmelt er: »Hat nichts mit ihm.«

»Wann ist es passiert?«

»Irgendwann letzte Nacht.«

»Wie?«, sage ich. »Was?«

»Willst du das wirklich wissen?«

Ich antworte nicht darauf.

Er sagt: »Stichverletzung mit einer Schere, von hinten ins Herz.«

»Hinterrücks erstochen?«

Branco nickt.

Ich sage: »Ein beschissener Feigling hat ihn getötet!«

»Ich dachte, du hättest nichts mit ihm?«

»Ich *hatte* nichts mit ihm, Lieutenant.«

Er starrt mich zweifelnd an.

»Mir fehlte die Zeit dazu, okay?«

Branco sagt: »Manchmal reichen ein paar Sekunden.«

Du musst es ja wissen.

»Jetzt mal im Ernst«, sage ich. »Wo ist es passiert?«

»Er wurde heute Morgen von einem Mister Wang Chu in dessen Kostümladen gefunden.«

»Kitty«, sage ich.

»Was?«, fragt Branco.

»Er wird auch Kitty genannt.«

»Wer?«

»Wang Chu.«

Brancos Mundwinkel verzieht sich. »Du kennst also Mr. Chu?«

»Ja, ich habe mit ihm gesprochen. Aber was hat Chester in seinem Laden gemacht?«

»Das versuchen wir herauszufinden«, sagt Branco. »Der Laden ist im selben Gebäude wie der Gunsmoke Saloon.«

»Wo?«, frage ich.

»Im ersten Stock.«

»Weißt du, wann er gestorben ist?«

Branco sagt: »Irgendwann letzte Nacht.«

»Also hätte jeder, der im Gunsmoke war, hinaufgehen können ...«

»Stimmt«, sagt Branco. »Und das bedeutet, dass ich eine Menge Leute befragen muss.«

»Und dir eine Menge Geschichten anhören musst.«

Knurr. »Noch etwas«, sagt er. »Diese vermissten Kragenspitzen, die waren an Chester Wrights Hemd befestigt.«

»Bist du sicher, dass es dieselben sind?«

»Es ist eine berechtigte Annahme«, sagt er.

Ich erzähle ihm: »Chester trug keinerlei Kragenspitzen, als ich ihn gestern Abend im Saloon gesehen habe.«

»Also hat sie ihm jemand angesteckt«, sagt der Bulle.

»Ich habe gesehen, wie er sich mit Kitty unterhielt. Das Gleiche gilt auch für gestern Morgen im Castle. Kitty und Chester unterhielten sich.«

Branco fragt: »Was schließt du daraus?«

»Ich weiß es nicht. Sie schienen wegen irgendetwas besorgt zu sein.«

»Vielleicht hatten sie ein Ding am Laufen.«

»Du meinst, Chester hätte etwas Unrechtes getan?«

»Wenn man bedenkt, dass er tot in Wang Chus Laden gelandet ist.«

Ich erzähle ihm: »Es werden auch unschuldige Leute getötet.«

»Das weiß ich«, sagt er. »Aber im Gegensatz zu dir nehme ich nicht an, dass sie unschuldig sind, bloß weil ich mich von ihnen angezogen fühle.«

Kein Kommentar.

Branco schüttelt den Kopf. »Ist ja immerhin was.«

»Was ist was?«

»Was du mir gerade erzählt hast. Mr. Chu leugnet beharrlich jede persönliche Bekanntschaft mit dem Opfer.«

»Er sagt nicht die Wahrheit«, sage ich.

»Offensichtlich nicht«, sagt Branco, »nicht, wenn du gesehen hast, wie sie sich unterhielten.« Er zögert, bevor er fortfährt. »Sieh mal, ich könnte deine Hilfe gebrauchen.«

»Du meinst, was Chesters Ermordung angeht?«

»Was den vermissten Schmuck betrifft.«

»Immer noch?«, sage ich. »Du hast die Kragenspitzen doch gefunden.«

Branco sagt: »Und ich will wissen, wie sie dorthin kamen. Ich will wissen, durch welche Hände sie im Einzelnen gegangen sind.«

»Hast du deine Jungs nicht darauf angesetzt?«

»Natürlich«, sagt er. »Aber es schadet nichts, einen Insider bei dem Fall dabeizuhaben.«

»Das schwule Fundbüro.«

»Himmel noch mal!«, sagt er. »Du würdest mir helfen, die näheren Umstände eines wichtigen Beweisstücks herauszufinden.«

»Würde ich für dich arbeiten?«

»Keineswegs«, sagt er. »Du wärst immer noch ein Freiberufler.«

»Eher so eine Art Informant.«

Branco sagt: »Ich hoffe, du bist eine Nummer besser.«

»Danke«, sage ich. »Aber wenn ich schon ein Freiberufler in Bezug auf den vermissten Schmuck sein kann, warum dann nicht auch im Fall von Chesters Ermordung?«

Er zögert erneut. »Offen gestanden«, sagt er, »kannst du das, und ich kann dich nicht daran hindern. Diese Lizenz gibt dir das Recht zu ermitteln, sofern du unserer Arbeit nicht in die Quere kommst.«

»Und ich bin nicht verpflichtet, dir zu erzählen, was ich herausfinde, stimmt's?«

»Stimmt«, sagt Branco unbehaglich.

»Fast wie in alten Zeiten, Lieutenant.«

»Ausgenommen, dass ich erwarte, dass du mich informierst, wenn du etwas herausfindest.«

»Um der alten Zeiten willen, meinst du?«

»Um des Gesetzes willen«, sagt Branco.

Wir gehen zurück in den Salon. Wir müssen ja ein tolles Paar abgeben: Er marschiert voran, ich trippele drei Schritte hinterher.

Ich bringe das Haarefärben bei Mrs. Haffenreffer zu Ende. Brancos Besuch und seinen Neuigkeiten über Chester ist es zu verdanken, dass ich alle Gefühle abstelle und auf Autopilot arbeite. Ungeachtet meines Zombie-Zustands bleibt mein magischer Touch derselbe, und Mrs. H. ist begeistert. Nicole spürt jedoch, dass mir etwas auf der Seele liegt, und sobald ich meinen Job erledigt habe, hakt sie sich bei mir ein und zieht mich zum hinteren Büro. Ich versuche, ihr zu erzählen, was mit Chester Wright passiert ist, aber mir versagt die Stimme, das Kinn fängt an zu zittern, und die Tränen stehen mir in den Augen.

Nicole sagt: »Stanley, du darfst dich von Vito nicht so aus der Fassung bringen lassen. Wirklich, Darling, du musst dich zusammenreißen. Das geht schon viel zu lange so.«

»Es geht nicht um Branco«, sage ich und versuche, das Flattern meiner Stimme zu beherrschen. »Es geht um Chester.«

»Wer ist Chester?«

»Ich ... irgendwie ... ich fühle mich verantwortlich.«

»Wofür?«, fragt Nicole.

»Für das, was ihm zugestoßen ist.«

»Wem?«

»Chester!«

»Was ist denn passiert?«, fragt sie.

»Chester ist tot, und das ist alles meine Schuld.«

»Deine?«, fragt sie. »Warum deine? Gibt's da was, das du mir nicht erzählt hast?«

Ich kann doch Nicole schlecht erzählen, dass Chester, wenn ich mit ihm geredet und ihm meine unsterbliche Liebe und Hingabe versprochen hätte, vielleicht Palladin verlassen hätte und zu mir gekommen wäre, um mit mir in ewiger Wonne zu leben. Das kann man doch niemandem erzählen!

Stattdessen sage ich: »Ich hätte ihn im Auge behalten sollen.«

»Wen?«, fragt Nicole.

»Chester! Ich hätte wissen müssen, dass er und Kitty was im Schilde führen.«

»Kitty?«

»So stellt sich das jetzt dar. Oh, Nikki, wie kann das nur alles so kompliziert aussehen, wenn es doch alles nichts zu bedeuten hat?«

»Du musst dir keine Vorwürfe machen, Stanley, wenn du nicht mit absoluter Sicherheit wusstest, dass diesem Chester etwas zustoßen würde.«

»Stattdessen habe ich mich betrunken und mit Benjy herumgetanzt. Wenn ich so auf Chester aufgepasst hätte, wie ich es hätte tun sollen ...«

Sie sagt: »Ich will ja schwer hoffen, dass du jetzt nicht Benjy die Schuld gibst.«

»Nein, aber die vier Augen von Benjy und mir hätten mehr sehen müssen als meine zwei. Stattdessen habe ich buchstäblich alles aus den Augen verloren, und jetzt ist Chester tot.«

»Es ist keine Sünde, sich zu amüsieren.«

»Ich hätte aber arbeiten sollen, Nikki. Und anstatt Chester zu befragen, habe ich mit Benjy getanzt.«

Nicole fragt: »War das alles, was du mit dem jungen Mann vorhattest, Stanley? Fragen stellen?«

»Wieso? Was meinst du?«

»Manchmal bist du regelrecht besessen.«

»Ich?«

»Das ist eine Feststellung, Darling, keine Kritik.«

»Ich lasse meine Arbeit nicht von persönlichen Sachen beeinträchtigen.«

»Nein, natürlich nicht«, sagt Nicole. »Aber, Stanley, ich habe diesen Chester nie kennen gelernt. Ich weiß nicht, wer er ist oder war. Ich habe keine objektive Korrelation zu Chester Wright.«

»Keine was?«

»Keine objektive Korrelation«, sagt sie. »Der Begriff stammt aus meinem Kurs für Kreatives Schreiben.«

»Was für ein Kurs?«

»Mein Lehrer sagt, ich hätte eine natürliche Begabung.«

»Wie hast du das noch gleich genannt?«

»Objektive Korrelation, Stanley. Sieh mal, alles, was ich über den jungen Mann weiß, ist sein Name und deine – darf ich das so sagen? – deine heftigen Gefühle, wenn du ihn aussprichst. Chester, Chester, Chester ist alles, was ich in den letzten Minuten zu hören bekommen habe.«

»Spielt ja alles keine Rolle mehr, jetzt, wo er tot ist.«

Nicole schüttelt den Kopf und schnalzt mit der Zunge. »In all den hartgesottenen Krimis, die ich bisher gelesen habe, verliebt sich der Detektiv immer in die Femme fatale, nicht in das Mordopfer.«

»Ich bin nicht verliebt. Es war etwas anderes.«

»Und was genau war es?«

Ich antworte ihr: »Ein alter Traum.«

»Träume sind Schäume, Darling. Sie sind weg, wenn du aufwachst. Du musst in der Realität des Augenblicks leben – du und ich in diesem kleinen Büro. Das ist es, was jetzt zählt.«

»Realität des Augenblicks?«, frage ich. »Stammt das auch aus deinem Schreibkurs?«

»Mein Lehrer sagt, dass ich großartige Geschichten in mir trage und meine Tage nicht am Maniküretisch vergeuden sollte.«

»Stattdessen wirst du sexstrotzende Liebesromane schreiben.«

»Ich werde meine Memoiren schreiben«, sagt sie.

»Kommt aufs Gleiche raus, Schatz.«

»Du bist bloß eifersüchtig, Stanley, weil mein Sextrieb kräftig und gesund ist, während deiner im Sterben liegt.«

»Das klingt, als ob dein literarischer Liebhaber dir sein Stilwörterbuch gezeigt hätte.«

Sie sagt: »Ich weiß genau, worauf ich mich einlasse. Und im Gegensatz zu dir, Darling, werde ich keine Tränen vergießen.«

»Ich nehme an, ich sollte deinem Beispiel folgen. Ich werde ein erfolgreicher Schnüffler für Branco. Weg mit den Spitzentaschentüchern, nicht mehr den Schwanz einziehen. *Grrr!*«

Nicole windet sich. »Ich wünschte, du würdest dir eine andere Ausdrucksweise zulegen.«

»Warum, Schatz? Haben du und der Bücherwurm noch keine objektive Korrelation zu *Schwanz*?«

Sie drückt ihre Zigarette aus – was bei Nicole einer mikrochirurgischen Operation gleichkommt –, dann steht sie auf und geht zur Tür. Dort hält sie inne und wendet sich dramatisch zu mir um. »Ich bin ja mal gespannt, welches *deine* ersten Schritte in diese Richtung sein werden.«

»In welche Richtung?«

»Eine objektive Korrelation zu dir selbst zu finden.«

Allein im Büro, frage ich mich: »Wohin nun?« Chester ist tot – *buhu!* (Auch ich vergieße keine Tränen, Nikki.) Chester hat ja genau genommen nie ein Wort zu mir gesagt, wie kann ich da überhaupt Gefühle für ihn haben? Aber Branco – Herr der Realität des Augenblicks –, Branco will, dass ich dem vermissten Modeschmuck hinterherjage. (Erzähle mir noch mal einer was von objektiver Korrelation.) Drauf gepfiffen. Ich bin ein Freiberufler. Ich kann untersuchen, was immer ich will.

Also nochmals: »Wohin?« Zum Gunsmoke Saloon? Der hat jetzt höchstwahrscheinlich zu. Außerdem befindet er sich am allersüdlichsten Ende von South End. Die Hauptakteure – die, die noch leben – sind bestimmt im Castle, wo die Mucho-Macho-Honcho-Tagung noch andauert. Vielleicht.

10

Vor knapp vierundzwanzig Stunden war das Castle noch erfüllt mit Countrymusik, die bis draußen auf dem Bürgersteig hör- und spürbar war. Heute, am Samstagmorgen, ist sie genauso lebhaft, laut und wummernd. Weiß hier denn keiner, dass Chester Wright tot ist? Einer zumindest weiß es – eine feige, hinterhältige Memme von einem Cowboy.

Vor vierundzwanzig Stunden hatte ich noch einen klaren Kopf. Jetzt hingegen ist mir noch ganz schummrig von meinen Abenteuern, die ich in der vergangenen Nacht mit fermentierten Zitronen und anderen möglichen Giften erlebt habe.

Fannie Mae Knox, von Kopf bis Fuß in rosastem Rosa, sitzt drinnen an ihrem Tisch, kassiert und kontrolliert die Tagungsanstecker der Leute. Eine kleine Schlange hat sich vor ihrem Tisch gebildet, aber sie sieht mich dennoch und winkt mich herein, als wäre ich ein VIP. Da ich aber mit ihr sprechen will, bleibe ich bei ihr stehen. Wir tauschen eine höfliche Begrüßung aus, dann frage ich sie, wohin sie letzte Nacht verschwunden ist.

»Ich?«, sagt sie. »Sie haben mich an der Bar allein gelassen, Kürbis, während Sie mit dem kleinen Blonden herumgetollt sind.«

»Sie haben mich tanzen sehen?«

»Ich sehe alles.«

»Haben Sie gesehen, wer mir was in den Drink getan hat?«

»Wie bitte?«, fragt Fannie Mae.

»Irgendwer hat mir was in den Drink getan, um mich außer Gefecht zu setzen.«

Sie senkt ihre Stimme. »Kürbis, Sie wissen, dass ich keine Urteile über Leute fälle, aber Sie scheinen da ein klitzekleines Problemchen mit dem Alkohol zu haben.«

»Nein«, sage ich. »Da war ganz sicher etwas faul mit meinem Drink.«

»Dann hätten Sie ihn zurückgehen lassen sollen.« Fannie Mae lässt ihr umwerfendes Fünfzigtausend-Dollar-Lächeln aufblitzen. Vielleicht verliert Kürbis, der Verehrer, allmählich ihre Gunst. »Und nun«, sagt sie mit voller Stimme, »wenn es Ihnen nichts ausmacht, *junger Mann*, die Leute hinter Ihnen möchten auch noch rein.«

Kürbis hat sich erledigt.

Ich erzähle ihr: »Ich muss mit Ihnen sprechen.«

»Wie ungestüm«, sagt sie und senkt kokett ihre Augen. »Ich werde Sie dann später drinnen treffen, wenn meine Ablösung gekommen ist.«

Sie scheucht mich mit einem blumigen Wedeln ihrer rosa behandschuhten Hand in den Saal.

Drinnen endet gerade ein Song. Es ist ein flotter Foxtrott, dessen Schlusszeile ich noch mitbekomme: »I never thought I'd find someone like you.« Der Sänger feiert seine neue Liebe, während die Tänzer sich gegenseitig mit Drehungen und Pirouetten feiern. Chester ist tot, und dennoch pulsiert die Luft vor Liebe.

Bistany Evans erscheint auf der Bühne, mit einem schweren Mikro bewaffnet und in *Eau de Klosett* getränkt. »War das gerade nicht ein süßes, altes Liedchen? Habt ihr ohoich alle verliebt? Ich will es hören! Heißa!«

Ein paar Tänzer stimmen lahm in ihren Jubel ein.

Bistany grinst und sagt: »Das ist gut. Das ist *so* gut! Und jetzt, liebe Tänzer, möchte ich eusch bitten, ruhig und still zu sein, weil ich eusch etwas ganz Wichtiges mitzuteilen habe. Könnt ihr ohoisch alle beruhigen und für ein Weilchen in eusch gehen, ja? Ich danke eusch. Nun, es tut mir Leid, berichten zu müssen, dass wir hier bei der Mucho-Macho-Honcho-Tagung eine gewisse Situation haben, eine sehr traurige Situation, um genau zu sein. Einer unserer Teilnehmer hatte unglücklicherweise einen Unf... Also, was ich sagen will, ist, dass er letzte Nacht in eine unangenehme Situation geraten ist und jetzt nicht mehr unter uns weilt.«

Obwohl sie noch immer dieses Grinsen auf ihrem Gesicht kleben hat, fangen Bistanys Augen an, Krokodilstränen zu vergießen. Gut, dass ihre Wimperntusche wasserfest ist. Ein aufgeregtes Murmeln geht durch die Menge, während sie mit den Tränen kämpft.

»Ja«, sagt sie, »es ist sehr, sehr traurig. Aber die Produzenten unserer Tagung, Miss Heather Blossom und Miss Fannie

Mae Knox, haben heute Morgen eine besondere Dringlichkeitssitzung einberufen, bei der auch ich anwesend war.« – Bistany erlaubt sich ein kleines, zurückhaltendes Lächeln unter Tränen. – »Wir wollten entscheiden, ob wir mit der Tagung weitermachen sollten oder nicht angesichts dieser sehr traurigen Situation. Es war eine schwere Entscheidung, und ich für meinen Teil hatte ein sehr persönliches Erlebnis, das vielleicht dazu beiträgt, eusch die Entscheidung, die wir getroffen haben, näher zu bringen. Ich würde dieses Erlebnis gern mit ohoich allen teilen, wenn es eusch nichts ausmacht. Darf ich?«

Das Publikum schweigt.

»Ich danke eusch«, sagt Bistany. »Nun, als ich mich heute Morgen auf die Sitzung vorbereitete, während ich letzte Hand an mein Make-up legte, sah ich im Spiegel das Bild eines jungen Mannes, der hinter mir stand. Und soll ich eusch sagen, wer es war? Es war der junge Chester Wright. Das ist der Name des jungen Mannes, dem letzte Nacht diese sehr traurige Situation widerfahren ist. Chester Wright stand direkt hinter mir in meinem Badezimmer, aber nur im Spiegel, versteht ihr? Und er lächelte. Ja, obwohl ihm diese sehr traurige Sache passiert ist, stand er dort in meinem Badezimmerspiegel und lächelte mir zu. Ich glaube, er wollte mich wissen lassen, dass, wo immer er auch jetzt sein mag, er sich heute Morgen die Zeit nehmen konnte, um mir zu zeigen, dass mit ihm alles in Ordnung ist.«

Ich sage leise: »Es ist nicht alles in Ordnung mit ihm. Er ist tot.«

Der Typ neben mir macht »Pst«.

Bistany sagt: »Und ich habe das als Zeichen gedeutet, dass *er* möchte, dass wir mit der Tagung weitermachen. So habe ich das auf unserer Sitzung vorgebracht, und wir beschlossen, ja, wir sollten weitermachen, und da sind wir also. Tatsächlich werden wir diese erste Mucho-Macho-Honcho-Tagung der Erinnerung an Chester Wright widmen, der so viel Freude in viele unserer Herzen gebracht hat. Und als Erstes werden wir sein Leben damit feiern, dass wir den nächsten Song für ihn spielen.«

Sie macht ein Zeichen zur DJ-Kabine. Ich schaue hinauf und sehe Colt Remingtons Gesicht. Er lächelt, als wäre es ein ganz gewöhnlicher Tag für ihn. So, wie er aussieht, scheint es sogar ein ganz besonders guter Tag zu sein.

Die Musik setzt ein. Es ist Emmylou Harris mit »An Old-Fashioned Waltz«. Die bittersüße Stimmung rät dir, den Mann in deinen Armen festzuhalten, weil die Dinge sich in einem Atemzug verändern können, und dann ist er weg. Die Kerle auf der Tanzfläche scheinen das zu verstehen, denn sie halten sich fest, als ob es um ihr Leben ginge.

Und ich? Ich stehe wie üblich allein am Rand.

Bistany Evans kommt von der Bühne. Ich hole ein paar Mal tief Luft, um mich für die bevorstehenden anaerobischen Minuten vorzubereiten. Dann halte ich sie auf – um es mit den Worten eines Cowboys auszudrücken: Ich schneide ihr am Pass den Weg ab. Ich sehe ihren Augen an, dass sie mich zwar erkennt, aber nicht weiß, wo sie mich einordnen soll. Sie versucht, sich mit der Eleganz eines Bulldozers an mir vorbeizuschieben. Ich stelle mich ihr vor und erzähle ihr, dass ich ein Ermittler bin. Ich versuche, nicht einzuatmen. Vielleicht liegt es an meiner Kleidung. Vielleicht hält sie mich für einen Reporter oder so. Wie auch immer, sie nutzt mein Luftanhalten sofort zur Eigenwerbung. Sie lässt ihr breites, abstoßendes Lächeln blitzen und spult in breitestem Texanisch eine einstudierte Aufzeichnung ihrer Lebensgeschichte herunter: dass sie verbissen daran gearbeitet habe, ihre eigene Realität zu schaffen. Dass die meisten Menschen keine Ahnung hätten, was sie mit ihrem Leben anfangen sollen. Dass sie nur die Zeit totschlagen würden, bis sie stürben. Aber Bistany nicht.

»Deshalb habe ich die Mucho-Macho-Honcho-Tagungen geschaffen«, sagt sie. »Es ist der erste Verein ohne jegliche Grenzen. Integrativlichkeit! Das ist unser Ziel!«

Ich frage: »Warum sind dann nur Männer auf der Tagung?«

»Ja!«, sagt Bistany. »Sie haben völlig Recht! Diese Tagung ist das erste öffentliche Zeugnis dieser Einheit. Wir stehen am Scheideweg; jetzt gilt es, eine ausgeglichene Integrativlichkeit zu erzielen, die uns in einen Strudel der Ermächtigung treibt. Wir werden ein neues Musterbeispiel verantwortisierender Gleichheit prägen und unsere Solidarität erneut vom Sklaventum befreien.«

Ihre Augen leuchten, ungeachtet des Bandsalats und des Kauderwelschs, die dabei herauskommen.

Bistany fährt fort: »Mucho-Macho-Honcho-Tagungen werden Mary Kay und Avon vom Thron fegen.«

»Aber das sind doch Kosmetikfirmen.«

»Ich weiß«, sagt Bistany. »Aber ein Produkt ist ein Produkt ist ein Produkt.« Sie überdenkt ihre Worte. »Ist das nicht schlagkräftig? Man muss seine Kraft nutzen, damit die Menschen dieser Erde zu einem kommen und kaufen. Sie kommen mit der Kohle und reichen sie rüber.«

»Und was bekommen sie dafür?«

»Sie bekommen den Traum von Liebe und Leidenschaft«, sagt sie. »Der Markt ist unendlich. Mucho-Macho-Honcho-Tagungen werden die Welt verändern. Es wird der bekannteste Markenname in allen internationalen Kreisen des Squaredance, des Rundtanzes und des Country & Western-Tanzes sein. Am Dienstagabend treffe ich mich mit einem Anwalt, um es als Markenzeichen eintragen zu lassen. Und falls Sie einen heißen Tipp wollen: Wir gehen vielleicht an die Börse, und Sie können investieren.«

»Investieren?«

»Sie könnten auf unterster Ebene einsteigen. Oder noch *darunter*. Ihre Investition wäre sozusagen ... äh ...«

»Im Keller?«, schlage ich vor.

Bistany kneift die Augen zusammen. »Ich wollte sagen, der Grundstein«, erläutert sie. »Aber das bringt mich auf eine andere Idee. Ich werde eine Stiftung gründen. So kann die eine Seite Geld verdienen und es der anderen Seite spenden, die es dann an mich verteilt. Wir könnten damit durchkommen, ohne jemals auch nur einen Pfennig an Steuern zu zahlen. Drucken Sie das aber bitte nicht.« *Kicher.*

»Drucken?«

»In Ihrem Artikel«, sagt sie. »Wann wird der erscheinen?«

»Welcher Artikel?«

»Sind Sie nicht von einer Zeitschrift oder so?«

Ich erzähle ihr: »Ich untersuche den Tod von Chester Wright.«

Bistany blinzelt wortlos. Wenn jetzt auch noch der Gestank verschwinden würde, wäre sie beinahe erträglich.

»Sie meinen«, sagt sie, »es geht hier gar nicht um mich?«

»Nein.«

»Aber Sie haben gesagt, Sie seien ein Reporter.«

»Ermittler.«

Sie beharrt: »Ermittelnder Reporter.«

»Nein.« Das musst du dir wohl eingebildet haben, Schätzchen.

»Tja dann«, sagt sie und arrangiert ihre Werbestrategie schnell um, »haben Sie je etwas Traurigeres gehört? Ich hätte niemals gedacht, dass so etwas während einer solchen Veranstaltung passieren könnte. Da sind wir hier alle fröhlich beisammen und amüsieren uns, und für diesen jungen Mann wird es zur traurigsten Zeit seines Lebens.«

Ich sage: »Und sein Mörder läuft noch frei herum.«

»Sie glauben doch nicht, dass es jemand von der Tagung war? Solche Leute – Diebe und so – nehmen nicht an Mucho-Macho-Honcho-Tagungen teil.«

Veranstalten sie sie vielleicht?

»Hier geht es um Mord«, sage ich, »nicht um Diebstahl, und ich versuche, die Tatsachen herauszufinden. Waren Sie letzte Nacht im Gunsmoke Saloon?«

»Für kurze Zeit«, sagt sie.

»Wann?«

»Das weiß ich nicht mehr genau. Ich hatte so viel zu tun.«

»Wie lange waren Sie dort?«

»Ich weiß nicht«, sagt sie. »Vielleicht eine Stunde?«

»Wie gut kannten Sie Chester Wright?«

»Ich kannte ihn kaum. Er war nur ein Wettbewerbsteilnehmer.«

»Aber er ist heute Morgen in Ihrem Badezimmerspiegel aufgetaucht.«

Bistany sieht mich verständnislos an, lächelt, schüttelt den Kopf und zuckt mit den Achseln. »Ich glaube nicht, dass ich Ihnen weiterhelfen kann«, sagt sie. »Ich muss eine Tagung leiten, und als ob die Dinge nicht schon schwierig genug wären, musste jetzt auch noch so eine Situation eintreten.«

»Eine traurige Situation.«

»Ja, sehr traurig«, sagt sie.

»Wie läuft's heute zwischen Ihnen und Colt?«

»Wie bitte?«, fragt sie. Ihr aufgesetztes Lächeln hält noch.

»Sie und Colt Remington. Ich hörte, wie Sie sich gestern Abend bei ihm zu Hause stritten. Er war ziemlich wütend darüber, dass Chester etwas bekommen sollte, was Colt für sich haben wollte.«

Bistany sagt: »Ich wusste doch, dass ich Sie schon mal gesehen habe!«

Wo ist das Lächeln geblieben, Schätzchen?

Ich sage: »Colt sollte auf eine landesweite Tournee gehen, aber Sie haben Ihre Meinung geändert und Chester stattdessen eingesetzt.«

Bistany stemmt ihre Hufe in den Boden. »Ich kann's nicht ändern, wenn Sie glauben, so etwas gehört zu haben«, sagt sie.

»Und jetzt ist Chester tot, und Colt sieht beinahe erleichtert aus.«

»Sie behaupten, dass Sie nach Tatsachen suchen«, sagt sie, »aber es hört sich so an, als ob sie lieber vorschnelle Urteile über Leute fällen.«

Ich frage: »Wie haben Sie von Chesters Tod erfahren?«
»Heather hat es mir erzählt«, sagt sie.
»Wann?«
»Heute Morgen.«
»Um wie viel Uhr?«
»Das weiß ich nicht mehr genau.«
»Bevor Sie sich geschminkt haben?«
»Muss wohl«, sagt sie selbstgefällig. »Warum hätte Chester sonst im Spiegel auftauchen sollen?«
Damit du eine herzerweichende Geschichte zu erzählen hast, Schätzchen.
Ich sage: »Wie hat Heather es Ihnen gesagt?«
»Wie meinen Sie das?«
»Persönlich? Am Telefon?«
Bistany sagt: »Sie rief mich in meinem Hotelzimmer an.«
»Was haben Sie dann getan?«
Bistanys Blick wird kalt, und sie spricht ernst. »Ich habe gebetet«, sagt sie. Sie lässt mir einen Augenblick Zeit, um ihre Frömmigkeit zu bewundern, dann nimmt das abstoßende Lächeln wieder seinen Platz ein. »Und jetzt«, sagt sie, »wenn Sie nichts dagegen haben, muss ich noch eine Tagung leiten.« Und ab geht sie, um die Menschen dieser Welt zu erobern und miteinander zu verbinden.

Ein weiterer Song beginnt, ebenfalls eine Ballade über süße Liebe und Hingabe. Ich beobachte die Paare auf der Tanzfläche und frage mich, warum ich nicht auch mit dabei bin und von jemandem umarmt werde und mich dazugehörig fühle, anstatt zu versuchen, Leute dazu zu bringen, mir Dinge zu erzählen, die sie nicht erzählen wollen, und mich als ewiger Außenseiter zu fühlen. Vielleicht ist das das Wesen der Detektivarbeit. Nicht mit dem Frisierstuhl zu vergleichen, wo Befragungen auf freiwilliger Basis stattfinden, wie bei einer tollen Party.

Jemand tippt mir sanft auf die Schulter. Ich drehe mich um und sehe die rosa Erscheinung Fannie Mae Knox'.

»Hier ist die Party, Kürbis.«

Hat sie meine Gedanken gelesen?

»Wenn ich wagemutiger wäre«, sagt sie in ihrem krächzenden Falsett, »dann würde ich Sie zum nächsten Tanz auffordern.«

»Ich bin kein guter Foxtrott-Tänzer.«

»Da hatte ich letzte Nacht aber einen ganz anderen Eindruck. Sie waren die Ballkönigin. Wer hat Sie denn da über die Tanzfläche geführt? Ein heimlicher Ehemann vielleicht? Haben Sie *mir* die ganze Zeit den Hof gemacht, obwohl Sie schon jemand Besonderen haben?«

Ich erzähle ihr: »Er ist ein Freund.«

»Hat er auch einen Namen?«

»Ja.«

»Werden Sie ihn mir verraten?«

»Nein.«

»Privatsphäre um jeden Preis, hm?«

»Einfach nur Privatsphäre«, sage ich.

»Aha«, sagt Fannie Mae. »Dann steckt also mehr dahinter. Was für eine Erleichterung, Kürbis. Ich habe mir schon Sorgen um Sie gemacht. Sie scheinen so ein netter Mensch zu sein, und nette Menschen sollten nicht allein sein. *Abscheuliche* Menschen«, sagt sie in verächtlichem Ton, »die verdienen es, allein zu sein. Aber für gewöhnlich sind sie es nicht. Ist Ihnen das schon einmal aufgefallen, Kürbis? Die Gerechtigkeit ist so wankelmütig. Und was wollten Sie mich Dringliches fragen?«

»Kannten Sie Chester Wright, den Typ, der ermordet wurde?«

Fannie Maes große Augen starren mich an. Was geht hinter dieser rosa Fassade ab?

»Mmmmm, ja ...«, sagt sie.

»Und woher?«, frage ich.

»Er war ein Wettbewerbsteilnehmer. Ich habe darauf bestanden, alle Teilnehmer kennen zu lernen.«

»Das ist alles?«

»Ja«, sagt sie. »Also wirklich, Kürbis, wenn wir schon Katz und Maus spielen, dann hätte ich erwartet, dass Sie mich nach Palladin fragen.«

»Okay«, sage ich. »Wie steht's mit ihm?«

»Palladin«, sagt Fannie Mae, »ist nirgendwo zu finden. Halten Sie *das* nicht für beachtenswert?«

»Woher wissen Sie es?«

»Das Ausführungskomitee versucht schon den ganzen Morgen, ihn zu erreichen, um den Wettbewerb mit ihm zu besprechen. Aber er ist verschwunden.«

»Ausführungskomitee, das heißt Sie und Heather und Bistany?«

»Genau«, sagt Fannie Mae.

»Wann haben Sie zum ersten Mal gehört, dass Chester Wright tot ist?«

»Heute Morgen.«

»Um wie viel Uhr?«

Sie schaut mich wieder mit großen Augen an. »Kürbis, arbeiten Sie nicht für die Polizei?«

»Nein.«

»Ach so«, sagt sie, »dann wissen Sie das *nicht*.«

»Was weiß ich nicht?«

»Dass ich heute Morgen in meinem Hotelzimmer einen anonymen Telefonanruf bekam, in dem mir mitgeteilt wurde, dass Chester Wright tot ist.«

»Ach was!«, sage ich.

»Es ist wahr, Kürbis. Und ich habe sofort die Polizei angerufen, um mir das bestätigen zu lassen, und die haben mir gesagt, dass Chester Wright tatsächlich tot sei.«

»Um welche Zeit war das?«

»So um acht.«

»Haben Sie daraufhin irgendwen angerufen?«

»Ich habe Heather angerufen, und die hat Bistany angerufen, und da wären wir. Es ist sehr, sehr traurig.«

Ich sage: »Es hat Sie also jemand anonym angerufen und Ihnen gesagt, Chester sei tot.«

»Genau«, sagt Fannie Mae.

»Was glauben Sie, wer es war?«

»Meinen Sie, wer angerufen hat?«, fragt sie. »Oder wer ihn getötet hat?«

»Sowohl als auch.«

»Für mich ist klar, dass Palladin Chester getötet hat.«

»Klar?«

»Kürbis, welche Art von Zeichen oder Spur brauchen Sie? Warum sollte Palladin sonst verschwunden sein? Ich sagte Ihnen bereits, dass er nicht aufzufinden ist.«

»Vielleicht hat er vor irgendetwas Angst.«

»Angst, geschnappt zu werden.«

»Aber warum sollte er Chester töten? Sie schienen mir sehr zusammengehörig.«

Plötzlich stößt Fannie Mae ein lautes Gekreisch aus, und während sie das tut – wie soll ich es galant ausdrücken? –, lässt sie einen fahren.

»Oh!«, ruft sie erstaunt über die eigenen Töne. Dann öffnet sie ihren rosa Fächer und wedelt mit ihm herum. »Da bin ich von meinem eigenen Feuerwerk in die Luft gegangen«, sagt sie. »Aber ja, Kürbis, einerseits haben Sie vollkommen Recht. Dem äußeren Anschein nach waren Palladin und Chester ein sehr zusammengehöriges Paar. War das nicht auch der Preis, den sie schließlich gewinnen würden?«

»Deshalb macht es ja auch keinen Sinn, dass Palladin Chester getötet haben soll; nicht, wenn sie gemeinsam einen großen Preis gewinnen würden.«

Fannie Mae schnalzt mit der Zunge. »Lieber, dummer Kürbis, Sehen Sie denn nie hinter die Dinge? Nehmen wir mal an, also nur angenommen, Chester wäre jetzt noch am Leben. Er und Palladin nehmen am Wettbewerb teil und gewinnen den Preis als Zusammengehörigstes Paar. Schön. Wunderbar! Jubel, Tanz und blinkende Medaillen! Hurra, hurra!«

»Okay, ich verstehe schon.«

»Und danach, was dann?«

»Wie, was dann?«

Sie sagt: »Glauben Sie denn, der hübsche, männliche und begabte Palladin wäre auf Dauer zufrieden mit seinem nicht so begabten Partner Chester?«

»Wie meinen Sie das?«

»Aber, aber, Kürbis! Was tun Tanzchampions für gewöhnlich? Sie gehen mit ihrer Show auf Tournee. Und ich frage Sie: Wäre das gut gegangen?«

»Wieso nicht?«

»Ach, Kürbis, Sie sind zu nett! Nett, nett, nett. Und hat das *Nett*sein jemals was gebracht? Schauen Sie, Palladin mag sich ja für Fred Astaire halten, aber sehen wir den Tatsachen mal ins Gesicht, Kürbis, Chester war sicherlich nicht Ginger Rogers. Wie hätte er das auch sein sollen?«

»Sie sahen doch toll zusammen aus.«

»Solange Chester seine Füße nicht auf den Boden setzte.«

Vor meinem geistigen Auge spiele ich noch einmal die Sequenz ab, wie Chester und Palladin im Halbfinale tanzen.

»Ach«, sage ich, weil mir Chesters Humpeln wieder einfällt.

»Ja, Kürbis. *Ach*.«

»Ich glaube, jetzt kapiere ich es allmählich.«

»Wurde ja auch Zeit«, sagt Fannie Mae.

»Aber das ist so ... plump.«

»Offensichtlich muss etwas erst *plump* sein, damit Sie es verstehen, Kürbis. Aber so sehen die Tatsachen nun mal aus, schlicht und einfach.«

»Und grausam.«

»Das hat nichts mit Grausamkeit zu tun. Eine Tatsache hat keine Gefühle oder Absichten. Sie existiert einfach. Chester Wright hatte von Geburt an einen lahmen Fuß.«

»Und Sie glauben, dass Palladin Chester wegen dieser Behinderung nicht mit auf Tournee nehmen wollte?«

»Ich finde es einleuchtend.«

»Und deshalb hat er Chester getötet?«

Fannie Mae hält einen Moment inne. »Das ist vielleicht nicht ganz so einleuchtend.«

»Außerdem mochte Palladin Chester sehr.«

»Nein, Kürbis, Sie mochten Chester sehr. Palladin mag Palladin, und damit hat sich's. Er hat Chester nur benutzt.«

»Wozu?«

»Um zu gewinnen! Du meine Güte, ich dachte, Sie hätten das verstanden! Kürbis, ich weiß wirklich nicht, ob Sie zu nett oder zu blöd sind.«

»Ich kapiere es immer noch nicht.«

»Palladin nahm an, dass er bei der Jury gewisse Vorteile hätte, wenn er mit Chester tanzte.«

»Aber wieso?«

Fannie Mae richtet ihren Blick himmelwärts, als ob sie sich göttlichen Beistand für die schwere Aufgabe erhoffe, ihrem geistig unterbelichteten Kürbis die Weisheiten des Todes zu erklären. »Wie oft«, sagt sie, »haben Sie hier den Begriff der *Integrativlichkeit* vernommen?« Sie schüttelt sich, als sie das Wort ausspricht.

»Sie meinen, Bistany ...«

»Ich habe keine Namen genannt!«

»Aber es ist ihr Wort.«

»Das ist *kein* Wort, Kürbis. Bestenfalls ein Neologismus.«

»Sie glauben also, Palladin hätte mit Chester getanzt, damit er Bistanys Stimme bekommt?«

Fannie Mae stöhnt schwer. »Kürbis, diese *explication du texte* ermüdet mich allmählich.«

Ich sage: »Dann lassen Sie uns wieder Katz und Maus spielen.«

»Hä?«, macht Fannie Mae.

»Vielleicht haben *Sie* ja ein Auge auf Palladin geworfen.«

»Ich?«, fragt sie. »Ein Auge auf Palladin geworfen?«

»Sie scheinen ihn gut zu kennen, wissen, wie er denkt und

intrigiert. Und ich habe letzte Nacht im Gunsmoke gesehen, wie Sie ihn beobachtet haben. Es hat mich daran erinnert, wie ich meinem Geliebtem beim Tanzen zusah.«

Fannie Mae braust auf. »Oh, nein, nein, nein, Kürbis. Falsch, falsch, falsch. Außerdem würde ich doch, wenn ich mich zu einem Schurken wie Palladin hingezogen fühlte, versuchen, ihn zu beschützen, oder etwa nicht? Ich würde ihn doch nicht beschuldigen.«

»Das kommt darauf an«, sage ich.

»Worauf?«, fragt Fannie Mae.

»Ob Sie eifersüchtig auf ihn und Chester waren.«

»Sie sind nicht sehr nett, Kürbis.«

»Wer ist schon wirklich, ehrlich, wahrhaft nett?«

Fannie Mae sagt: »Vielleicht haben Sie ja doch noch eine andere Seite, eine weniger nette, und die zeigt sich allmählich.«

»Vielleicht waren Sie wegen Chester so eifersüchtig, dass *Sie* ihn getötet haben.«

»Kürbis!«, quäkt sie. »Jetzt gehen Sie aber zu weit. Es ist wirklich gemein von Ihnen, jemanden meines Alters und meiner Herkunft mit solchen Vermutungen zu verhöhnen. Sehen Sie denn nicht, wie lächerlich ich mich machen würde, wenn ich ›ein Auge auf jemanden werfen‹ würde, selbst wenn es kein Apollo wie Palladin wäre? Und dann auch noch meinen Nebenbuhler zu töten, der obendrein verkrüppelt ist! Und das in meinem Alter?«

»Sie sind doch noch gar nicht so alt.«

»Ach!«, stöhnt sie. »Der Hieb hat gesessen! Kürbis, Sie sind grausam! Sie wagen es, *mich* grausam zu nennen, weil ich die Wahrheit über Chester sage. Aber jetzt zeigt sich, dass Sie bei weitem der grausamere Mann sind.«

Hat sie gerade zugegeben, dass sie ein Mann ist?

Sie fährt fort. »Jetzt habe ich Ihre Taktik durchschaut. Sie fangen ganz nett und süß an, naiv und liebevoll, aber dann nehmen Sie all das Vertrauen, dass Ihr Gegenüber in Sie gesetzt hat, und schlagen damit zu – ein Tiefschlag auf eine wehrlose Person.«

»Von wehrlos kann ja wohl keine Rede sein.«

»Und die Worte, die Sie gebrauchen – *nicht so alt!* Wie alt muss ich denn sein, um *so alt* zu sein?«

»Es tut mir Leid«, sage ich.

»Das reicht nicht, Kürbis. Dafür ist es zu spät. Ich werde Ihnen sogar die Ritterschaft aberkennen. Sie stehen nicht mehr in meiner Gunst. Gehen Sie jetzt! Gehen Sie und versuchen Sie, Palladin zu finden. Und dann fragen Sie ihn, ob ich jemals die Verwegenheit besessen habe, ihn mit Hoffnung und Begierde anzuhimmeln. Sie närrischer, schädlicher, herzloser junger Mann!«

Und ab geht sie, die gebieterische rosa Königin.

Das war es dann also mit dem netten, kleinen Kürbis, den sie sich herangezüchtet hatte. Wenn ich Glück habe, muss ich diesen Spitznamen nie wieder ertragen.

Die Musik geht leise zu Ende. In der folgenden Stille umarmen sich die Tanzpaare und bestärken so ihre Bande. Währenddessen mache ich mir auf meinem Weg nicht gerade Freunde.

Die Stille wird vom Megamuskelmann Colt Remington gesprengt, der auf der Bühne ist und Fellatio mit dem Mikrofon betreibt. (Sollte ein Hetero so etwas in der Öffentlichkeit tun?)

»Hallo, Kumpels! Ich bin Colt Remington, der DJ eurer Tagung. Ich weiß, dass ihr Jungs auf den Wettbewerb wartet, und ich verspreche euch, dass es gleich losgeht, sobald die Jury einige kurzfristige Änderungen an der Teilnehmerliste vorgenommen hat. In der Zwischenzeit möchte ich ein paar Worte zu der unglücklichen Situation sagen, die wir mit einem der Tänzer hatten. Das Ausführungskomitee hat mir die Erlaubnis erteilt, über dieses Thema zu reden. Ich möchte diese Einladung an euch alle hier aussprechen. Ab sofort biete ich meine professionellen Dienste an – das heißt, eine viertelstündige Privatsitzung mit mir ganz allein – und zwar auf ehrenamtlicher Basis für den verbleibenden Rest dieses Wochenendes. Ja, genau. Ich werde gratis mit jedem hier sprechen, eine Viertelstunde lang. Kommt einfach während meiner Pause vorbei, und dann setzen wir einen Termin für die einführende Beratung fest.«

Aber wen interessiert hier schon der Tod von Chester Wright? Diese Kerle tanzen und wetteifern um Preise, als ob nichts geschehen wäre. Wie will Colt Remington ihnen helfen? Vielleicht stelle ich mich an für eine Viertelstunde mit ihm allein. Und dann frage ich ihn, wo er gestern Nacht während seiner Pause war, als er seine DJ-Kabine verlassen hat.

Colt sagt: »Und jetzt übergebe ich wieder an die Regisseurin dieser Tagung, Miss Bistany Evans. Einen ordentlichen Applaus für die außergewöhnliche und professionelle Art, in der Bistany diese schwierige Situation meistert.«

Colt klatscht mit seinen großen Händen, und die schweren Arm- und Brustmuskeln hüpfen und vibrieren. Er geht von der Bühne und reicht dabei das Mikrofon an Bistany Evans weiter. Sie bleibt stehen und umarmt ihn kräftig. Ihre Hände streichen über seinen Rücken, als würden sie das fleischige Gelände überprüfen. Sie messen, pressen, fühlen. Colt und Bistany trennen sich mit einem flüchtigen Kuss auf den Mund.

Bistany kreischt: »Oh, ich danke dir, Colt! Ich danke dir. Ich danke dir! Ist er nicht einfach gigantisch und großzügig?«

War das ein Orgasmus?

Aber was ist mit den beiden seit gestern Abend passiert? Da gingen sie sich noch an die Gurgel. Und gestern Morgen haben sie sich noch in aller Öffentlichkeit gegenseitig Vorwürfe gemacht und sich eine verbale Schlammschlacht geliefert.

Immer noch atemlos sagt Bistany: »Lasst eusch diese Gelegenheit nicht entgehen. Wenn ihr eusch denkt, dass Colt gut *aussieht*, dann wartet mal ab, bis er mit eusch *gesprochen* hat. Nach fünfzehn Minuten allein mit Colt werdet ihr ohoich alle nicht wieder erkennen.«

Fragt mich. Ich habe gestern eine ganze Stunde mit ihm verbracht.

Die Musik beginnt, und wir befinden uns wieder im Reich des Squaredance der Ölsardinen. In der Nähe der Bühne unterhalten sich Fannie Mae Knox und Bistany Evans mit Heather Blossom. Die drei Damen – ganz locker gesprochen – schauen in meine Richtung, und ich frage mich, was ihr groteskes Triumvirat galvanisiert. (Ein hübscher Ausdruck, den ich demnächst an Nicole ausprobieren werde.) Kann es sein – ich trau mich gar nicht hinzuschauen –, dass sie alle drei zur Familie der Paarhufer gehören?

Heather löst sich von ihrer Truppe und kommt zu mir herüber.

»Hallo, Darlin'«, sagt sie. Ihr lockiges rotes Haar sieht im hell erleuchteten Saal ganz besonders lebhaft aus. »Wie geht's dir heute Morgen?«

»Ich überlebe.«

»Na, wenn das mal wahr ist«, sagt sie. »Fannie Mae und Bistany haben mir erzählt, dass du Fragen über Chester stellst. Vielleicht kann ich dir weiterhelfen.«

Eine Freiwillige? »Klar«, sage ich. »Aber ist Fannie Mae denn nicht sauer auf mich?«

»Sauer?«, fragt Heather.

»Sie hat mich eben ganz schön runtergeputzt.«

»Aber Darlin', hast du denn keine Ahnung? Das ist Fannie Maes Art, ihre Zuneigung zu zeigen. Wenn Sie dir nicht widersprechen kann, könntest du auch gleich tot umfallen. Also, wie kann ich dir helfen?«

»Zuerst einmal: Kanntest du Chester?«

»Na klar«, sagt sie. »Er hat für mich im Gunsmoke gearbeitet.«

»Chester hat für dich gearbeitet?«

»Klar. Er war der Ausrufer, wenn Colt seinen freien Abend hatte.«

»Chester war Squaredance-Ausrufer?«

»Ja, genau«, sagt Heather. »Wusstest du das nicht? Daher kannten er und Palladin sich.«

»Aber Palladin tanzt doch keinen Squaredance.«

»Nein«, sagt sie, »und Chester auch nicht. Er macht nur den Ausrufer. Ich meine, er *machte* den Ausrufer.«

»Wie sind sie dann als Tanzpartner zusammengekommen?«

»Das weiß ich nicht, Darlin'. Ist halt irgendwie passiert.«

»Es war ja eine eher ungewöhnliche Verbindung.«

»Wieso?«, fragt Heather.

»Chester hatte diesen lahmen Fuß«, sage ich. »Warum sollte Palladin mit einem Typ tanzen, der einen lahmen Fuß hat?«

Sie zuckt mit den Achseln. »Ich glaube, ihre Verbindung ging über das Tanzen hinaus.«

Selbst ein körperbesessener Tänzer kann dem physischen Makel seines Geliebten gegenüber blind sein.

Ich frage sie: »Hatten die beiden Probleme?«

»Nicht, dass ich wüsste. Wieso?«

»Sie sahen nicht gerade glücklich aus, als sie gestern Abend ins Gunsmoke kamen.«

»Das ist mir nicht aufgefallen«, sagt Heather. »Und außerdem, wer hat keine Probleme in der Liebe?«

»Wie lange hat Chester für dich gearbeitet?«

»Er hat so vor, äh, sechs Monaten angefangen.«

»Hat er da Palladin kennen gelernt?«

»Nein, das ist noch nicht so lange her, noch nicht mal einen Monat.«

»Sie haben erst seit einem Monat zusammen getanzt?«

»Noch nicht einmal«, sagt Heather.

»Kannten sie sich denn schon davor, während der sechs Monate, meine ich?«

»Das weiß ich nicht«, sagt sie. »Da musst du sie selbst fragen.« Sie runzelt die Stirn. »Ich meine, Palladin.«

»Also bevor das hier passierte, hat Chester noch für dich gearbeitet?«

»Das stimmt, Darlin'. Er bekommt sogar noch einen Gehaltsscheck. Kannst du dich darum kümmern?«

»Ich denke, das wird seine Nachlassverwaltung regeln.«

»Seine Nachlassverwaltung?« Heather lacht. »Du glaubst, jemand wie Chester hätte einen Nachlassverwalter? Der Junge war ein Streuner.«

»Wer hätte ein Interesse gehabt, ihn zu töten?«

»Niemand«, sagt Heather. »Absolut niemand. Er war so ein süßes junges Ding. Jeder mochte ihn.«

»Offensichtlich nicht jeder. Wie kamen Chester und Colt miteinander aus?«

»Colt?«

»Du sagtest, sie wären beide Ausrufer im Gunsmoke. Vielleicht gab es da Rivalitäten.«

»Na klar«, sagt Heather. »Es gab schon einen gesunden Wettbewerb zwischen den beiden, aber das wäre für Colt kein Grund gewesen, den Jungen zu töten.«

»Warum hast du Chester eingestellt?«

»Du stellst aber wirklich eine Menge Fragen, Darlin'.«

»Ich versuche herauszufinden, was passiert ist.«

»Und dabei will ich dir gerne helfen, aber das dauert jetzt doch länger, als ich erwartet hatte.«

»Was glaubst du, wie lange es gedauert hat, bis Chester tot war?«

Heather sagt: »Du brauchst jetzt nicht makaber zu werden. Dass ich Chester eingestellt habe, kam so: Er spazierte eines Abends in den Saloon und fragte, ob er mal den Ausrufer machen dürfe. Er sah aus, als könnte er Hilfe gebrauchen, und ich gebe Leuten gerne eine Chance. Ich meine, wo wäre ich denn, wenn mir niemand eine Chance gegeben hätte? Also sagte ich okay. Er ging hinauf und stellte sich vor. Er kann wirklich gut mit einer Menge umgehen. Nach zehn Minuten war der Laden warm und behaglich. Und als er aufhörte, waren alle traurig.«

»Traurig?«, frage ich.

»Ja. Du weißt, wie das ist. Du amüsierst dich, und dann stellst du plötzlich fest, das alles mal ein Ende hat und nicht ewig weitergehen kann. Und dann fühlst du dich schon traurig, bevor es vorbei ist. Ist dir das noch nie so gegangen?«

Nö. Nicht ein einziges Mal. Immerzu.

Ich frage sie: »Stellte das ein Problem dar?«

»Das kann schon zu einem werden, wenn du ein Tanzlokal betreibst. Du willst ja nicht, dass die Leute traurig werden, während sie sich in deinem Laden aufhalten. Und womöglich kommen sie nicht mehr wieder.«

»Also war Chester in gewisser Weise ein Problem für dich.«

»Nein, nein«, sagt Heather. »Das habe ich nicht gemeint, Darlin'. Ganz und gar nicht. Er machte dich auf eine nette, ruhige Art traurig – eine wohlige Traurigkeit. Der Junge hatte es echt drauf, dir ein wohliges Gefühl zu vermitteln.«

»Das gefiel Colt vielleicht nicht.«

Heather sagt: »Sieh mal, Darlin', ich versuche nur, dir den Unterschied zwischen Colt und Chester begreiflich zu machen. Colt versetzt die Menge in Aufregung. Sie springen herum, als ob nichts auf der Welt sie aufhalten könnte. Und Chester versetzte sie in eine heimelige, wohlige Stimmung. Das kann nicht jeder. Aber das wäre für Colt kein Grund gewesen, Chester oder sonst wen zu töten. Es tut mir Leid, dass ich es überhaupt erwähnt habe. Ich brauche Colt hier im Laden. Er ist zwar manchmal etwas aufsässig, aber er ist ein Publikumsmagnet. Schau dir nur die Schlange da drüben an. Alle wollen sie eine Viertelstunde mit ihm allein sein.«

Sie hat Recht. Jeder, der nicht tanzt – das heißt, die Hälfte der Besucher –, steht Schlange, um mit Colt unter vier Augen zu sprechen.

Heather sagt: »Das war in etwa alles, was ich dir erzählen kann, Darlin'.«

»Eine Sache noch, bitte.«

Sie lässt einen großen Seufzer vernehmen. »Ich hätte mich nicht anbieten sollen.«

»Aber ich weiß es zu schätzen«, sage ich. »Erzähl mir noch, wann du das erste Mal von Chesters Tod gehört hast.«

»Fannie Mae hat mich heute Morgen angerufen.«

»Um wie viel Uhr?«

»Ich glaube, es war gegen acht.«

»Und was hat sie gesagt?«

»Gesagt?«, fragt Heather.

»Welche Worte hat sie gebraucht?«

»Das weiß ich nicht mehr, Darlin'. Spielt das denn so eine große Rolle?«

»Vielleicht.«

»Ich kann mich nur erinnern, dass Fannie Mae mir erzählt hat, dass Chester tot ist und wir entscheiden müssten, ob wir die Tagung fortsetzen sollten.«

»Und dann hast du Bistany angerufen?«

»Genau.«

»Warum hat Fannie Mae sie nicht angerufen?«

»Weil ich ihr angeboten hatte, es zu tun«, sagt Heather. »Wir versuchen, uns gegenseitig zu helfen, Darlin'.«

Zumindest dieser Teil von Heathers Geschichte stimmt mit der Version von Bistany und Fannie Mae überein: die Saga vom Ausführungskomitee.

»Also dann, Darlin', wenn da weiter nichts wäre ...«

»Eine Sache noch.«

»Wie viele ›eine Sache‹ denn noch?«, fragt sie und verzieht ungeduldig das Gesicht.

Am liebsten würde ich ihr sagen: »Sei froh, dass du lebst und dich über etwas ärgern kannst.«

Stattdessen sage ich: »Wohin bist du gestern in deiner Pause gegangen?«

»Welcher Pause?«

»Als Chester und Palladin hereinkamen, hast du die Bar verlassen.«

Sie sagt: »Ich musste ein paar Vorräte prüfen.«

»Du warst ganz schön lange weg.«

»Als ob du noch ein Zeitgefühl gehabt hättest!« Sie lacht. »Darlin', wenn du Alkohol nicht vertragen kannst, dann gib es lieber zu.«

»Ich glaube, mir hat jemand was in den Drink gerührt.«

»Was? Drogen? *Hah!* Ich hoffe, du nimmst mir das nicht übel, Darlin', aber ich glaube, du hast da ein kleines Problem.«

»Ich werde für gewöhnlich nicht nach drei Drinks bewusstlos.«

Sie zuckt die Achseln. »Ich habe noch nie einen Trinker gesehen, der seine Drinks zählen konnte.«

»Ich bin kein Trinker.«

»Viele Leute haben ein Problem, Darlin', und dafür muss man sich nicht schämen, es sei denn, man leugnet es.«

»Ich leugne nichts. Jemand hat mir was verabreicht.«

»Hast du gesehen, wie es passiert ist?«, fragt sie.

»Nein.«

»Siehst du!«

»Aber es hat mir jemand was in den Drink getan.«

»Schau mal«, sagt Heather, »selbst wenn das passiert wäre – ich sage nicht, dass es passiert ist –, aber wenn es passiert wäre, dann hätte das jeder im Laden sein können. Also komm nicht daher und beschuldige mich oder meine Mitarbeiter einer Sache, für die du gar keine Beweise hast. Wenn du damit weitermachst, werde ich noch meinen Anwalt anrufen müssen. Lieber würde ich dir ein paar Adressen geben, wo du Hilfe bekommen kannst.«

»Ich brauche jetzt gerade lediglich Hilfe, um herauszufinden, wer Chester getötet hat.«

»Ist ja gut«, sagt sie. »Aber wenn du deine Arbeit ernst nimmst, solltest du versuchen, das Trinken unter Kontrolle zu kriegen.«

»Heather, ich bin kein Alkoholiker!«

»Wenn deine Lichter ausgehen, dann ist das schon ein schlechtes Zeichen.«

»Wer hat dir erzählt, dass meine Lichter ausgegangen sind?«

»Darlin', ich habe das Taxi gerufen. Du hattest Glück, dass dein Freund da war und dich nach Hause bringen konnte. Und jetzt hör mir gut zu, und dann leg deinen hübschen, kleinen Kopf ein für alle Mal schlafen. Es ist absolut unmöglich, dass ich dir *Drogen* verpasse, meine Bar verlasse, hinauf in Kittys Laden gehe und Chester töte, dann zurückkomme und immer noch ein perfektes Alibi habe. Was glaubst du denn, was das hier ist? Ein schlechter Film?« Sie lacht.

»Ich habe noch eine Frage.«

»Die Zeit ist um«, sagt sie und will gehen.

»Wer ist Fannie Mae wirklich?«

Heather bleibt stehen, dreht sich zu mir herum und lächelt. »Darlin', *jetzt* wirst du aber wirklich zu persönlich.«

Sie lacht wieder und geht.

Alle drei befragt und gar nichts erreicht.

Also gehe ich Schlange stehen für meinen Gratis-Quickie mit Colt. Das wird bestimmt lustig, ihn in aller Öffentlichkeit aufs Korn zu nehmen. Allerdings frage ich mich allmählich, ob ich nach all dem hier vielleicht wirklich einen Seelenklempner brauche. Wenn ich den Leuten hier Glauben schenken darf, bin ich ein Alkoholiker im Leugnungszustand. Und wenn mir allmählich der Bezug zur Realität abhanden kommt, sollte ich mich vielleicht langsam wieder auf den festen Boden der Tatsachen begeben.

Realität und fester Boden sind wiederhergestellt, als Lieutenant Branco mit drei weiteren Polizisten den Saal betritt. Sie steuern direkt auf den Tisch zu, an dem Colt am Kopf der langen Schlange sitzt, in der auch ich stehe. Colt erhebt sich und sieht Branco kriegerisch an. Ich kann wütende Stimmen hören, aber nicht verstehen, was sie sagen. (Ob ihr's glaubt oder nicht, Musik und Tanz sind immer noch in Gang.) Einer der Bullen zieht Handschellen hervor, aber Colt wird sofort ganz brav und geht willig mit ihnen mit.

Hast du etwa Angst vor ein bisschen Bondage, Schätzchen?

Als Branco die Truppe fortführt, sieht er mich in der Schlange stehen.

»Gut, dass du hier bist«, sagt er. »Erspart mir die Sucherei. Ich will dich auf dem Revier.«

»Klar«, sage ich.

»Sofort«, sagt er. »Komm mit.«

11

Auf dem Revier nimmt Branco mich direkt mit in sein Büro und schließt die Tür.

»Du musst mir einen Gefallen tun, Stan.«

»Inoffiziell?«

»Nein«, sagt er. »Diesmal ganz offiziell.«

»Schieß los«, sage ich.

Branco will gerade loslegen, als ein Polizeibeamter mit einem großen Umschlag hereinkommt. Er reicht ihn Branco und murmelt: »Bericht des Gerichtsmediziners.«

Branco sagt: »Danke.«

Der Beamte sieht mich lässig an, als er geht.

Branco zieht den Bericht hervor. Er studiert ihn eine Weile und sagt dann: »Zumindest ist der Junge nicht vergewaltigt worden. Weder anal noch oral, noch ...«

»Lieutenant, warum erzählst du mir das?«

»Darum geht's nun mal bei Mord, unter anderem.«

»Musst du denn damit anfangen?«

»Womit soll ich denn deiner Meinung nach anfangen?«

»Wie wär's mit der Todesursache«, sage ich.

»Okay«, erwidert er.

»Und vielleicht könntest du es ja auch einfach beschreiben und nicht aus dem Bericht vorlesen.«

Branco sagt: »Es ein bisschen sanfter formulieren, meinst du, für jemanden, der gefühlsmäßig nichts mit dem Opfer zu tun hatte?«

»Formulier es einfach sanfter.«

»Klar«, sagt er und erzählt mir dann: »Das Opfer wurde mit einer sehr langen Schere erstochen, einer Schneiderschere. Sie wurde neben dem Opfer gefunden.«

Ich schlucke. »Nicht in ihm?«

»Nein«, sagt er. »In der Tat ...« Branco hält inne, weil er nicht weiß, ob er fortfahren soll. »Du weißt ja, dass er in den Rücken gestochen wurde, nicht wahr?«

»Ja, das hast du mir heute Morgen erzählt.« Dass ich es schon weiß, macht es nicht weniger schrecklich. Mein Chester, in den Rücken gestochen. Nur so konnte man das tun. Man konnte Chester nicht ins Gesicht sehen und ihm was Böses antun.

Branco sagt: »Seltsam ist, dass er *auf* dem Rücken lag.«

»Also hat ihn jemand bewegt.«

»Genau«, sagt Branco.

»Und dann hat er ihm die Kragenspitzen angesteckt.«

»Es hätten auch mehrere Personen sein können«, sagt er.

»Gibt es Fingerabdrücke?«

Branco knurrt und schüttelt den Kopf. »Der Mörder trug Handschuhe.«

Das klingt nach dem Titel eines alten Groschenromans.

»Wer auch immer es getan hat«, sagt Branco ernst, »wusste genau, wo er zustechen musste. Der Stich ging auf Anhieb durchs Herz.«

»Also war er sofort tot.«

»Nicht sofort«, sagt er, »aber sehr schnell.«

»Und nur eine Verletzung.«

»Ja«, sagt Branco.

»Chester wurde also wenigstens nicht verstümmelt.«

»Nein«, sagt er und sieht mich aufmerksam an. »Soll ich aufhören?«

»Nein, wieso?«

»Ich überprüfe nur dein emotionales Barometer.«

»Keine Schwankungen«, sage ich. »War da sehr viel Blut?«

»Reichlich«, sagt er. »Wieso?«

»Ich hätte gedacht, dass bei einem Herzstillstand nicht mehr so viel Blut herausgepumpt werden könnte.«

»Bei einer Wunde dieser Größe«, sagt Branco, »und einem Opfer in Rückenlage sorgt schon allein die Schwerkraft dafür, dass das Blut herausläuft. Aber es hat eine Lache gebildet und ist nicht überall herumgespritzt, wie das bei Arterienverletzungen der Fall ist.«

»Ich glaube, ich hab's kapiert.«

»Wirklich?«, fragt Branco, als ob ich Memme die grausame Wahrheit nicht vertragen könnte. Womit er Recht hat.

Ich frage ihn: »Was ist mit dem Gefallen, den ich dir tun soll?«

»Ich möchte, dass du mit Wang Chu sprichst.«

»Kitty.«

Branco zieht eine Braue in die Höhe.

Ich frage: »Warum mit ihm?«

»Zum einen nehme ich an, dass er das Opfer in seinem Laden gefunden hat und dann ins Hotel gegangen ist, um uns anzurufen.«

»So ein Aufwand? Warum?«

»Damit es anonym bleibt«, sagt Branco, »und außerdem den Verdacht auf jemanden im Hotel lenkt. Aber die Stimmprofile sind identisch.«

Ich frage: »Und weiter?«

»Als Mr. Chu in seinem Laden eintraf und meine Mannschaft dort sah, war seine Reaktion völlig übertrieben, so als ob er sie vorher für uns einstudiert hätte. Da war nichts Echtes dran.«

»Vielleicht stand er noch unter Schock, wegen seinem Fund.«

»Oder wegen seiner Tat«, sagt Branco.

»Du glaubst, dass Kitty Chester getötet hat?«

»Ich weiß es nicht, aber ich kriege nichts mehr aus ihm raus.«

»Und du glaubst, mir würde er sich öffnen?«

Branco sagt: »Du kannst mit den Samthandschuhen ganz gut umgehen.«

»Wenn auch nicht mit der Brechstange. Wirst du bei der Befragung anwesend sein?«

»Das würde dem Zweck doch zuwiderlaufen, oder? Ich habe dir doch gesagt, dass er nicht mit mir sprechen will. Außerdem muss ich mich um Colt Remington kümmern.«

»Den echten Kerl.«

Branco presst die Lippen zusammen. »Es war Mr. Chu, der uns Mr. Remington genannt hat.«

»Ich frage mich, wie Colt darauf reagieren wird.«

»Ich habe vor, es herauszufinden«, sagt der Bulle.

»Spiel sie gegeneinander aus.«

Branco knurrt. »In deinem Raum wird eine Kamera mitlaufen, so dass ich mir das Band notfalls ansehen kann, nachdem ich deinen Bericht bekommen habe.«

Eindeutig offiziell.

Ich frage: »Wer wird noch anwesend sein?«

»Du bist auf dich allein gestellt.«

»Allein?«, frage ich. »Aber du hast Kitty in Verdacht, Chester getötet zu haben.«

»Eigentlich nicht«, sagt Branco. »Viel zu sanft.«

»Er ist nicht sanft«, erwidere ich. »Vor allem seine Hände nicht. Bei der Menge an Pailletten, die er annäht, hat er bestimmt einen tödlichen Griff. Ich kenn das vom Haareschneiden.«

»Ach was!«, sagt Branco.

»Lieutenant, für dich mag Kitty ja ein harmloser kleiner

Schmetterling sein, aber um jemanden in den Rücken zu stechen, braucht man nicht ...«

»Jetzt hör zu«, sagt er, »mein Sergeant und ich haben da drinnen überlebt, und du wirst es auch. Und der kleine Schmetterling, wie du ihn nennst, ist nicht bewaffnet. Wir haben ihn gefilzt und ihm sein Nähzeug abgenommen.«

»Das klingt mir alles nicht nach der regulären Vorgehensweise.«

»Nichts, was ich je mit dir zusammen getan habe, entsprach der regulären Vorgehensweise.«

»Aber warum bin ich mit ihm allein?«

Branco sagt: »Weil ich es so will. Also, hilfst du mir jetzt oder nicht?«

»Zeig mir den Weg.«

Einer von Brancos Untergebenen kommt und bringt mich zu dem Raum, in dem sie Mr. Wang »Kitty« Chu festhalten, den Kostümschneider der Bostoner Stars am Country-, Western- und Squaredance-Firmament.

Vorsichtig betrete ich den Raum. Die stahlverstärkte Tür geht hinter mir zu und schließt uns beide in der kleinen Kammer ein. Kitty schaut völlig niedergeschlagen auf. Er sieht mich, springt vom Stuhl auf und wirft sich auf mich. Ich habe keine Chance zu schreien. Er packt mich – umschlingt mich – nimmt mich in einen erdrückenden Ganzkörper-Schwitzkasten. Wie kann so ein kleiner Mann mich von Kopf bis Fuß umklammern? Ich kann kaum atmen. Ich versuche, ihn wegzuschieben, aber er haftet besser als Superkleber. Er wackelt mit dem Kopf vor meinem Gesicht herum, so dass seine dichten schwarzen Haare mich daran hindern, um Hilfe zu rufen. Das Haar riecht leicht nach Verbene, und ich muss an Cho-Cho-San denken (*Madame Butterfly*, für alle, die keine Opernfans sind). In einer Krise die Ruhe bewahren, so bin ich nun mal. Außerdem begreife ich, dass Kitty mir gar nichts tun will. Er ist vielmehr völlig verängstigt.

»Ach, ach«, wimmert er an meiner Brust. Dann hebt er den Kopf und sagt: »Bring mich bitte hier raus. Sofort!«

Ich sehe mich im Raum um. Überwacht eigentlich niemand die Videomonitore? Warum kommt mir kein Bulle zu Hilfe? Oder sind die zu sehr damit beschäftigt, sich schlapp zu lachen?

»Kitty«, sage ich sanft. »Okay, Kitty, jetzt reicht's.«

»Du hast ja keine Ahnung!«, spricht er in mein Hemd. »Sie sind schrecklich. Schreckliche, furchtbare Grobiane!«

Na, immerhin hat der Ärmste gerade seine erste Begegnung mit Branco ertragen müssen. Selbst hartgesottene Kriminelle brechen unter dessen stählernem Blick zusammen. Welche Chance hat da eine sensible, zarte Seele wie Kitty?«

Korrektur: eine sensible, zarte, potenzielle Mörderseele.

»Kitty?«, sage ich. »Kitty, du kannst mich jetzt loslassen. Es ist alles in Ordnung. Ich bin hier, um mit dir zu reden. Du kannst mich also loslassen.«

»Ach«, sagt er, »es war schrecklich! Du hast keine Ahnung! Ich kann nicht dorthin zurückgehen! Jetzt nicht und auch niemals mehr! Ich will nur noch alles verbrennen! Ich brenne alles nieder!«

»Was willst du niederbrennen, Kitty?«

»Meinen Laden! Ich kann nicht zurückgehen!«

»Warum nicht?«

»Er war tot. Er lag einfach tot da. *Ooooooooooh!*«

Es war also nicht bloß Branco, der Kittys Nerven zerrüttet hat. Er hat auch Chester gesehen und befindet sich in einem akuten geistigen Schockzustand. Das ist los mit ihm. Er müsste ein starkes Beruhigungsmittel bekommen.

Schließlich lässt Kitty mich los, und ich kann wieder atmen. Er steht mit leicht gesenktem Kopf vor mir und schaut mir in die Augen.

Er sagt: »Ich habe versucht, der Polizei alles zu erzählen, aber dieser Lieutenant, der ist so kalt. Er hat grausame Augen. Und ich ... ich ...«

Dir geht's wie uns allen, Kitty. Wir sehen diese Augen, und es ist um uns geschehen.

Kitty fährt fort: »Er wollte mir nicht glauben, also habe ich mir was ausgedacht. Ich wusste nicht, was ich sonst tun sollte. Ich habe ihm erzählt, dass Chester und ich die Nacht zusammen in meinem Laden verbracht haben und dass ich heute Morgen losgegangen bin, um Kaffee für uns zu holen, und als ich zurückkam, da war er ... war er ... eben *so.*«

Kitty fängt wieder an zu heulen, und ich strecke instinktiv den Arm aus, um ihn zu trösten, denke aber schnell genug daran, dass dies eine weitere tödliche Umarmung auslösen könnte, und ziehe den Arm zurück.

Ich sage: »Aber so ist es gar nicht gewesen, stimmt's, Kitty?«

Kitty sieht mich an, schnieft vernehmlich und schüttelt den Kopf.

»Komm«, gurre ich sanft und lege das ehrliche Interesse eines Friseurs in meine Stimme, »erzähl mir, was wirklich passiert ist.«

Kitty wimmert. »Was wirklich passiert ist?«

»Fang ganz vorne an, und erzähl mir eine Geschichte.«

»Ach«, sagt Kitty. »Eine Geschichte. Das könnte ich vielleicht machen.«

Du und Scheherazade.

»Das ist gut«, sage ich und klopfe ihm zur Ermutigung ganz leicht auf die Schulter, aber wirklich nur sehr leicht, um ihn nicht zu sehr zu ermutigen.

Kitty sagt: »Es fing alles mit den Kragenspitzen an.«

»Den Kragenspitzen«, wiederhole ich.

»Palladins Kragenspitzen. Er dachte, ich hätte sie gestohlen, aber das habe ich nicht.«

»Nein, natürlich nicht.«

Oder doch?

Kitty sagt: »Ich weiß nicht, ob ich das hier durchstehe.«

»Du schaffst das, Kitty. Tu's für mich.«

Kitty seufzt. »Ich bin so durcheinander. Manchmal glaube ich, es ist alles meine Schuld.«

»Was?«

»Dass Chester tot ist. Sieh mal, wenn ich Palladin die Kragenspitzen gegeben hätte, als ich sie fand, dann wäre das alles nicht passiert.«

»Du hast seine Kragenspitzen gefunden?«

»Sie waren in der Wäsche. Ich mache seine Kostüme und erledige nebenher auch seine Wäsche. Ich bin Donnerstagabend in sein Hotelzimmer gegangen, um die Wäsche zu holen, aber er war mit Chester im Jacuzzi. Hörte sich an, als ob sie es gerade miteinander trieben, also habe ich nur die Wäsche genommen und bin gegangen.«

»Du hast nichts gesagt?«

»Hättest du das getan?«

»Vielleicht haben sie es gar nicht miteinander getrieben.«

»Doch«, sagt Kitty. »Das war deutlich zu hören.«

»Also hast du die Wäsche genommen, und da waren die Kragenspitzen drin.«

»Ja, aber das wusste ich nicht.«

»Wieso nicht?«

»Weil ich nicht nachgesehen habe«, sagt er. »Ich hatte auch so schon genug zu tun in der Nacht, da konnte ich nicht noch Wäsche sortieren. Die essen und trinken alle so viel auf diesen Tagungen, dass ihre Knöpfe nicht mehr zugehen und ich sie versetzen muss. Donnerstagnacht hatte ich reichlich von Hand zu nähen.«

»Wann hast du die Kragenspitzen dann gefunden?«

»Ich wusste nicht einmal, dass sie vermisst wurden, bis ich am Freitagmorgen ins Castle kam. Chester schnappte sich mir, gleich nachdem er mit Palladin hereingekommen war.«

Mich, lässt sich meine Marotte vernehmen.

Kitty fährt fort. »Palladin ging hinunter in den Umkleideraum, aber Chester blieb zurück. Er war in Panik und wollte wissen, ob ich Palladins Kragenspitzen gefunden hätte, aber ich wusste gar nicht, wovon er redete. Er sagte, es sei ein Versehen gewesen und er müsste sie sofort zurückbekommen. Er war verzweifelt.«

»Aber du wusstest, dass die Kragenspitzen in der Wäsche waren.«

»Nein. Und Chester hat auch nichts davon gesagt. Dann kam Palladin zurück, sah, dass wir uns unterhielten, und wollte wissen, was da vor sich ginge. Aber Chester hat den Mund gehalten, und Palladin dachte, *ich* hätte die Kragenspitzen genommen. Später dann, im Umkleideraum ... Du warst ja selbst dabei und hast gesehen, was passiert ist. Da hat Chester Palladin gegenüber die Hemdtasche erwähnt. Und dann hatte Palladin diesen Tobsuchtsanfall, von wegen heiligem Ritual und dem ganzen Scheiß. Ich nehme an, dass Chester mir einen Wink geben wollte, wo sich die Kragenspitzen befanden. Aber woher sollte ich das wissen?«

»Hast du nach diesem Wink nicht daran gedacht, dass die Kragenspitzen in Palladins Wäsche sein könnten?«

Kitty sagt: »Ich *wusste* doch nicht, dass das ein Wink war! Nicht zu dem Zeitpunkt. Ich habe erst später erfahren, dass sie in der Wäsche waren.«

»Wann später?«

»Nach dem Wettbewerb, als du an der Bühne mit Palladin gesprochen hast.«

»Das hast du bemerkt?«

»Klar«, sagt Kitty. »Und da kam Chester noch mal zu mir und erzählte mir, dass er die Kragenspitzen Donnerstagnacht in *seine* Hemdtasche gesteckt hätte.«

»Hat er gesagt, warum?«

»Nein«, sagt Kitty. »Aber er hatte nicht erwartet, dass nach dem Bad im Jacuzzi alle Klamotten verschwunden sein würden. Wie dem auch sei, Chester wollte am Freitagnachmittag in meinem Laden vorbeikommen, um die Kragenspitzen abzuholen, und ich sagte okay. Und ich musste ihm versprechen, Palladin nichts zu verraten.«

Bisher ist es eine ganz hübsche Geschichte. Die einzige verbürgte Tatsache ist allerdings, dass Kitty nichts entgeht, vor allem, was mich betrifft.

Ich sage: »Dann hast du also die Kragenspitzen in Palladins Wäsche gefunden, als du Freitagnachmittag in deinen Laden zurückgekehrt bist.«

Kitty zögert. »Nein.«

»Nein?«

»Sie waren nicht da.«

»Wie gründlich hast du gesucht?«

»Ich habe gesucht, okay?«

Ich sage: »Vielleicht sind sie aus Chesters Hemdtasche gefallen. Hast du im Wäschekorb nachgesehen?«

»Ja, habe ich. Ich bin ja schließlich nicht blöd.«

»Und?«

»Da war nichts«, sagt er.

»Vielleicht haben sie sich in irgendwelchen anderen Kleidungsstücken verfangen.«

»Sieh mal«, sagt Kitty, »ich konnte schließlich nicht meinen Geschäftsbetrieb einstellen, bloß weil Palladin seine Kragenspitzen verloren hatte. Ich hatte noch einen Haufen Arbeit für meine Kunden zu erledigen. Und die meisten dieser Ballköniginnen wollen bei Tageslicht *nicht* in ihren Kostümen gesehen werden. Das muss alles schön geheim bleiben. Und glaub mir, wenn ich diese Kragenspitzen gefunden hätte, dann hätte ich Palladin sofort angerufen. Aber ich dachte, er hat sie womöglich die ganze Zeit bei sich im Hotel. Diese Diven machen doch ständig solche Sachen. Sie lernen jemanden kennen und lassen sich vom Sex völlig ablenken. Dann versetzen sie alle anderen in helle Panik wegen irgendeiner Bagatelle, und anschließend sagen sie: ›Ach, Entschuldigung, hier sind sie ja. Genau da, wo ich sie liegen gelassen habe. Ach, wie dumm von mir.‹«

»Aber Chester hat dir erzählt, dass er sie in seine eigene Hemdtasche gesteckt hat. Warum sollte er das sagen, wenn es nicht stimmte?«

Kitty antwortet nicht.

Ich sage: »Fällt es dir schwer, dich an etwas zu erinnern?«

Er sagt: »In Wirklichkeit habe ich die Kragenspitzen gefunden.«

»Warum hast du dann eben das Gegenteil behauptet?«

»Keine Ahnung. Vielleicht, um dich zu ärgern, du mit deinem Pseudo-Bullen-Gehabe.«

Wer nennt hier wen »Pseudo«?

Er sagt: »Die Kragenspitzen waren in Chesters Hemdtasche, genau, wie er gesagt hatte. Und die Tasche war zugeknöpft. Es war also kein Zufall, dass sie dort drin waren.«

»Und dann ist Chester in deinen Laden gekommen, um sie abzuholen.«

Ende der Geschichte, und wenn sie nicht gestorben sind, dann leben sie noch heute.

»Nein«, sagt Kitty. »Er ist nicht gekommen und hat auch nicht angerufen.«

»Was hast du dann getan?«

»Ich habe Palladin im Hotel angerufen.«

»Obwohl du Chester versprochen hattest, nichts zu verraten.«

»Ja«, sagt Kitty. »Zu dem Zeitpunkt hatte ich die Nase voll von dem Kram und wollte die Kragenspitzen loswerden.«

»Und?«

»Es ging niemand dran. Er und Chester feierten wahrscheinlich mit einem Siegesfick den Einzug ins Finale.«

»Stört es dich, dass die beiden Sex miteinander hatten?«

»Warum sollte es?«, fragt Kitty. »Es sind *ihre* Flitterwochen.«

»Du hast es jetzt schon zwei Mal erwähnt.«

»Es ist mir egal, was Palladin tut und mit wem er es tut. Ich komme auch so auf meine Kosten. Sieh mal, ich habe dir bereits erzählt, dass ich gestern sehr viel zu tun hatte. Ich konnte nicht darauf warten, dass Chester vorbeikommt, oder dauernd versuchen, Palladin zu erreichen, bloß wegen seinem blöden Modeschmuck.«

»Du hättest die Kragenspitzen selbst zum Hotel hinüberbringen können.«

»Hätte ich«, sagt Kitty, »habe ich aber nicht.«

»Warum nicht?«

»Weil das ganz schön dumm gewesen wäre. Ich meine, wie sieht das denn aus, wenn ich plötzlich mit den Kragenspitzen auftauche, für deren Diebstahl Palladin mich vorher verantwortlich gemacht hat?«

»Aber du warst es ja nicht.«

»Aber *er* denkt, ich war es, und dann tauche ich mit den Dingern in der Hand bei ihm auf. Wonach sieht das denn aus?«

»Du hast Recht«, sage ich. »Das sähe nicht gut aus. Was hast du stattdessen getan?«

Kitty sagt: »Ich habe sie im Laden gelassen. Ich dachte, wenn Chester sie genommen hatte, dann war es auch sein Problem, sie wieder zurückzubringen.«

»Und, hat er das getan?«

»Letzte Nacht im Gunsmoke kam er auf mich zu. Es war genau so wie am Morgen. Er wollte unbedingt diese Kragenspitzen haben, also habe ich ihm den Ladenschlüssel gegeben und gesagt, er könne selbst hinaufgehen und sich die Dinger holen.«

»Warum bist du nicht mitgegangen?«

»Ich wollte nicht, dass irgendjemand, schon gar nicht Palladin, dachte, wir würden gemeinsam in dieser Sache stecken.«

»Aber ihr stecktet gemeinsam drin.«

»Gar nicht«, sagt Kitty. »Ich hatte bloß Pech, das ist alles. Und letzte Nacht hatte ich richtig Glück. Ich habe Tex kennen gelernt.«

»Er heißt Tex?«

Tex, der Turm.

Kitty nickt. »Er kommt aus Dallas. Er will mich da unten ins Geschäft bringen. So eine Chance wollte ich mir nicht entgehen lassen, bloß um Chester zu helfen. Du hast ja gesehen, wie Palladin mich gestern im Saal angegriffen hat. Ich konnte auf eine Wiederholung gut verzichten. Ich wollte mich zur Abwechslung mal amüsieren.«

»Also ging Chester hinauf in deinen Laden, um die Kragenspitzen zu holen.«

»Ja.«

»Und dann?«

»Dann hast du mich in der Nähe eines Ausgangs im Gunsmoke getroffen, und Palladin kam vorbei und fing schon wieder an, mich zu bedrohen. Dann kam Tex vom Klo, und wir sind zusammen weggegangen.«

»Wohin?«

»Ins Hotel«, sagt Kitty.

»Und was war mit Chester?«

»Das nächste Mal habe ich ihn gesehen, als ich heute Morgen in meinen Laden kam und die Polizei da war. Und jetzt bin ich hier.«

»Aber du hast die Polizei aus dem Hotelfoyer angerufen.«

»Wann?«, fragt Kitty.

»Heute Morgen. Dein Anruf wurde zu einem Telefon im Hotelfoyer zurückverfolgt, und sie haben ein Stimmprofil von dir.«

»Nein«, sagt Kitty. »Ich bin direkt von Tex' Zimmer zu meinem Laden gegangen.«

»Ist ja jetzt auch egal«, sage ich. »Hast du dich nicht gefragt, was passiert ist, als Chester dir gestern Nacht den Schlüssel nicht zurückbrachte?«

Kitty lässt sich mit der Antwort Zeit. »Nachdem Palladin mich bei dir angetroffen hatte und wieder anfing, mir zu drohen, da war mir der Schlüssel egal. Ich wollte bloß raus da, und Tex hat mich gerettet.«

»Die Bullen werden diesen Tex befragen.«

»Wir haben nichts zu verbergen.«

»Bist du sicher, dass du nicht noch mal zu deinem Laden hochgegangen bist, um zu sehen, was Chester dort so lange treibt?«

»Ich bin mir sicher«, sagt Kitty.

»Du wolltest Tex nicht warten lassen.«

»Genau.«

»Konnte Tex nicht die paar Minuten auf dich warten, die du benötigt hättest, um deinen Schlüssel zurückzubekommen? Ich erinnere mich, dass er dich nach deinem Freund gefragt hat.«

Kittys Kinn zittert. »Ich sagte dir schon, dass ich nicht an den Schlüssel gedacht habe.«

»Aber an deinen Laden und alles, was da drin ist.«

»Es war mir egal. Ich wollte bloß raus da.«

»Ich glaube dir nicht«, sage ich. »Was, wenn Chester vergessen hätte, die Tür abzuschließen? Was wäre mit deinen Geräten, deinen Stoffen und all den Kostümen? Das war dir alles egal?«

»Ja«, sagt er.

»Ich glaube, du bist hinaufgegangen, Kitty. Ich glaube, dass der Gedanke an all die Kostüme, die neben einer offenen Tür gehangen hätten, und an all die anstrengenden Kunden am nächsten Tag, an all die Arbeit, an den ganzen Verdienst ...«

»Okay!«, sagt er. »Okay! Ich bin noch mal hochgegangen. Okay?«

»Okay. Und weiter?«

Er schnieft und kämpft gegen die Tränen an. »Die Tür stand offen. Rings um ihn herum war Blut. Alles im Raum fühlte sich an, als ob es ... zum Stillstand gekommen wäre. Deshalb bin ich rausgerannt. Ich wollte mich sicher fühlen, und Tex wartete unten auf mich.«

»Hast du irgendetwas angefasst, bevor du gingst?«

Kitty sagt: »Ich nahm den Schlüssel und verschloss die Tür.«

In einer Krise die Ruhe bewahren, so wie ich.

»Wo war er?«

»Auf dem Nähtisch. Ich schätze, Chester hat ihn dort hingelegt. Aber ich erinnere mich sonst an nichts.«

Ich frage: »Warum hast du nicht sofort die Polizei angerufen?«

»Weil ich eine Verabredung mit Tex hatte.«

Sex mit Tex geht über alles.

Kitty sagt: »Aber ich war so aufgeregt, dass ich gar nichts machen konnte. So sind wir bloß schlafen gegangen.«

»Und dann hast du heute Morgen anonym die Polizei angerufen.«

»Ja«, sagt Kitty.

»Aus einer Telefonzelle im Hotelfoyer.«

»Ja, und sie haben meinen Laden aufgebrochen und Chester gefunden.«

Für einen Moment sitzen wir still da.

Dann sagt Kitty: »Hat die Polizei Palladin schon gefasst?«

»Wieso?«

»Was glaubst du wohl?«, sagt er. »Er hat Chester getötet. Er ist wahnsinnig. Du hast ihn ja erlebt, und da ging es bloß um seine Kragenspitzen.«

Kitty und Fannie Mae beschuldigen also beide Palladin.

Ich sage: »Als du Chester letzte Nacht gefunden hast, waren da Palladins Kragenspitzen schon an seinem Hemd?«

Kitty stützt den Kopf in die Hände. »Ich kann keine Fragen mehr beantworten.«

»Waren sie dran oder nicht?« Ich klinge schon fast wie Branco, bloß eine Oktave höher. Aber es reicht, um Kitty zu verschrecken und ihn zum Reden zu bringen.

»Ja, sie waren dran.«

»Hast du sie angesteckt?«

»Warum hätte ich das tun sollen?«

»Um Palladin zu erniedrigen.«

Er sagt: »Hä?«

»Vielleicht wolltest du ihm eine Botschaft zukommen lassen.«

»Was für eine Botschaft?«

Ich sage: »Das war die Gelegenheit, Palladin zurechtzustutzen. So nach dem Motto: Hier ist dein neuer Lover, und jetzt ist er tot, und er hat deine vermissten Kragenspitzen getragen, da siehst du mal, was das für tolle Glücksbringer sind.«

Kitty sieht mich zweifelnd an. »Du meinst, ich würde einen solchen Firlefanz veranstalten, nachdem ich gerade Chesters Leiche gefunden habe?«

»Vielleicht.«

Er sagt: »Ich bin nur froh, dass ich nicht so krank bin, wie du glaubst. Du bist schlimmer als die Bullen. Als du hier reinkamst, dachte ich, du wolltest mir helfen. Aber jetzt ist mir klar, dass *du* Hilfe von *mir* erwartest. Und als Nächstes wirst du noch behaupten, ich hätte Chester getötet.«

»Das ist immerhin eine Möglichkeit.«

»Wenn ich jemanden töten würde, dann nicht Chester.«

»Wen denn?«

»So habe ich das nicht gemeint!«, faucht er.

Das zarte Kätzchen hat doch Kraft zum Brüllen.

Ich frage: »Was ist mit Colt Remington? Würdest du den gerne töten?«

»Wen?«

»Ihr wart doch mal befreundet.«

»Wann?«

»Kitty, ich weiß, dass du den Bullen seinen Namen genannt hast. Ich war da, als sie ihn abgeholt haben. Wenn du ihnen nicht erzählt hättest ...«

»Wenn ich den Bullen seinen Namen genannt habe, dann kannst du uns ja wohl schlecht als Freunde bezeichnen, oder?«

»Er hat kürzlich eine Gürtelschnalle verloren.«

»Davon weiß ich nichts.«

»Habe ich auch nicht behauptet. Ich habe es bloß erwähnt.«

»Meinst du, bloß weil ich Palladins Kragenspitzen hatte, hätte ich auch Colts Gürtelschnalle?«

»Die Bullen durchsuchen gerade deinen Laden.«

Kitty zittert. »Dann werden sie sie wohl finden.«

»Wenn du sie hast.«

Er sagt: »Ich habe sie mir neulich Nacht genommen, als ich bei Colt war.«

Und das, lieber Kitty, ist der Grund, warum auch alles andere, was du bisher gesagt hast, eine Lüge sein könnte.

»Warum hast du sie dir genommen?«

Er zuckt die Achseln. »Ich weiß es nicht.«

»Vielleicht wolltest du etwas haben, das Colt gehört, damit du es nah bei dir tragen konntest? Oder wolltest du ihn damit erniedrigen? Vielleicht ist meine kranke Theorie über die Kragenspitzen doch nicht so weit hergeholt, was, Kitty?«

Er sagt: »Ich muss hier raus. Ich habe Kunden, die mich jetzt dringend brauchen.«

Ich erinnere mich daran, dass ich auch mal in der Lage war, so etwas zu behaupten – und es stimmte.

Ich wende mich ab, um zu gehen, und Kitty sagt: »Kannst du mich nicht hier rausholen?«

»Dafür bin ich nicht der Richtige«, sage ich und verlasse die stickige kleine Kammer.

Vor dem Verhörzimmer erwartet mich ein uniformierter Beamter und eskortiert mich zurück zu Brancos Büro. Der Kerl hat ein freches Grinsen im Gesicht, als er mich auffordert, vor Brancos Bürotür Platz zu nehmen. Ich warte eine ganze Weile darauf, dass Branco mich hereinruft. Ein Beamter in Zivil kommt und bringt einen Stapel Dokumente in Brancos Büro. Erst da fällt mir auf, dass Branco gar nicht drin ist, und seine Bürotür ist auch nicht abgeschlossen. Der Beamte kommt wieder heraus und zieht die Tür hinter sich zu. Als die Luft rein ist, schlüpfe ich in Brancos Allerheiligstes.

Der Dokumentenstapel liegt auf dem Schreibtisch. Ich will

ihn gerade durchblättern, als meine Aufmerksamkeit auf die Stimmen gelenkt wird, die aus versteckten Lautsprechern hinter einer Anordnung von großen Falttafeln entlang einer Wand kommen. Ich ziehe an einer Ecke, und das ganze Teil faltet sich wie ein Akkordeon zusammen. Hinter den Tafeln befindet sich ein Puzzle aus Fernsehmonitoren, zwölf an der Zahl, die alle die Innenansicht jeweils eines Verhörzimmers zeigen, ähnlich dem, in welchem ich eben noch mit Kitty saß. Drei der Zimmer sind belegt und in Gebrauch, aber nur eins davon erregt meine Aufmerksamkeit – das Zimmer, in dem Branco Colt Remington verhört.

Blöderweise ist die Lautstärke zu niedrig, und die Gespräche aus den anderen Räumen mischen sich hinein. Ich finde das Kontrollpult, aber das ist nur was für wahre Hacker – viel zu viele Schalter, Lämpchen und Knöpfe für jemanden wie mich, dessen technologische Fähigkeiten sich auf das Kalt–Mittel–Heiß eines Föhns beschränken. Ich finde einen Lautstärkeregler am Monitor, der Brancos Zimmer zeigt, und ich stelle ihn so ein, dass ich ihre Stimmen über das Gebrabbel aus den anderen Lautsprechern hinweg verstehen kann.

Colt sagt zu Branco: »Ich versuche ja, mit Ihnen zu kooperieren, und ich beantworte auch Ihre Fragen. Aber Sie haben noch immer nicht meine Frage beantwortet, die da lautet: ›Warum sind Sie gekommen und haben mich auf diese Weise abgeführt?‹«

Branco sagt: »Ich habe Ihnen bereits erklärt, dass wir mit Ihnen sprechen wollten und Sie vorher nirgendwo auftreiben konnten.«

»Aber Sie mussten mich ja wohl nicht vor der versammelten Menge erniedrigen.«

»Wir hatten nicht die Absicht, jemanden zu erniedrigen.«

»Das hängt von Ihrer Sichtweise ab.«

Branco sagt: »Mr. Remington, wir sind gerade dabei, jeden, der gestern Nacht im Gunsmoke war, zu befragen. Das schließt Sie ein.«

»Ich habe hier heute noch keine dreihundert Jungs gesehen.«

»Meine Leute sind dabei, jeden einzelnen Gast, der gestern Nacht im Saloon war, zu identifizieren und aufzuspüren.«

»Viel Glück«, sagt Colt.

»Wir werden das schon schaffen.«

»Aber fürs Erste haben Sie mich herausgepickt.«

»Sie und ein paar weitere«, sagt Branco. »Die Stammgäste, die am ehesten bemerken würden, wenn etwas Ungewöhnliches passiert. Und es stimmt, dass ich mit gewissen Leuten persönlich sprechen wollte.«

»Ach, das geht mir zu Herzen«, sagt Colt, »das ich so ein besonderer Zeuge bin, nur für Sie allein. Wo wir uns jetzt endlich verstanden haben, kann ich wohl gehen, oder? Ich muss arbeiten.«

»Apropos Arbeit«, sagt Branco. »Was für ein Verhältnis haben Sie zu Bistany Evans?«

»Sie ist der Boss. Ich mache die Musik.«

»Irgendwas Persönliches zwischen Ihnen beiden?«

»Geht es Sie was an?«

Branco sagt: »Im Moment geht mich, was Sie betrifft, alles etwas an. Sie haben einen Kampfklub für Frauen geführt.«

»Und?«

»Warum haben Sie das aufgegeben?«

»Ich wurde dazu gezwungen.«

»Wem seine Anordnung war das?«

Oh, Vito!

»Die meines Vermieters«, sagt Colt.

»Wer ist das?«

»Das wissen Sie doch sicherlich schon, also, warum fragen Sie noch?«

»Weil ich es lieber von Ihnen hören möchte.«

»Meine Vermieterin ist Heather Blossom. War. Heather veranlasste mich, den Klub zu schließen, weil sie Angst vor dem schlechten Ruf hatte.«

»Erzählen Sie mir von dem Klub.«

»Erzählen Sie es mir«, sagt Colt.

Branco liest von einem Blatt Papier ab, das vor ihm liegt. »Die Boston Bobbie Boxers waren eine Gruppe von Frauen, die angeblich zusammenkamen, um den Nahkampf zu erlernen.«

Colt sagt: »Geschwollen ausgedrückt.«

»Warum haben Sie das gemacht?«

»Das ist eine persönliche Frage.«

»Da ich Sie Ihnen hier persönlich gestellt habe«, sagt Branco, »gebe ich Ihnen Recht. Es ist eine persönliche Frage.«

»Ich frage mich ...« Colt lehnt sich vor und schaut auf Brancos Namensschild. »Wie heißen Sie? Branco? Ich frage mich, Mr. Branco, ob Sie auch so neugierig wären, wenn ich Männern das Kämpfen beigebracht hätte?«

»Das wäre etwas völlig anderes«, sagt Branco.

»Wieso? Bringen Sie Ihren Polizistinnen nicht bei, wie man kämpft?«

»Doch, aber wir veranstalten keine Kämpfe zwischen Fremden.«

Colt sagt: »Aber meine Frauen kannten sich. Sie waren Klubmitglieder, sie waren volljährig, und sie haben niemandem wehgetan.«

»Beim gegenseitigen Zusammenschlagen?«, fragt Branco. Er ist fassungslos und schüttelt den Kopf, so wie er es meinetwegen auch oft tut.

Colt sagt: »Sie können predigen, so viel Sie wollen, Lieutenant. Aber Sie kapieren es nicht. Und wissen Sie, was Sie am wenigsten kapieren? Warum andere Leute mir vertrauen. Erstens, Lieutenant, bin ich diskret. Zweitens ist es mir egal, für wen sich jemand hält oder sich zu halten glaubt. Es ist mir egal, was jemand über sich selbst sagt. Sie können ein Nichts sein, oder Sie können der Präsident sein. Sie können ein Bulle sein oder Jesus Christus höchstpersönlich. Aber wenn Sie sich um Hilfe an mich wenden, dann ist es einzig und allein meine

Mission, Ihnen dabei zu helfen, Ihre wahre Persönlichkeit zu entdecken und auf den neuesten Stand zu bringen. Es ist mir egal, wer da zur Tür hereinkommt, all das Gerede und Getue, das ist alles nur Show. Aber die Person, die anschließend zur Tür hinausgeht, hat die Realität geschmeckt. Diese Hilfe lasse ich meinen Kunden zuteil werden.«

Branco sagt: »Das ist auch so eine Philosophie. Wie denkt Bistany Evans darüber?«

»Bistany?«

»Die Frau, für die Sie auf der Tagung arbeiten.«

»Ich bin bloß der DJ«, sagt Colt, »freiberuflich, nicht fest angestellt. Bistany findet es nicht gut, wenn jemand wie ich offiziell mit der Tagung in Verbindung gebracht wird. Können Sie sich das vorstellen? Da verkleidet sich eine Truppe Homos als Cowgirls, und sie macht sich Sorgen wegen mir. Sie hat anfangs sogar geglaubt, *ich* wäre schwul, aber das weiß sie jetzt besser. Bistany ist nur eine von diesen ehrgeizigen Schlampen, die hart angefasst werden wollen.«

»Und das können Sie für sie erledigen.«

»Ich tue was für sie, sie tut was für mich.«

»Und worauf läuft das für Sie beide am Ende hinaus?«

»Ruhm, Lob und Ehre, Lieutenant. Ruhm und Reichtum. Wollen wir das nicht alle? Ich möchte wetten, dass selbst Sie nichts dagegen hätten, ihre armseligen fünfzehn Minuten zu bekommen. War es das nicht, was dieser Wie-heißt-er-noch gesagt hat? Fünfzehn Minuten Ruhm für jeden? Aber wer will schon eine mickerige Viertelstunde? Ich denke mehr so in der Größenordnung von zwanzig Jahren. Das will ich. Zwanzig Jahre voll beschissenem Ruhm, Lob und Ehre.«

Colt Remington muss sich irgendetwas eingepfiffen haben. Er redet wie ein Irrer. Vielleicht war er letzte Nacht auch high, als er Chester getötet hat. Er hat eine Pause gemacht, ist zu Kittys Laden hochgegangen und hat Chester in den Rücken gestochen. Aber wieso? Das werde ich später herausfinden. Fürs Erste, Colt Remington, wirst du deine zwanzig Jahre bekommen, oder auch mehr. Vielleicht glaubst du ja, du könntest dich als König Schwanz im Walpole-Knast einnisten. Allerdings werden sie erst mal *dich* zureiten, so wie sie das mit jedem neuen Pferdchen machen, das in den Pferch kommt. Kann sein, dass du deinen Amtsantritt erst mal als Prinz Schluckspecht oder Prinzessin von Achtern beginnst, oder, wenn du richtig gut bist, einfach als Graf Fick.

Branco sagt: »Danke, Mr. Remington. Ich weiß Ihre Kooperation zu schätzen. Sie können jetzt gehen. Verlassen Sie bitte nicht die Stadt.«

Dann verlässt Branco das Verhörzimmer, was bedeutet, dass er wohl zurück zum Büro geht. Zu seinem Büro, in dem ich mich befinde. Das Büro, in dem ich nichts zu suchen habe.

Ich schiebe schnell die Falttafeln in Position, bemerke aber dann, dass ich die Lautstärke des Monitors nicht runtergeregelt habe. Ich schiebe die Tafeln wieder auseinander, drehe den Ton leiser und schiebe die Tafeln wieder zu. Aber, na klar, diesmal klemmen sie! Ich ziehe, schiebe und drücke, aber sie bewegen sich kein Stück. Scheiß drauf! Ich dreh mich um, um aus Brancos Büro zu flüchten, doch seine kräftige Statur versperrt die Tür.

»Was machst du hier?«

»Ich warte auf dich«, sage ich.

»Wie bist du hier reingekommen?«

»Die Tür war auf.«

»Auf? Oder nicht abgeschlossen?«

»Ist doch das Gleiche«, sage ich.

»Nein«, sagt Branco. »Das ist ein großer Unterschied.«

Er geht zu seinem Schreibtisch und setzt sich dahinter. Seine Stirn ist finster gerunzelt. Papi ist nicht zufrieden. Er zieht den Aktenstapel zu sich herüber. »Hast du dir diese hier auch angesehen?«

Ich wage ein Lächeln. »Noch nicht.«

Branco lächelt beinahe zurück. »Setz dich«, sagt er. »Also, wie viel hast du gesehen?«

»Nur die letzten paar Minuten.«

»Dann konntest du mir ja dabei zusehen, wie ich es mache.«

Aufreizend.

Er sagt: »Erzähl mir, was du bei Mr. Chu in Erfahrung gebracht hast.«

Ich erstatte Bericht: alle Fakten meiner Sitzung mit Kitty. Die emotionalen Intermezzi übergehe ich.

Als ich fertig bin, sagt er: »Ziemlich gute Arbeit. Wir werden diesen Tex für eine Aussage herholen, und ich werde meinen Leuten in Mr. Chus Laden funken, dass sie die Gürtelschnalle mitbringen sollen.«

Am besten gefällt es Branco allerdings, dass Kitty zugegeben hat, dass er gestern Nacht zurückgegangen ist und Chesters Leiche gefunden hat, dann aber bis heute Morgen gewartet hat, um die Bullen anzurufen.

Branco sagt: »Erstaunlich, wie du die Leute zum Reden bringst.«

»Dank dem Friseurstuhl.«

»Ob meine Leute erst mal eine Friseurlehre machen sollten?«

»Ein sanfteres Benehmen würde es auch schon tun.«

Ohne darauf einzugehen, öffnet Branco die mittlere Schreibtischschublade und entnimmt ihr eine Fernbedienung. Er drückt auf einen Knopf, und die Tafeln an der Wand gleiten geschmeidig auseinander. Kein Wunder, dass sie bei mir geklemmt haben. Ich habe womöglich die Mechanik verbogen. Branco drückt einen weiteren Knopf, und ein Monitor leuchtet auf. (Gewusst wie!) Und noch ein Knopf, und das Band meiner Sitzung mit Kitty fährt ab.

Da bin ich, »ganz offiziell«. Ich betrete das Verhörzimmer, und da ist Kitty, wie er in meine Arme springt, mich links und rechts umklammert, an meiner Schulter weint, mich zum dritten Mal wie ein Ertrinkender packt, der mich mit sich in die Tiefe ziehen will.

»Ist das das sanftere Benehmen, das du uns vorgeschlagen hast?«

»Woher wusstest du das?«

»Es haben noch mehr Leute zugesehen«, sagt er.

Er stellt das Band ab und sitzt breit grinsend da.

Okay, gut. Er darf einen Macho wie Colt Remington rösten, während ich eine giftblättrige Kirschblüte wie Kitty trösten muss. Ist der Unterschied zwischen mir und dem Bullen deutlich genug?

Ich sage: »Ich habe trotzdem gute Arbeit geleistet.«

Widerstrebend gibt er zu: »Ja, das hast du.«

»Dann könntest du mir doch auch einen Gefallen tun.«

»Vielleicht.«

»Kannst du etwas bestätigen, das ich heute Morgen im Castle gehört habe?«

»Kommt drauf an«, sagt er.

»Fannie Mae Knox erzählte mir, sie habe einen anonymen Anruf bekommen, in dem ihr mitgeteilt wurde, dass Chester Wright tot sei. Dann rief sie die Polizei an, um sich das bestätigen zu lassen.«

Branco sagt: »Sie hat uns angerufen, und wir haben einen Bericht aufgenommen. Aber wir haben ihr keine Informationen gegeben.«

»Nicht einmal, um Chesters Tod zu bestätigen?«

»Nein.«

»Warum hast du mir das heute Morgen im Salon nicht erzählt?«

»Erstens«, sagt Branco, »muss ich dir gar nichts erzählen. Zweitens waren wir noch dabei, diesen vermeintlichen anonymen Anruf, den sie erhalten haben will, nachzuprüfen.«

»Und nun?«

Branco zögert, als ob er überlegt, wie viel er mir erzählen kann. »Okay«, sagt er. »Wir haben eine Liste aller heute Morgen im Hotel angekommenen Anrufe. Wir haben festgestellt, wohin jeder einzelne Anruf geleitet wurde – welches Zimmer, welches Büro und so weiter.«

»Und?«

»Ein Anruf wurde an Fannie Mae Knox' Hotelzimmer weitergeleitet, genau zu dem Zeitpunkt, den sie angegeben hatte.«

Ich sage: »Gut zu wissen, dass sie so genau auf die Uhr sieht. Wer hat sie angerufen?«

»Der Anruf kam aus einer Telefonzelle im Hotelfoyer.« Branco lächelt. »Dasselbe Telefon, welches Wang Chu benutzte, um uns zu informieren.«

»So, so«, sage ich. »Welcher Anruf kam zuerst?«

»Mr. Chus.«

»Dann hat also Kitty erst euch und dann Fannie Mae angerufen.«

»Vielleicht«, sagt Branco. »Zwischen den Anrufen liegen ein paar Minuten, das heißt, dass auch jemand anders den Anruf gemacht haben könnte.«

»He«, sage ich. »Mir ist da was eingefallen. Hat Fannie Mae den Anruf tatsächlich entgegengenommen?«

»Wie meinst du das?«

»Hat sie wirklich abgehoben, oder ist der Anrufbeantworter drangegangen?«

»Darüber steht nichts im Hotelbericht. Wieso?«

»Vielleicht hat sie sich selbst aus dem Foyer angerufen.«

Branco lächelt. »Ich lasse das überprüfen«, sagt er. »Ich habe übrigens gehört, dass du letzte Nacht ein kleines Problem hattest.«

»Was für ein Problem?«

»Ein Alkoholproblem.«

»Wer hat dir das erzählt? Heather Blossom?«

»Unter anderem«, sagt Branco. »Sieh mal, Stan, inoffiziell kann ich deine Unterstützung gebrauchen, aber du wirst niemandem eine große Hilfe sein, wenn du trinkst.«

»Unzuverlässig«, sage ich.

Branco nickt. »Das passiert manchmal, wenn Leute zu viel Zeit haben.«

»Ich hatte also Recht.«

»Womit?«

»Jemand hat mir gestern Abend Drogen verabreicht, um den Eindruck zu erwecken, ich sei unzuverlässig.«

»Dir Drogen verabreicht?«, fragt Branco. »Wie das?«

Ich erzähle ihm: »Heather behauptet, es wären fermentierte Zitronen, irgendwas aus Italien.«

Branco lächelt. *»Verbena fresca morta«*, sagt er geschmeidig.

Der Klang der Stimme geht mir durch und durch.

Vito, Baby, sprich Italienisch zu mir!

Er sagt: »Das ist keine Droge, Stan. Mein Großvater hat das für seine Verdauung getrunken. Der Absinth kann dich schon umhauen. Hier in den Staaten kriegst du das Zeug nicht.«

»Heather schmuggelt es«, sage ich. »Komisch, dass sie dir *das* nicht erzählt hat – nur, dass *ich* ein Alkoholproblem habe.«

»Ein interessanter Punkt«, sagt Branco. »Ich sag dir was, Stan, misch dich einfach weiter unter diese Leute, schnüffel rum, sieh, was du noch herausfinden kannst. Aber sei vorsichtig. Das ist kein Spiel. Es ist eine Morduntersuchung.«

»Habt ihr Palladin schon gefunden?«

»Nein, warum?«

Ich sage: »Er scheint der Favorit zu sein.«

»Das heißt?«

»Fannie Mae Knox und Kitty glauben, er hätte Chester ermordet.«

»Genau aus dem Grund will *ich* ihn ja auch finden.«

»Das mache ich«, sage ich.

Branco knurrt. »Einfach so, ja?«

»Klar.«

Er beugt sich vor. »Weißt du, wo er ist?«

»Nein, aber so schwer kann das ja nicht sein.«

Er knurrt noch einmal: Dieser Grünschnabel will jemanden finden, den selbst meine Leute nicht auftreiben konnten.

Ich sage: »Ist schon seltsam, Lieutenant, dass du mir gestern nur schwule Kinkerlitzchen zugetraut hast. Was sich nicht alles innerhalb eines Tages ändern kann.«

Branco sieht mich finster an. »Weißt du, Stan, irgendwann versuchst du vielleicht mal, die Welt durch eine andere Brille zu sehen.«

»Was für eine Brille?«

»Nicht durch die, die mit der Saga von dir als sensibler Person und mir, dem Raubein, bedruckt ist. Wie ich dich immer nicht verstehe, wie niemand dich versteht und dich niemand wirklich mag, und so weiter, und so weiter. Das ist doch alles Scheiße. Ich weiß, dass zwischen uns eine Menge passiert ist, und du hast mein Leben gerettet, aber ...«

Er macht eine Atempause.

Ich sage: »Klingt fast, als ob dir der letzte Teil Leid tut.«

Der arme Kerl sieht wirklich erschöpft aus.

Er sagt: »Mir tut gar nichts Leid. Ich bin bloß ein bisschen müde.«

»Ist zu Hause alles in Ordnung?«

Er versteift sich. »Klar, wieso?«

»Vielleicht bekommst du nicht genug Schlaf oder so.«

»Worauf willst du hinaus?«, fragt er.

›*Hält Costanza dich die ganze Nacht auf Trab?*‹, darauf will ich hinaus.

»Auf nichts«, sage ich.

Es entsteht eine weitere Pause. Dann sagt Branco: »Manchmal bist du so verdammt mit dir selbst beschäftigt, dass du noch nicht mal merkst, wenn jemand dich mag. Vergiss es einfach, okay? Tut mir Leid, dass ich überhaupt davon angefangen habe.«

»Nein, ich will das jetzt wissen, Lieutenant. Erzähl's mir. Rede mit mir.«

»Ich habe schon genug geredet«, sagt er. »Wenn ich noch

mehr quassele, dann klinge ich bald wie du, und *ich habe* noch Arbeit zu erledigen.«

Er wendet dem Papierstapel seine Aufmerksamkeit zu.

Ich sage: »Ich will aber reden.«

Schweigen.

»Lieutenant?«

»Dann such dir jemanden, der zuhören will.«

Ich sage: »Dann werde ich wohl mal weiter herumschnüffeln.«

»Tu das«, sagt er, völlig in die Unterlagen auf seinem Schreibtisch vertieft. »Halt dich nur von Ärger fern.«

»Fährt irgendwer von deinen Leuten zufällig zurück in die Stadt?«

»Hä?«

»Ich dachte, es könnte mich vielleicht jemand mitnehmen.«

»Du kannst dir unten ein Taxi rufen.«

12

Pfeif aufs Taxi. Ich nehme die orange Linie zur Haltestelle Back Bay und gehe dann zu Fuß die Newbury Street entlang zu Snips Salon. Ich möchte Nikki sehen, teils, weil ich mit ihr über meine komischen Erlebnisse lachen will, teils, weil ich mich nach dieser Sitzung mit Branco erst mal wieder sammeln muss. Okay, ich weiß, dass er mich mag. Muss er ja wohl, oder? Ich habe sein Leben gerettet. Aber spricht er es auch aus? *Jemand* mag dich.

Es ist mitten am Nachmittag, und im Salon geht es sehr geschäftig zu. Nicole arbeitet, und ich besuche sie an ihrem Maniküretisch.

»Hast du ein schönes Feiertagswochenende, Schatz?«

»Benjamin hat angerufen«, sagt sie, ohne von ihrer Arbeit aufzusehen. »Er macht sich große Sorgen um dich.«

»Mir geht's gut.«

»Aber das weiß er doch nicht, Stanley. Du solltest ihn anrufen und ihn beruhigen. Das ist das Mindeste, was du nach der letzten Nacht für ihn tun kannst.«

Nicoles Kundin sieht mich schräg an.

Ich kläre sie auf. »Alles in Ordnung. Wir gehören zur Familie.«

Nicole sagt zu mir: »Wo wärst du wohl gelandet, wenn Benjamin nicht da gewesen wäre? In irgendeiner Notaufnahme? Und dann hätten sie mich angerufen, als deine nächste Angehörige, und ich hätte mitten in der Nacht losrasen müssen, um dich nach Hause zu bringen.«

»Du wärst aber doch gekommen, oder?«

»Grollenderweise.«

»Ich hoffe, das ist kein Wort aus deinem Schreibkurs.«

Nicole legt den Nagelhautentferner nieder als Zeichen, dass sie es ernst meint. »Stanley«, sagt sie, »wenn du Benjamin jetzt nicht sofort anrufst, dann werde ich jede weitere Beziehung zwischen euch beiden unterbinden, da du offensichtlich nicht fähig bist, seinen wahren Wert zu schätzen.«

Sie nimmt ihr Werkzeug wieder auf und setzt ihre Arbeit fort.

Ich sage: »Ich dachte, du interessierst dich nur für *Netto*-Werte.«

»Du kannst das Telefon im Büro benutzen.«

»Brauche ich jetzt schon deine Erlaubnis, Schatz?«

Ich gehe und rufe Benjy an.

»Penny!«, schreit er.

Klingt nicht sehr besorgt.

»Hast du dich von letzter Nacht erholt?«

»Mir geht's gut, Benjy.«

»Wie schön. Als ich heute Morgen gegangen bin, warst du nicht gerade in Topform.«

»Völlig fertig war ich aber auch nicht.«

»Ich nehme dich, wie du gerade bist, Penny. He, ich habe eben von diesem Cowboy gehört, der ermordet worden ist.

Das klingt ja furchtbar! Mit einer Schneiderschere von hinten erstochen!«

»Wo hast du das denn her?«

»Ich habe meine Quellen«, sagt er.

Benjy hat ein unglaubliches Talent, vertrauliche Informationen herauszufinden. Als er noch mit der Brennschere hantierte, beschuldigten ihn die Kunden des Gedankenlesens. Vor kurzem hat der Inhaber eines lokalen, unabhängigen Käseblatts einen speziell auf Benjy zugeschnittenen Job geschaffen, den des Info-Gottes. Wer weiß, zu was er es noch bringen wird?

Benjy sagt: »Hast du das Opfer mal kennen gelernt?«

»Mehr oder weniger«, antworte ich und versuche, möglichst vage zu klingen.

»Was denkst du?«

»Worüber?«

»Über ihn?«

»Er machte einen netten Eindruck«, sage ich. »Es tut mir Leid, dass er tot ist.«

»Dann tut es mir auch Leid, Penny. Wirst du jetzt an der Mordsache arbeiten?«

»Das kann ich dir nicht sagen«, erwidere ich.

»Aber wir machen doch die Grillparty am Montag, nicht wahr?«

»*Wir*, Benjy?«

»Entschuldige, Penny. *Du*. Wirst *du* noch *deine* Grillparty veranstalten?«

»Ich weiß es nicht«, sage ich. »Wir müssen das kurzfristig entscheiden.«

»Wir?«, fragt Benjy. »Oder du?«

»Ja, okay. *Wir!* Zufrieden?«

Die Bürotür geht auf, und Nicole kommt herein. »Ich hoffe, ich störe dich bei etwas sehr Privatem und Wichtigem.«

»Nur noch eine Minute, Schatz.«

»Lass dir Zeit, Darling.«

Im Einklang mit Nicole sagt auch Benjy: »Lass dir Zeit«, aber er lässt das Darling weg. Wenigstens etwas.

Nicole verkündet: »Ich setze mich einfach hier hin und höre zu.«

Benjy sagt noch etwas.

»Tut mir Leid, Benjy, was hast du gesagt?«

»Falls das Nicole ist, grüß sie von mir.«

»Benjy lässt grüßen.«

Nicole sagt: »Wie geht es ihm nach der grauenhaften Nacht mit dir?«

»Entschuldige, Benjy. Was?«

»Ich habe gefragt, was du heute Abend machst.«

»Wahrscheinlich am Fall arbeiten.«

»Brauchst du Hilfe?«, fragt er.

In der Zwischenzeit hat Nicole sich eine Zigarette genommen und versucht verzweifelt, sie mit ihrem leeren Feuerzeug anzuzünden.

»Könntest du mir Feuer geben, Darling?«

»Klar, Schatz, aber womit?«

Benjy sagt: »Egal womit, Penny. Ich werde alles tun.«

Nicole sagt: »Mit einem Streichholz aus deiner Tasche.«

»Was für einem Streichholz?«, frage ich.

»Ich sehe doch deutlich die Umrisse eines Streichholzbriefchens in deiner Hemdtasche.«

Ich schaue hin, und tatsächlich, da ist ein Streichholzbriefchen drin.

»Wo kommt das denn her?«

Benjy sagt: »Penny, was ist los?«

Nicole zieht eine Braue in die Höhe. »Wirst du langsam vergesslich, Darling?«

»Nikki, ich weiß ehrlich nicht, wie das da reingekommen ist.«

»Du musst es wohl da reingesteckt haben, mein Lieber.«

»Warum sollte ich?«

»Penny?«

Nicole sagt: »Das wirst du besser wissen als ich. Würdest du mir jetzt bitte Feuer geben?«

Ich fische die Streichhölzer aus meiner Tasche. Das Briefchen ist schwarz und trägt die weiße Aufschrift »The Cubbyhole«.

Ich gebe Nicole Feuer und schaue mir das Briefchen dann genauer an. Keine Adresse, keine Telefonnummer, keine Nachricht auf der Innenseite. Nur diese beiden Worte außen drauf.

Benjy sagt: »Penny, bist du noch dran?«

»Ich bin noch dran, Benjy. Ich rufe dich gleich zurück.«

»Nein, nicht auflegen. Ich mag flotte Dreier, vor allem am Telefon.«

Nicole sagt: »Wenn du dich nicht erinnern kannst, wo du es herhast, dann überleg mal, mit wem du heute zusammen warst.«

Benjy fragt: »Bist du bei einem Arzt für Geschlechtskrankheiten?«

»Nun?«, sagt Nicole. »Hast du jemanden getroffen, der dir das zugesteckt haben könnte?«

»Ja, Wahnsinn!«, sage ich. »Kitty!«

»Kitty?«, fragt Benjy.

»Aber Branco hat ihn gefilzt.«

Benjy fragt: »Was geht da ab?«

Nicole fragt: »Wer ist Kitty?«

Benjys Echo: »Wer ist Kitty?«

Ich erzähle ihnen: »Kitty ist Wang Chu, Bostons herausragender Kostümdesigner für die örtliche Fangemeinde des Country & Western.«

»Aha«, sagt Nicole, »so wie Nudie in Los Angeles.«

»Nudie?«, frage ich.

Benjy sagt: »Herman Nudie. Der Christian Dior des Western-Looks in den vierziger und fünfziger Jahren.«

Gibt es eigentlich irgendwas, das Benjy nicht weiß?

Ich sage: »Ich glaube nicht, dass Kitty so berühmt ist.«

Ich möchte ja nicht wissen, wo dieses Streichholzbriefchen schon gesteckt hat. Allerdings will ich wissen, wohin es mich führt. Aber bis auf den seltsamen Namen gibt es keinerlei Hinweise. Und an wen wende ich mich, wenn ich das Unerfahrbare erfahren will?

»Benjy?«, sage ich.

»Ich bin ganz Ohr«, erwidert er singend.

»Wo ist das Cubbyhole?«

»Ah, Penny, ja, sprich Schweinkram zu mir!«

»Ich brauche die Telefonnummer von einem Laden namens ›The Cubbyhole‹.«

»Hübscher Name«, sagt er. »Was ist es? Ein Privatklub?«

»Sieht danach aus«, erwidere ich, noch immer mit dem Briefchen in der Hand.

»Das ist alles, was du willst? Eine Telefonnummer? Das ist ein Klacks.«

»Wann kannst du sie herausfinden?«

»Jetzt sofort, während wir reden. Ich werfe meine kleine Suchmaschine hier an, dann klicke ich hier, und dann klicke ich da ... Weißt du, Penny, mit ein paar Unterrichtsstunden würdest du so was auch selbst auf die Reihe kriegen.«

»Mir ist es lieber, wenn du das machst. Dann weiß ich wenigstens, dass es stimmt.«

»Na klar«, sagt Benjy und dann: »Aha! Die Nummer ist nicht aufgeführt. Kein Wunder, dass du sie nicht gefunden hast.«

Soll ich ihm sagen, dass ich sie gar nicht erst gesucht habe?

»Aber ich habe meine Quellen«, sagt er und macht weiter. »Tipp-die-tipp, tamtaram, tu-tu-tu...«

»Benjy?«

»Hmmm?«

»Was sind das für Nebengeräusche?«

»Ach, hab ich es schon wieder gemacht? Ich kriege das selbst gar nicht mit. Also, hier ist sie.«

Er gibt mir die Nummer des Cubbyhole durch.

»Ich danke dir, Benjy. Ich schulde dir mal wieder was.«

»Nicht der Rede wert, Penny. Wofür hat man Freunde?«

»Nicht nur dafür, dass sie einem einen Gefallen tun.«

»Wirklich?«, fragt er, und seine Stimme klingt schon wieder besonders hoffnungsvoll.

»Tschüss, Benjy.«

»Leb wohl, Penny.«

Ich lege auf.

Nicole sagt: »Er ist dir ergeben.«

»Ich weiß.«

»Ich frage mich, wieso«, sagt sie.

»Weil er direkten Zugang zu dir haben will.«

»Was wirst du tun? Du kannst ihn doch nicht ewig hinhalten.«

»Ich halte ihn nicht hin.«

»Du provozierst ihn, Stanley.«

»Das ist doch nur Spaß.«

»Es ist mehr als das.«

»Was soll ich denn tun?«

»Heirate ihn.«

»Nikki, für eine Heirat braucht es mehr als nur Provokation.«

»Nicht viel mehr«, sagt Nicole.

»Okay, ich gebe ja zu, dass Benjy der ideale Ehepartner wäre.«

»Aber?«

»Nicht für mich.«

»Was auch immer du tust, Stanley, sag ihm auf keinen Fall, dass er einen Besseren verdient.«

»Warum nicht?«

»Weil es grausam ist, jemanden erst zu ermutigen und sich dann als seiner unwürdig darzustellen.«

»Aber ist das nicht besser, als ihm geradeheraus zu sagen, dass er mich nicht interessiert?«

»Aber er interessiert dich doch, oder nicht?«

»Nicht sexuell.«

»Bist du sicher?«, fragt Nicole.

»Wir haben nichts miteinander angestellt.«

»Warum nicht?«

»Kein Drang dazu.«

»Vielleicht hast du Angst.«

»Wovor?«

»Angst davor, mit jemandem zusammen zu sein, der deinem vorherigen Goldstück so gar nicht ähnelt. Oder Angst davor, zuzugeben, dass du nicht mehr um deinen verstorbenen Lover trauerst.«

Ich erzähle ihr: »Ich finde Benjy einfach nicht sexy.«

»Wirklich nicht?«, sagt sie. »Ich schon. Wenn ich ein schwuler Mann wäre ...«

»Bist du aber nicht«, erwidere ich. »Sieh mal, Nikki, ich mag Benjy wirklich gern. Vielleicht liebe ich ihn sogar, als besten Freund, an zweiter Stelle nach dir, versteht sich. Aber deswegen kann ich ihn doch nicht heiraten, ebenso wenig, wie ich dich deswegen heiraten könnte.«

Nicole schüttelt sich. »Ich verstehe, was du meinst.«

»Wirklich?«

»Du und Benjy, ihr führt eine Beziehung wie der Verlauf einer Hyperbel.«

»Hast du das auch aus deinem Schreibkurs?«

»Ich stelle wenigstens etwas Sinnvolles mit meiner Freizeit an.«

»Und ich nicht?«

Nicole sagt: »Ich schreibe an einer Pilotsendung für eine Fernseh-Comedyserie.«

»Tief schürfend.«

»Sie spielt in einem Salon wie diesem. Ich nenne die Serie *Snips*.«

»Schlau.«

»Du musst doch zugeben, Stanley, dass bei all den Kunden, die wir hier ...«

»Und die Mitarbeiter und die Chefin nicht zu vergessen, Schatz.«

»Anwesende ausgenommen.«

»Anwesende in die Titelrollen.«

»Danke, Darling. Die Grundannahme meiner Serie ist, dass die Wahrheit verrückter ist als die Fiktion.«

»Kommen Drag-Queens drin vor?«

»Meinst du, das ist nötig?«

»Nur, wenn sie hetero sind.«

Nicole zieht kräftig an ihrer Zigarette, lächelt zufrieden und stößt den Rauch aus. »Warum interessierst du dich plötzlich so für Transvestiten?«

»Ich möchte die wahre Identität einer bestimmten Bostoner Königin herausfinden.«

»Das müsste doch einfach sein«, sagt sie.

»Hast du jemals eine Drag-Queen befragt?«

»So findest du das doch nie heraus. Der Zweck der Verkleidung ist doch gerade, dass andere Leute nicht herausfinden sollen, wer du wirklich bist.«

»Ganz genau, Schatz. Was soll ich also tun?«

Nicole sagt: »Folge der Person einfach nach Hause.«

»Und dann?«

»Guckst du auf das Klingelschild.«

»Und wenn kein Name draufsteht?«

»Stanley, ich kann dir nicht die ganze Detektivarbeit abnehmen. Das ist doch wohl klar, oder?«

»Du meinst also, wenn ich weiß, wo sie wohnt, dann ist das schon mal ein Anfang, von dem aus ich weitermachen kann.«

»Ich bin erstaunt, dass du da nicht von alleine drauf gekommen bist. So was Grundlegendes.« Nicole sieht mich aufmerksam an. »Darling, du bemühst dich so sehr bei deiner neuen Laufbahn, dass du völlig quer denkst. Und Spaß macht dir die Sache auch nicht. Weißt du, es ist völlig in Ordnung, eine Sache aufzugeben, wenn sie keinen Sinn macht.«

»Und dann sagen Branco und du wieder, ich würde immer aufgeben.«

»Vito schon wieder«, sagt sie. »Na, egal. Denk einfach nur dran, dass es weder edel noch ruhmreich ist, sich sinnlos abzustrampeln.«

»Du scheinst ja wirklich versessen darauf zu sein, dass ich wieder im Salon arbeite.«

»Du musst doch zugeben, Stanley, dass du hier viel glücklicher warst.«

»Ich glaube, du brauchst nur neues Material für deine Comedyserie.«

»Das auch«, sagt sie. »Ich brauche eine sexuell frustrierte, schwule, männliche Figur Mitte dreißig, aber eine interessante.«

»Nimm Benjy.«

»Aber ja, das habe ich vor, aber nicht *dafür*.«

Sie rollt die Glut vom Ende ihrer Zigarette, dann drückt sie sie sanft aus. In Nicoles Aschenbecher gibt es keine schmuddeligen, zerfledderten, vor sich hin kokelnden Kippen.

»Was hast du jetzt vor, Darling?«

»Ich muss diesen Laden finden«, sage ich, noch immer mit Kittys Streichhölzern in der Hand.

»Viel Glück«, sagt sie und lässt mich allein im Büro zurück.

Ich wähle die Nummer, die Benjy mir für das Cubbyhole genannt hat. Eine Frau geht dran, was mich überrascht.

Ich frage: »Bin ich mit dem Cubbyhole verbunden?«

»Was wollnse?«

»Wie ist Ihre Adresse?«

»Ham keine.«

»Wie gelange ich zu Ihnen?«

»Ihre Sache.«

»Aber ich bin doch mit dem Cubbyhole verbunden, nicht wahr?«

»Was wollnse?«

Zurück auf Los. Nächster Versuch.

»Ich habe eine sehr wichtige Verabredung mit jemandem, und ich habe meine Wegbeschreibung verloren.«

»Was fürne Verabredung?«

»Es ist persönlich«, sage ich.

Schweigen.

»Geschäftlich«, sage ich. »Ein sehr persönliches Geschäft, und ich darf diese Verabredung wirklich nicht versäumen.«

Das scheint sie zufrieden zu stellen, und sie gibt mir die Wegbeschreibung durch. Der Laden ist auf dem Beacon Hill, in einem Irrgarten aus rechts abbiegen, links abbiegen, halber Straßenzug geradeaus, Gassen und Sackgassen.

Und dann, ich weiß auch nicht, warum, frage ich blöderweise noch einmal nach dem Straßennamen. Die Frau sagt nichts und legt auf.

Nicole hat Recht: Ich kann nicht mehr klar denken.

13

Auf dem Beacon Hill finde ich das Cubbyhole in einer namenlosen Gasse, die von einer namenlosen Straße abgeht, mitten in dem Netz aus Einbahnstraßen und Sackgassen, das den Hügel überzieht. Der ebenfalls namenlose Eingang ist eine Tür, die zum Keller führt. Wie das bei Flüsterkneipen so ist, würde man das Cubbyhole nie finden, wenn man nicht wüsste, wo es ist. Ich muss schon froh sein, dass ich es mit der ausführlichen Wegbeschreibung überhaupt gefunden habe.

Die Tür knarrt, als ich sie öffne. Im Laden selbst ist es schummrig und feucht. Eigentlich ist es nur ein umgebauter Keller, der nach jahrelang verkipptem Fusel und Rauch riecht. Ich kann niemanden sehen, und es ist auch ganz still, bis auf das Quietschen eines alten Belüftungssystems und dem schwachen Klang einer Jazzaufnahme aus den dreißiger Jahren. An einer Wand befindet sich eine winzige Theke, also gehe ich hin und setzte mich auf einen der drei freien Barhocker. Nach ein paar Minuten kommt eine Frau mittleren Alters hinter einem Perlenvorhang hervor.

»Was wollnse ham?«, fragt sie und sieht mich mit ihren zusammengekniffenen, blassblauen, irischen Augen an. Der Stimme nach zu urteilen, war sie vorhin am Telefon.

»Rolling Rock«, sage ich. »In der Flasche.« Dies ist nicht der richtige Ort, um einen Martini zu bestellen.

Sie gibt ein seltsames Geräusch von sich, als ob ich etwas Unanständiges in einer fremden Sprache gesagt hätte. Dann fischt sie in einer Kühlbox hinter der Theke herum und zieht ein Bier hervor. Sie schnippt den Verschluss auf und knallt die langhalsige Flasche auf den Tresen, wo sie sofort beschlägt. Sie war regelrecht im Eis vergraben. Meiner Meinung nach ist das die ideale Temperatur für ein Bier. (Ihr Feinschmecker könnt ja eure lauwarme Brühe trinken.)

Ich bezahle das Bier, und sie verschwindet hinter dem Perlenvorhang. Ich schwinge mich auf dem Barhocker herum und sehe mir den Laden an. Abgesehen von den Barhockern stehen keine Stühle im Raum. Es gibt allerdings etliche kleine Sitznischen rings an der Wand entlang, die jeweils groß genug für ein Tête-à-tête zu zweit sind. Hier kommt man wirklich her, um zu flüstern und nicht belauscht zu werden. Ich frage mich, wie der Besitzer den Laden genehmigt bekommen hat. Hat er vielleicht auch gar nicht. Vielleicht existiert der Laden so schon seit ewigen Zeiten, was die Geheimniskrämerei zum Teil erklären würde.

Aus der entlegensten Ecke des Ladens höre ich ein leises Rascheln und das Knarzen von Holz. Eine der Sitznischen dahinten ist so angelegt, dass die Sitzenden vollständig verborgen bleiben. Ich stehe auf und schlendere hinüber. Wenn es eine Beacon-Hill-Ratte von der Größe einer Katze ist, werde ich mich zu ihr setzen und mit ihr plaudern.

Es ist keine Ratte, sondern ein schwarz gekleideter, pomadisierter Tanzcowboy namens Vaslav Palladin. Ein mörderischer Cowboy. Palladin sieht allerdings nicht gefährlich, sondern verängstigt aus.

Seine Begrüßung: »Was zum Teufel machst du denn hier?«

»Bier trinken.«

»Wie hast du mich gefunden?«

Typisch Palladin: er, der Mittelpunkt des Universums.

»Wer sagt denn, dass ich dich gesucht habe?«

»In den Laden hier kommt man nicht zufällig reingeschneit.«

»Wohl wahr«, sage ich.

»Wie hast du mich also gefunden?«

»Jemand hat mir einen Tipp gegeben.«

»Wem sein Tipp war das?«

»Was glaubst du, wessen Tipp es war?«

»Himmel noch mal!«, sagt er, wahrscheinlich von meiner Grammatik beleidigt. »Weißt du was, es ist mir ohnehin scheißegal.«

»Kitty hat mir den Tipp gegeben.«

»Kitty? Stimmt«, sagt er, offensichtlich erleichtert. »Das promiske Luder.«

»Weißt du das aus persönlicher Erfahrung?«

»Glaubst du, ich würde mit Kitty persönlich werden?«

»Er schneidert deine Kostüme«, sage ich. »Das ist doch persönlich.«

Palladin grinst höhnisch. »Sie bläst mir gelegentlich auch einen. Manche Leute würden das auch als persönlich bezeichnen.« Er wartet auf meine Reaktion.

Ich nehme ihm gegenüber Platz, als hätten wir ein Rendezvous. Dieses Gefühl vermittelt der Laden. Man kommt hier rein, um Verträge im Reich des Fleisches auszuhandeln.

Ich sage: »Es ist schon erstaunlich, was man in anderer Leute schmutziger Wäsche finden kann.«

»Was soll das denn heißen?«

»Kitty hat mir erzählt, dass er die Kragenspitzen in deiner Wäsche gefunden hat. Nach all dem Lärm, den du gestern gemacht hast, weil sie angeblich jemand gestohlen hat, stellt sich heraus, dass sie in deiner eigenen Hemdtasche waren.«

»Vielleicht lügt Kitty.«

»Vielleicht auch du. Ihr seid beide ganz gut darin.«

»Also, warum hat sie dich hergeschickt?«

»Kitty hat mich nicht geschickt, aber er hat mir das hier gegeben.«

Ich zeige ihm das Streichholzbriefchen.

Er nimmt es und lächelt. »Diese kleine Mieze. Hat sie *das* auch in meiner Wäsche gefunden? Wann hast du sie gesehen?«

»Heute Morgen auf dem Polizeirevier.«

»Die Polizei hat sie eingebuchtet?«

»Genau. Aber warum sagst du dauernd ›sie‹?«

»Passt doch, oder nicht? Was macht sie denn im Knast? Außer, sich wunde Knie zu holen.«

»Das weißt du wirklich nicht?«

Palladin sagt: »Ich sitze bloß hier und kümmere mich um meine eigenen Angelegenheiten.«

»Wann hast du Chester zum letzten Mal gesehen?«

Palladin schreckt zurück.

Ich frage: »Weißt du, was passiert ist?«

Er senkt den Kopf. Der ganze Körper scheint zu schrumpfen. Er sagt: »Ich habe es in den Nachrichten gehört.«

»Welchen Nachrichten?«

»Weiß ich nicht«, sagt Palladin. »Ich hab's einfach gehört, okay?«

Aber die Nachricht von Chesters Tod wurde noch nicht an die Medien weitergegeben. Benjy wusste es zwar schon, aber das ist nun mal Benjys Art. Aber wer hat es Palladin erzählt?

Ich frage: »Weißt du, wie Chester ermordet wurde?«

Palladin windet sich. »Er wurde erschossen.«

»Falsch geraten.«

»Vielleicht habe ich mich verhört.«

»Du hast gar nichts gehört.«

»Vielleicht bin ich zu aufgeregt«, sagt er, »und ich erinnere mich nicht mehr.«

»Warum versteckst du dich hier?«

»Wer versteckt sich denn?«

»Du verteidigst dich dauernd, als ob du vor irgendwas Angst hättest.«

Er sagt: »Ich habe Angst, dass du mich zu Tode langweilst.«

Ich erzähle ihm: »Falls du irgendetwas über Chesters Tod weißt, dann musst du zur Polizei gehen.«

»Wie? Arbeitest du etwa für die?«

»So in der Art.«

»So in der Art?«, fragt Palladin. »Was, zum Teufel, soll denn ›so in der Art‹ heißen? So nach dem Motto: Wenn du meinen Schwanz lutschen darfst, dann verpfeifst du mich *nicht*? Du beschissener Miniaturbulle!«

Plötzlich kommt die Frau hinter dem Perlenvorhang hervor.

»Ist hier draußen alles in Ordnung?«

»Alles bestens«, sage ich. »Wirklich alles bestens.«

»Dann seid gefälligst leise«, sagt sie.

»Okay«, sage ich. »Leise.«

Die Frau zieht sich wieder hinter den Vorhang zurück.

Ich sage zu Palladin: »Nur zu deiner Information: Chester wurde in den Rücken gestochen.«

Palladin fällt die Kinnlade runter, und er richtet sich kerzengerade auf. »Wer sagt das?«

»Die Polizei.«

»Aber er lag *auf* dem Rücken.«

Jetzt richte auch *ich* mich kerzengerade auf.

»Dann warst du also da«, sage ich.

Palladin sieht sich um, als ob jemand aus der Holzverkleidung kommen und ihn holen könnte. Dann sackt er auf seiner Bank in sich zusammen. Selbst in der Dunkelheit des Cubbyhole kann ich erkennen, dass er traurig aussieht.

»Ja«, sagt er, »ich war da. Aber ich habe ihn nicht umgebracht.«

»Was ist passiert?«

Er starrt auf seine verschränkten Finger und sagt: »Gestern Nacht im Gunsmoke ist Chester verschwunden. Das macht er manchmal, einfach für ein Weilchen weggehen. Ich frage ihn nie, wo er war. Das geht mich nichts an, noch nicht. Wir sind noch dabei, uns kennen zu lernen.« Palladin hält plötzlich inne. »Ich kann einfach nicht glauben, dass es ihn nicht mehr gibt.«

»Sprich weiter.«

Er zieht eine Grimasse, fährt aber fort, als ob er froh wäre, die Geschichte loszuwerden, und sei es auch nur an mich. »Letzte Nacht kam Chester nicht zurück. Ich dachte, diesmal dauert's wohl etwas länger. Aber dann kam er in der ganzen Zeit, die ich noch im Gunsmoke war, überhaupt nicht wieder. Ich ging ins Hotel, weil ich dachte, er wäre vielleicht dort, war er aber nicht. Also habe ich gewartet. Ich versuchte zu schlafen, aber es ging nicht.«

»Hattet ihr euch über irgendetwas gestritten?«

»Nein, wieso?«

»Ihr saht gestern Nacht im Gunsmoke ein bisschen angespannt aus.«

»Nichts von Bedeutung«, sagt Palladin. »Aber als Chester dann nicht zum Hotel zurückkam, bin ich noch mal zum Gunsmoke gegangen, um ihn zu suchen. Es war schon nach drei, und der Laden war dunkel, bis auf ein Licht in einem der oberen Fenster. Ich wusste, dass das Kittys Laden war, und bin hochgegangen. Die Tür war verschlossen. Ich klopfte, ich rief, und dann, ich weiß auch nicht, wieso, hatte ich das Gefühl, dass ich die Tür aufbrechen müsste. Und das habe ich dann getan.«

Er macht eine Pause. Sein Kinn zittert. Er sieht mich vorwurfsvoll an, so als ob ich ihn zum Heulen bringen wolle.

»Chester lag dort drinnen«, sagt er, »auf dem Fußboden, auf dem Rücken.« Palladin schüttelt den Kopf. Er fängt an zu heulen, während er versucht weiterzusprechen. »Überall um ihn herum war Blut. Ich wusste, dass er tot war.«

»Warum hast du nicht die Polizei gerufen?«

»Ich weiß es nicht. *Ich weiß es nicht!*«, heult er auf.

»Hast du irgendetwas angefasst? Irgendwas bewegt?«

»Nein«, sagt er. »Ich dachte erst daran, die Kragenspitzen mitzunehmen, als eine Art Erinnerungsstück, aber ich wusste, dass ich sie nie wieder würde tragen können. So stand ich bloß da und sah ihn an. Ich konnte ihn nicht einmal berühren. Ich weiß, dass ich irgendetwas hätte tun sollen, aber ich konnte es nicht. Ich bin einfach weggerannt. Und jetzt fühle ich mich beschissen.«

Ich frage: »Hast du eine Ahnung, wer es gewesen sein könnte?«

Palladin sagt: »Es muss Kitty gewesen sein. Jedes Mal, wenn ich mich gestern umgeschaut habe, war Chester mit ihr zusammen. Ich weiß nicht, was die beiden im Schilde führten, aber Chester ist jetzt tot.«

»Kitty glaubt, du hättest ihn getötet.«

Palladin sagt: »Vielleicht wäre die kleine Schlampe wirklich nicht dazu fähig gewesen.«

»Selbst echte Frauen morden«, sage ich.

Palladin beißt die Zähne aufeinander und denkt darüber nach. »Weißt du was?«, sagt er. »Ich habe sie ganz vergessen.«

»Wen?«

»Die Schlampe!«, sagt er.

»Welche?«

Ich verliere langsam den Überblick.

»Bistany«, zischt er. »Bistany hat Chester getötet.«

»Aber wieso?«

Er macht mich nach und jammert: »Aber wieso?« Dann markiert er wieder den harten Kerl. »Das passt, dass sie ihn von hinten erstochen hat, diese verlogene Schlampe! Sie heißt noch nicht mal wirklich so. Sie ist aus Los Angeles. Da hatte sie eine Vermittlungsagentur für Schauspieler und nannte sich Ramona Warwitch.«

»Bistany Evans?«

»Ja«, sagt Palladin.

»Wer hat dir das erzählt?«

»Was glaubst du wohl?«, sagt er. »Chester! Da hat er Bistany kennen gelernt, in Los Angeles.«

»Chester kannte sie?«

»Wenn ich's dir sage. Sie war seine Agentin. Sie hieß damals noch Ramona Warwitch. Chester wollte zum Film – du weißt schon, wenn sie mal einen humpelnden Typen brauchen. Aber es hat sich nie was ergeben. Und dann gab es da ein finanzielles Problem – sieben, acht Millionen Dollar waren verschwunden.«

»Ramona hat sie genommen?«

Palladin sagt: »Wahrscheinlich. Jedenfalls war eine Menge Geld verschwunden. Und da gab es auch noch eine andere Frau, Vera Soundso.«

»Wann hat sich das alles abgespielt?«

Er strauchelt. »Ich bin mir nicht sicher«, sagt er. Seine Blicke wandern nervös hin und her. »Ich weiß nur, dass Ramona sich Bistany Evans nannte, als sie hier in Boston ankam. Sie hatte viel abgenommen und ihre Haare gefärbt, aber Chester hat an ihren Augen gesehen, dass Bistany Evans in Wirklichkeit seine Agentin Ramona Warwitch war. Die blöde Schlampe hat nicht einmal daran gedacht, sich farbige Kontaktlinsen zu besorgen.«

»Und was hat Chester dann gemacht?«

»Ich kann dir sagen, was er jedenfalls nicht gemacht hat. Er hat sie nicht erpresst. Sie kam zu ihm und wollte einen Deal mit ihm machen.«

»Was für einen Deal?«

Palladin schüttelt den Kopf. »Ich habe schon genug gesagt.«

»Du kannst jetzt nicht aufhören!«

»Nicht?«, sagt er. »Willst du mich zum Reden *bringen*?«

Ich sage: »Kann es sein, dass du Bistany unabhängig von Chester kanntest?«

»Was?«

»War es so?«

»Du gibst wohl nie auf, was?«, fragt er. Er knabbert eine Weile an seiner Lippe herum und sagt dann: »Im Grunde genommen ist die ganze Sache meine Schuld.«

»Welche ganze Sache?«

Er sagt: »Ich war Barkeeper im Four Seasons. Vor gut einem Jahr schneite Bistany Evans herein, sagte, sie wäre neu in der Stadt und wolle ein Netzwerk aufbauen. Ich erzählte ihr, ich sei Tänzer, und das schien ihr zu gefallen – vielleicht noch ein Überbleibsel von ihrem Job als Agentin –, und sie kam im Gunsmoke vorbei, um mich dort zu sehen. Dort lernte sie Heather kennen. Und ehe man sich versieht, planen die zwei schon Mucho Macho Honcho zusammen.«

»Einfach so.«

»Manchmal passt einfach alles«, sagt er. »Bistany verbrachte viel Zeit im Gunsmoke, plante die Tagung mit Heather und so, und da lief sie dann irgendwann Chester über den Weg. Früher oder später musste das passieren, und so war es dann auch.«

»Und dann hat sie einen Deal mit ihm abgeschlossen?«

Palladin sagt: »Ja, und mehr erzähle ich nicht.«

»Warum nicht? Weil du auch mit diesem Deal zu tun hast? Du bist immerhin eine feste Einrichtung im Gunsmoke. Und vielleicht ist wegen diesem geheimen Deal Chester jetzt tot.«

Palladin versucht, nicht zu weinen, aber ein Schluchzer entfährt ihm doch. »Wenn ich Bistany nicht in das Gunsmoke eingeladen hätte, wäre Chester noch am Leben.« Er presst die Zähne aufeinander, um weitere Schluchzer zu unterdrücken.

»Das ist ja eine wilde Geschichte, Palladin. Vielleicht kriegst du sie richtig auf die Reihe, wenn du sie der Polizei erzählst.«

»Glaubst du mir nicht?«

»Nachdem du mir all die anderen Lügen aufgetischt hast?«

»Diesmal sage ich die Wahrheit.«

»Ach ja«, sage ich. »Sag mir mal, wie du jetzt klarkommst?«

»Klarkommst?«

»Womit verdienst du dir jetzt deinen Lebensunterhalt?«

Er lächelt schwach. »Ich habe einen reichen Onkel gefunden.«

»Was hielt der denn von Chester?«

Für einen Moment ist Palladin sprachlos. Er sieht aus, als ob er sich für etwas schämt. »Nein«, sagt er. »Schluss jetzt.«

»Ich habe gehört, dass du Chester nach dem Finale verlassen wolltest. War das die Idee deines lieben Onkels?«

»Wo hast du das gehört?«

»Stimmt es?«

»Wer hat dir das erzählt?«

»Fannie Mae Knox.«

Er grinst höhnisch. »Der rosa Flamingo. Glaubst du eigentlich jeden Scheiß, den die Leute dir erzählen?«

Ein Punkt für ihn.

»Eins kann ich dir verraten«, sagt er. »Wenn ich mit jemandem Schluss mache, dann sage ich ihm das persönlich ins Gesicht. Ich bringe meinen Ex nicht um, und ich ersteche ihn schon gar nicht hinterrücks.«

»Aber du hattest vor, Chester zu verlassen.«

»Nein!«, schreit er. Dann setzt er plötzlich leise hinzu: »Am Anfang ja, da war das Teil des Deals, aber ich hätte nie gedacht, dass ich den Kerl mögen würde. Das ging alles nach hinten los. Ich sollte ihn nicht mögen.«

Palladin beugt sich über den winzigen Tisch zu mir herüber und bricht schluchzend zusammen. Ich komme ihm entgegen und halte seinen bebenden Oberkörper. Dessen Kraft und Geschmeidigkeit erinnern mich an Rafik. Sein zitternder Körper erregt mich ein wenig. Himmel noch mal! Dies ist Chesters Liebhaber, und Chester ist tot, und ich sitze hier in dieser Kaschemme und kriege einen Ständer, während der Kerl sich an meiner Schulter ausweint.

Die Frau kommt wieder hinter dem Vorhang hervor. »Was geht hier draußen ab? He, nich so was! Ich hab ein Geschäft zu führen. Wenner weitermachen wollt, dann geht woanders hin.«

Ich erwidere sanft: »Alles unter Kontrolle. Er hat gerade einen lieben Freund verloren.«

Sie sieht sauer drein. »Tja, tut mir Leid«, sagt sie, »aber seid ruhig. Und hockt euch nich so auffer Pelle.« Dann verschwindet sie wieder.

Ich frage Palladin: »Was war das nun für ein Deal?«

Er schüttelt bloß den Kopf.

»Wer war daran beteiligt?«

Keine Antwort.

»Du musst zur Polizei gehen.«

»Wozu?«, fragt er. »Um mich einbuchten zu lassen? Die verdächtigen doch immer zuerst den Liebhaber. Warum soll ich mich einbuchten lassen für etwas, das ich nicht getan habe?«

»Weil das der einzige Weg ist, Bistany aufzuhalten.«

»Erzähl du es denen«, sagt er. »Ich verkrieche mich lieber hier.«

»Wenn ich dich finden konnte, kann sie es auch.«

Er sagt: »Das Risiko nehme ich auf mich.«

»Warum willst du nicht zur Polizei gehen?«

»Weil ich nicht kann!«

»Schützt du jemanden?«

Palladin sagt: »Vielleicht werde ich von jemandem geschützt.«

»Von wem?«

Keine Antwort.

»Hast du jemanden angerufen, nachdem du gestern Nacht Chesters Leiche gefunden hast?«

Palladin ist stumm. Stumm und verängstigt.

Ich frage ihn noch einmal: »Wen hast du angerufen?«

Palladin sagt: »Hör mal, Glöckchen, verschwinde einfach.«

»Es ist in deinem eigenen Interesse.«

»Wer sagt das? Du und das Gesetz?«

Ich muss sofort Branco anrufen. Nennt mich ruhig Petze, aber sie müssen Bistany Evans verhaften, und sei es nur, um ihre Hufe aus dem Verkehr zu ziehen. Aber zuerst müssen sie mit Palladin sprechen. Ich sehe mich nach einem öffentlichen Telefon um, aber hier im Laden ist keins. Ich gehe an die Theke, rufe die Frau und frage sie, ob ich ihr Telefon benutzen darf. Sie lehnt ab. Wer hätte das gedacht? Ich frage sie erst gar nicht, ob sie die Polizei für mich anrufen kann.

Ich lasse Palladin im Cubbyhole zurück und gehe nach draußen. Nach der Enge dort drinnen pustet die Nachmittagsluft mir ein bisschen das Hirn durch. Aber ich brauche immer noch ein Telefon. Warum habe ich das Handy nicht genommen, als Benjy es mir angeboten hat? Ich flitze durch das Gewirr von Straßen den Hügel hinunter Richtung Charles Street, wo es reichlich Geschäfte gibt. Im Foyer eines schicken kleinen Hotels finde ich einen Münzfernsprecher und wähle Brancos Nummer. Er nimmt ab, und ich erzähle ihm atemlos, dass ich Palladin gefunden habe. Hektisch gebe ich ihm die Wegbeschreibung zum Cubbyhole durch.

Er sagt: »Bleib bei ihm, bis wir dort eintreffen!«

»Ich bin nicht mehr dort!«, erwidere ich, aber Branco hat schon aufgelegt.

Ich gehe zurück zum Cubbyhole. Die Tür ist jetzt verschlossen. Ich klopfe und donnere dagegen, aber niemand reagiert darauf. Kann ich es ihnen verdenken?

Als die Polizei eintrifft, schlagen sie fast die Tür ein, bevor die blauäugige Frau ihnen öffnet. Sie fragen sie nach Palladin. Sie zuckt mit den Achseln und sagt, dass er gleich nach mir gegangen sei.

Der Geist der Flüsterkneipen gedeiht prächtig auf dem Beacon Hill.

Branco wendet sich an mich. »Was, zum Teufel, sollte das, dass du alleine hierher gegangen bist? Du hast mir gesagt, du wüsstest nicht, wo Palladin sich versteckt.«

»Wusste ich auch nicht.«

»Und wie bist du dann hierher gekommen?«

»Ich habe eine Spur verfolgt.«

»Welche Spur?«, sagt er. »Wem seine?«

Vergessen wir die Grammatik. Ich reiche ihm das Streichholzbriefchen.

Branco nimmt es entgegen. »Was ist das?«

»Kitty hat es mir in die Hemdtasche gesteckt, als ich heute Morgen auf dem Revier war. Ich habe es erst später gefunden. Du kannst Nicole fragen. Sie hat es in meiner Tasche entdeckt. Also bin ich hierher gekommen und habe Palladin gefunden.«

»Warum hast du mich nicht vorher angerufen?«

»Weil ich nicht wusste, was ich hier finden würde. Willst du, dass ich dich anrufe, bevor ich meine Schuhe zubinde, nur für den Fall, dass ein Hinweis unter der Sohle klebt?«

Schlechter Witz. Branco kocht.

Ich erzähle ihm: »Entweder rennt Palladin vor jemandem davon, oder er wartet auf jemanden.«

»Davonrennen oder warten«, sagt Branco. »Was denn nun?«

»Nun, er schien erleichtert zu sein, dass Kitty mir das Streichholzbriefchen gegeben hat.«

»Erleichtert?«, fragt Branco. »Schien? Sag mir einfach, *wem* seinen Auftritt er erwartet hat!«

»Ich weiß es nicht! Palladin hat es nicht gesagt. Aber er hat mir von Bistany Evans erzählt, deshalb wird er wohl ihren Auftritt erwartet haben. *Ihr seinen Auftritt!*«

Branco sieht mich finster an. »Hat Palladin sonst noch Namen genannt? Meinen vielleicht? Oder den meiner Frau? Warum ziehst du nicht einfach einen Namen aus einem Hut?«

»Lieutenant, Bistany Evans ist aus Los Angeles, wo auch Chester Wright herkommt. Sie war dort seine Agentin. Bistany ist außerdem Heather Blossoms wichtigste Sprecherin für die Tagung – dieselbe Tagung, auf der Chester und Palladin im Begriff waren, einen großen Preis zu gewinnen.«

Branco schüttelt den Kopf, als würde er sich schwer bemühen, sich unter Kontrolle zu halten. Warum versteht er mich denn nie?

»Sieh mal«, sage ich, »ich bringe das Ganze mal auf den Punkt. Bistany Evans und Chester Wright sind beide aus Los Angeles, und sie landen beide hier in Boston auf derselben Tagung. Und jetzt ist Chester tot. Ich glaube nicht, dass das bloß Zufall ist.«

»Nicht? Wie wär's mit einem Unfall?«, fragt Branco. »Vielleicht bist du auch der Unfall.«

»Es ist nicht meine Schuld, dass Palladin entwischt ist.«

»Wem seine Schuld ist es dann?«

Mittlerweile bekommen die anderen Bullen Brancos Gebrüll mit.

Er holt tief Luft. Danach spricht er ganz kontrolliert, leise, so dass die anderen ihn nicht hören können. »Es ist mir egal, wer an was schuld ist. Hier geht es um dich. Dein Job ist es, Fakten zu sammeln und keine Schmetterlinge. Aber mehr tust du auch nicht, Stan. Du flatterst herum. Und deshalb haben wir jetzt einen wichtigen Verdächtigen verloren.«

»Ich habe versucht, dir zu helfen.«

»Ich brauche verlässliche Hilfe.«

Da ist dieses Wort wieder, und diesmal lag es nicht an den fermentierten Zitronen.

Ich sage: »War ich in dem Feuer damals verlässlich?«

Branco zuckt zusammen. »Jetzt spielst du deine Trumpfkarte schon in Gegenwart meiner Leute aus?«

»So habe ich das nicht gemeint.«

»Okay«, sagt er, »ich schulde dir mein Leben. Und nun?«

»Du schuldest mir gar nichts. Es tut mir Leid, dass ich das angesprochen habe.«

»Aber du hast es angesprochen.«

»Ich lasse mich nicht gerne als unzuverlässig bezeichnen.«

»Okay!«, sagt er. »Vielleicht hätte ich das nicht sagen sollen.«

»Vielleicht«, sage ich.

Er sieht zu Boden und schaut dann mich an. Armer Kerl. Ich will ihn gar nicht so quälen. Ehrlich.

»Ich weiß nicht, wie du das anstellst«, sagt er, »aber du bringst mich schneller auf die Palme als jeder meiner Mitarbeiter.«

»Das liegt vielleicht daran, dass ich keine Angst habe, meinen Job zu verlieren.«

»Du hast gut reden.«

»Ich war auch schon so drauf, bevor ich das Geld bekommen habe.«

»Da hast du allerdings verdammt Recht«, sagt Branco. »Von jetzt an bestimme ich, wo's langgeht. Kapiert? Du bist ein freier Mitarbeiter, aber auf meinem Gebiet wird nicht mehr improvisiert. Ich hoffe bloß, dass ich die ganze Sache hinterher nicht bereue.«

»Welche ganze Sache?«

»Dich«, sagt er. »Und dass ich mich auf dich eingelassen habe.«

Dann wendet er sich ab und geht auf seinen Wagen zu.

Ich rufe ihm hinterher: »He, was ist mit dem Streichholzbriefchen?«

Er antwortet nicht. Er dreht sich noch nicht einmal um. Er wedelt lediglich mit dem Briefchen durch die Luft: Jetzt ist alles gebongt, ich habe das Beweisstück, danke schön, und jetzt hau ab und lass mich in Ruhe.

14

Auf dem Nachhauseweg schaue ich im Snips Salon vorbei. Es ist schon nach sechs, und der Laden bereitet sich endlich auf den Feierabend des langen Wochenendes vor. Nicole ist im hinteren Büro, raucht und genehmigt sich einen Drink – Bourbon, mit Eis. Ich schenke mir auch einen ein und geselle mich zu ihr.

»Ich glaube, Branco hat einen Nervenzusammenbruch.«

Sie sagt: »Ohne Zweifel bist du der Auslöser.«

»Auf welcher Seite stehst du eigentlich?«

»Wie oft hast du Vito heute getroffen?«

»Bisher drei Mal.«

»Das wird gereicht haben«, sagt Nicole.

»Er hat mich vor seinen Leuten angeschrien.«

Sie sagt: »Daran sieht man, wie sehr Vito dir vertraut.«

»Woran sieht man das?«

»Wenn er dir nicht vertrauen würde, Stanley, dann würde er seine Gefühle nicht so in der Öffentlichkeit zeigen.«

»Apropos Gefühle zeigen, Branco sieht einem ausgelaugten Sexsklaven immer ähnlicher.«

»Aber das ist doch prima, oder nicht?«, fragt Nicole. »Für ihn?«

»Ich werde daraus nicht schlau.«

»Woraus?«, fragt Nicole.

»Es ist, als ob er in einem Käfig säße. Er versucht, sich zahmer zu geben, aber stattdessen wird er immer wilder.«

Nicole sagt: »Ich glaube, du bist derjenige, der wilder ist, Darling, beziehungsweise deine Fantasie. Vito ist außerordentlich glücklich mit seiner Frau.«

»Aber er macht es nur, um sie zu beschützen.«

»Was macht er?«

»Ständig Sex mit ihr.«

»Um sie zu beschützen?«, fragt Nicole.

»Damit die Welt nicht sieht, was er getan hat.«

Nicole schielt schon.

Ich erkläre es. »Branco erfüllt die endlosen Ansprüche seiner Frau, weil er sich verantwortlich fühlt. Zuerst hat er sie entjungfert. Und als ob er nicht schon genug Schuld auf sich geladen hätte, wird sie, als die Pracht der jungen Mutterschaft ersprießt, auch noch zu einer gierigen Sexdämonin.«

»Jetzt erzähl mir noch einmal«, sagt Nicole, »*wer* von euch beiden den Nervenzusammenbruch hat.«

»Man sieht es ihm am Gesicht an, Nikki. Irgendwas stimmt nicht.«

»Ich weiß, was nicht stimmt«, sagt sie. »Du bist immer noch sauer, weil er geheiratet hat. Nachdem du ihm das Leben gerettet hattest, hast du gehofft, dass sich zwischen euch was ändern würde. Nun, es hat sich was geändert, Stanley. Der Mann wird für den Rest seines Lebens in deiner Schuld stehen, aber das verpflichtet ihn noch lange nicht dazu, dein Liebhaber zu werden.«

»Nikki! Liebhaber? Branco? Meiner? Das wäre das Schlimmste überhaupt. Sieh doch bloß, wie schlecht wir miteinander klarkommen. Wir würden uns gegenseitig umbringen. Das würde niemals gut gehen. Du bist auf dem völlig falschen Dampfer.«

Nicole sagt fröhlich: »In meinen Ohren klingt das wie eine Liebesgeschichte.«

»Eine absurde Liebesgeschichte.«

»Gibt es auch andere?«, fragt sie. »Mach dir keine Sorgen, mein Lieber. Wenn du erst mal jemanden gefunden hast …«

»Ich will niemanden finden, Nikki. Ich hatte jemanden, und das reicht. Ich bin mir nicht mal sicher, ob ich mir wieder eine Katze zulegen werde.«

»Ganz, wie du meinst, Stanley. Was steht heute Abend an?«

»Branco will, dass ich weiterhin beim Cowboy-Kaffeekränzchen herumschnüffele.«

Nicole lächelt. *»Plus ça change …«*

Ich frage sie: »Und was machst du?«

»Ich arbeite an meiner Serie.«

»Allein?«

»Bis jetzt schon«, sagt sie.

Ich beende meinen Drink, wir sagen uns gute Nacht, und ich mache mich auf den Heimweg.

Es ist schon fast acht, als ich zu Hause eintreffe. Auf dem Anrufbeantworter ist eine Nachricht von Benjy, also rufe ich ihn zurück. Der Junge hat unzählige Telefone und Telefonnummern dazu, aber er hebt immer ab, als würde er zu Hause auf dem Sofa liegen, ganz der Müßiggänger. Dabei isst er vielleicht gerade mit einem Politiker zu Mittag oder arbeitet mit Hochdruck an einer Terminsache oder hat Sex im Dampfbad.

Ich erzähle ihm, was sich im Cubbyhole abgespielt hat.

Er sagt: »Dann hast du also den Mörder gefunden?«

»Ich habe den gefunden, den ich des Mordes für schuldig hielt.«

»Du meinst nicht *dessen*?«, sagt er.

»Es heißt *den*, Benjy. Vertrau mir.«

»Wie machst du das, Penny? Wie weißt du, wann man *wessen* benutzt?«

»Das ist wie mit dir und den Computern«, sage ich. »Man kann das einfach.«

»Also, was ist mit dem Mörder passiert? Hattest du keine Angst?«

»Er ist entkommen, und nein, ich hatte keine.«

»Tapferer Penny«, sagt er.

»Nein«, sage ich. »Dämlicher Penny. Aber ehrlich gesagt

glaube ich nicht, dass Palladin Chester getötet hat. Aber ich *bin* neugierig, was das Cubbyhole betrifft. Könntest du vielleicht ...«

»Dein Wunsch ist mir Befehl«, sagt Benjy, und ich höre auch schon, wie seine Finger in die Tasten hauen.

Ich frage: »Wo bist du überhaupt?«

»Ich verrate dir, wo ich bin«, sagt er, »wenn du mir verrätst, was du anhast.«

»Das ist nicht *so* ein Anruf.«

»Oh, wie wahr, leider«, sagt er. »Und ich bin auf der Arbeit.«

»Am Samstagabend eines Feiertagswochenendes?«

»Hundertfünfzig Prozent Zuschlag.«

»Was macht das pro Stunde?«

»Mehr, als wir jemals am Frisierstuhl verdient haben.«

»Wahrscheinlich zusammengenommen.«

»Ganz genau«, sagt er. »Okay, los geht's. Laut Gewerbeeintrag ist das Cubbyhole ein privates Speise- und Ausschank-Etablissement nur für Mitglieder.«

»Und die haben eine Website?«

»Nein, Penny. Ich habe andere Quellen.«

»Welche?«

»Wenn du meine Geheimnisse wissen willst ...«

»Na, egal. Wenn aber das Cubbyhole nur für Mitglieder ist, wie bin ich dann heute da reingekommen?«

Er sagt: »Vielleicht haben sie die Regeln etwas gelockert, oder du hast einen guten Spruch gebracht.«

»Oder sie haben mich für jemand anderen gehalten. Palladin wartete auf jemanden, als ich ankam. Steht da, wem der Laden gehört?«

»Einer juristischen Person, die sich – und jetzt halt dich fest – Dolly Madison Rugala Widerrufliche Beschränkte Teilhabertreuhandgesellschaft nennt.«

»Das klingt nach einer Südstaaten-Schönheit mit einer Macke im Stammbaum.«

Benjy sagt: »Oder nach der starrköpfigen Dirne, die Howard Johnson's gegründet hat.«

»Werden irgendwelche Namen genannt?«

»Hier nicht, Penny. Private Treuhandgesellschaften müssen der Öffentlichkeit nicht allzu viele Informationen zur Verfügung stellen.«

»Das bedeutet also, dass die Leute, die das Cubbyhole betreiben, anonym sind.«

»Ja, Penny, für uns schon. Das nennt sich Datenschutz.«

»Das ist dann wohl eine Sackgasse«, sage ich.

»Oder eine Herausforderung für deinen treuen Untertan«, sagt Benjy. »Willst du im Moment noch etwas wissen?«

»Wie wär's mit den Negativschlagzeilen über eine Talentvermittlungsagentin aus Hollywood namens Ramona Warwitch.«

»Ist das ihr wirklicher Name?«

»Verrat du es mir.«

Tapp-di-dapp, tipp-di-dipp, tappi-tippi-juppi-tipp.

»Hier ist es«, sagt er. »Ramona Warwitch Talente. Oh, ist sie vielleicht verstorben?«

»Wieso?«

»Die Seite ist schon seit einem Jahr nicht mehr aktualisiert worden. Ja, das ist alles ganz schön alter Kram.«

»Gibt es denn überhaupt was her?«

»Sie hat, oder hatte, Kunden in ganz Los Angeles, und nach letzten Zählungen war sie mit jedem Studioboss der Stadt im Bett.«

»Du nimmst mich auf den Arm.«

»Das steht hier: Engste Kontakte in Hollywood.«

»Benjy!«

»Immer locker bleiben, Penny. Okay, Ms. Warwitch schmückt sich mit großen Namen, aber auf einer Website hat das nicht viel zu bedeuten. Da kann man alles behaupten. Wer prüft das schon nach?«

»Was für große Namen?«

»Als Erstes wird hier eine Schauspielerin namens Bistany Evans genannt. Du hast richtig gehört, das soll tatsächlich ein Name sein.«

»Benjy, das *ist* ein Name, sozusagen. Bistany Evans ist die Zeremonienmeisterin der Mucho-Macho-Honcho-Tagung.«

»Klingt nach einer Figur aus einem Schundroman.«

»Palladin hat mir erzählt, dass Ramona Warwitch und Bistany Evans ein und dieselbe Person sind. Und jetzt sagst du, dass Bistany Ramonas Kundin ist.«

»War, Penny. Ramona Warwitch Talente existiert nicht mehr.«

»Ich frage mich, ob es jemals eine echte Bistany Evans gegeben hat.«

Benjy sagt: »Oder eine Ramona Warwitch, wenn du schon mal dabei bist. Bloß, weil es eine Website gibt ...«

»Die eine könnte die andere erfunden haben«, sage ich.

»Oder umgekehrt«, erwidert Benjy. »Wie ich schon sagte, auf einer Website kann man behaupten, was man will.«

»Aber würde das nicht nach hinten losgehen? Eine Agentin, die lügt, wenn es um ihre Kunden geht, wäre doch schnell aus dem Geschäft.«

Benjy sagt: »Ist Ramona Warwitch ja auch. So, hast du noch was auf deiner Liste stehen?«

»Kannst du die Art von Anfrage, die du für das Cubbyhole gemacht hast, auch für den Gunsmoke Saloon machen?«

»Du meinst den Gewerbeeintrag, im Gegensatz zur Eigenwerbung.«

»Genau«, sage ich.

Tippgeräusche. Dann spricht Benjy mit Graf-Dracula-Akzent: »Sehrrr interrressant.«

»Ja?«

»Der Mitbesitzer des Gunsmoke Saloons – Fanfare bitte! – ist eine juristische Person, deren Bekanntschaft wir eben gemacht haben, nämlich die Dolly Madison Rugala Widerrufliche Beschränkte Teilhabertreuhandgesellschaft.«

»Das ist ja ein Zufall«, sage ich.

»Nicht wahr?«, sagt Benjy. »Wie sieht's mit dem Partner aus: eine Heather Blossom DBA?«

»Ich kenne Heather Blossom.«

Benjy sagt: »Dies ist Heather Blossom DBA.«

»DBA?«

»Doing business as«, sagt Benjy. »Das heißt, dass sie das Geschäft unter einem angenommenen Namen führt.«

»Warum sollte sie das tun?«

»Um ihren eigenen Namen zu verbergen, Penny.«

»Und wie heißt sie wirklich?«

»Das«, sagt Benjy, »versuche ich gerade herauszufinden.«

»Wie?«

»Ich habe Zugang zum DBA-Register.«

»Also, wer ist sie?«

»Geduld, Penny. Geduld ist eine Tugend. Ich sollte es wissen.«

Was würde Benjy wohl mit dieser Unmenge an unerwiderter Liebe anstellen, wenn ich jemals ja sagen würde?

»Ich hab's«, sagt er. »Heather Blossom ist der Geschäftsname für – wow!«

»Sag schon, Benjy!«

»Perkins Cabot Cushing, die Dritte.«

»Wie war das mit den falschen Namen?«

»Nein, nein, Penny. *Das* ist ganz und gar kein falscher Name. Ich ruf mal eben das Boston-Register auf.«

»Das Boston-Register?«

»Ein Verzeichnis der blaublütigen Bostoner.«

»Du meinst, Heather Blossom ist ...?«

»Ja, Penny. Im wirklichen Leben gehört Heather Blossom zum Bostoner Hochadel. Oberste Oberschicht. Das erklärt, warum sie ihr Geschäft unter einem angenommenen Namen führt. Der Ehrenkodex der Crème de la crème verbietet die Teilnahme an der Arbeitswelt.«

»Soll heißen, sie arbeiten nicht.«

»Nicht gegen Entgelt«, sagt Benjy.

»Wie cremig ist denn Miss Wie-auch-immer, die Dritte?«

»Crème ist Crème, Penny. Für gewöhnlich tonnenweise Vermögen, aber kein Bargeld; unzählige Besitzungen, die verfallen; millionenschwere alte Möbel und fadenscheinige Teppiche. He, Penny, das macht Spaß. Warum kommst du nachher nicht vorbei, und wir machen uns gemeinsam an die Nachforschungen?«

»Ich gehe heute Abend aus, Benjy.«

»Wohin?«

»In den Gunsmoke Saloon.«

»Schon wieder?«

»Da treffen sich alle.«

»Alle?«

»Alle, die Chester kannten«, sage ich. »Und da ich jetzt weiß, dass Bistany eine Vergangenheit in Los Angeles hat und es eine finanzielle Verbindung zwischen dem Gunsmoke und dem Cubbyhole gibt, habe ich neue Munition.«

»Munition«, sagt Benjy. »Penny, ich weiß nicht, ob du das tun solltest. Warum erzählst du nicht alles deinem Freund, dem Bullen, und lässt ihn hinter den Leuten herjagen?«

»Weil er mich gerade dafür rund gemacht hat, dass ich ihm helfen wollte.«

»Ein Grund mehr«, sagt er.

»Benjy, ich kann einfach nicht zu Hause rumsitzen, während Chesters Mörder noch frei herumläuft. Branco tut, was er tun muss, und ich mache das auch. Ich bin jetzt ein Detektiv, und das ist kein Acht-Stunden-Job.«

»Beruhig dich wieder, Penny! Mich musst du doch nicht überzeugen. Aber wenn du zum Gunsmoke gehst, dann brauchst du eine Anstandsdame nach allem, was gestern Nacht passiert ist.«

»Aber wenn du dabei bist, Benjy, dann fühle ich mich verpflichtet, mit dir zu reden, und ...«

»Verpflichtet?«

»Du weißt, wie das ist, wenn wir zusammen ausgehen. Wir reden und treiben Fleischbeschau. Aber heute Abend wird das kein Vergnügen. Ich gehe dorthin, um zu arbeiten, und wenn du mitkommst, lasse ich mich ablenken. Ich muss alleine gehen, Benjy.«

»Und wer wird dich diesmal raustragen?«

»Ich verspreche dir, dass ich nichts in den Mund nehmen werde, das nicht aus einer versiegelten Flasche kommt.«

»Okay, Penny. Wie du meinst. Ich werde einfach zu Hause sitzen, allein, wie ein Trappistenmönch, und die wahre Identität der Dolly Madison Rugala und ihres unternehmerischen Königreichs erforschen, und das alles nur für dich.«

»Danke, Benjy.«

Wir verabschieden uns.

Ich bin müde. Das unbestimmte chemische Experiment von letzter Nacht und die heutige Herumrennerei machen sich bemerkbar. Aber wie ich ja gerade schon Benjy erklärt habe: Detektivarbeit ist kein Acht-Stunden-Job. Nickerchen sind nicht erlaubt. Stattdessen dusche ich und ziehe mir was anderes an. Zu schade, dass ich keine Cowboyklamotten habe, mit denen ich meine fortgesetzte Anwesenheit im Gunsmoke Saloon kaschieren könnte. Mein einziges Accessoire ist die Cowboyhut-Attrappe, die mir Heather gestern Nacht auf den Kopf gedrückt hat. Ich versuche, die Krempe wieder gerade zu biegen, komme dann aber zu dem Schluss, dass dieser ramponierte, zerbeulte »Mängelware«-Look dem Teil erst den richtigen Hau-drauf-Charme verleiht.

Um zehn bin ich wieder im Gunsmoke Saloon.

15

Genau wie letzte Nacht ist auch heute das lebhafte Wummern der Cowboymusik draußen auf dem Bürgersteig vor dem Gunsmoke Saloon zu hören. Auf der riesigen Leuchtreklametafel tanzen die elektrischen Cowboystiefel noch immer verrückt herum. Ich sehe auch im Obergeschoss Licht, wahrscheinlich in Kittys zum Tatort gewordenen Laden. Gestern Nacht wurde Chester dort oben ermordet, aber hier unten im Erdgeschoss hat sich nichts geändert.

Ich öffne die Tür des Saloons, und die Musik braust mir wie ein Sturm entgegen. Der Laden ist gerammelt voll. Heather Blossom bedient an der Bar. Fannie Mae Knox sitzt in ihrer Ecke. Eingehüllt in ihre rosa Wolke beobachtet sie alles und jeden von ihrem samtenen Thron herab. Sowohl Fannie Mae als auch Heather schauen kurz zu mir herüber, wenden sich dann aber ab, als hätten sie mich nicht gesehen.

Fern der Menge, hoch über dem Trubel, herrscht Colt Remington in der Abgeschiedenheit seiner DJ-Kabine. Er wirft einen Blick zur Tür, als ich eintrete. Er lässt andeutungsweise erkennen, dass er weiß, wer ich bin, wendet sich dann aber sogleich wieder der Aufgabe zu, dem Publikum ordentlich einzuheizen. Er trägt ein knappes, abgeschnittenes Top, das die hart erarbeiteten Armmuskeln und den Waschbrettbauch sehen lässt. Während er sich in der Enge seiner Kabine bewegt, gleiten die Mikrostrahler über die Berge und Täler seines fabelhaften Oberkörpers. Die Lichter der Steuerungsanlage senden hingegen von unten ein dunkles Glühen aus, das Colts Gesicht einen starren, finsteren Ausdruck verleiht.

Ich bahne mir einen Weg durch die tobende Menge ans vordere Ende der Theke, wo sich eine unerwartete Lichtung auftut. Unterwegs drängele ich mich an Leuten vorbei, die fröhlich trinken und sabbeln, cruisen und sich necken und sich zumindest dem Anschein nach allgemein gut amüsieren.

Als ich die Lichtung an der Theke erreiche, sehe – beziehungsweise rieche – ich den Grund des freien Fleckchens.

Bistany Evans sitzt auf einem Barhocker, textet Heather zu und verpestet die Luft, die dank der zahlreichen Cowboyparfüms ohnehin schon kurz vor dem Smogalarm steht. Ich nehme Bistany genau unter die Lupe, weil ich hoffe, verräterische Zeichen an ihr zu entdecken. Aber sie versteckt ihr wahres Ich unter der andauernden Zurschaustellung von Hirnlosigkeit, Hufgetrampel und Gestank.

Heather sieht mich und verschwindet auf der Stelle. Vielleicht muss sie aber auch bloß mal frische Luft schnappen. Ich atme tief ein, bevor ich Bistanys Todeszone betrete.

»Was für eine Totenwache«, sage ich.

Sie wendet sich mir zu. »Sie schon wieder«, sagt sie. »Scheint, als ob Sie jedes Mal da sind, wenn ich mich umdrehe.«

»Hier scheint keiner um Chester Wright zu trauern.«

Bistany zwitschert zurück: »Das Leben geht weiter.«

»Sofern man noch lebt.«

»Das ist eine *gute* Sache«, sagt sie. »Deshalb bin ich auch heute Abend hier – um ein positives, integratives und heilendes Beispiel des Lebens vorzuführen.«

Vorführen ist hier das entscheidende Wort.

Sie fährt fort: »Eusch hier in Boston geht doch nur das eine durch den Kopf. Alles ist öde, öde, öde – Verdammnis und Trübsinn, als ob es immer Winter wäre.«

Ich sage: »Ein Isländer sieht die Welt nun mal anders als ein Balinese.«

Sie sagt: »Man kann seine eigene Realität schaffen.«

»Aber nicht sein eigenes Wetter.«

»Die eigene Realität«, sagt Bistany, »ist, wie man die Dinge empfindet.«

»Ich empfinde den Winter als nass und kalt.«

»Da haben Sie's«, sagt Bistany. »Sie haben mich gerade bestätigt. Sie finden den Winter scheußlich, jemand anders freut sich aufs Skifahren. Seine Realität ist fröhlich, Ihre hingegen düster. Und das wirkt sich auf Ihr Leben aus.«

Von ihrem Lächeln wird mir ganz übel.

Ich erzähle ihr: »Ich werde mich im nächsten Winter dran erinnern, wenn ich über die vereisten Bürgersteige schlittere.«

Sie sagt: »Mit dieser Tagung ist es genauso. Ich wollte Heather zeigen ... Wissen Sie, sie ist genau wie Sie. Wie könnt ihr Neuengländer ohoich alle nur so ähnlich sein? Ich wollte ihr beweisen, dass man den Tod des jungen Mannes auch noch ganz anders nutzen kann.«

»Nutzen?«

»Man muss ihn nutzen«, sagt Bistany. »Nachdem es passiert war, wollte Heather die Tagung schließen – aus Respekt und so weiter. Und jetzt will sie auch noch die morgige Tanzparty absagen. Aber ich erklärte ihr, dass wir diese Party unter gar keinen Umständen absagen *können*. Sie ist für Sonntag angesetzt, und da muss sie auch stattfinden. Sonst gehen die Leute zu früh nach Hause. Und was noch schlimmer ist, sie gehen nach Hause und fühlen sich *schlecht*. Und das kann man ihnen nicht antun.«

Und was ist mit Chester, der heimgegangen ist und sich nun tot fühlt?

»Aber es ist jemand gestorben«, werfe ich ein.

»Das stimmt«, sagt Bistany mit ihrem widerlichen Lächeln. »Aber wir sind ja noch da.«

»Wie sieht es mit Respekt aus?«

»Wir können seiner am Montag gedenken«, sagt sie, »am Memorial Day. In der Zwischenzeit müssen wir die Situation zu unserem Vorteil nutzen. Die Leute sind verunsichert und haben Angst. So kann man sie nicht nach Hause schicken – das wäre ja noch schöner, nicht wahr? Was für eine hübsche Erinnerung an die erste Mucho-Macho-Honcho-Tagung der Geschichte. Jemand starb, und die ganze Angelegenheit verwandelte sich in eine Begräbnisfeier. Man kann die Sache aber auch herumreißen und die Tanzparty dazu nutzen, den Teilnehmern das Gefühl der Sicherheit und die Freude wiederzugeben. Wir können sie zurückbringen in das Licht und die Liebe der Gemeinschaft, der Integrativlichkeit und des Feierns. Wir drehen die Musik voll auf und lassen sie umso heftiger tanzen. Und weil das menschliche emotionale Gedächtnis sich immer eher an die schönen als an die schlechten Zeiten erinnert, wird jeder Einzelne in dieser Menge auf ewig uns gehören, weil sie sich an etwas Gutes inmitten des Schlechten erinnern. Wir werden für sie immer das Gefühl der Hoffnung darstellen. Und die Leute werden immer wieder zu uns kommen, weil wir ihnen Hoffnung gegeben haben.«

Ich könnte ihr beinahe zustimmen.

Ich sage: »Sind die Leute in Los Angeles alle so drauf?«

»Wo?«, fragt sie, und ich entdecke einen Riss in ihrer Rüstung.

»Im Land der Apfelsinen und der Filmstars.«

Bistany sieht mich scharf an, so, wie ein Vogel einen Käfer betrachtet, den er zu verzehren gedenkt. *Knurps!*

Ich sage: »Sie glauben, dass wir Neuengländer alle gleich sind. Gilt das auch für, sagen wir mal, Hollywood?«

Sie erklärt: »Es kann für jeden gelten und überall. Das ist ja das Tolle am positiven Denken.«

»Aber ich spreche jetzt speziell von Los Angeles, Ihrer Heimatstadt.«

»Hä?«, sagt sie. »Wie kommen Sie denn auf die Idee?«

»Man könnte sagen, Chester hat es mir erzählt, aber nicht im Spiegel.«

»Chester? Aber der ist doch tot.« Es klingt wie to-hot.

Ich frage: »Warum haben Sie Ihre Agentur geschlossen und sind getürmt?«

»Wie? Was?«, erwidert sie, aus dem Gleichgewicht geraten.

»Ihre Talentvermittlung in Hollywood.«

»Süßer, was haben Sie nur immer mit Hollywood? Woher sollte ich über so etwas Bescheid wissen?«

»Sie waren Agentin in Hollywood.«

»Ich?«

»Sie waren damals Ramona Warwitch, Hollywood-Agentin.«

Bistany fragt: »Ramona?«

»Warwitch«, sage ich.

Sie starrt mich mit diesem übelkeitserregenden Lächeln an. »Wer soll das sein?«

»Die Person, als die Chester Wright Sie in Los Angeles kannte. Er war dort Ihr Klient. Und Geld wurde auch gestohlen, acht Millionen oder so. Als Sie ihn in Boston trafen, haben Sie einen Deal mit ihm geschlossen.«

»Einen Deal?«

»Ja, um ihn ruhig zu stellen. Aber dann haben Sie trotzdem beschlossen, ihn zu töten.«

»Süßer«, sagt Bistany, »haben Sie Ihre Pillen heute nicht genommen, oder was ist los mit Ihnen? Warum sollte ich Chester etwas antun? Ich brauchte ihn. Ich wäre ohne ihn nicht klargekommen.«

»Gehörte das mit zum Deal?«

»Welcher Deal? Sie reden dauernd von einem Deal. Mit wem haben Sie gesprochen? Wem seine Idee ist das?«

»Wessen«, sage ich. »*Wessen* Idee ist das.«

Der weibliche Paarhufer sieht mich an, als ob ich dringend psychiatrische Hilfe nötig hätte. Wenn ich noch länger mit diesen Leuten zu tun habe, wer weiß?

Ich erzähle ihr: »Es war Palladins Idee. Er hat mir alles über Sie erzählt.«

Ihr liederliches Lächeln verschwindet augenblicklich. »Ihr habt euch getroffen?«

Das streunende *eusch* ist auch verschwunden.

»Stimmt genau«, sage ich. »Und wenn er das alles der Polizei erzählt, dann ist es aus mit Ihnen.«

Bistany lächelt, aber diesmal ist es kein aufgesetztes Lächeln. So lächelt man, wenn man seine Trumpfkarte ausspielt.

»*Falls* er zur Polizei geht«, sagt sie, »was ich bezweifle, weil er der Hauptverdächtige ist.«

»Wer sagt das?«

Bistany erklärt: »Ich war heute bei der Polizei. Wir alle waren dort. Und Palladin kann mir nichts anhängen, auch wenn er mit ihnen spricht.«

»Aber er kann Misstrauen wecken, eine peinliche Situation heraufbeschwören oder einen Skandal, wenn nicht sogar das Ende der Tagung. Wenn Palladin redet, bricht Ihre kleine Welt in Stücke.«

»Erst mal müssen sie ihn finden«, sagt Bistany mit siegesgewissem Grinsen. »Und in der Zwischenzeit werde ich so weitermachen, als wäre nichts passiert, und Sie und Ihre merkwürdigen Theorien vergessen. Ich schlage Ihnen vor, das auch zu tun.«

»Und wenn nicht? Bringen Sie mich dann auch um? Chester hat Ihre Geheimnisse nicht mit ins Grab genommen.«

Bistany sagt: »Ich habe ihn nicht ermordet.«

»Leicht gesagt.«

»Ich habe ein Alibi«, sagt sie. »Ich war mit Colt zusammen.«

»Colt?«

»Genau. Die ganze Nacht.«

Noch eine Trumpfkarte.

»Na, das ist ja ein Alibi«, sage ich.

»Die Polizei war damit zufrieden.«

Branco hat ihr geglaubt?

»Wenn es Ihnen nichts ausmacht«, sagt sie, »habe ich jetzt Wichtigeres zu tun.«

Sie trabt davon und räuchert sich ihren Weg durch die Menge ans entlegene Ende der Theke. Sie macht eine kleine Pause bei Fannie Maes Thron und wechselt ein paar Worte mit ihr. Dann geht Bistany weiter und trampelt die Metalltreppe zur DJ-Kabine hinauf. Colt lässt sie herein, und im Nu gleiten ihre Hände über seinen ganzen Körper. Vielleicht versuchen die beiden ja, ihre eigene Realität zu erschaffen und den Rest der Welt auch noch davon zu überzeugen. Aber in dem Schummerlicht der Kabine sieht es wie schlechter Sex in einer Seifenoper aus.

Nachdem ich mich ein wenig von Bistanys schädlichen Dämpfen erholt habe, nähere ich mich dem hoheitlichen Ende der Theke. Fannie Mae sieht mich jedoch kommen, steht auf und verschwindet den Gang hinunter, der zu den Toiletten führt. Ich parke meinen Hintern auf dem Barhocker neben ihrem Thron und warte auf ihre Rückkehr.

Heather Blossom kommt, um meine Bestellung aufzunehmen.

»Ein Mineralwasser«, sage ich.

»Schön, dass du wieder auf dem Damm bist«, sagt sie.

»In der Flasche, bitte.«

»Klar, Darlin'. Wie sollen wir das auch sonst servieren? In einem Sektkelch? Willst du's mit Zitrone?«

»Nein, ohne alles. Und würdest du die Flasche bitte ungeöffnet bringen?«

Heather macht große Augen. »Wie du wünschst«, sagt sie.

Ich bringe ein Lächeln zustande. »Danke.«

Sie kommt mit einer Flasche zurück. Ich zücke mein Portemonnaie, aber Heather schüttelt den Kopf. »Behalt dein Geld.«

»So wirst du aber nicht lange im Geschäft bleiben.«

»Beim Geschäft geht's nicht nur ums Geld«, sagt sie.

»Das ist eine interessante Wirtschaftstheorie.«

»Apropos Geld«, sagt sie. »Fannie Mae hat mir erzählt, dass du ein bisschen was auf der hohen Kante hast. Hättest du Interesse, ins Geschäft einzusteigen?«

»Welches Geschäft? Das, bei dem es nicht ums Geld geht?«

»Die Tagung«, sagt Heather. »Diesem Wochenende nach zu urteilen, geht die Sache richtig ab. Du könntest auf unterster Ebene einsteigen.«

Ich erzähle ihr: »Bistany hat das heute Nachmittag schon erwähnt. Wer sind die anderen Investoren?«

Sie zögert. »Bisher bloß Fannie Mae und ich.«

»Bistany nicht?«

»Nein«, sagt Heather.

»Wenn die Sache in die Hose geht, dann baden Fannie Mae und du das alleine aus.«

»Da geht nichts in die Hose, Darlin'.«

»Aber Bistany hat nichts zu verlieren.«

»Finanziell nicht, aber ohne sie könnte die Tagung gar nicht stattfinden. Es war ihre Idee, und sie ist die treibende Kraft dahinter.«

»Kennst du sie gut?«, frage ich. »Ihre Vergangenheit, meine ich?«

»Was gibt's da schon zu wissen?«, sagt Heather. »Bistany steht für das, was die Öffentlichkeit mag. Deshalb haben wir sie da oben auf die Bühne geschickt, wo die Leute sie sehen und hören können.«

»*Wir*, das heißt du und Fannie Mae.«

»Du stellst wirklich eine Menge Fragen, Darlin'.«

»Wenn ich Geld investiere, muss ich zuerst wissen, worauf ich mich einlasse. Und ich möchte den Papierkram sehen und eure echten Namen wissen – deinen und Fannie Maes –, bevor ich mich zu weiteren Schritten entschließe.«

»Welche echten Namen?«

»Deiner und Fannie Maes, das sind doch nur Geschäftsnamen, oder nicht?«

»Wenn ich's mir recht überlege, Darlin', bist du vielleicht doch nicht der richtige Partner für uns.«

»Ich gehöre nicht zur Oberschicht, wenn du das meinst. Und ich müsste natürlich auch noch mehr über die Dolly Madison Rugala Widerrufliche Beschränkte Teilhabertreuhandgesellschaft erfahren.«

»Worüber?«, fragt Heather und kriegt den Mund nicht mehr zu.

»Kommt da nicht die Hälfte des Geldes für diesen Laden her? Vielleicht finanziert sie ja auch die Tagung zur Hälfte.«

»Meine Partnerin ist Fannie Mae, Darlin'. Ich weiß nichts von dieser – wie hieß das gleich?«

Ich wiederhole das Ganze und erzähle ihr: »Du musst doch darüber Bescheid wissen? Du musst doch schließlich wissen, wer deine Partner sind.«

Heathers Augen verengen sich. »Meine Partnerin ist Fannie Mae. Mein Buchhalter kümmert sich um die Finanzen. Und *ich habe* genug damit zu tun, mich um die Leute hier zu kümmern. Und wo wir gerade dabei sind, Darlin', ich hoffe, es macht dir nichts aus, wenn ich mich jetzt um die anderen Gäste kümmere.«

Und weg ist sie. Sie bedient allerdings keine anderen Kunden, sondern verschwindet durch einen Vorhang hinter der Theke.

Mittlerweile trampelt Bistany Evans – alias Miss Softporno – die Metalltreppe hinunter, genau rechtzeitig, um Fannie Mae abzufangen, die gerade am Fuß der Treppe vorbeikommt. Die beiden stecken kurz die Köpfe zusammen. Dann kehrt Fannie Mae zu ihrem Thron zurück, wo ich sie schon erwarte.

»Kürbis!«, ruft sie freudig aus.

Sie neigt den Kopf leicht zur Seite, als ob sie einen Knicks von mir erwartet. Ich werfe stattdessen meinen Kopf in den Nacken wie ein Papagei.

Ich frage: »Bin ich wieder eingesetzt?«

»Inwiefern?«

»Sie haben mich heute Morgen im Tagungssaal meiner Ritterwürde enthoben.«

»Hab ich das?«, fragt sie. »Wahrscheinlich meine monatliche Missstimmung. Messen Sie dem keine Bedeutung zu, wenn ich so bin, Kürbis.« Sie lässt sich nieder und stellt fest, dass ihr Glas leer ist. Sie sieht sich um. »Wo ist Heather?«

»Ich glaube, sie sucht nach Ihnen.«

»Nach mir?«, fragt Fannie Mae. »Aber wieso?«

»Um Sie zu warnen.«

»Wovor?«

»Vor mir. Ich stelle mal wieder zu viele Fragen.«

»Als da wären?«

»Als da wäre: Was ist die Dolly Madison Rugala Widerrufliche Beschränkte Teilhabertreuhandgesellschaft?«

Fannie Mae gibt ein Glucksen von sich. »Die was?«

Ich wiederhole den Namen.

Fannie Mae starrt mich fassungslos an.

Ich erkläre ihr: »Gestern Nacht erzählte Heather mir, dass sie Ihre Partnerin hier im Gunsmoke sei. Ich habe aber herausgefunden, dass eine Treuhandgesellschaft ebenfalls Miteigentümerin des Saloons ist. Vielleicht sind *Sie* ja diese Treuhandgesellschaft.«

»Kürbis, welcher Quelle entspringt diese Information?«

»Ich habe sie von einem der fähigsten Online-Rechercheure Bostons.«

»Fähig, ja«, sagt sie, »aber hat er einen guten Ruf? Kürbis, ich bin mir sicher, dass Heather letzte Nacht zum Ausdruck bringen wollte, dass ich in emotionaler und unterstützender Weise ihre Partnerin bin.«

»Was hat es dann mit der Treuhandgesellschaft auf sich?«

»Ach, Kürbis, ich befürchte, Sie sind ein wenig überarbeitet. Vielleicht sollten Sie mal Urlaub machen.«

»Das werde ich tun, wenn das alles hier erledigt ist.«

»Wenn was erledigt ist?«, fragt Fannie Mae.

»Die Sache mit Chesters Tod«, sage ich. »Erinnern Sie sich noch an ihn? Letzte Nacht hat er noch gelebt. Heute ist er bereits tot.«

»Ach, Kürbis, ja, das mit ihm ist schon furchtbar, aber das Leben geht weiter. Es muss weitergehen.«

»Offensichtlich«, sage ich.

»Was sollen die Leute denn Ihrer Meinung nach tun? Das Leben ist kurz – viel, viel zu kurz.«

»Tick-tack, tick-tack.«

»Aber es ist wahr, Kürbis. Denken Sie darüber nach. Wenn wir Glück haben, stehen uns ein paar hundert Millionen Atemzüge zu. Das klingt vielleicht nach einer Menge, aber die Anzahl ist endlich. Irgendwann sind sie aufgebraucht. Unweigerlich. Deshalb muss man das Beste aus jedem einzelnen machen. Lebe jeden Moment, als wäre es dein letzter!«

»Hört, hört«, erwidere ich auf Fannie Maes aufbauende Ansprache.

»Ach, Kürbis, selbst Sie mit Ihrer selbstgerechten, gefühlsduseligen, Chester-liebenden Art haben Ihren Weg heute Nacht hierher gefunden, nicht wahr? Also, warum sollten die anderen dann nicht hier sein? Verstehen Sie das denn nicht? Wenn man so jung schon auf so tragische Weise sterben kann, dann muss man einfach für den Augenblick leben. Der arme, arme Junge!«

Aus dem Augenwinkel nehme ich einen groß gewachsenen Mann wahr, der aus dem Gang kommt, der zu den Toiletten führt. Er trägt zwei große gefüllte Kleiderhüllen, über jedem Arm eine. Für einen Moment scheint ihn der Anblick der Menschenmenge im Saloon zu verschrecken, aber er arbeitet sich voran und gelangt durch die erdrückende Masse hindurch zum Ausgang am anderen Ende des Ladens.

Heather kommt mit einem neuen Drink für Fannie Mae, die zu ihr sagt: »Und noch eine Flasche für unseren Freund.«

Ich erinnere Heather: »Ungeöffnet, bitte.«

Sie blickt finster drein und geht.

Fannie Mae lehnt sich zu mir herüber. »Sehen Sie? Sie glauben, dass niemand sich um Chester schert. Dabei macht der Tod des Jungen unserer Heather so schwer zu schaffen, dass sie heute Nacht gar nicht mehr sie selbst ist.«

»Vielleicht habe ich sie auch so aus der Fassung gebracht.«

»Haben Sie das?«, fragt sie. »Und was hat es Ihnen genützt, Kürbis?«

In dem Moment kämpfen sich zwei weitere Männer an uns vorbei und verschwinden in den Flur, aus dem der andere

Mann gerade eben erst herauskam. Auch diese Männer sind mit riesigen Kleiderhüllen beladen, deren Inhalt man verschwommen durch das transparente Plastikmaterial sehen kann: Reifunterröcke und große, bauschige Ballkleider.

Fannie Mae wirft den beiden Männern einen Blick zu und sagt zu mir: »Die Konkurrenz, so wie es aussieht.«

»Für wen?«

»Für mich, Kürbis. Diese Jungen, die Sie da hin- und herlaufen sehen, wetteifern um den Preis des besten Kostüms morgen Abend auf der Tanzparty.«

»Haben Sie keine Angst. Ihnen kann niemand das Wasser reichen.«

»Das haben Sie sehr nett gesagt, Kürbis, und auch sehr taktvoll. Sie können tatsächlich taktvoll sein, wenn Sie wollen. Aber genau genommen nehme ich nicht am Kostümwettbewerb teil. Ich bin die Jury.«

»Aha«, sage ich.

»Ich werde die Preise verleihen.«

»So wie eine Königin die Adelstitel.«

Fannie Mae runzelt leicht die Stirn. »Taktvoll, aber dennoch provokant.«

Ich sage: »Aber warum sind die jetzt mit ihren Kostümen hier?«

Fannie Mae zuckt mit den Achseln.

Heather kommt mit meiner Flasche Wasser, aber der Kronkorken ist schon ab.

Ich sage: »Ich habe um eine ungeöffnete Flasche gebeten.«

Heather gibt zurück: »Darlin', zig Leute erzählen mir hier jeden Abend einen vom Pferd, aber bisher hat mir noch niemand erzählt, wie ich meine Kunden zu bedienen habe. Und offen gesagt bin ich beleidigt. Und wenn's mir nicht passt, muss ich dich überhaupt nicht bedienen. Aber ich versuche immer, das Beste aus einer verkorksten Situation zu machen.«

Sie geht.

»Ach, mein Lieber«, sagt Fannie Mae. »Was, um alles in der Welt, haben Sie denn zu ihr gesagt?«

»Unter anderem habe ich sie gefragt, wie sie wirklich heißt.«

»Ich hoffe, diesen Fehler begehen Sie nicht noch mit anderen Leuten.«

»Vorläufig nicht«, sage ich. »Aber ich möchte Sie etwas fragen.«

»Seien Sie vorsichtig, Kürbis. Nichts zu Persönliches.«

»Es ist etwas Geschäftliches.«

»Ach!«, sagt sie glucksend. »Für Geschäfte fehlt mir das richtige Köpfchen.«

»Aber Sie gehen sehr großzügig mit Ihrem Geld um.«

»Wenn es einer guten Sache dient, ja.«

»Wie unterschreiben Sie Ihre Schecks?«

»Hä?«, sagt Fannie Mae.

»Wenn Sie Geld spenden, unterzeichnen Sie die Schecks dann mit Fannie Mae Knox?«

»Was für eine seltsame Frage, Kürbis.«

»Ich bin bloß neugierig.«

»Neugier kann tödlich sein.«

»Es ist nur eine Frage.«

»Und die Antwort ist, Kürbis, dass sich jemand anders für mich um solche Sachen kümmert. Wie ich schon sagte, Geschäfte und ich, wir passen einfach nicht zusammen.«

»Wer unterzeichnet die Schecks denn nun?«

»Ach, Kürbis, woher soll ich das wissen? Irgendeine namenlose Person in einem Finanzdienstleistungsbüro.«

»Mit anderen Worten«, sage ich, »Ihr Buchhalter.«

»Aber ja, natürlich mein Buchhalter!«

»Sie kümmern sich also tatsächlich nicht selbst um Ihr Geld.«

»Nicht in der Art, von der Sie sprechen«, sagt Fannie Mae. »Ich habe einfach zu viel davon, als dass ich mich auf dem Laufenden halten könnte.«

Schon seltsam, dass weder Heather noch Fannie Mae sich um ihr Geld kümmern. Ist das auch ein Zeichen echten Reichtums? Dürfen sie den Kram, nach dem die gewöhnlichen Sterblichen grabschen, nicht einmal *anfassen*?

Fannie Mae sagt: »Warum interessieren Sie sich denn nun so sehr für mein Geld? Wollen Sie mich anpumpen? Geht es vielleicht darum? Denn wenn das der Fall sein sollte, Kürbis ...«

»Nein«, erwidere ich. »Ich habe selbst genug.«

»Da bin ich aber erleichtert«, sagt sie und kippt die Hälfte ihres Drinks auf einmal hinunter.

Ich frage: »Was ist mit Heathers falschem Namen? Verbirgt sie auf diese Weise ihre Kapriolen?«

Fannie Mae gluckst. »Heather? Kapriziös?«

»Vielleicht hat sie ihren Namen geändert, damit niemand mitbekommt, welche Art von Geschäft ein Mitglied des Bostoner Adels betreibt. Vielleicht ist diese Treuhandgesellschaft auch ihr Werk.«

»Kürbis, das ist grotesk!«

Sagt die Drag-Queen, die aussieht, als hätte sie sich in Zuckerwatte gewälzt.

Ich sage: »Sie wird schon geheim halten müssen, dass sie solche Läden wie das Gunsmoke und das Cubbyhole besitzt.«

»Das was?«, fragt Fannie Mae.

»Das Cubbyhole, eine kleine Flüsterkneipe auf dem Beacon Hill. Vielleicht kennen Sie es.«

»Ich bin mir sicher, dergleichen nicht zu kennen.«

»Dieselbe Treuhandgesellschaft ...«

»Es reicht!«, sagt Fannie Mae. »All diese Fragen, Kürbis. Sie werden allmählich ermüdend.«

In diesem Moment lässt sich Colt Remington über die Lautsprecheranlage vernehmen. »Hallo, Kumpels! Und Mädels. Ich mache eine Pause und stelle auf Autopilot. Besser geht's leider nicht«, sagt er mit einem schelmischen Lachen, »und so wisst ihr dann meinen lebendigen Einsatz umso mehr zu schätzen, wenn ich wieder hier oben bin.«

Fannie Mae lehnt sich zu mir herüber. »So lebhaft ist sein Einsatz nun auch wieder nicht«, sagt sie und klappert mit den langen Augenwimpern. Dann wackelt sie zwischen uns mit dem Finger. »Obwohl ich niemals über anderer Leute Intimitäten tratsche.«

Colts muskulöse Beine erscheinen am Kopf der Treppe, die zu seiner Kabine führt. Wie schon Palladin gestern Nacht, joggt auch er locker und beinahe lautlos hinunter. Am Fuß der Treppe angekommen, wirft er einen Blick auf mich, der ich in Fannie Maes Thronecke sitze, und geht dann den Gang hinunter, der zu den Toiletten führt.

Ich rutsche von meinem Hocker. »Die Pflicht ruft.«

Fannie Mae sagt: »Seien Sie vorsichtig, Kürbis.«

Ich folge Colt den Gang entlang und rufe ihn. Er dreht sich um und sieht mich mit vernichtendem Blick an. Je öfter diese Leute mich zu sehen bekommen, desto mehr verabscheuen sie schon meinen bloßen Anblick. Kann ich es ihnen verdenken? Im Gang herrscht ein ständiges Kommen und Gehen von und zu den Toiletten. Und dann kommt schon wieder ein Mann mit einer gigantischen Kleiderhülle vorbei. Er geht an den Toiletten vorbei und öffnet kurz dahinter eine schwere Metalltür. Er tritt ein, und die Tür schlägt hinter ihm zu wie in einer Gruft.

»Nun?«, sagt Colt.

»Fannie Mae hat gemeint, das Leben wäre so kurz, und ich bin ins Grübeln geraten – vielleicht sollte ich mich wieder ins Lot bringen. Und da fielen Sie mir ein.«

»Was wollen Sie von mir?«

»Hilfe.«

Er grinst hämisch. »Ich kann aus Ihnen keinen Hetero machen, falls Sie das meinen.«

»Keinen Hetero«, sage ich. »Mehr so was wie Sie.«

»Dann gebe ich Ihnen einen Rat«, sagt er. »Lassen Sie eine Geschlechtsumwandlung machen, und dann können Sie vielleicht als Lesbe durchgehen.«

»Danke für den Tipp. Na, und wie fühlt es sich an, wieder im Rennen zu sein, jetzt, wo Chester tot ist?«

»Was für ein Rennen?«

»Um den Job als Poster-Boy für die Mucho-Macho-Honcho-Tournee durch die Staaten.«

»Die Dinge ändern sich halt«, sagt er.

»Und ich will immer genau wissen, warum sie das tun. Zum Beispiel Sie und Bistany. Gestern sind Sie sich noch an die Gurgel gegangen, und heute Abend führen Sie öffentliches Sextheater auf, freigegeben ab dreizehn Jahren.«

Colt sagt: »Das war meine Version eines Vorstellungsgespräches.«

»Und wie verhält es sich mit Bistanys Einwänden gegen Ihren Kampfklub und den schlechten Ruf, den Sie dadurch haben?«

Er sagt: »Sie ist jetzt bereit, mir zu vertrauen. Leute wie Ihnen hingegen kann man nicht trauen.«

»Sie trauen ihr?«, frage ich. »Sie hat ihr Versprechen Ihnen gegenüber schon einmal gebrochen, als sie Sie durch Chester ersetzt hat. Was hält sie davon ab, es nicht wieder zu tun?«

Colt lächelt. »Jetzt nimmt niemand mehr meinen Platz ein.«

»Da wäre noch Palladin«, sage ich. »Er würde einen fabelhaften Poster-Boy abgeben.«

»Das wird nicht passieren«, sagt Colt. »Ich habe was, das Palladin nicht hat.«

»Das wäre?«

»Einen Heteroschwanz«, sagt er und lässt Brust- und Armmuskeln spielen. Fehlt nur noch, dass er sich wie Tarzan auf die Brust trommelt.

»Gehört es zu Bistanys Strategie, einen Hetero zu benutzen, um ein schwules Produkt anzupreisen?«

Colt sagt: »Heterophob, wie Sie sind, werden Sie das nie kapieren.«

Ich frage: »War es schwer, Bistany zu überzeugen?«

»Nicht sonderlich«, sagt Colt. »Sie hat mich mehr oder weniger da reingesteckt, wo Chester ausgefallen ist.«

»Wussten Sie von dem Deal, den sie mit Chester abgeschlossen hatte?«

»Was für ein Deal?«, fragt er.

»Damit er nicht verrät, dass er sie in Los Angeles kannte.«

Colts Gesicht erstarrt.

»Fragen Sie sie mal«, sage ich, »wenn Sie sich das nächste Mal in der Horizontalen treffen. Fragen Sie Bistany nach Ramona Warwitch und den acht Millionen Dollar. Vielleicht steigert das ihre Leistung.«

Colt sagt: »Sie wissen doch gar nicht, wovon Sie da reden.«

»Vielleicht hat Bistany Sie davon überzeugt, Chester für sie zu beseitigen und Ihnen Ruhm und Reichtum dafür versprochen, und Sex als Beilage, um ihre Heterosexualität zu bestätigen. Das muss ja unwiderstehlich für Sie gewesen sein.«

»Falsch«, sagt Colt.

»Okay«, sage ich, »vergessen wir den Sex. (Vergessen wir besonders den Sex mit Bistany, dessen Vorstellung allein mich schon in Heterohorror versetzt.) Vielleicht haben *Sie* ja auch den Weg für sich selbst und die landesweite Tournee frei gemacht.«

»Sie glauben, ich hätte Chester getötet?«

»Bei übertriebenem Ehrgeiz ist alles möglich.«

»Ich habe jedoch ein Alibi«, sagt er. »Ich war mit Bistany zusammen.«

»Die ganze Nacht«, werfe ich ein.

»Stimmt«, sagt Colt. »Und auch während meiner Pausen.«

»Und Sie war mit Ihnen zusammen.«

»Stimmt genau«, sagt Colt.

»Sie wollen mir erzählen, dass Sie und Bistany gestern Nacht ständig zusammen waren?«

»So langsam kapieren Sie es«, sagt er.

»Dann haben Sie Chester vielleicht gemeinsam getötet.«

Colt sagt: »Wir hatten andere Dinge im Kopf. Oder kann Ihr kleines, schwules Hirn das immer noch nicht begreifen?«

»Es ist einfach unglaubwürdig, Colt. Sie und Bistany sind über Nacht zu Sex-Triathleten geworden.«

»Irgendwer muss ja für den Fortbestand der Art sorgen.«

»Besonders, wenn Sie gerade einen Vertreter dieser Art aus dem Weg geräumt haben.«

Colt sagt: »Sie brauchen wirklich Hilfe, wissen Sie das?«

»Was denkt Kitty über Sie und Bistany?«

»Kitty kann mich mal.«

»Das macht er bestimmt immer noch gerne.«

Colt ballt die Fäuste. Ich recke ihm das Kinn entgegen.

»Nur zu«, sage ich. »Schlagen Sie eine wehrlose Schwuchtel. Zeigen Sie mir, wie sehr Sie mich mögen.«

Er stellt sich in Position und holt zum Schlag aus. Mein improvisiertes Wortspiel hat nicht den erwarteten Effekt. Ich werde wohl Zahnersatz brauchen.

Bistany Evans kommt eilig aus einer Nische in der Nähe des Damenklos und rettet mich.

»Tu es nicht, Colt!«, ruft sie. »Schlag ihn *nicht*!«

Colt lockert seine Haltung, aber nur ein wenig.

»Wo kommst du denn her?«, fragt er sie.

»Ich habe euch beiden zugehört. Und wir können uns nicht noch mehr Ärger leisten, also keine Kämpfchen mehr, Colt. Okay? Lass ihn einfach in Ruhe.«

Colt sagt: »Sie sind ein armes Arschloch.«

»Dem schließe ich mich an!«, sagt Bistany. Und schon hat sie ihre Hände wieder überall auf Colt.

Nachdem sie ihr getürktes Vorspiel vor einer kleinen Menschenmenge zur Schau gestellt haben, gehen Colt und Bistany Hüfte an Hüfte miteinander davon.

In diesem Moment kommt schon wieder ein kräftiger Cowboy mit einer Kleiderhülle über jedem Arm den Gang entlang. Als er sich der schweren Metalltür nähert, frage ich ihn: »Was läuft denn da drinnen?«

Er hält die Kleiderhüllen hoch. »Kostüme, im Untergeschoss.«

Ich will ihm gerade durch die Tür folgen, um mir das mal anzusehen, als ich ein heftiges Geraschel hinter mir höre – eine sanfte, rosa Störung. Ich schaue den Gang hinunter und sehe Fannie Mae Knox, die mit großem Aufwand ihre Röcke rafft und ihr perlenbesticktes Handtäschchen an sich drückt, als ob sie sich für den Abmarsch vorbereitet.

Das Wichtigste zuerst, denke ich mir. Wenn ich jemals die wahre Identität der edlen Dame Fannie Mae Knox herausfinden will, dann muss ich Nicoles Rat befolgen und sie bis nach Hause beschatten. Jetzt bietet sich die Gelegenheit. Fannie Mae teilt wie üblich die Menge im Saloon und gleitet hindurch; ich folge in sicherem Abstand in ihrem Kielwasser.

Vor dem Gunsmoke steigt sie in ein wartendes Taxi. Ich hingegen habe nicht solch ein Glück. Da fährt es hin, Fannie Maes Taxi, und ich stehe hier. Das Taxi hält an einer roten Ampel. Soll ich rennen, um es einzuholen? Die Antwort kommt buchstäblich auf goldenen Flügeln, denn in diesem Moment hält ein Motorrad von monströsen Ausmaßen am Bordstein. Dieser Flugsaurier ist goldmetallic gespritzt und hat Blattgoldverzierungen. Die glitzernde Farbe reflektiert die tanzenden Cowboystiefel der Leuchtreklame über uns. Das Motorrad sieht aus wie ein Las-Vegas-Casino mit Selbstantrieb. Auf der hinteren Stoßstange befindet sich sogar ein goldenes Namensschild: Roadmaster. (Ist das noch eine Gold Wing oder schon ein Lear-Jet?) Und obwohl diese Megamaschine so riesig und so grell ist, gibt sie nur ein zahmes Schnurren von sich.

Ich trete an den Cowboy heran, der hoch in einem Sattel sitzt, der einem fellbezogenen Clubsessel ähnelt. Der Cowboy ist im mittleren Alter und feingliedrig, wie ein typischer Buchhalter oder Bücherwurm, bevor die alle anfingen, Proteinpulver zu futtern. Mit seiner höflichen Ausstrahlung passt er so gar nicht ans Steuer einer so riesigen und kraftvollen Maschine.

Ich sage zu ihm: »Was halten Sie von einem kleinen Abenteuer heute Nacht?«

Er starrt mich mit großen Augen an. »Das nenne ich direkt, junger Mann!«

»Ich bin ein Ermittler und will dem Taxi folgen, das dort an der Ampel steht. Machen Sie mit?«

»Das ist Ihr Ernst, was?«

Die Ampel schaltet auf Grün, und Fannie Maes Taxi fährt an.

»Die Zeit läuft ab«, sage ich dringlich.

»Werden die uns nicht bemerken?«

»Ich verlasse mich auf Ihre Diskretion«, sage ich, als ob ich noch auf etwas anderes anspiele, auf mehr.

»Dann springen Sie auf!«, sagt er. »Das wollte ich immer schon mal machen.«

Der Kerl ist ein hervorragender Fahrer und weiß instinktiv, wann er mehr Abstand zwischen uns und Fannie Maes Taxi halten muss. Und das Motorrad fühlt sich an, als ob man auf einer Wolke reitet. Das weiche, tiefe Summen des Motors hört man wie aus weiter Ferne, und selbst die Hitze wird so von uns weggeleitet, dass ich nur die kühle Nachtluft fühle.

Wir verfolgen das Taxi bis zu seinem Zielort ganz oben auf dem Beacon Hill, auf der so genannten »guten« Seite, hinter dem Parlamentsgebäude. Als das Taxi anhält, bitte ich auch meinen Fahrer, anzuhalten, damit wir genug Abstand zu Fannie Mae behalten. Ein gutes Stück vor uns steigt Fannie Mae aus dem Taxi und betritt ihr Apartmenthaus.

Mein Fahrer wendet den Kopf zu mir um und sagt: »Sieht aus, als wären wir angekommen.«

»Danke«, sage ich beim Absteigen.

»Soll ich warten?«

»Nein, danke.«

»Hat Spaß gemacht«, sagt er und fährt davon.

Ich eile die Straße hinunter zu dem Haus, in welches Fannie Mae verschwunden ist. Ich stehe vor dem Eingang und starre ihn an. Ich weiß nicht, was ich erwartet hatte. Ich bin hier, sie nicht, und an der Eingangstür befinden sich keine Namensschilder.

Was nun?

Die Antwort kommt in Form eines Schwalls von krächzenden, schrillen Schreien aus einem gerade erst geöffneten Fenster ganz oben im Gebäude. Es ist Fannie Mae Knox höchstpersönlich. Sie lehnt sich gefährlich weit hinaus. Ihre rosa Perücke leuchtet im Licht der Gaslaternen des Beacon Hill.

»Hilfe!«, kreischt sie. »Hilfe! Polizei! Mord!«

16

Wie komme ich jetzt da rein? Die Gegensprechanlage ist die reinste Enigma. Es gibt kein Mieterverzeichnis, keine kodierten Apartmentnummern, nichts.

Und hoch oben kreischt Fannie Mae weiterhin aus dem Fenster. Ihre Schreie hallen von den Backsteinwänden in den verwinkelten Straßen des Beacon Hill wider, und das klingt wie sich streitende Raben. Ich sollte die Polizei anrufen, aber ich habe mal wieder kein Telefon. Ich will rein. Der Verzweiflung nahe, drücke ich wahllos auf einige Knöpfe der Sprechanlage, bekomme aber nur die quäkende Ansage der Telefongesellschaft zu hören: »Die von Ihnen gewählte Nummer ist nicht vergeben. Bitte legen Sie auf, und versuchen Sie es noch einmal, oder wählen Sie die Null und bitten Sie die Vermittlung um Hilfe.«

Das ist die Lösung.

Ich unterbreche die Verbindung und versuche es erneut, indem ich die »Null« drücke. Binnen Sekunden habe ich jemanden von der Telefongesellschaft an der Strippe. Ich erzähle ihm – ich *befehle* ihm –, dass er die Polizei benachrichtigen soll. *»Sofort!«*, sage ich. »Schicken Sie sie zur ... zur ...« Ich schaue auf die Hausnummer über der Tür. »Schicken Sie sie zu Nummer dreiundzwanzig ...« Dreiundzwanzig, und wie weiter? In welcher Straße befinde ich mich eigentlich? »Schicken Sie die Polizei einfach auf den Beacon Hill, hinter dem Parlamentsgebäude. Sie sollen die Wagenfenster auflassen, dann werden sie das Gekreische schon hören.«

Der Angestellte nimmt an, dass ich bloß einen Streich spielen will, und droht, die Polizei zu rufen.

Ich erzähle ihm: »Ja! Tun Sie das! Schicken Sie die Polizei sofort zu diesem Telefon!«

Er sagt: »Das können Sie haben.«

Schon nach ein paar Minuten höre ich die Sirenen der Bostoner Polizei. Das ging schnell. Wozu brauche ich ein Mobiltelefon? Aber warum taucht ein solches Geschwader von Bullen auf, bloß um einen Scherzkeks zu verhaften?

Lieutenant Branco springt aus dem ersten Streifenwagen.

Ich stehe da und zeige nach oben, wo Fannie Mae sich noch immer die Lunge aus dem Leib kräht.

Branco fragt: »Was machst du denn hier?«

»Ich habe euch hergerufen.«

»Wir sind aufgrund des Anrufs eines Nachbarn hier«, sagt er.

»Das war ich, Lieutenant. Der Witzbold am Telefon, das war ich. Ich habe über die Gegensprechanlage angerufen.« Ich zeige auf die Anlage und erzähle ihm: »Ich bewahre nun mal in einer Krise die Ruhe.«

In der Zwischenzeit hat einer der Bullen die Anlage außer Gefecht gesetzt. Es ist ja so einfach, wenn man über die richtigen Schlüssel verfügt.

Branco sieht mich finster an. »Ich habe jetzt keine Zeit für deine Scherze.« Er schiebt mich zur Seite und folgt seinen Leuten ins Haus.

Wenn der Weg schon mal frei ist, dann sollte man ihn einschlagen. Ich schlüpfe also hinter ihnen hinein und kopple mich an die anderen Bullen an – wie der Bremserwagen an einem Güterzug. Sie entscheiden sich für das Treppenhaus und scheinen nichts dagegen zu haben, dass ich ihnen folge. Vielleicht genieße ich Immunität, weil ich draußen schon mit Branco gesprochen habe. Vorsichtshalber bleibe ich ihm aber aus den Augen.

Wir erreichen das sechste Stockwerk und gehen den Flur entlang zu Fannie Maes Apartment. Nachdem alle Bullen drin sind, linse ich durch die offene Tür. Gleich hinter der Eingangstür ist ein geräumiges Foyer, das mit vergoldeten Rokoko-Spiegeln bestückt ist – ein Stil, der zu Fannie Maes Rokoko-Persönlichkeit passt. Ein durchdringender, blumiger Geruch hängt in der Luft – mild und süßlich. Vielleicht ist es Make-up oder irgendeine schicke, importierte Gesichtscreme. Fannie Maes Lebensstil nach zu urteilen müsste das Zeug hier eimerweise rumstehen.

Ich schlüpfe ins Foyer, um besser sehen zu können, achte aber darauf, dass Branco mich nicht entdeckt. Die Wohnzimmerfenster gehen auf die Straße hinaus, demnach hat Fannie Mae dort hinaus geschrien. Zwei französische Fenster führen auf den seitlich gelegenen Balkon. Da das Apartment ein paar Stockwerke höher ist als alles drum herum, hat man wahrscheinlich einen schönen Blick von dort, und auch ein wenig Privatsphäre anstatt der Ziegelwände eines Nachbarn.

In der Mitte des Raumes befindet sich Fannie Mae selbst und gewährt Branco und seinen Leuten eine Privataudienz, während sie dahingegossen auf einer Récamiere liegt, welche bestimmt nur eine Kopie ist, so wie sie selbst. Die Bullen wuseln um sie herum und versuchen, sie zu beruhigen. Branco hält sich allerdings da raus. Er widmet seine Aufmerksamkeit ganz dem Raum, dem *mise en scene* des Verbrechens, und es entgeht ihm nichts.

Ich schleiche mich ein wenig weiter in das Foyer hinein. Die Wohnzimmermöbel sind im französischen Landhausstil gehalten, an den Wänden kleben Strukturtapeten, die Lampenschirme sind mit Troddeln geschmückt. Es ist, als ob Fannie Mae stets daran erinnert werden will, dass sie auch in ihrem Privatleben alles auf die Spitze treiben muss.

Ein paar Bullen bewegen sich ein wenig von der Stelle, und durch die so entstandene Öffnung sehe ich das Opfer. Vaslav Palladin liegt in der Nähe der französischen Fenster mit dem Gesicht nach oben auf dem Boden. Er liegt auf dem Teil des Hartholzparketts, der von dem Aubusson-Teppich nicht bedeckt wird. Er trägt die gleichen Cowboyklamotten, die er auch heute Nachmittag bei unserem Treffen im Cubbyhole anhatte. Er trägt jetzt jedoch zusätzlich einen schweren Ledergürtel, der stramm um seinen Hals gezogen ist. Am einen Ende des Gürtels befindet sich eine schwere Messingschnalle. Sie sieht alt aus, wie aus der Zeit des Bürgerkriegs.

Es kommt wieder Bewegung in die Bullen, so dass sie mir Palladins Anblick versperren, dafür aber Branco den Blick auf mich freigeben. Er schreit: »Wie ist der hier raufgekommen?«

Seine Augen funkeln mich durch den ganzen Raum hindurch wütend an. Neben ihm schaut auch Fannie Mae aus ihrer dahingegossenen Pose auf. Auch sie sieht mich böse an, empört über meine Unterbrechung ihrer königlichen Aufführung.

Branco brüllt: »Schafft ihn hier raus!«

Ehe ich mich versehe, haben mich zwei große Bullen an den Armen gepackt und schleppen mich aus der Wohnung. Ich bemühe mich, mit ihnen Schritt zu halten auf dem Weg den Flur entlang ins Treppenhaus. Ich komme völlig von den Beinen, als sie mich die Treppe hinunterschleifen.

Einer von ihnen murrt: »Gebrauchen Sie gefälligst Ihre Beine!«

»Ist ja gut, Jungs«, sage ich. »Immer schön locker bleiben. Ich kann auch alleine runtergehen, ganz ehrlich.«

»Sie werden ganz sicher nach unten gehen«, sagt der andere Bulle.

Und der erste setzt hämisch hinzu: »Wir gehen nämlich *mit* Ihnen runter, den ganzen Weg.«

Was für Schlaumeier! Ich frage mich, warum ich eigentlich hinter ihnen her stolpern soll? Ich ziehe die Beine an und lasse mich von den Bullen tragen. Aber diese Kerle haben keine Lust auf Spielchen. Die wollen nur mit ihren Muskeln und ihrer Schlagfertigkeit angeben.

Na ja, Muskeln haben sie ja immerhin.

Einer von ihnen brummt: »Setzen Sie Ihre Füße auf, sonst schmeißen wir Sie runter!«

Der andere widerspricht: »Wir dürfen ihm kein Härchen krümmen. Das hier ist eine kostbare Fracht. Das hier ist der kleine Kumpel vom Lieutenant, der, der ihn aus dem Feuer gezogen hat.«

Kleiner Kumpel? Ist das meine neue Persönlichkeit, mein wahres Ich?

»Ach, entschuldigen Sie!«, sagt der andere Bulle mit vorgetäuschter Höflichkeit. »Ich habe meine Samthandschuhe vergessen.«

Ich erzähle ihm: »Ich bevorzuge Fehdehandschuhe.«

»Halten Sie die Klappe!«, brüllen sie im Chor.

An der Eingangstür werde ich mit einem freundschaftlichen Stoß auf das Treppenpodest geschubst. Von der Straße aus schaue ich noch ein paar Minuten nach oben, aber im obersten Stockwerk lässt sich nichts erkennen. So gebe ich schließlich auf und gehe nach Hause.

Es ist schon weit nach eins, als ich eintreffe. Ich habe eine telefonische Nachricht von Benjy: »Penny, ich habe in den Info-Minen für dich gebuddelt und einen kleinen Edelstein gefunden. Ruf mich an, wenn du nach Hause kommst, falls du nach Hause kommst, du kleine Schlampe.«

Ich rufe ihn an, aber es geht nur sein Anrufbeantworter dran. Das ist seltsam, aber ich hinterlasse ihm eine Nachricht: »Es ist schon nach eins. Wo bist *du*?«

Ich wähle schon Nicoles Nummer, lege dann aber auf. Es ist spät, und außerdem muss ich endlich alleine stark sein. Was soll's, dass Palladin tot in Fannie Maes Apartment liegt? Muss ich deswegen gleich Nicole anrufen? Sie schreibt wahrscheinlich ohnehin gerade an ihren Memoiren oder liest sie ihrem Lehrer vor.

Für ein Weilchen schlafe ich unruhig, dann klingelt das Telefon.

»Penny!«

»Wo warst *du* denn?«

»Im Gunsmoke. Ich habe nach dir gesucht.«

»Ich habe dich angerufen.«

Benjy sagt: »Ich hatte das Handy abgestellt.«

Für Benjy *ist das* ein großes Opfer.

Er fährt fort. »Die Frau hinter der Theke meinte, du seist gegangen.«

»Ich bin jemandem nach Hause gefolgt.«

»War er ein heißer Brocken?«

»Ja«, sage ich. »Und außerdem noch tot.«

»Ach du meine Güte«, sagt Benjy. »Und ich habe gehofft, du amüsierst dich.«

»Und wie ich mich amüsiert habe! Erst bin ich im Gunsmoke von wirklich jedem, mit dem ich gesprochen habe, beschimpft worden. Dann habe ich Fannie Mae Knox nach Hause verfolgt, um herauszufinden, wer sie wirklich ist, und da entdeckt *sie* Palladins Leiche in ihrem Wohnzimmer.«

Benjy fragt: »Wer ist Fannie Mae Knox?«

»Eine Drag-Queen.«

»Du bist einer Drag-Queen nach Hause gefolgt?«

»Das war der schnellste Weg, um herauszufinden, wer sie ist.«

»Und jetzt gibt es einen weiteren toten Cowboy?«

»Der Liebhaber desjenigen, der gestern ermordet wurde.«

»Zufall?«, fragt Benjy.

»Glaub ich nicht«, sage ich.

»Hast du meine Nachricht bekommen?«

»Dass du einen Edelstein gefunden hast, ja. Ist ein Witz, nicht wahr?«

»Hör gut zu, Penny. Die Dolly Madison Rugala Widerrufliche Beschränkte Teilhabertreuhandgesellschaft wurde vor etwa zwölf Jahren gegründet, und zwar von einem alten Mädel aus Baltimore, das immer noch gesund und munter in Baltimore lebt.«

»Nicht in Boston«, sage ich.

»Nö.«

»Sie gehört also nicht zu den oberen Zehntausend.«

»Penny, im Gegenteil, sie kommt von da unten, außem tiefn Sü'n.«

»Ich höre schon die Banjos, Benjy. Aber warum sollte so ein altes Mädel aus dem Süden ihr Geld in ein Bostoner Unternehmen stecken?«

Benjy sagt: »Vielleicht ist sie verschiedene Allianzen eingegangen. Maryland war immerhin ein Grenzstaat. Vielleicht weiß Miss Dolly aber auch gar nicht, wie ihr Geld eingesetzt wird. Genau genommen gehört es nämlich nicht ihr, solange es in der Treuhandgesellschaft festgelegt ist.«

Ich gähne.

Benjy fragt: »Halte ich dich vom Schlafen ab?«

»Nein«, sage ich, gefolgt von einem zweiten, schwächeren Nachgähnen.

»Hier ist noch etwas«, sagt Benjy. »Als ich im Gunsmoke auf dich gewartet habe, beschloss ich, ein bisschen rumzustochern.«

»Worin?«

Er fragt: »Kennst du diesen Kostümschneider?«

»Kitty.«

»Er hat einen Laden im Untergeschoss des Gunsmoke.«

»Das ist die Erklärung«, sage ich. »All die Typen mit ihren Kleiderhüllen.«

Benjy sagt: »Ich habe noch nie so viele große Kerle in Rüschenkleidern herumtänzeln sehen. War da unten nicht mal ein Sportstudio für Frauen?«

»Es war ein Kampfklub, aber der hat dichtgemacht.«

»Für Frauen?«

»Jau«, sage ich und gähne erneut.

»Ach du meine Güte, Penny, warum sollten Frauen denn so etwas tun wollen?«

»Wer weiß? Ich schätze, um wie Männer zu sein.«

Benjy sagt: »Ich dachte, Penisneid wäre altmodisch.«

»Jetzt geht es um Muskelneid.«

»Vielleicht werden die Menschen eines Tages wie die Seepferdchen«, sagt er. »Wusstest du, dass die Weibchen ihre Eier in die Männchen ablegen, die dann schwanger werden, die Jungen austragen und sie aufziehen?«

»Nein, wusste ich nicht.«

»Nett, was?«

»Ich würde es als seltsam bezeichnen, Benjy.«

»Genau wie dieses Gespräch. Penny, glaubst du, andere Leute unterhalten sich auch über solche Sachen?«

»Morgens um halb drei? Das bezweifle ich.«

»Ist es nicht schön zu wissen, dass wir einzigartig sind?«

»Lass uns morgen weiterreden, Benjy. Ich bin froh, dass es dir gut geht.«

»Ich bin froh, dass es dir auch gut geht, Penny.«

So geht ein weiterer Tag im Leben eines eingefleischten Junggesellen und Detektivs zu Ende.

17

Am nächsten Morgen liege ich im Bett und bereite mir schlaftrunken ein fröhliches Erwachen. Es ist eine angenehme Art, den Tag zu beginnen, aber am Sonntag, dem Start in eine neue Woche, ist es besonders nett. Was wird der nächste Tag bringen und was die nächste Woche? Abenteuer? Überraschungen? Etwas, das mein Leben für immer verändert?

Die Minuten vergehen, und ich nähere mich dem freudigen kleinen Absprung (die Franzosen nennen ihn *la jouissance*), der den Höhepunkt dieser Einzelsportart darstellt. Da klingelt das Telefon, und ich hebe dummerweise ab.

Brancos Stimme sagt: »Ich schicke dir einen Wagen vorbei. Halt dich bereit.«

Er legt auf. Auf meiner Uhr ist es acht Uhr fünfzehn. Er ist keineswegs ein Sonntagmorgenmuffel, aber er hat ja auch eine junge Frau, die ihn auf Touren bringt. (Ich frage mich, wie die Italiener es wohl nennen. *Il gioco?*)

Ich bin nicht mehr in Stimmung, meinen unterbrochenen Frühsport fortzusetzen, und vollführe den kleinen Sprung dann stattdessen selbst, und zwar aus dem Bett. Ich stelle den Geschwindigkeitsrekord für die Morgentoilette auf, und als der Streifenwagen zwanzig Minuten später eintrifft, bin ich geschniegelt und gespornt für eine Nahaufnahme beim Oberbullen.

Auf dem Revier werde ich in einen geschlossenen Warteraum gebracht und bekomme erzählt, dass Branco aufgehalten wurde.

Ach, und warum musste ich dann so hetzen?

Im selben Warteraum sitzt Kitty, der Kostümschneider. Er sitzt auf einem Stuhl in der Ecke und sieht ängstlich aus. Welches Spielchen Branco heute auch vorhat, Kitty und ich scheinen beide daran teilzunehmen. Daher gehe ich zu ihm hinüber. Im Gegensatz zu gestern, als Kitty mich im Verhörraum beinah überwältigt hat, sieht er heute Morgen nervös zu mir auf.

Er sagt: »Geh weg.«

»Was ist los?«

»Ich will nicht mit dir reden. Du hast dein Volk verraten.«

»Welches Volk?«

»Die Homosexuellen«, sagt er.

»Kitty, ich *bin* homosexuell, oder schwul, oder wie wir sonst genannt werden.«

»Aber auf welcher Seite stehst du?«

»Ich stehe auf gar keiner Seite. Ich versuche herauszufinden, was passiert ist. Die einzigen Leute, die Grund haben, mir zu misstrauen, sind die Schuldigen. Schließt dich das ein?«

»Nein«, sagt er.

»Warum arbeitest du dann nicht mit mir zusammen, anstatt mich so abzulehnen?«

»Weil du alles kaputtmachst.«

»Was zum Beispiel?«

Er sagt: »Bevor ich gestern mit dir gesprochen habe, hatte ich einen neuen Freund und ein gutes Alibi für Freitagnacht. Und dann, dank dir, reden die Bullen mit Tex. Und jetzt hat er die Stadt verlassen.«

»Die Polizei hat ihn gehen lassen?«

»Seine Familie kennt einen Senator, der für ihn gebürgt hat.«

»Da hast du ja einen netten Fang gemacht.«

»Von wegen«, sagt Kitty. »Tex hat mir gesagt, er könnte es sich nicht leisten, mit jemandem zusammen zu sein, der Umgang mit Kriminellen pflegt. Und das war's. Aus mit dem Geschäft, aus mit dem Spaß. Er ist auf dem Heimweg zu seiner Ranch und seiner Mutter.«

»Und dafür machst du mich verantwortlich?«

»Da ist noch mehr«, sagt Kitty. »Wegen dem, was ich dir gestern erzählt habe, glaubt die Polizei jetzt, dass ich Chester getötet haben könnte, als ich Freitagnacht in meinen Laden hinaufging, um zu sehen, wo Chester so lange bleibt.«

»Und jetzt glaubst du, *ich* hätte *dich* betrogen, weil *du mir* gestern die Wahrheit erzählt hast.«

Kitty denkt einen Moment darüber nach. »Ich schätze, es war nicht wirklich deine Schuld. Aber ich habe dir vertraut, und das ist nicht gut gegangen.«

»Du hast nichts falsch gemacht«, erkläre ich, »und du hast auch nichts zu verlieren, wenn du jetzt mit mir sprichst.«

»Vielleicht nicht«, sagt er.

Ich frage ihn: »Hattest du jemals was mit Palladin?«

»Meinst du Sex?«

»Wenn es das war, was ihr miteinander hattet.«

Er sagt: »Bei meinen Kunden lasse ich Gefühle außen vor.«

»Wie steht es mit Sex ohne Gefühle?«

»Kommt darauf an«, sagt Kitty. »Wenn ich bei ihm Maß nahm, kriegte er manchmal einen Ständer, und ich habe ihm einen geblasen.«

Welch eine Arbeit in maßgefertigten Kostümen steckt!

Ich frage ihn: »Warum hast du mir gestern das Streichholzbriefchen gegeben?«

»Ich wollte, dass du Palladin findest. Wenn er Chester getötet hätte, wäre er als Nächstes hinter mir her gewesen.«

»Warum hast du das der Polizei nicht erzählt?«

Kitty sagt: »Ich verpfeife niemanden.«

»Aber es mir zu erzählen war in Ordnung?«

»Ja.«

»Obwohl du wusstest, dass ich es der Polizei erzählen würde.«

»Nicht notwendigerweise«, sagt er und grinst mich, den Volksverräter, hämisch an. »Aber warum glauben die, dass *ich* es war?«

»Weil Chester in deinem Laden gefunden wurde und Palladin dein Kunde war. Sie müssen dich verhören.«

»Das habe ich dir zu verdanken.«

»Nein«, sage ich. »Ich hatte nichts damit zu tun, dass sie dich hierher gebracht haben. Woher wusstest du, dass Palladin im Cubbyhole abhängt?«

Kitty sagt: »Da traf er seine Freier.«

»Er war ein Stricher?«

Kitty grinst: »Teilzeit, sehr exklusiv – wie auch sonst alles an ihm.«

»Wer waren seine Kunden?«

»Ältere Schwuchteln und jüngere Heteros.«

»Heteros?«

Noch ein Grinsen.

Ich frage: »Woher weißt du das?«

»Ich bin auch immer da«, sagt er. »Es ist meistens leicht verdientes Geld.«

»Du gehst auf den Strich?«

Er zuckt mit den Achseln. »Warum nicht, wenn man's draufhat?«

»Hatten Palladin und Colt jemals was miteinander?«

»Colt?«, fragt er.

»Er ist hetero. Vielleicht war er neugierig und hat Palladin angeheuert, um herauszufinden, wie das so ist.«

Kitty sagt schnell: »Davon weiß ich nichts.«

»Hast du nicht gerade noch gesagt, wie gut du Palladin kennst? All dieses Maßnehmen, all diese Blaskonzerte? Und du und Colt, ihr kennt euch auch schon aus uralten Zeiten.«

Kitty sagt: »Colt ist ein Idiot und ein Lügner.«

Da kommen wir der Sache doch schon näher.

Kitty fährt fort: »Er sagt, er sei hetero, aber ich weiß es besser. Er ist *ho-mo-SEX-uell.*« Er übertreibt die Aussprache mit schwuchteligen Zischern.

Ich frage: »Also war Colt einer von Palladins Kunden?«

»Nein«, sagt Kitty. »Einer von meinen.«

Meine Überraschung erfreut ihn.

»Ich war sein erster Typ. Er ist beinahe in Ohnmacht gefallen, als ich ihm das erste Mal an die Eier gepackt habe. Danach konnte er nicht genug von mir kriegen. Ich glaube, das ist es auch, was ihm solche Angst eingejagt hat. Er hatte bestimmt geglaubt, beim ersten Mal würde es ein Marine sein, stattdessen hat er seine Jungfräulichkeit an eine männliche Geisha aus Boston verloren.«

»Warst du oben?«

»Manchmal«, sagt Kitty. »Und manchmal war er über mir, *ganz* über mir.« Ein versonnener, abwesender Blick tritt in seine Augen, so als ob er sich an die glorreichen Tage erinnere, als Colt für seine Gesellschaft zahlte.

Wang »Kitty« Chu, Kostümschneider und Meister der Verzierung.

Ich sage: »Geishas sind im Übrigen Japanerinnen.«

»Wie auch immer«, sagt Kitty und zuckt erneut die Achseln. Vielleicht hat er sich das bei Colt abgeguckt.

»Was ist also mit dir und Colt passiert?«

»Er hat einen glatten Schnitt gemacht, einfach so.«

Seltsame Wortwahl.

Kitty erklärt: »Ich habe ihm gesagt, dass das ein Fehler ist, dass er akzeptieren solle, was er ist und was er mag.«

»Das ist ja genau das, was er den anderen Leuten immer predigt.«

»Ja, aber seinen eigenen Rat kann er nicht befolgen«, sagt Kitty. »Wie ich schon sagte, ein Idiot und ein Lügner. Und jetzt versucht er wieder hetero zu sein, mit Bistany Evans. Aber er wird ihrer überdrüssig werden. Dann probiert er es mit irgendwelchen Pseudoheteros, wie er selbst einer ist, und schließlich wird er zu mir zurückkommen.«

»Dann trifft es sich doch ganz gut, dass Tex die Stadt verlassen hat.«

»Gut?«, fragt Kitty.

»So kannst du mit Colt auf die landesweite Tournee gehen.«

»Welche Tournee?«

»Jetzt, wo Chester und Palladin tot sind«, sage ich, »kann Colt mit Bistany auf Tournee gehen.«

»Was?«, fragt Kitty. »Wieso?«

»Bistany ist es wahrscheinlich egal, ob ihr Poster-Boy ein Tänzer oder ein Ausrufer ist, solange er gut aussieht. Die Frage ist, ob du mit ihnen gehst?«

Kitty sagt: »Ich weiß überhaupt nichts darüber.«

»Macht dir das nichts aus, wenn Colt mit Bistany auf Tournee geht, insbesondere, wenn er das Heterosein mit ihr übt?«

Kitty schweigt.

»Genau genommen«, sage ich, »gibt das für Colt ein gutes Motiv ab, Chester und Palladin zu ermorden.«

Kitty fragt: »Damit er mit Bistany auf Tournee gehen kann?«

»Oder *du* hast die beiden Jungs umgebracht, um Colt den Weg frei zu räumen.«

»So ein Quatsch!«, sagt Kitty. »Warum sollte ich irgendetwas tun, um Colt mit Bistany auf den Weg zu bringen?«

»Weil du ihn dafür bestrafen möchtest«, sage ich, »dass er dich schneidet. Ihn mit Bistany zusammenzubringen, kann schon eine heftige Strafe sein.«

Kitty sieht mich finster an.

Ich sage: »Oder du hast angenommen, dass du mit ihm gehen könntest, wenn er Bistany erst mal abserviert hätte. Sieh den Tatsachen ins Auge, Kitty, du hängst immer noch an dem Kerl. Das Problem ist, dass er mehr an seiner Karriere hängt, sprich, an Bistany Evans.«

Kitty denkt einen Moment darüber nach und ruft dann aus: »Ach, deshalb wollte er gestern meinen Kram umräumen. Er brauchte ein Alibi!«

»Welchen Kram wohin räumen?«

Kitty sagt: »Ich brauchte einen Raum für die Kostümproben zur Tanzparty heute Abend, und ich konnte nicht zurück in meinen Laden, nach dem, was dort passiert ist. Also habe ich meinen Kram ins Untergeschoss des Gunsmoke gebracht.«

»Die Polizei hat erlaubt, dass du Gegenstände von einem Tatort entfernst?«

Kitty sagt: »Nur die Kostüme und die Stoffe, und die haben sie zigmal überprüft. Ich hatte noch einige Sachen zu Hause, die habe ich mit ins Gunsmoke genommen.«

»Das muss ja ein ganz schöner Aufwand gewesen sein, das alles so schnell umzuräumen.«

»Colt hat es organisiert.«

»Colt?«, frage ich. »Also seid ihr doch die ganze Zeit über miteinander befreundet gewesen?«

Kitty lächelt. »In gewisser Weise.«

Ich sage: »Und Heather hat dich dort unten einziehen lassen? Einfach so?«

»Was hätte sie sonst tun sollen?«

»Sie hätte nein sagen können.«

Kitty erklärt: »Colt hat die Miete für seinen Kampfklub im Voraus bezahlt, aber Heather wollte ihn nicht auszahlen, obwohl sie ihm den Laden dichtgemacht hat. Also kann er den Raum noch weiter nutzen.«

»Wann habt ihr den Umzug veranstaltet?«

»Gestern Nachmittag«, sagt er.

»Also habt ihr beiden, du und Colt, ein Alibi für diese Zeit.«

Kitty sagt: »*Ich* habe eins. Ich war gestern den ganzen Nachmittag mit Colt zusammen, und dann hatte ich die ganze Nacht mit meinen Kunden zu tun. Was Colt in der Zeit gemacht hat, als ich nicht mit ihm zusammen war, das muss er schon selbst erklären.«

Auf der einen Seite treu bis in den Tod, auf der anderen Verrat.

Branco und zwei Bullen in Uniform kommen mit Fannie Mae Knox in den Warteraum. Branco geht voran, die beiden Bullen flankieren die Dame in Rosa. Branco sagt zu ihr: »Ich danke Ihnen noch einmal für Ihre Mithilfe.«

Einer Königin gleich neigt sie wortlos den Kopf.

Als die kleine Truppe an uns vorbeimarschiert, wirft Fannie Mae uns einen verächtlichen Blick zu, sagt aber nichts. Das ist schon ein toller Anblick, wie diese rosa Erscheinung durch die Räume des Polizeireviers tänzelt. Die beiden Bullen bringen Fannie Mae aus dem geschlossenen Warteraum zum Fahrstuhl, während Branco zu mir und Kitty herüberkommt.

»Mr. Chu«, sagt er zu Kitty, »ich werde als Nächstes mit Ihnen sprechen.« Zu mir sagt er: »Bleib hier sitzen. Du bist der Nächste.« Dann nimmt er Kitty mit.

Als die Luft rein ist, macht Fannie Mae eine Kehrtwendung

fort vom Fahrstuhl und prescht zurück zum Warteraum, wie ein durchgegangenes Tier – ein durchgegangenes *rosa* Tier. Sie kann den Warteraum allerdings nicht betreten. Sie versucht, durch das kugelsichere Glas zu sprechen, aber ich kann kein Wort hören. Ich frage den Wachhabenden, ob ich rausgehen oder sie reinkommen darf.

Er sagt: »Es ist besser, wenn Sie rausgehen.« Er betätigt den Türöffner für mich.

Im Flur sagt Fannie Mae: »Kürbis, warum sind Sie mir gestern Nacht nach Hause gefolgt? Sie waren ja so auffällig auf diesem Motorrad.«

»Ich wollte sehen, wo Sie wohnen.«

»Und, haben Sie Ihre Neugier befriedigt?«

»Ich habe jedenfalls mehr geboten bekommen, als ich erwartet hatte: Palladin tot auf dem Boden Ihres Wohnzimmers.«

Fannie Mae hebt die Nase ein wenig an. »Das war der Boden des *Salons*.« Sie lässt die Nase wieder sinken und fährt fort: »Wer auch immer das getan hat, hat alles bis ins Detail geplant. Da will mich jemand drankriegen.«

»Sie drankriegen?«

»Ja, mich!«, sagt Fannie Mae.

»Warum hat man dann nicht Sie statt Chester und Palladin ermordet?«

»Ach, Kürbis«, sagt sie und lässt die bauschigen rosa Schultern sinken. »Solche Gefühle hegen Sie für mich? Es wäre Ihnen lieber, wenn ich tot wäre?«

»Nein, ich meinte doch bloß ...«

»Ich habe doch nicht gesagt, dass mich jemand *töten* will. Ich sprach von *drankriegen*. Chesters Tod hat nichts mit mir zu tun. Auch nicht der von Palladin. Aber indem er ihn in meinem Apartment ermordet hat, versucht jemand, die *Schuld* auf mich zu lenken. Und wenn ich herausfinde, wer dieser Jemand ist, glauben Sie mir, dann wird ihm das außerordentlich *Leid* tun.«

»Was werden Sie dann tun?«, frage ich. »Ihn umbringen?«

»Ich werde etwas viel Schlimmeres mit ihm anstellen.«

Mit diesen Worten stürmt Fannie Mae Knox davon, wie eine geistesgestörte und verschleppte Königin der Nacht, die zu allem Überfluss in leuchtend rosa Chiffon gehüllt ist, und das auch noch früh an einem strahlenden Sonntagmorgen.

Wie aufs Stichwort taucht Branco im Warteraum auf, hinter dem Sicherheitsglas. Es scheint ihn nicht zu stören, dass ich nicht dort drinnen auf ihn gewartet habe. Er sieht mich und kommt zu mir auf den Flur.

»Ich halte Mr. Chu für weitere Befragungen fest, und ich weiß noch nicht, wie lange das dauern wird, also spreche ich erst mal mit dir.«

»Kitty hält sich ja ein Weilchen«, sage ich.

Branco knurrt.

In seinem Büro erzählt er mir, dass der vorläufige Bericht des Gerichtsmediziners sagt, dass Vaslav Palladin schon bewusstlos war, bevor er mit dem Gürtel um seinen Hals stranguliert wurde.

»Woher wissen die das?«, frage ich.

»Er hatte eine hohe Dosis Baldrian im Blut.«

»Dieses pflanzliche Beruhigungsmittel?«

Branco nickt.

»Kann man tatsächlich jemanden mit Baldrian umhauen?«

»Sicher«, sagt er, »aber es wäre ein hartes Stück Arbeit, jemanden damit umzubringen.«

»Schmeckt es nach Zitrone?«

»Überhaupt nicht«, sagt Branco. »Wieso?«

»Ich dachte nur, dass Palladin vielleicht auch etwas von dem Zeug verabreicht wurde, welches ich Freitagnacht getrunken habe.«

»*Verbena fresca morta?*«, fragt er und macht mich wieder mit seinem Italienisch an. »Nein, er bekam Baldrian.«

Ich reiße mich zusammen. »Was ist mit der Gürtelschnalle? Wie kam die zu Palladins Leiche, wenn deine Leute sie doch in Kittys Laden sichergestellt haben?«

»Sie haben sie dort nie gefunden.«

»Na, jetzt ist sie jedenfalls gefunden worden.«

Knurr.

»Also«, frage ich, »warum hast du mich herbringen lassen?«

»Um zu reden«, sagt Branco, »unter anderem. Warum fängst du nicht an, indem du mir deine Version der Ereignisse der letzten Nacht erzählst?«

»Welche Episode?«

»Was hast du getrunken?«

»Wasser«, sage ich. »Aus der Flasche.«

»Ein guter Anfang«, sagt Branco. »Und wann hast du Fannie Mae Knox das erste Mal gesehen?«

»Gegen zehn, als ich in das Gunsmoke kam.«

»Warst du die ganze Zeit mit ihr zusammen?«

»Nein, aber ich hatte sie die meiste Zeit im Auge. Sie hat das Gunsmoke nicht verlassen, während ich da war.«

»Okay«, sagt er. »Was dann?«

»Dann bin ich ihr nach Hause gefolgt.«

»Warum?«

»Weil ich wissen will, wer sie in Wirklichkeit ist – der Mann unter all dem Plüsch. Du nicht?«

»Natürlich«, sagt Branco.

»Wer ist sie also?«

»Wir arbeiten dran.«

»Warum ist das so schwer herauszufinden?«

»Hast du jemals von dieser Sache gehört, die man Datenschutz nennt?«

»Lässt du sie wenigstens überwachen?«

»Jetzt ja«, sagt er.

»Ich lag also gar nicht so falsch, als ich ihr gestern Nacht gefolgt bin.«

Branco faselt: »Du warst auf dem richtigen Weg.«

»Obwohl du mich da oben rausgeschmissen hast.«

»Wir mussten arbeiten«, sagt er, »und du warst im Weg.«

»Geben ist seliger als nehmen, was?«

»Es ist dein Job«, sagt er.

»Toller Job, wie der Zauberlehrling mit all seinen Besen.«

»Kommt der Sache schon ziemlich nahe«, sagt Branco.

Ich frage ihn: »Hast du gestern Nachmittag einen deiner Leute am Cubbyhole abgestellt, für den Fall, dass Palladin ...«

»Natürlich!«, sagt er. »Und nein, es ist niemand aufgekreuzt – weder Palladin noch die andere geheimnisvolle Person, von der du behauptest, er hätte auf sie gewartet.« Branco seufzt tief. »Das ist eine der größten Enttäuschungen bei dieser Arbeit – man wünscht sich, dass man bloß zehn Sekunden mit dem Toten sprechen könnte.«

»Lieutenant«, sage ich, »das sind die Enttäuschungen des Lebens. Momentan sieht es wohl so aus, als ob ich die letzte Person gewesen bin, die Palladin lebend gesehen hat, abgesehen vom Mörder.«

Branco murmelt: »Möglicherweise.«

»Wenn ich es recht bedenke, dann wäre ohne mich und meine gestrige Zaubererlehre dieser bedeutende Hinweis in eurer Untersuchung nie aufgetaucht.«

»Und das heißt?«

»Wenn ich nicht alleine losgezogen wäre und Palladin gefunden hätte, dann wüsstest du jetzt, in diesem Moment, in diesem Büro, nichts von der Verbindung zwischen Chester Wright und Bistany Evans in Los Angeles.«

»Ich versichere dir, Stan, hätten wir Palladin gefunden, dann hätten wir das schon aus ihm rausgekriegt, und auch noch mehr.«

»Habt ihr aber nicht«, sage ich. »Und darauf will ich hinaus.«

»Und ich will darauf hinaus, dass wir keine Zeit hatten, mit ihm zu sprechen, weil du ihn verjagt hast.«

»Aber du kannst mich nicht dafür verantwortlich machen,

dass er tot aufgetaucht ist, bevor ihr ihn finden konntet. Ich habe ihn zumindest lebend gefunden.«

»In Ordnung«, sagt Branco, »du hast mir also in deinen Augen einen bedeutenden Hinweis gegeben. Was willst du? Einen Orden?«

»Wie wär's mit einem Sträußchen zum Anstecken?«

Knurr.

»Im Grunde genommen«, sagt er, »muss ich dich nach allem, was du mir gerade erzählt hast, in Schutzhaft nehmen.«

»Warum?«

»Dieser Hinweis, den du mir gerade gegeben hast – diese Verbindung zwischen Bistany Evans und Chester Wright in Los Angeles und Palladin, der davon wusste –, wenn der Mörder weiß, dass *du* das weißt, dann stehen die Dinge nicht gerade gut für dich.«

»Daran habe ich noch gar nicht gedacht.«

»Gut, dass ich wenigstens dran gedacht habe«, sagt er und deutet ein Lächeln an. »Jetzt hör dir das mal an.« Er schwingt sich mit seinem Stuhl herum und schaltet das Tonbandgerät auf dem Tisch hinter ihm ein. Nach den einführenden Erkennungsbemerkungen – es ist die Aufnahme der Befragung von Fannie Mae Knox heute Morgen – spult Branco vor und drückt dann wieder auf »Play«.

Seine Stimme sagt: »Erzählen Sie mir bitte, was passiert ist, als Sie vergangene Nacht zu Ihrem Apartment zurückkehrten.«

Fannie Mae bricht umgehend in hysterisches Gejammer aus. »Ach, es war furchtbar! Der arme Junge! Wie er da auf dem Boden des Salons lag. Wer kann denn nur so etwas tun? Wer würde ihn – und *mich* – nur so verletzen wollen?«

Ihre Stimme zittert und versagt.

Branco fragt sie, ob sie in der Lage sei, weiterzumachen.

»Ich denke schon«, sagt Fannie Mae, »obwohl ich kaum glaube, dass dies ein schöner Anblick für Sie ist, Lieutenant. Jemand wie ich am Rande des Nervenzusammenbruchs?«

Ich murmele: »Am Rande?«

Branco macht: »Psst.«

Auf dem Band sagt er: »Ich fälle keine Urteile.«

Ich verdrehe meine Augen.

Er verzieht keine Miene.

Branco fragt Fannie Mae erneut, ob sie weitermachen kann.

»Ihnen zuliebe«, sagt sie tapfer, »will ich es versuchen.«

»Ich danke Ihnen. Nun, haben Sie irgendeine Vorstellung, wer in Ihre Wohnung eingedrungen sein könnte? Haben Ihre Freunde Nachschlüssel?«

»Genau genommen«, sagt Fannie Mae, »kann jeder meine Wohnung betreten. Ich schließe nie die Tür ab.«

»Obwohl Sie mitten in der Stadt wohnen?«

»Bisher hatte ich keine unerwünschten Gäste.«

»Wie lange wohnen Sie schon dort?«

»Gut zwölf Jahre«, sagt sie.

»Und in der ganzen Zeit haben Sie nie die Tür abgeschlossen?«

»Ja, das ist richtig, Lieutenant. Ich schließe nie ab, weil, und ich hoffe, Sie verzeihen mir meine Kühnheit, weil ich öfter mal einen hebe.« Ihre Stimme nimmt einen koketten Ton an. »Und dann kann ich entweder meinen Schlüssel nicht finden oder das Loch.« Sie lässt ein geselliges Glucksen vernehmen.

Auf dem Band ist eine Pause. Sicherlich hat Branco bei ihr auch keine Miene verzogen.

Er sagt: »Wie kommen Sie ohne Schlüssel in das Haus?«

»Wenn ich einen im Tee habe«, sagt sie, begleitet von einem Minigluckser, »lässt mich immer irgendwer herein.«

»Dann ist das Gebäude aber nicht sehr sicher.«

»Ach doch, das ist es! Man kennt mich im Haus, man kennt meine Stimme, es ist genauso sicher wie woanders auch. Tatsache ist doch: Wenn jemand wirklich etwas Böses im Schilde führt, dann kommt er ohnehin hinein, egal, wie gut alles abgesichert ist.«

Branco sagt: »Was ist mit Ihrer Balkontür?«

»Das mögen Sie jetzt vielleicht seltsam finden«, sagt Fannie Mae, »aber die Balkontür halte ich immer verschlossen, oben und unten verriegelt. Das ist ja eine direkte Öffnung zur Welt da draußen, also biete ich dort doch ein wenig Widerstand.« Und wieder dieses freundliche Glucksen mit dem zweideutigen Unterton.

Branco sagt: »Erzählen Sie mir von Bistany Evans.«

Fannie Mae nimmt sich Zeit, bevor sie antwortet. »Bistany ist die Frontfrau dieser Tagung. Sie ist sehr klug und sehr fähig. Außerdem ist sie auch sehr attraktiv, aber das ist für Sie sicherlich nicht von Bedeutung. Oder doch, Lieutenant?«

Mir kommt das Kotzen.

Keinerlei Regung bei Branco.

Fannie Mae fährt fort. »Ich habe nur rein geschäftlich mit ihr zu tun. Ich habe eine recht hübsche Summe in diese Tagung investiert, was ich nicht getan hätte, wenn ich Zweifel an Bistanys Fähigkeiten gehabt hätte.«

»Wo haben Sie sie kennen gelernt?«

»Hier in Boston«, sagt Fannie Mae.

»Wussten Sie, dass sie in Hollywood eine Talentagentur hatte?«

Ich sage laut zu Branco: »Woher wusstest du das?«

Er hält sofort das Band an.

»Was?«, fragt er.

»Wer hat dir erzählt, dass Bistany Evans diese Hollywood-Agentur hatte?«

Branco sagt: »Du. Gestern. Erinnerst du dich?«

»Stimmt«, sage ich, »und dann hast du mir diese Gardinenpredigt von wegen unzuverlässig gehalten.«

»Und du hast dein Dankeschön-Sträußchen heute Morgen erhalten. Sieh mal, Stan, die Abmachung sieht wie folgt aus: Du gibst mir Informationen, und ich versuche, sie zu nutzen. Ich wollte diese feine Dame Knox aus dem Konzept bringen, und da fiel mir zufällig ein, was du gestern gesagt hattest, und ich habe sie damit konfrontiert. Ich hatte nichts zu verlieren.«

»Willkommen im Klub«, sage ich.

Knurr.

Er stellt das Gerät wieder an. Seine Stimme sagt: »... diese Hollywood-Agentur hatte?«

Fannie Mae zögert nicht einen Augenblick. »Ich habe ihren Hintergrund sorgfältig überprüfen lassen, bevor ich Geld in die Tagung investiert habe. Ich mag ja frivol erscheinen, Lieutenant, aber ich versichere Ihnen, dass ich mein Geld nicht zum Fenster hinauswerfe. Und ja, ich weiß über Bistanys Vergangenheit Bescheid. Sie benutzte damals einen anderen Namen – Ramona Warwitch –, aber ansonsten schien mir alles in bester Ordnung zu sein.«

»Es machte Ihnen nichts aus, dass Miss Evans ihren Namen geändert hat?«

»Wer bin ich, dass ich daran Anstoß nehmen könnte, Lieutenant?«

»Wussten Sie, dass Chester Wright auch aus Los Angeles kam?«

»Ach du meine Güte!«, sagt Fannie Mae. »Glauben Sie, da besteht eine Verbindung?«

»Erzählen Sie es mir.«

»Es wird wohl eine da sein«, sagt sie, »sonst hätten Sie das Thema wohl nicht angeschnitten, oder?«

»Was glauben Sie, welcher Art die Verbindung ist?«

»Wenn Sie eine Talentagentin war, dann war Chester vermutlich ein Klient. Er war ja immerhin eine Art Unterhaltungskünstler. Aber wenn das stimmt ... Ach, nein!«, sagt Fannie Mae. »Das wäre ja zu schlimm. Falls Bistany ... Ach, die Tagung wird ein furchtbares Chaos werden.«

Es entsteht eine Pause.

Branco sagt: »Miss Knox?«

»Lieutenant, was ist, wenn Bistany Evans die beiden Jungen ermordet hat?«

»Wieso nehmen Sie das an?«

»Vielleicht wusste Chester etwas Ungesetzliches, etwas Schreckliches über ihre Vergangenheit in Los Angeles, das in meinen Nachforschungen nicht aufgetaucht ist. Meine Informationen wurden alle auf legale Weise beschafft, aber wer weiß, was alles *nicht* in den Akten steht? Und vielleicht ist Chester hier in Boston eingetroffen und hat angefangen, sie zu erpressen – mit ihrer gesetzeswidrigen Vergangenheit.«

»Haben Sie eine Vorstellung, um was es sich gehandelt haben könnte?«

»Nein, aber es muss etwas Furchtbares gewesen sein, wenn sie Chester deswegen ermordet hat. Und auch Palladin.« Sie schnappt nach Luft. »Ich musste gerade an noch etwas Schlimmeres denken. Was ist, wenn Bistany glaubt, *ich* würde dieses furchtbare Geheimnis ebenfalls kennen?«

»Sie lassen sich ein wenig hinreißen, Miss Knox. Es handelt sich nur um Ihre eigenen Spekulationen.«

»Lieutenant, ich habe nicht vor, Ihnen zu sagen, wie Sie Ihre Arbeit erledigen sollen. Ich kann Ihnen nur erzählen, was ich weiß und was ich beobachte, und was ich dann wiederum daraus schließe. Aber jetzt, wenn ich das mal so frei heraus sagen darf, habe ich Angst um mein Leben. Wenn Bistany Evans diese Jungen umgebracht hat, weil sie was auch immer wussten, dann wird sie sicherlich auch hinter mir her sein.«

»Aber Sie behaupten doch, nicht zu wissen, was die beiden wussten.«

»Ich sage die Wahrheit!«, ereifert sich Fannie Mae. »Aber das weiß Bistany Evans doch nicht!«

»Immer mit der Ruhe, Muttchen«, sagt Branco.

»Aah!«, kreischt Fannie Mae. »*Muttchen*? Jetzt haben Sie mich getroffen, Lieutenant, tödlich getroffen. Muttchen, nein, so was!«

Es entsteht eine lange Pause auf dem Band, und ich kann mir vorstellen, wie Fannie Mae angewidert vor Branco zurückweicht und ihn von oben herab ansieht.

Schließlich spricht Branco: »Entschuldigen Sie, Miss Knox. Ich habe bisher noch nie jemanden wie Sie verhört.«

Sie sagt: »Und ich bin noch nie von der Polizei verhört worden. Ich nehme an, wir sind beide etwas nervös?«

Noch mehr Schweigen auf dem Band.

Branco sagt: »Können wir jetzt fortfahren?«

»Ja, natürlich.«

»Wie gut kannten Sie Chester Wright?«

»Ich kann mich nicht erinnern, je mit ihm gesprochen zu haben.«

»Niemals?«

»Nun«, sagt sie, »vielleicht im Vorbeigehen.«

»Worüber haben Sie gesprochen?«

»Ich kann mich nicht erinnern«, wiederholt sie. »Ich kann mich nicht einmal daran erinnern, ob ich überhaupt mit ihm gesprochen habe. Ich wollte mich nur entgegenkommend zeigen.«

»Entgegenkommen ist nicht so wichtig«, sagt Branco. »Die ehrlichen Antworten zählen.«

»Wie Sie meinen«, sagt Fannie Mae.

»Was ist mit Palladin?«

»Was ist mit ihm?«

»Kannten Sie ihn?«

»So gut wie jeden anderen Tänzer auch, der regelmäßig in den Saloon kommt.«

»Kein besonderes Interesse?«

»Was wollen Sie damit andeuten, Lieutenant?«

»Gar nichts, Miss Knox. Ich frage Sie bloß, ob Sie ein besonderes Interesse an Palladin hatten.«

»Nichts, was über mein gewöhnliches Interesse an einem attraktiven jungen Mann hinausginge.«

Wieder eine Pause auf dem Band. Ich schaue Branco an, aber er weicht meinem Blick aus.

Fannie Mae sagt: »Ich weiß, dass die beiden ein Paar waren, wenn Ihnen das weiterhilft.«

»Woher wussten Sie das?«

»Es war allgemein bekannt. Sehen Sie, deshalb bin ich ja auch zu diesen Schlussfolgerungen gekommen, Lieutenant. Ich habe mich hinreißen lassen, nannten Sie es, glaube ich. Aber wenn Chester tatsächlich ein dunkles, grausiges Geheimnis aus Bistanys Zeit in Los Angeles kannte und sie sich zufällig hier in Boston getroffen haben, dann hätte sie ihn töten müssen, um ihr Geheimnis zu bewahren. Und wenn Chester das Geheimnis an Palladin weitergegeben hat, dann musste sie ihn auch töten.«

Branco sagt zu mir: »Und jetzt pass mal auf, wie Sie sich windet.«

Auf dem Band sagt er zu Fannie Mae: »Würden Sie mir bitte Ihren offiziellen Namen nennen?«

»Ach, Lieutenant«, sagt sie kokett, »ein Gentleman würde das niemals fragen, und eine Dame würde es nie erzählen.«

»Das trifft ja auf keinen von uns beiden zu«, sagt Branco ungerührt. »Da es sich hier um einen Doppelmord handelt, brauche ich Ihren vollständigen, offiziellen Namen.«

»Ich weigere mich, ihn zu nennen.«

Er sagt: »Aufgrund der Art dieser Untersuchung bin ich notfalls gezwungen, härtere Maßnahmen zu ergreifen.«

»Das heißt?«, fragt Fannie Mae.

»Das heißt, eine gerichtliche Anordnung zur vollständigen Offenlegung Ihres Privatlebens.«

»Wenn Sie diese Anordnung bekommen, Lieutenant, dann werde ich den Bezirksstaatsanwalt so schnell hier antanzen lassen, dass Sie sich noch wünschen, Sie hätten mich lieber zu einer Kutschfahrt eingeladen.«

»Kennen Sie den Bezirksstaatsanwalt persönlich?«

»Unsere Familien sind seit langer Zeit befreundet.«

Branco sagt: »In Ihrem anderen Leben.«

»Das sei dahingestellt. Es gibt keinen Anlass für Rüpelhaftigkeiten.«

»Sie kennen Ihre Rechte gut.«

Fannie Mae sagt: »Das ist die Pflicht eines jeden Bürgers. Ich arbeite mit Ihnen zusammen, Lieutenant; das ist aber auch alles, was Sie von mir erwarten können – es sei denn, sie erheben Anklage gegen mich, in welchem Fall ich meinen Anwalt binnen einer halben Stunde hier haben werde.«

»Käme der auch in Verkleidung?«

Auf dem Band entsteht eine Pause. Ich schaue Branco an. Seine Frage klingt wie etwas, das ich sagen würde. Hat meine Anwesenheit solch einen schlechten Einfluss auf seine Verhörtechnik? Er könnte in größerer Gefahr schweben als ich selbst.

Fannie Mae sagt: »Diese Bemerkung war nicht nötig.«

Branco sagt: »Mein Fehler.«

»Klagen Sie mich an, Lieutenant?«

»Nein.«

»Dann ist dieses ganze Verhör eine fragwürdige Angelegenheit. Hier sitze ich und versuche, mit Ihnen zusammenzuarbeiten – und bemühe mich, alles so angenehm und unterhaltsam wie möglich zu gestalten, was ja wohl das Beste ist, was man sich in dieser armseligen Welt erhoffen darf –, und als Dank dafür werden Sie boshaft.«

Branco sagt: »Es wird nicht wieder vorkommen.«

Ihre Antwort ist eisig. »In der Tat, denn dieses Verhör ist beendet.«

Auf dem Band ist das Geraschel des rosa Chiffons zu hören.

Branco sagt: »Die Spurensuche ist noch dabei, Ihre Wohnung nach Beweisen abzusuchen.«

»Das spielt keine Rolle«, sagt sie. »Ich habe ohnehin ein Zimmer im Park Plaza für die Dauer der Tagung.«

»Warum sind Sie dann letzte Nacht nach Hause gegangen?«

Sie sagt: »Mir stand der Sinn nach meinen eigenen vier Wänden. Kennen Sie das Gefühl, Lieutenant? Oder sind Ihnen solche Gefühle völlig fremd?«

Brancos Telefon klingelt. Er hält das Band an und nimmt den Anruf entgegen. Er hört zu, sagt: »Bin schon auf dem Weg«, und legt auf. Zu mir sagt er: »Was hältst du von dem Verhör?«

»Was *ich* davon halte?«

»Ja, genau das habe ich gefragt.«

»Es klingt wie eine Aufführung.«

Branco sagt: »Glaubst du irgendwas davon?«

»Seit wann interessiert es dich, was ich denke?«

»Ich versuche, deine Logik zu verstehen.«

»Meine schwule Logik, meinst du?«

»Offen gestanden«, sagt Branco, »ja. Ich versuche, von dir zu lernen, wie du denkst, wie du Dinge wahrnimmst.«

Warum ärgern mich seine Worte?

Er sagt: »Aus diesem Grund habe ich dich heute Morgen herholen lassen. Ich wollte, dass du ein bisschen Zeit mit Mr. Chu im Warteraum verbringst, und ich wollte, dass du einen Teil von Miss Knox' Befragung hörst.«

»Kein Wunder, dass der Bulle so hilfsbereit war.«

»Er hatte die Anweisung, wo immer nötig zu helfen.«

»Und das hast du alles so arrangiert, damit du meine Sicht der Dinge erfahren kannst.«

»Stimmt«, sagt Branco.

»Als schwuler Mann.«

Branco verzieht den Mund. »Inoffiziell gesprochen, ja.«

»Das gefällt mir nicht«, sage ich.

Er erwidert: »Daraus mache ich dir keinen Vorwurf. In gewisser Weise nutze ich dich aus, Stan, und ich entschuldige mich dafür. Aber ich würde es nicht machen, wenn ich nicht glauben würde, dass es eine große Hilfe sein könnte.«

»Das bedeutet dir so viel?«

»Ja«, sagt er. »Davon hängt ab, ob wir jemals wieder zusammenarbeiten werden.«

Zusammenarbeiten? Also dann, ja, Vito, ja! Alles ist verstanden, akzeptiert und vergessen. Ich bin gerne dein schwuler Ratgeber und Informant – dein kleiner Kumpel.

Ja, ich weiß, es ist traurig. Aber *ihr* kennt ja auch Branco nicht.

Er sagt: »Hast du was Wichtiges von Mr. Chu erfahren?«

»Nur, dass er und Colt Remington mal ein Paar waren.«

»Du meinst, dieser Riesenkerl und ...«

»Der Schmetterling«, sage ich. »Ja.«

Der kleine Kumpel spuckt schon fleißig Informationen aus.

Branco stößt einen leisen Pfiff aus. »Sie haben sich gegenseitig als Verdächtige genannt. Deswegen sitzen sie jetzt beide hier ein.«

»In der Liebe ist alles erlaubt«, sage ich. »Wann wirst du Bistany Evans verhaften?«

Branco sagt: »Sie wurde gerade hergebracht. Darum ging es bei dem Anruf eben.«

Es klopft an der Tür, und Brancos Sergeantin tritt ein.

Er sagt zu ihr: »Bin schon unterwegs.«

Sie reicht ihm einen Stoß Papiere. »Die Berichte, die Sie haben wollten.« Sie lächelt mich an. Wahrscheinlich eine weitere Komplizin in Brancos Kleiner-Kumpel-Komplott heute Morgen.

Branco legt die Unterlagen auf seinen Schreibtisch und sieht sie durch.

Ich kann den Teil einer Adresse auf dem obersten Blatt erkennen. Es ist Fannie Maes Apartmenthaus.

Die Sergeantin sagt: »Vier Wohneinheiten müssen wir noch erledigen.«

Auf einem gelben, selbst klebenden Notizzettel kann ich vier Zahlen mit je einem Buchstaben dahinter lesen. Sieht nach Apartmentnummern aus.

Sie sagt: »Wir sind knapp an Leuten und versuchen, es später zu Ende zu bringen. Vielleicht.«

Branco knurrt. Er knurrt *sie* an! Ich bin also gar nicht der einzige Angeknurrte.

Als Branco die Unterlagen vom Schreibtisch nimmt, habe

ich die vier Nummern schon in meinem Gedächtnis abgelegt.

Die Sergeantin geht, und Branco steht auf.

»Es wird Zeit«, sagt er, und wir verlassen das Büro.

Draußen vor dem Revier schreibe ich mir die gemerkten Nummern auf. Ja, ich werde in diesen Apartments die Berichte aufnehmen. Ich bin ja immer noch Freiberufler. Bin ich in den letzten achtundvierzig Stunden nicht tausendfach daran erinnert worden? Ich werde mir also meinen freiberuflichen Weg in diese Apartments bahnen und Branco beweisen, dass ich noch ein bisschen mehr kann, als ihn *seine* Welt durch meine Kleiner-Kumpel-Brille sehen zu lassen.

18

Nach einer Weltreise ans andere Ende der Stadt komme ich, mit den vier Apartmentnummern bewaffnet, auf dem Beacon Hill an. Im hellen Licht des frühen Nachmittags liegt Fannie Maes Apartmenthaus herrschaftlich da, ein gewaltiges Ziegelgebäude, das den größten Teil des Straßenzuges einnimmt. Auf dem Eckstein steht die Zahl 1927, was für Bostoner Verhältnisse gleichbedeutend mit gestern ist. Die ringsum eingelassenen, großen Fenster lassen das Licht in die höhlenartigen Innenräume fallen. Das Haus scheint die Krönung des geräumigen städtischen Wohnens auf dem Höhepunkt jener wilden, extravaganten Zeiten darzustellen und ist natürlich mit der gebotenen Bostoner Zurückhaltung umgesetzt worden.

Ich beschließe, mit der kleinsten Nummer anzufangen und mich hinaufzuarbeiten, um meine selbst auferlegte Mission mit einem netten Blick über Boston von hoch oben über dem Beacon Hill abzuschließen. Aber zuerst muss ich mal in das Gebäude kommen, und das ohne die Hilfe der Polizeibrigade.

Die erste Nummer lautet 1-A, aber die Sprechanlage hat nur einen Zahlenblock, keine Buchstaben. Drückt man vielleicht für jeden Buchstaben eine Zahl, entsprechend seiner Reihenfolge im Alphabet? A ist 1, B ist 2 und so weiter? Was hab ich schon zu verlieren? Ich drücke zweimal auf die »1« und warte. Ein Telefon beginnt zu klingeln, und eine Frau geht dran.

»Hallo?« Ihre schwache Stimme zittert.

Ich erkläre ihr, dass ich in das Gebäude muss, um die Berichte wegen des Zwischenfalls der vergangenen Nacht aufzunehmen.

»Ich kann Sie nicht hören!«, sagt sie.

»Lassen Sie mich bitte herein«, erwidere ich.

»Was?«

Dann geht der Summer, die Tür ist auf, und ich bin drin.

Das Apartment 1-A ist leicht zu finden. Obwohl die Bauweise des Gebäudes einen so soliden und schweren Eindruck macht, dringt lauter Fernsehlärm durch die Tür. Ich klopfe, aber es rührt sich niemand. Ich klopfe noch zwei Mal und gehe dann zum Bollern über, was aber auch nichts bringt. Ich weiß, dass sie da drin ist – schließlich hat sie mich ja gerade ins Haus gelassen.

Die Bewohnerin des gegenüberliegenden Apartments öffnet ihre Tür einen Spalt weit, steckt den Kopf hindurch – noch eine alte Omi – und zwitschert leise: »Sie hört schlecht. Sie müssen auf den Knopf an der Tür drücken.« Dann zieht sie sich zurück.

Den Knopf an der Tür? Wo? Ich entdecke eine kleine Perlmuttscheibe, die unauffällig in den Türrahmen eingelassen ist. Ich drücke ein paar Mal drauf und warte. Drinnen hört der Fernsehlärm auf. Kurz darauf öffnet sich die Tür. Die Frau ist klein und gebrechlich und hat einen leichten Buckel, aber ihre Augen sind lebhaft. Sie lächelt mich strahlend an und sagt: »Guten Tag.«

Ich stelle mich vor und erzähle ihr, dass ich wegen des Zwischenfalls der vergangenen Nacht da sei, und ob es ihr etwas ausmache, mir ein paar Fragen zu beantworten.

Sie sagt: »Sie müssen schon lauter sprechen, mein Lieber.«

Ich wiederhole meinen Sermon etwas lauter.

»Ach«, fragt sie. »Haben Sie eben an der Haustür geklingelt?«

»Ja«, sage ich.

»Dann kommen Sie mal rein.«

Ich folge ihr in die Wohnung.

Ein großer Ruhesessel steht genau vor einem riesigen Fernseher. Robert Mitchum und Jane Greer bewegen sich schweigend und schwarz-weiß über den Bildschirm. Auf einem Tablett steht eine Kanne Tee, ein Teller mit einer Auswahl englischen Teegebäcks, eine Porzellantasse auf der dazugehörigen Untertasse und ein Gläschen Gin der gehobenen Klasse.

»Möchten Sie eine Tasse Tee, Officer?«

»Nein, danke, gnädige Frau.«

»Ich werde Sie schon nicht melden.«

Ich gerate in Versuchung, lehne aber doch wieder ab und sage ihr auch, dass ich nicht zur Polizei gehöre.

»Hä?«, macht sie.

Egal. Ich schreibe ihren Namen auf und fange mit der Befragung an.

»Waren Sie letzte Nacht zu Hause?«

Sie sagt: »Ich bin jede Nacht zu Hause. Das war ich früher nie. Sie werden das vielleicht nicht glauben, wenn Sie mich jetzt so sehen, aber ich war ein ganz flotter Käfer zu meiner Zeit. Ich bin jede Nacht durch die Tanzsäle gezogen.«

»Das glaube ich Ihnen gern. Letzte Nacht war die Polizei jedoch hier, und Sie waren offensichtlich nicht da, als sie bei Ihnen klingelten.«

»Ich war hier«, sagt sie. »Ich bin immer hier. Aber falls es schon spät war, lag ich wahrscheinlich im Bett. Wenn ich mein Hörgerät herausnehme, bin ich völlig taub. Meine Türklingel ist ein blinkendes Licht, das ich vom Schlafzimmer aus jedoch nicht sehen kann. Sind Sie sicher, dass Sie nicht doch eine Tasse Tee möchten?«

»Nein, vielen Dank, gnädige Frau. Sagen Sie mal, bevor Sie gestern Abend Ihr Hörgerät herausnahmen, haben Sie da irgendetwas Ungewöhnliches gehört? Oder etwas bemerkt, das nicht wie sonst war?«

»Ich habe das alles in den Nachrichten gesehen«, sagt sie, »heute Morgen. Das war vielleicht eine Überraschung. Hier im Haus passiert ja sonst nichts. Es ist wie ein Mausoleum. Und dann wird hier ganz plötzlich jemand ermordet.«

Ganz plötzlich ist zutreffend, vor allem für das Opfer.

Ich starte einen neuen Versuch. »Kennen Sie die Person, die in dem betreffenden Apartment wohnt?«

»Hier pflegt man keinen nachbarschaftlichen Umgang.«

Ich erzähle ihr: »Sie kleidet sich meist in Rosa.«

»Ach die!«, sagt die Frau und lacht. »Ja, die kenne ich. Das ist eine ganz Farbenfrohe.« Sie lehnt sich zu mir herüber, und ich kann den wirklich hochkarätigen Gin riechen. Mit gesenkter Stimme sagt sie: »Ich glaube, das ist in Wirklichkeit ein Mann.« Sie zwinkert mir zu und lacht wieder.

Ich frage: »Sind Sie gut Freund mit ihr?«

»Ich bin mit jedem gut Freund, junger Mann, und warum auch nicht? Es ist der gleiche Aufwand. Warum also nicht freundlich anfangen? Klar, man stößt auch auf einige Trottel, aber man weiß ja nie, ob man nicht jemand Interessanten kennen lernt.«

»Wie gut Freund sind Sie mit der Frau in Rosa?«

»Wie gut Freund?«, fragt sie.

»Wissen Sie, wer sie wirklich ist?«

Die charmante kleine Schnapsdrossel denkt einen Moment darüber nach. »Ich nenne sie immer nur die Dame in Rosa.«

»Wenn Sie also sagen gut Freund, dann meinen Sie beiläufig. Sie kennen sie nicht wirklich gut.«

Sie zuckt die Achseln wie ein Vögelchen. »Ich bin gut Freund, mehr nicht.«

»Haben Sie die Dame in Rosa jemals reingesummt?«

»Reingesummt?«

»Hat sie jemals bei Ihnen geklingelt, um reingelassen zu werden?«

»Nein«, sagt sie. »Bei mir klingelt heutzutage niemand mehr, mit Ausnahme des Postboten. Er vergisst manchmal seinen Schlüssel. Ich nahm an, Sie wären der Postbote. Als ich ein junges Mädel war, standen die jungen Männer an meiner Türklingel Schlange. *Er* ist auch ein netter junger Mann.«

»Wer?«

»Der Postbote«, sagt sie. »Also, wenn Sie mir keine Gesellschaft leisten wollen, Officer, dann trinke ich meinen Tee jetzt ohne Sie.«

»Ich muss es leider auf ein anderes Mal verschieben, gnädige Frau.«

»Sie können jederzeit vorbeikommen. Ich bin immer hier, und ich habe immer eine frische Kanne Tee.«

»Danke«, sage ich und gehe zur Tür hinaus.

Bei *Kojak* ging das nie so zu. Vielleicht nehme ich ihre Einladung an, sobald der Fall abgeschlossen ist und ich nicht mehr im Dienst bin.

Das zweite Apartment auf meiner Liste befindet sich ein Stockwerk höher. Die Person, die die Tür öffnet, ist eine junge Frau – sehr jung. Sie sieht aus, als ob sie auf dreizehn macht, und das ist sie wahrscheinlich auch.

Ich stelle mich vor und frage, ob ihre Eltern zu Hause sind.

Sie fragt: »Woher soll ich das wissen?«

Gleich von Anfang an aufsässig.

Ich erzähle ihr, dass ich mit der Untersuchung beauftragt bin und mit ihren Eltern sprechen muss.

»Die wohnen in Dover«, sagt sie, als koste es sie große Anstrengung, diese wenigen Wörter auszusprechen.

Dover ist eine superschicke Stadt westlich von Boston, jenseits der Vororte.

»*Ich* wohne hier«, sagt sie.

Offensichtlich haben Mami und Papi keine Kosten gescheut, um sich mit ihrem mürrischen Sprössling nicht in den Haaren liegen zu müssen. Apropos Haare, irgendwer hat tatsächlich die Haaransätze auf dem Kopf dieses Mädchens verätzt.

Ich schreibe ihren Namen auf und frage sie dann: »Warst du gestern Nacht zu Hause?«

»Nein.«

»Weißt du, was hier passiert ist?«

»Ich hab es in den Nachrichten gesehen«, sagt sie. »War cool, mein Haus in der Glotze zu sehen.«

»Cool?«

»Ja, echt, da war wirklich jemand tot«, sagt sie, »echt *hier*. Sonst ist es echt immer *woanders*, wo Leute ermordet werden und ins Fernsehen kommen. Aber jetzt ist es endlich mal hier passiert. Das war echt, ey, *wow!*«

Echt zum Kotzen.

Ich frage: »Drückst du manchmal Leuten die Haustür auf, ohne dass du weißt, wer es ist?«

Sie sieht mich böse an. »Glauben Sie, ich bin blöd?«

»Das heißt also nein?«

»Ja, das heißt nein.« Um die Sache zu verdeutlichen, wiederholt das verzogene Balg alles noch einmal in einem Wort: »Nein-ich-drücke-Leuten-die-ich-nicht-kenne-auch-nicht-die-Haustür-auf. *Okay?* Und jetzt will ich ausgehen und muss mich noch fertig machen.«

Soll mir recht sein, holde Maid. Aber bevor ich gehe, erzähle ich ihr: »Du solltest ein bisschen sparsamer mit den Chemikalien umgehen, sonst ruinierst du dir auf Dauer deine Haaransätze.«

»Halten Sie mir keine Vorträge!«, schimpft sie. »Ich mach mit meinem Körper, was ich will!«

»Es geht ja nicht um deinen Körper, es geht um dein Haar.«

»Was stimmt mit meinem Haar nicht?«

»Es *krepiert* echt, Schatz. Echt wie im Fernsehen.«

»Wissen Sie, was ich dafür bezahlt habe?«

»Zu viel«, sage ich.

»Der Kerl, der das gemacht hat ...«

»Keine Namen nennen!«, kreische ich. »Das Berufsethos verbietet Tratsch über Kollegen.«

Mein Ausbruch hat ihr die Sprache verschlagen. Vielleicht tut ihr so ein bisschen Bangemachen in der wirklichen Welt mal ganz gut, wenn sie ihre emotionalen Wahrheiten sonst nur aus dem Fernsehen bezieht.

Ich sage zu ihr: »Aber du kannst mir den Namen des Salons nennen, wenn du magst.«

Zögernd sagt sie: »Er ist auf der Newbury Street, in der Nähe des Ritz.«

Ich schlucke. »Nicht Snips?«

Sie versucht zu lächeln, aber dieser Gesichtszug ist ihr fremd. »Kennen Sie Ramon? Ist das nicht ein heißer Typ? Er ist einfach umwerfend!«

Heißer, als ihm und seinen Kundinnen gut tut. Jetzt, wo mir der Übeltäter bekannt ist, werde ich Nicole über diesen Schlamassel aufklären. Wie kann Ramon es wagen, dieses Mädel *so* aus dem Salon gehen zu lassen? Und wo war Nicole, als dieses grausige Verbrechen begangen wurde?

Ich setze meine Runde mit dem unbekannten Bewohner des dritten Apartments fort, der zwei Stockwerke höher in der fünften Etage wohnt. Aber er oder sie ist noch immer nicht zu Hause. Wo auch immer sich dieser glückliche Bastard herumtreibt – außerhalb der Stadt oder nur außer Haus –, der Bericht wird wohl warten müssen.

Also weiter zu meinem letzten Besuch, hoch ins oberste Stockwerk zu Apartment 6-D.

Aus der Anordnung der Wohnungen in den anderen Etagen weiß ich nun, wie die Nummern vergeben wurden. 6-D befindet sich auf derselben Seite wie Fannie Maes Apartment. Hier oben gibt es nur vier Wohneinheiten – was mögen die für eine Quadratmeterzahl haben? –, und die Wohnungseingänge sind leicht versetzt, so dass die Bewohner keinen direkten Blick auf das Kommen und Gehen ihrer Nachbarn haben.

Während ich den Flur entlanggehe, bemerke ich einen niedrigen Tisch am anderen Ende, neben der Tür zu 6-D. Darauf steht eine riesige Vase voller frisch geschnittener Blumen, die den Flur mit einem süßen, milden, vertrauten Duft erfüllen. Gestern Nacht habe ich weder die Blumen bemerkt noch das prachtvolle Möbelstück, auf dem sie stehen. Es *gab* schließlich genug Ablenkung: eine jaulende Drag-Queen, eine kleine Bullenarmee und eine tote, männliche Tanzdiva.

Das Möbelstück und die Blumen verleihen diesem Teil des Gebäudes einen Hauch des Besonderen, so als ob er für Leute feinsten Geschmacks und bester Herkunft reserviert sei – schon etwas ironisch, wenn man Fannie Maes extravagante Persönlichkeit bedenkt und Palladins Leiche, die gestern Nacht ihr überfrachtetes Domizil geschmückt hat.

Als ich an Fannie Maes Quartier vorbeikomme, sehe ich, dass das leuchtend gelbe Absperrband der Polizei über den Eingang gespannt ist und ein Bulle direkt hinter der leicht geöffneten Tür Wache schiebt. Ich schleiche mich vorbei auf meinem Weg zum Apartment 6-D am Ende des Flurs.

Ich drücke den unauffällig gehaltenen Klingelknopf.

Ich warte.

Ich klingele noch einmal.

Und wieder warte ich.

Ich will gerade zum dritten Mal klingeln, als ich höre, wie die Tür entriegelt wird. Dann wird sie leicht aufgezogen, und eine Männerstimme fragt schwach: »Wer ist da, bitte?«

»Stan Kraychik.«

Die Tür öffnet sich ein bisschen weiter, und ich erkenne die Person, die sich da mit ihrem Schopf silberweißer Haare an den Türrahmen lehnt. Es ist F. Lloyd Newbegin, der Mann, den ich am Freitagnachmittag bei der Bostoner Vade-Mecum-

Gesellschaft getroffen habe. Er hält sich einen kleinen Eisbeutel an die linke Wange, und er trägt einen feinen, seidenen Morgenmantel über seinem feinen, seidenen Schlafanzug. Im schwachen Flurlicht sieht er abgespannt und müde aus. Er blickt mich aus zusammengekniffenen Augen an, als ob er herauszufinden versucht, warum ich ihm bekannt vorkomme.

»Wir haben uns schon einmal getroffen«, sage ich.

»Wie bitte?«, fragt er sanft.

»In der Vade-Mecum-Gesellschaft.«

»Es tut mir Leid«, sagt er. »Ich kann nicht behaupten, mich zu erinnern.«

»Die Gürtelschnalle.«

»Ich weiß nicht, wovon Sie reden, junger Mann.« Er will bereits die Tür schließen.

»Die Bürgerkriegsgürtelschnalle«, erkläre ich. »Ich bin am Freitagnachmittag bei Ihnen vorbeigekommen. Sie waren gerade auf dem Weg ins Wochenende.«

»Ach ja«, sagt er. »Natürlich. Sie müssen mich entschuldigen. Es geht mir nicht gut.« Er verschiebt den Eisbeutel ein wenig.

»Zahnschmerzen?«, frage ich.

»Nein, ich habe mich gestoßen, an der Kühlschranktür in der Wohnung eines Freundes. Ich wollte gerade Eiswürfel herausholen und hatte nicht erwartet, dass mir die Tür ins Gesicht schlagen würde.«

Er schafft es zu lächeln. Seine Zähne sind sehr schön, weiß, gerade und ebenmäßig und – mir wird plötzlich klar, dass das nicht dieselben Zähne sind, die Mr. Newbegin am Freitagnachmittag hatte. Aber wie fragt man einen Bostoner Aristokraten, wo er über das Feiertagswochenende eine neue Kauleiste herbekommen hat?

Ich sage: »Da können Sie ja von Glück sagen, dass Ihre Zähne nichts abbekommen haben.«

Er sieht mich irritiert an.

So viel zum Thema Feingefühl.

»Es tut mir Leid, dass ich Sie störe«, sage ich, »aber es ist wichtig. Es geht um die Vorgänge nebenan.«

»Ich war fort«, sagt er. »Aber ich musste früher zurückkommen, als ich geplant hatte. Ich habe mir irgendetwas eingefangen. Ich bin erst seit einem Weilchen wieder hier. Ich habe mich für ein Nickerchen hingelegt und dann ...« Er wedelt leicht mit der Hand. »Draußen auf meinem Balkon sind irgendwelche Männer, die veranstalten da einen Zirkus, messen und gucken. Weiß der Himmel, was die dort treiben. Es gibt wirklich keine Rücksichtnahme mehr.«

»Es tut mir Leid, dass es Ihnen nicht so gut geht.«

Er sagt: »Der einzige Grund, warum man sich in ein solches Gebäude einkauft, ist der Wunsch nach Privatsphäre. In diesen Zeiten sollte man doch zumindest das für sein Geld bekommen – ein bisschen Ruhe und Frieden. Aber was hilft es, wenn die halbe Bostoner Polizei auf meinem Balkon aufmarschiert? Dann ist die Gelassenheit im Eimer.«

Gelassenheit. Ein Potpourri der Gelassenheit. Danach duften die Blumen im Flur. Die Bostoner Vade-Mecum-Gesellschaft.

»Es tut mir Leid«, wiederhole ich, »aber dies ist wirklich wichtig. Hat schon jemand von der Polizei mit Ihnen gesprochen?«

»Die haben sich jedenfalls reichlich Mühe gegeben, mich zu stören.«

Ich sage: »Wenn es Ihnen möglich ist, würde ich Ihnen gerne ein paar Fragen stellen. Es wird nicht lange dauern.«

»Sind Sie von der Polizei?«

»Ich nehme die Berichte auf«, sage ich.

Schwammig genug formuliert?

Er schließt die Augen und stöhnt. »Nun gut.«

Ich erwarte, dass er mich hereinbittet, aber das tut er nicht.

Ich frage: »Ist das für Sie in Ordnung, gleich hier zu reden?«

Er wedelt wieder mit der freien Hand. »Fangen Sie schon an.«

»Sie waren das ganze Wochenende über verreist. Ist das richtig?«

»Ja, das stimmt. Ich habe außerhalb der Stadt Freunde besucht.«

»Wo?«

»In Rockport«, sagt er.

Rockport ist eine Küstenstadt im Norden von Boston. Zu Kolonialzeiten war es nur ein Granitsteinbruch, hat sich danach aber zu einer Künstlerkolonie gemausert und ist heutzutage eine immer währende Immobilienauktion.

Mr. Newbegin fährt fort: »Gestern Abend sind wir zum Essen ausgegangen. Offensichtlich habe ich etwas gegessen, das mir nicht bekommen ist, und so bin ich heute nach Hause gefahren. Ich bin nicht gern ein kranker Gast.«

»Wie sind Sie gefahren?«

»Mit dem Wagen.«

»Es ging Ihnen also gut genug, dass Sie fahren konnten.«

»Ja«, sagt er, »aber ich muss jetzt wirklich ...«

»Nur noch eine Minute, bitte. Wie spät war es?«

»Wann?«

»Als Sie nach Hause kamen.«

»Das ist noch nicht lange her«, sagt er. »Sie können diese Beamten nebenan fragen, falls Sie eine Bestätigung brauchen.«

»Und wo haben Sie gestern Abend gegessen?«

»Im White Crow«, sagt er.

»Schöner Ausblick«, entgegne ich.

Für einen Moment leuchten seine Augen auf. »Kennen Sie es?«

Ich nicke. »Die Weinkarte ist beeindruckend.«

Er lacht in sich hinein. Heute kein *Hö-hö*. »Junger Mann, ich weiß gar nicht, wovon Sie reden. Rockport ist eine trockene Stadt.«

»Das gilt auch für Restaurants?«

»Gestern Abend zumindest schon.«

Er hat meinen kleinen Test bestanden. Ich als Quasi-Alkoholiker mit Verbindungen zur Nordküste weiß nur zu gut, dass in Rockport grundsätzliches Alkoholverbot herrscht. Und Mr. Newbegin weiß es offensichtlich auch.

Ich frage: »Wissen Sie über den Vorfall nebenan Bescheid?«

»Nein«, sagt er, »aber ich dachte mir schon, dass irgendetwas nicht in Ordnung ist, wenn die Polizei hier so einen Lärm veranstaltet. Was ist passiert?«

»Jemand wurde ermordet.«

Er richtet sich kerzengerade auf. »Hier? Im Apartment nebenan?«

»Ja, genau.«

»Wann?«

»Letzte Nacht.«

»Ach«, sagt er. »Nun, es tut mir sehr Leid um diese unglückliche Kreatur. Wenn es mir wieder besser geht, werde ich etwas unternehmen.«

»Etwas unternehmen?«

»Blumen schicken, Geld beisteuern, irgendwas.«

»Warum werden Sie das tun?«

»Weil es sich so gehört, junger Mann. Haben Sie denn keinen Anstand? Nur jetzt im Moment geht es mir zu schlecht, um darüber nachzudenken, geschweige denn etwas zu tun.«

»Mr. Newbegin, Ihre Nachbarin ist nicht ermordet worden.«

»Nein? Dann ...?« Er schaudert. »Hat diese arme Kreatur jemanden getötet? Das wäre ja schrecklich, eine Mörderin zur Nachbarin zu haben. Hat die Polizei sie festgenommen?«

»Nein, aber sie wird noch überprüft, zusammen mit einigen anderen.«

»Sie meinen, sie läuft noch frei herum?«

»Unschuldig bis zum Beweis des Gegenteils.«

»Ich kann mir kaum vorstellen, dass sie jemanden getötet haben soll«, sagt er. »Das arme Ding. Es ist so tragisch, wenn Menschen sich als so etwas herausstellen. Dennoch sage ich: leben und leben lassen. Soll man sie etwa für das, was sie ist, an den Pranger stellen?«

Ich frage: »Wissen Sie denn, wer sie ist?«

»Wer?«

»Ihre Nachbarin.«

»Ich habe keine Ahnung«, sagt er. »Sie trägt oft Rosa, das ist alles, was ich weiß. Ehrlich gesagt, wir sind hier im Haus nicht die Art von Leuten, die sich miteinander befassen, und dafür bin ich ewig dankbar. Es gibt doch nichts Schlimmeres als einen Nachbarn, der unangemeldet und unerwünscht vor der Tür steht und etwas will. Hier respektieren wir die Privatsphäre und pflegen die Sinekure der Ruhe.«

Mr. Newbegin lässt sich das Wort auf der Zunge zergehen.

Ich werde es später mal an Nicole ausprobieren.

Er fährt fort: »Dies hier ist eine Oase fern des ständigen Gedränges auf den Straßen, des Herdentriebs und so weiter.« Er verlagert den Eisbeutel von der Wange an die Schläfe, und ich kann einen blauen Fleck am Kiefer erkennen. »Ich befürchte, ich bekomme einen meiner Migräneanfälle«, sagt er. »Der bloße Gedanke an diese erdrückenden Massen reicht schon, um mein Nervenkostüm zum Flattern zu bringen.«

Ich erwidere: »Vielleicht bereiten Ihnen die Blumen Kopfschmerzen.«

»Nein, nein«, sagt Newbegin. »Meine Kopfschmerzen setzen immer nach großen Aufregungen ein. Allein der Gedanke, dass meine Nachbarin eine Mörderin ist!«

»Wer stellt sie dort hin?«

»Was?«, fragt er.

»Die Blumen.«

Er blafft mich an: »Warum stellen Sie so viele Fragen?«

»Es tut mir Leid, aber das muss sein.«

Er wird schnell wieder zahm. »Nein, mir tut es Leid, junger Mann. Es geht mir nicht gut, das sehen Sie ja. Und was die Blumen betrifft, die suche ich aus.«

»Sie erinnern mich an jene, die in der Vade-Mecum-Gesellschaft standen.«

»Da haben Sie gut aufgepasst«, sagt er. »Sie kommen vom selben Floristen. Und wenn Sie jetzt nichts dagegen haben ...« Er sinkt wieder gegen den Türrahmen. »Der Zeitpunkt ist nicht günstig. Sie müssen mich entschuldigen.«

»Eine Sache bitte noch. Sie sind sehr hilfsbereit gewesen. Haben Sie Ihrer Nachbarin je die Haustür aufgedrückt?«

Er zögert, bevor er antwortet. »Belaste ich mich dadurch?«

»Ich sammle bloß Informationen«, sage ich.

»Aber ich muss nicht vor Gericht erscheinen oder so?«

»Es kann sein, dass Sie eine offizielle Aussage machen müssen.«

Er denkt darüber nach und sagt dann: »Ich habe sie in der Tat sehr oft hereingelassen. Ich glaube, sie trinkt, und das arme Ding braucht all die Unterstützung, die es bekommen kann. Und diese Art der Wohltätigkeit kostet ja nichts.«

»Drücken Sie auch anderen Leuten die Tür auf?«

»Nein«, sagt er. »Und jetzt muss ich mich wirklich hinlegen.«

Er zieht sich in sein Apartment zurück und schließt die Tür.

Schnüffelei beendet, Zeit zu gehen. Aber zuerst stecke ich mein Gesicht in den Blumenstrauß neben F. Lloyd Newbegins Tür und atme tief ein. Irgendetwas an diesem süßen Duft macht mich kirre, sowohl hier als auch in der Vade-Mecum-Gesellschaft. Ich stehe hier und schnuppere wie ein Mädel vom Lande an den Blumen, als nebenan ein Bulle aus Fannie Maes Apartment kommt. Er sieht mich und grinst. Vielleicht kann er sich noch von gestern Nacht her an mich erinnern, oder vom Revier oder sonst woher. Ich richte mich auf, lächele ihn an und winke. Er kommt zu mir herüber.

Ich erzähle ihm: »Ich war letzte Nacht hier.«

Der Bulle nimmt mich wachsam unter die Lupe. »Sie kamen mir bekannt vor.«

»Ich kenne Lieutenant Branco. Ich mache hier nur so ein bisschen Aufräumarbeit.«

»Ach ja?«, fragt er. »Für den Lieutenant?«

»Sozusagen«, entgegne ich. Nur ein paar Silben, aber meine Stimme zittert wie die der beiden alten Omis aus dem ersten Stock. Ich nehme Haltung an und frage ihn: »Wissen Sie, wann der Typ nach Hause gekommen ist?« Noch nicht wie Clint Eastwood, aber immerhin kein zittriger, jämmerlicher Sopran mehr. Ich zeige auf Mr. Newbegins Tür.

Der Bulle starrt mich an und erwidert: »Ungefähr vor einer halben Stunde.«

»Danke«, sage ich mit einem angedeuteten Knurren, das bei mir ja doch nichts wird.

Dann gehe ich den Flur hinunter und verlasse das Gebäude.

19

Gegen halb fünf bin ich zu Hause. Ich atme etliche Male tief durch, um mich zu entspannen, bevor ich Branco anrufe, um ihm von meinen unerlaubten Aktivitäten auf dem Beacon Hill zu berichten. Aber – welche Erleichterung! – er ist nicht erreichbar, und meine nervenzerrüttende Beichte muss warten.

Ich rufe einen netteren Menschen an.

Benjy nimmt nach dem ersten Klingeln ab.

Ich sage: »Kassierst du immer noch Feiertagszulagen?«

»Penny! Wo bist du? Was hast du an?«

»Beweg die Finger, Benjy. Ich brauche Hilfe.«

»Ich bin gleich da.«

»Ich brauche die ungeschminkte Wahrheit über Miss Fannie Mae Knox.«

»Die schon wieder? Penny, warum bist du so auf Drag-Queens fixiert?«

»Das ist keine Fixierung. Es geht nur um eine bestimmte Drag-Queen.«

»Noch schlimmer«, sagt Benjy.

»Aber diese hat etwas zu verbergen, und das beunruhigt mich.«

»Es reizt dich wohl eher. In den guten alten Zeiten hättest du ihr die Haare schamponiert und ihren Widerstand gebrochen.«

»Ich hätte ihre *Perücken* schamponiert, Benjy. Und ihren Widerstand kann man nicht brechen.«

»Hart wie Titan.«

»Und genauso teuer«, sage ich. »Aber diese Zeiten sind vorbei. Ich mache keine Haare mehr und du auch nicht.«

»Aber wir haben uns ja noch«, sagt er.

»Genau. Also, wie steht's mit Fannie Mae Knox?«

Benjy seufzt. »Vielleicht hat sie ja eine Website.«

Er spult seine Tipp-Träller-Routine ab. Entstehen so neue Sprachen?

»Okay, Penny, meinem nicht unerheblichen Nachforschungstalent ist es nicht gelungen, irgendetwas von Belang über Fannie Mae Knox auszugraben. Und ja, bevor du fragst, ich habe bereits alle in Frage kommenden Schreibweisen ausprobiert. Das Einzige, was ich finden kann, sind eine Reihe von Verlinkungen zu Niedrigpreis-Hypotheken für Erstkäufer von Häusern.«

»Das ist sie nicht, es sei denn, ihr gehört die Gesellschaft.«

Er sagt: »Es ist eine Behörde.«

»Vielleicht ist das gerade der Witz, Benjy. Sie hält sich selbst für eine Mischung aus Immobilienhai und Fort Knox.«

»Hast du ihre Adresse?«

»Jetzt schon, nachdem ich heute Morgen noch mal dorthin zurückgekehrt bin.«

»Zu ihrer Wohnung?«, fragt er.

»Man kriegt nicht alle Informationen aus einem Computer.«

»Aber die meisten schon, Penny.«

Benjy tippt meine Adressinformation ein.

Er sagt: »Es sieht so aus, als ob die in Frage kommende Immobilie einer Person namens Fannie Mae Knox gehört.«

»Aber das ist ihr Name als Drag-Queen. Wie heißt sie wirklich?«

»Bleib dran«, sagt er. »Ich grabe etwas tiefer nach.«

Weitere Tippgeräusche, weitere Soundeffekte. Die Zeit vergeht.

»Der Server ist heute lahm«, sagt er. Dann: »Nö, genau so ist der Besitz registriert, Penny. Fannie Mae Knox.«

»Das kann nicht sein.«

»Penny, es ist eine Tatsache. Ich kann's nicht ändern.«

»Aber sie ist eine Drag-Queen.«

»Ja und? Die können doch auch Eigentum erwerben.«

»Aber der Name ist doch nicht echt.«

»Er ist zwar nicht echt«, sagt Benjy, »aber er kann dennoch legal sein. Schauspieler machen das so. Warum nicht auch Drag-Queens?«

»Aber irgendwer muss doch irgendwo einen Eintrag darüber haben, wer sie war, bevor sie Fannie Mae Knox wurde.«

»Ja, die CIA, Penny. Und nein, ich habe keinen Zugang.«

»Wer denn?«

»Wahrscheinlich dein Freund, der Bulle.«

»Kannst du noch mal im DBA-Register nachsehen?«

»Aha«, sagt er. »Mein Penny ist ja so ein guter Schüler. Wir haben gestern erst die DBA durchgenommen.«

»*Doing business as*, sagtest du. Gestern ging es um Heather Blossom. Also, wer betreibt sein Geschäft unter dem Namen Fannie Mae Knox?«

»Ich würde es mit dir tun, Penny. Jederzeit.«

»Konzentriere dich, Benjy. Konzentriere dich auf die dir gestellte Aufgabe.«

Benjy tippt und fragt mich: »Warum musst du so ein Spielverderber sein, Penny?«

»Diese Untersuchung ist mein Spiel.«

»Und wenn die erledigt ist?«

»So weit kann ich nicht im Voraus denken.«

»Du bist gar nicht lustig.«

»Mag sein. Erzähl mir einfach, ob Fannie Mae Knox ein DBA ist.«

»*Okay*, Penny! Meine Güte, wer hat dir bloß heute in die Suppe gespuckt? Ich fahre ja schon auf der Überholspur, aber manchmal sind die Server eben etwas langsam.«

»Ich habe das Gefühl, als ob mir die Zeit davonrennt.«

»Das tut sie, Penny. Uns allen. Okay, hier ist es. Sieht nicht danach aus, als ob Fannie Mae Knox ein DBA ist, aber ich habe noch eine Datenbank im Ärmel, mit retrogradem Inversionsmodus.«

»Retrograder Inversionsmodus?«

»Schräg, was?«, sagt Benjy. »Das bedeutet, dass ich rückwärts und von unten nach oben suchen kann.«

»Und das soll was bringen?«

»Ach ihr, die ihr schwach im Glauben seid ...« Während er tippt, gibt Benjy sanfte, lockende Laute von sich, und der Computer gehorcht ihm. Schließlich sagt er: »So, so.«

»So, so was?«

»Penny, kommt dir das bekannt vor? Die Dolly Madison Rugala Widerrufliche Beschränkte Teilhabertreuhandgesellschaft?«

»Die Firma, der das Cubbyhole und die Hälfte des Gunsmoke Saloons gehören.«

»Beinahe Bingo, Penny! Es ist nicht gerade eine Firma, aber ich muss sagen, du hast deine gestrige Lektion gut gelernt.«

»Du warst mein Lehrer, Benjy.«

»Wann wirst du *mir* endlich etwas beibringen, Penny?«

»Ich bezweifle, dass ich dazu in der Lage bin. Konzentrier dich, Benjy.«

»Ach ja. So! Die Dolly Madison Rugala Widerrufliche Beschränkte Teilhabertreuhandgesellschaft besitzt das Cubbyhole und einen Teil des Gunsmoke, okay?«

»So weit, so gut.«

»Und jetzt hör gut zu. Sie besitzt außerdem noch eine juristische Person, eine Firma sozusagen, die sich Fannie Mae Knox nennt.«

»Wie kann ein Unternehmen eine Person besitzen?«

»So wie Snips Salon dich besitzt.«

»Schlechter Scherz, Benjy.«

»Tut mir Leid. Aber denk daran, Penny, es ist eine Treuhandgesellschaft, kein Unternehmen. Und du verwechselst auch Fannie Mae Knox, die Drag-Queen, mit Fannie Mae Knox, der juristischen Person.«

»Dann klär mich mal auf.«

»Da gibt es zum einen Mercedes-Benz, die Autofirma, nicht wahr?«

»Jaa ...«

»Das ist die juristische Person. Und jetzt wohnt im Nachbarort ein Typ namens Stanley Benz, dessen Tochter Mercedes heißt, okay? Sie ist die Person.«

»Ein bisschen weit hergeholt, Benjy, aber ich kann dir folgen.«

»Du folgst mir in einem Benz? Sehr hübsch, Penny.«

»Benjy ...«

»Okay, der Kernpunkt ist, dass dies bloß Namen sind. Die juristische Person und die Person könnten zufälligerweise äußerst innig verbunden sein, sprich, *ein und dasselbe Wesen* sein. Sie können aber auch ganz und gar *nicht* miteinander in Beziehung stehen und *nicht* ein und dasselbe Wesen sein, weder dem Aussehen noch der Form nach.«

Ich sage: »Also lebt Fannie Mae Knox, die Person, in einem Apartment, das Fannie Mae Knox, der juristischen Person gehört, welche wiederum im Besitz der Dolly Madison Rugala Beschränkte Teilhabertreuhandgesellschaft ist.«

»Widerrufliche«, sagt Benjy. »Ja.«

»Ich kapier das zwar immer noch nicht, aber macht ja nichts.«

»Wichtiger ist es«, sagt er, »dass wir wissen, dass es eine echte Dolly Madison Rugala gibt, die in Baltimore lebt.«

»Also dann: *cherchez la femme.*«

»Wäre eine Idee«, sagt Benjy.

»Ich kann jetzt bloß nicht nach Baltimore fahren. Vielleicht sollten wir sie anrufen.«

»Wir?«, fragt Benjy.

»Schon gut, ich.«

»Penny, wenn du eine reiche Witwe aus Baltimore wärst, würdest du dann einem Telefonanruf eines privaten Schnüfflers aus Boston trauen?«

»Nein.«

»Dann sollte vielleicht dein Freund, der Bulle, sie anrufen.«

»Ich glaube kaum, dass Branco diesem Hinweis nachgehen würde«, sage ich. »Er denkt dann wieder, ich hätte in meine Kristallkugel geguckt und die Nüsse geschaukelt.«

»Ich wette, seine sind wie Titan – selten, wertvoll, hart.«

»Titan ist außerdem ein Leichtmetall, Benjy.«

»Dann nehme ich alles zurück.«

Ich sage: »Und mir gehen diese Blumen nicht aus dem Sinn.«

»Von Nüssen zu Blumen, so ist mein guter Penny.«

»In diesem Flur, gleich neben Fannie Maes Apartment, da stehen Blumen.«

Benjy stöhnt. »Zurück zur Drag-Queen?«

»Und der Geruch kam mir bekannt vor.«

»Inwiefern bekannt?«

»Wie ein Make-up oder so was. Vom Ballett her erinnere ich mich noch an den Geruch in den Umkleideräumen nach dieser Gesichtscreme, mit der die Tänzer sich abschminkten.«

»Das liebe ich an dir, Penny. Da bist du in einem Umkleideraum voller Balletttänzer, und auf was achtest du? Auf die Gesichtscreme. Vielleicht sind es ja gar nicht die Blumen, die du da riechst, sondern das Make-up deiner Drag-Queen. Du weißt ja, wie viel die so verbrauchen.«

»Sie ist nicht meine Drag-Queen.«

»Dann eben unsere Drag-Queen«, sagt Benjy. »Ist sie *unsere* Drag-Queen?«

Ich sage: »Aber die Blumen sind nicht von ihr. Sie sind von ihrem Nachbarn, dem Typ, der bei der Bostoner Vade-Mecum-Gesellschaft arbeitet.«

»Vielleicht hat er die Blumen für sie gekauft.«

»Aber er hat genau die gleichen Blumen in seinem Büro.«

Benjy sagt: »Na, dann hat *sie* die Blumen vielleicht für *ihn* gekauft. Vielleicht sind sie heimliche Geliebte oder so.«

»Nein, er hat mir erzählt, dass er die ganzen Blumen bestellt.«

»Apropos heimliche Geliebte ...«

»Benjy, vielleicht muss ich die Grillparty morgen absagen.«

»Warum? Schmeißt die Drag-Queen eine Privatparty oder was?«

»Nein«, sage ich. »Es ist wegen Branco. Ich glaube nicht, dass er kommen wird. So, wie diese Untersuchung zurzeit läuft, werde selbst ich womöglich gar nicht können.«

»Penny, das Leben geht weiter, auch während einer Morduntersuchung.«

»Dann wären es vielleicht nur du und Nicole.«

»Und die Frau deines Bullen«, sagt Benjy. »Sie wird kommen.«

»Wir müssen das kurzfristig entscheiden.«

»Und dann?«, fragt Benjy. »Holen wir die gefrorenen Vorspeisen aus der Kühltruhe und schmeißen sie in die Mikrowelle?«

»Benjy, es ist eine Grillparty. Es gibt kein *cordon bleu.*«

»Bei einem Barbi muss man sich nicht auf Fast Food beschränken.«

»Bei einem was?«

»Einem Barbi, Kurzform für Barbecue.«

»Wo redet man denn so?«

»In den besseren Kochkreisen.«

»Als da wären?«

»Penny, ich bin auf das Culinary Institute gegangen, als ich noch in San Francisco lebte.«

»War das zu deiner Zeit als Foxtrott-Champion?«

»Genau«, sagt Benjy. »Ich habe meinen Tanzpartner im Kochkurs kennen gelernt.«

»Den Hetero aus Oregon, der mit Männern tanzt.«

»So geht das nun mal zu in Kalifornien.«

»Zuerst die Tanzmedaille, jetzt die Chefkochmütze. Wieso weiß ich nichts von all dem über dich?«

Benjy sagt: »Weil du mir keine Gelegenheit gibst.«

»Gelegenheit wozu?«

»Dir zu zeigen, was ich alles für dich tun könnte.«

»Benjy, lass es uns ganz simpel gestalten, dann gibt es auch keine langen Gesichter, wenn es nichts wird.«

»Natürlich, Penny. Ich kann warten.«

»Ich sprach von der Grillparty, Benjy.«

»Die auch«, sagt er. »Willst du das Handy noch haben? Ich könnte es dir morgen vorbeibringen und dich unterweisen.«

»Ich schätze, es ist unumgänglich.«

»Du wirst nie wieder der Alte sein.«

»Genau davor habe ich Angst.«

Wir verabschieden uns.

Einen Anruf muss ich noch erledigen, bevor ich mich für die große Tanzparty heute Abend zurechtmache. Ich rufe Nicole an und berichte ihr von Ramons krimineller Handlung gegenüber der jungen Frau vom Beacon Hill.

Nicole ist völlig hochnäsig. »Er wird kostenlos die notwendigen Änderungen vornehmen, Stanley.«

»Er wird ein Trinkgeld rausschinden.«

»Jeder macht mal Fehler, Darling, selbst du.«

»Nikki, ich habe niemals jemanden aus Snips hinausgehen lassen, der *so* aussah.«

»Ramon war an dem Tag besonders müde.«

»Ramon *ist* besonders müde. Punkt.«

»Dann weißt du ja jetzt, warum ich dich hier im Laden wieder brauche, damit du ein Auge auf alles hast und solche Katastrophen gar nicht erst passieren können.«

»Schatz, ich würde nur unter der Bedingung wiederkommen, dass Ramon vorher rausgeflogen ist.«

»Sei nicht grausam, Stanley. Er zieht eine Menge Kundschaft an.«

»Aber er hat keine Ahnung vom Frisieren.«

»Es gibt Wichtigeres im Leben als erlesene Haarpflege.«

»Schatz, mit der Einstellung wirst du deinen guten Ruf verlieren.«

»Es ist unser Ruf, Stanley, wenn ich dich erst mal dazu gebracht habe, den Vertrag zu unterschreiben.«

»Ich würde höchstens ein stiller Teilhaber werden, Nikki.«

»Das ist genetisch unmöglich.«

»Dann werde ich mich auf das *droit du seigneur* berufen.«

»Darling, ich glaube, dabei handelt es sich um einen feudalen Brauch, bei dem der Grundbesitzer noch vor dem Bräutigam Sex mit der Braut hatte. Und ich hätte nie vermutet, dass du Ramon gegenüber solche Neigungen verspürst.«

»Eins zu null für dich, Nikki. Aber um bei diesem feudalen Beispiel zu bleiben: Wenn sich herausstellte, dass die junge Braut *keine* Jungfrau mehr war, konnte sie für immer verbannt werden.«

»Den Teil hast du dir ausgedacht.«

»Und da Ramon alles andere als jungfräulich ist, würde ich sagen: Ab dafür!«

»Stanley, dies könnte bereits unsere erste geschäftliche Unstimmigkeit werden.«

»Wohl kaum, Schatz. Ach übrigens, ich muss vielleicht die Grillparty für morgen absagen.«

»Aber es sind nicht mal mehr vierundzwanzig Stunden bis dahin. Deine Gäste rechnen fest damit.«

»Das hier ist die Gästeliste, Nikki. Du, ich, Branco mit Frau und Benjy. Wem aus dieser kleinen Gruppe würde es schon das Herz brechen, wenn ich die Veranstaltung absage?«

»Zum einen Benjamin.«

»Benjy ist der Einzige.«

»Und Costanza wahrscheinlich auch. Sie scheint nicht oft auszugehen.«

»Hast du mit ihr gesprochen?«

»Sie ruft mich gelegentlich an«, sagt Nicole. »Das arme Mädchen hätte nie gedacht, dass Vitos Arbeit ihn so oft von zu Hause fern hält.«

»Was, sie will auch noch tagsüber bedient werden?«

»Stanley ...«

»Wenn das Baby erst mal da ist, wird sie reichlich Beschäftigung haben.«

»Das ist eine chauvinistische Attitüde.«

»Wortschatz-Alarm!«

Nicole sagt: »*Ich* sage voraus, dass Vito, wenn das Baby erst mal geboren ist, viel mehr Zeit zu Hause verbringen wird. Und du musst alles zurücknehmen.«

»Aber jetzt gerade«, sage ich, »ist Branco mit der Aufklärung eines Doppelmordes beschäftigt und kann deshalb höchstwahrscheinlich nicht zu der Grillparty kommen. Und wenn er nicht kann, warum soll ich die Party dann machen?«

»Ach so«, sagt Nicole. »Das ist der Stand der Dinge.«

»Welcher Dinge?«

»Die Dinge in deiner Version der Welt, Stanley.«

»Was soll das heißen?«

»Ist egal, mein Lieber. Was machst du heute Abend? Heute ist Sonntag, also zwei Videos. Stimmt's? Und wie üblich allein?«

»Diese Woche nicht, Schatz. Ich arbeite noch immer an dem Fall, als freier Mitarbeiter, und deshalb gehe ich heute Abend zur Mucho-Macho-Honcho-Tanzparty.«

»Geht Benjamin mit?«

»Ich gehe zur Arbeit, Schatz, und nicht zum Vergnügen.«

»Zu schade«, sagt sie. »Na ja, klingt aber immer noch besser, als allein zu Hause zu sitzen.«

»In meiner Sinekure der Ruhe«, sage ich, um zu hören, wie F. Lloyds Worte auf sie wirken.

Nicole schnappt nach Luft.

»Was ist, Schatz?«

»Stanley, das ist ein Pleonasmus.«

»Ich wusste, dass du beeindruckt sein würdest.«

Sie unterdrückt ein Lachen. »Vielleicht solltest du das Wort nachschlagen.«

Dann legt sie auf.

Nachdem ich so alle Telefonate erledigt habe, stelle ich mein Abendessen zusammen: in Butter und Olivenöl gebratene Hähnchenbrust mit einem Schuss Zitrone und Kapern und dazu ein Spinatsoufflé (tiefgefroren und in der Mikrowelle atomisiert – tut mir Leid, Benjy).

Während ich dusche und mich für eine weitere Nachtschicht als Schnüffler zurechtmache, denke ich an all die Leute, die ihr Feiertagswochenende »normal« verbringen. Sie gehen auf Partys, trinken, machen Grillfeten, treffen sich mit Freunden, läuten die Bräunungssaison ein oder vergnügen sich auf andere Weise. Dann denke ich an Chester und Palladin, die beide nirgendwo sind und nichts tun, soweit das irgendwer auf Erden beurteilen kann. Und dann höre ich auf zu denken.

Fertig angezogen, mache ich mich auf den Weg und ziehe gerade die Tür hinter mir zu, als ich das Telefon klingeln höre. Der Anrufbeantworter schaltet sich ein. Branco ist dran. Ich eile wieder hinein und hebe ab.

»Hallo, Lieutenant.«

»Schon wieder außer Atem?«

Ich bin immer außer Atem, wenn du anrufst, Vito.

Ich sage: »Ich war schon auf dem Weg zur Tanzparty.«

»Ich habe gehört, dass du dem Beacon Hill heute einen Besuch abgestattet hast.«

»Ähm ...«

»Wie hast du es angestellt?«, fragt er. »Dir die Apartmentnummern auf den Papieren gemerkt, die auf meinem Schreibtisch lagen?«

»Ein Freiberufler nimmt, was er kriegen kann.«

»Du hast einem der Spurensicherungstypen gesagt, ich hätte dich geschickt.«

»Nicht direkt«, sage ich.

»Aber es kommt hin.«

Ich gebe es zu. »Es kommt hin.«

»Warum hast du das getan?«

»Du meinst, warum ich dort hingegangen bin?«

»Warum du meinen Namen benutzt hast!«, sagt er.

»Weil«, erwidere ich und zaudere, »weil ich etwas nachprüfen wollte, eine einfache Tatsache, und dieser Bulle wusste die Antwort, und so habe ich deinen Namen fallen lassen, um die Information zu bekommen. Es hatte mit meiner Arbeit zu tun, falls das was zählt.«

»Mach es nicht wieder«, sagt er. »Und, hast du was herausgefunden, das ich unbedingt sofort wissen sollte?«

Ich lasse die langweiligen Kleinigkeiten weg und komme direkt zu der Tatsache, dass F. Lloyd Newbegin der Nachbar von Fannie Mae Knox ist.

Branco fragt: »Ja und?«

»Zweierlei. Erstens, seine Zähne.«

»Seine Zähne?«, fragt Branco.

»Er hatte neue Zähne.«

»Und?«

»Woher bekommt man am Feiertagswochenende neue Zähne?«

Branco sagt: »Vielleicht hatte er sie schon vorher.«

»Die zweite seltsame Sache – die Blumen im Flur.«
»Um Himmels willen!«, sagt Branco.
»Newbegin hat in seinem Büro Blumen, die genauso riechen.«
Stille am anderen Ende der Leitung.
»Lieutenant? Hallo?«
Nach einem Weilchen ist Branco wieder dran. »Tut mir Leid, Stan, ich habe hier eine Menge um die Ohren.«
»Da ist noch etwas«, sage ich. »Bist du auf eine Verbindung zu Dolly Madison Rugala in Baltimore gestoßen?«
»Nein, wieso?«
»Sie ist eine alte Erbin, die eine Treuhandgesellschaft gegründet hat, der Fannie Mae Knox' Apartment gehört sowie der halbe Gunsmoke Saloon und das ganze Cubbyhole.«
»Du bist fleißig gewesen«, sagt der Bulle.
Ich war ein braver Kleiner Kumpel.
Ich erwidere: »Mein Kontaktmann war fleißig.«
Er sagt: »Richte deinem Kontaktmann aus, dass er mich umgehend anrufen soll.«
»Roger!«
»So heißt er?«
»Nein, sein Name ist Benjy.«
»Wer ist Roger?«
»Roger«, sage ich, »wie ›alles klar‹ oder ›gebongt‹.«
Es ist wieder still am anderen Ende.
»Lieutenant?«
»Tut mir Leid, Stan. Hier geht's zu wie im Irrenhaus.«
»Was ist aus Bistany Evans geworden?«
Er sagt: »Sie hat ihr Alibi mit Colt Remington ganz fix widerrufen. Hat sich alles in Rauch aufgelöst, und dabei hatte ich mein Folterwerkzeug noch gar nicht ausgepackt.«
Vielleicht hat die Hoffnung sie angetrieben, dass er noch was ganz anderes auspackt.
Ich sage: »Dann hast du sie also verhaftet? Schuldig im Sinne der Anklage.«

»Freu dich nicht zu früh, Stan.«

»Wie hast du sie schließlich überführt?«

»Stan, du ziehst voreilige Schlüsse.«

»Hing es mit dem Geschäft in Los Angeles zusammen?«

Branco sagt: »Das hat sich als die reine Wahrheit erwiesen. Bistany Evans hat mir die ganze Geschichte von Ramona Warwitch erzählt, und es ließ sich alles überprüfen, ist alles legal.«

»Was ist mit dem gestohlenen Geld?«

»Daran arbeiten wir noch«, sagt er.

»Hat sie es geleugnet?«

Branco sagt: »Darüber kann ich nicht sprechen.«

»Warum nicht?«

Schweigen in der Leitung.

»Lieutenant?«

Er sagt: »Ich kann Bistany Evans nichts fragen, weil ich sie eben auf freien Fuß gesetzt habe.«

»Du hast was?«

»Gerade eben«, sagt er. »Ich musste sie laufen lassen.«

»Aber sie ist schuldig!«

»Nein, Stan, das behauptest *du*.«

»Du hättest sie festhalten können.«

»Sieh mal«, sagt er in hartem Ton. »Sie hat einen Anruf nach Los Angeles gemacht, und schon hatte ich ihren Anwalt an der Strippe. Und sein erstes Wort war: ›Nötigung.‹ Kein guten Tag, kein Name, nichts. Nur ›Nötigung‹.«

»Und du hast klein beigegeben?«

»Das musste ich! Ich stehe zu dem, was ich für richtig halte. Ich riskiere meinen Job dafür. Aber ich habe keine Beweise. Und ich schulde dir mit Sicherheit keine Erklärung.«

»Dann hast du also Bistany Evans gehen lassen.«

»Das musste ich!«, wiederholt er.

»Dann werde ich sie wohl bei der Tanzparty treffen.«

»Ich will nicht, dass du dort hingehst, Stan.«

»Warum nicht?«

»Bloß ... geh nicht.«
»Ist was im Busch?«
Branco sagt: »Ich kann nicht darüber reden.«
»Schickst du verdeckte Ermittler hin?«
»Ich sagte schon, dass ich nicht darüber reden kann.«
»Du musst mir ja nicht sagen, wer sie sind.«
»Da hast du verdammt Recht!«, erwidert Branco.
»Ich dachte, wir arbeiten zusammen.«
»Du bleibst heute Abend zu Hause«, sagt er. »Ich rufe dich später an.«
»Wann später?«
Aber er hat schon aufgelegt.
Zu Hause bleiben?
Aber sicher doch.

20

Um kurz nach sieben komme ich am Castle an. Die Tanzparty ist von sechs bis zehn angesetzt. Vielleicht soll so den knospenden Liebschaften anschließend noch genug Zeit für die volle Blüte eingeräumt werden. Und falls die Tanzparty in romantischer Sicht nichts abwirft, dann ist es noch früh genug, die Bars und Klubs aufzusuchen, wo man selbst an einem Feiertagswochenende – gerade an einem Feiertagswochenende – noch einen willigen Bettgefährten auftreiben kann. Sehen wir den Tatsachen ins Gesicht: Am Wochenende vor dem Memorial Day muss man einfach flachgelegt werden. Sonst hält der Sommer eine Sexdürre für dich bereit. Das ist genauso zuverlässig wie die sieben Wochen Regen, die auf einen regnerischen Siebenschläfertag folgen.

Oder auch nicht.

Im Gegensatz zu meinen vorangegangenen Besuchen im Castle, als der Bürgersteig im Rhythmus der Musik erbebte, dringt heute kein Laut aus dem großen Saal nach draußen. Nichts. *Nada. Nihil.*

Im Foyer verkauft kein rosa Etwas Eintrittskarten oder kontrolliert Ausweise. Die letzte Gelegenheit, sich einen Liebsten zu angeln, ist offenbar kostenlos. Im großen Saal tummeln sich jedoch eine Menge Leute. Als ich hineingehe, dröhnt kurz ein trommelfellzerreißender Lärm aus den Lautsprechern:

BY YOUR MAN!

Dann ist es still.

Ungeduldiges Gemurmel und Gemecker ertönt aus der Menge: »Los jetzt!« »Repariert das Teil!« »Kauft euch 'ne neue Anlage!«

YOUR MAN!

Ich erkenne die abgewürgte Stimme Patsy Clines.

STAND B... ! STAND B... ! ST-ST-ST-ST-ST!

Die Menge stöhnt verärgert.

Und die arme Patsy hat sich ein digitales Stottern eingefangen.

Ich sehe Heather Blossom und Fannie Mae Knox zusammen in der Nähe der Bühne stehen und gehe hinüber.

»Guten Abend, die Damen. Was gibt's denn hier für ein Problem?«

»Problem?«, erwidern sie im Chor.

GO WALKIN'! WALKIN'!

Die Entrüstung des Publikums nimmt zu.

»Dieses Problem«, sage ich. »Die Musik, oder besser gesagt, ihr Ausbleiben.«

Fannie Mae erklärt: »Da Bistany, äh, indisponiert ist, haben wir Colt die Rolle des Zeremonienmeisters übertragen. Aber dadurch brauchten wir jemanden, der sich um die Musik kümmert. Deshalb bringt Colt jetzt Kitty bei, wie die Anlage funktioniert.«

»Weit sind sie noch nicht damit gekommen«, sage ich.

WALKIN'! WHEN I! WALKIN'! WA-WA-WA-WA-WA!

Heather steht da und strahlt, als ob alles in Butter wäre. »Was viel wichtiger ist«, sagt sie, »ist, dass wir jetzt, wo alles geklärt ist, für die Zukunft planen und wieder dahin zurückkehren können, wo wir waren, bevor wir uns alle von Bistany Evans und ihren schicken Ideen haben mitreißen lassen. Ab jetzt gibt es einfach nur den Gunsmoke Saloon in Boston, und der reicht für diese Stadt auch völlig aus.«

Boston, die Stadt, in der der Fortschritt sich in retrograder Inversion befindet.

Fannie Mae sagt: »Glücklicherweise war ich so vorausschauend und habe meine Mittel nicht direkt in Bistanys Hände gelegt. Wer weiß, wo das Geld sonst gelandet wäre?«

Ich sage: »Vielleicht in Los Angeles.«

Heather und Fannie Mae schlucken beide nervös.

CRAZY!

Heather sagt fröhlich: »Es ist traurig, dass Bistany so nett zu sein schien. Ich hätte sie niemals für eine Mörderin gehalten. Es ist einfach schrecklich. Ich bin ganz schön froh, dass die Polizei sie schließlich eingebuchtet hat.«

»Hat sie nicht«, sage ich. »Nicht mehr. Sie haben sie laufen lassen.«

»Sie laufen lassen?«, fragen Heather und Fannie Mae gleichzeitig.

»Aus welchem Grund?«, fragt Fannie Mae.

»Mangel an Beweisen.«

Plötzlich sieht Heather besorgt aus. »Du meinst, sie läuft frei rum?«

»Und kann tun und lassen, was sie will«, sage ich.

CRAZY!

Heather sagt: »Vielleicht sollten wir mal was wegen der Musik unternehmen.«

Ich sage: »Ich kapiere immer noch nicht, was es mit dieser Treuhandgesellschaft auf sich hat.«

»Dann sollten Sie es vielleicht aufgeben«, erwidert Fannie Mae.

»Aber es gibt so viele Verbindungen dorthin – der Gunsmoke Saloon, das Cubbyhole, Ihr Apartment ...«

Fannie Mae und Heather fällt die Kinnlade runter.

Fannie Mae sagt: »Da war aber jemand hinter den Kulissen ganz besonders fleißig. Haben Sie der Polizei von Ihrer kleinen Entdeckung erzählt, Kürbis?«

»Das hat die nicht interessiert.«

Sie lächelt. »Es gibt also doch noch Leute mit Verstand.«

»Aber ich dachte mir, da Sie beide durch diese Treuhandgesellschaft miteinander verbunden sind, wer weiß? Vielleicht sind Sie ja insgeheim miteinander verheiratet?«

CRAZY FOR FEELIN'!

»Verheiratet?«, fragt Fannie Mae und versucht, einen ihrer Gluckser erklingen zu lassen.

Heather sagt: »Nicht, dass wir es nicht versucht hätten.«

Fannie Mae erhebt die rosa behandschuhte Hand, um jedem weiteren Kommentar von Heather Einhalt zu gebieten. Dann sagt sie zu mir: »Es lässt auf Ihre eigene grobe und beschränkte Sichtweise schließen, Kürbis, dass Sie sich nicht vorstellen können, dass zwei Menschen durch eine vertrauensvolle, sich gegenseitig fördernde Freundschaft verbunden sind, ohne dass Sex dabei im Spiel ist.«

»Wer redet denn von Sex?«, frage ich. »Ich habe an die finanziellen Vorteile gedacht. Sie sagten gerade ›gegenseitig fördernd‹. Vielleicht haben Sie beide diese Treuhandgesellschaft gegründet, um Ihr gemeinsames Vermögen zu schützen. Sie betreiben immerhin gemeinsam Geschäfte. Eine Heirat könnte durchaus ein weiteres Mittel sein, Ihr Hab und Gut zu schützen.«

Fannie Mae sagt: »Wir sind Geschäftspartnerinnen, ja. Aber dazu müssen wir nicht den Bund der Ehe schließen.«

»War ja nur ein Gedanke«, sage ich.

»Vielleicht denken Sie zu viel, Kürbis.«

Heather steht jedoch da und sieht verletzt aus. Vielleicht *fühlt* sie zu viel.

Die Menge bricht plötzlich in Applaus aus, als Colt und Kitty zusammen von der DJ-Kabine herunterkommen. Sie traben auf die Bühne, und obwohl Colt die harten Flanken eines Hengstes hat und Kitty die zarten Tatzen eines Kätzchens, laufen sie perfekt im Gleichschritt.

Colt schnappt sich das Mikro und sagt: »Das tut uns Leid, Leute. Wir haben hier eine kleine Krisensituation, und ich wollte Kitty zeigen, wie er mit der Anlage umgehen muss.«

Kitty lehnt sich zum Mikrofon hinüber. »Ich kann auch noch was anderes als Nähen.«

Die Menge antwortet mit Gejohle und Geschrei und Miauen.

Colt grinst. »Aber ich habe mich entschlossen, die Konserven zu nehmen. Und bevor ich die aufdrehe, wollen Kitty und ich euch gern etwas mitteilen.«

Das Publikum grummelt frustriert.

»Es dauert nur eine Minute«, sagt Colt, »und dann werden wir verdammt noch mal die Hufe schwingen. Also Folgendes: Nach dem, was Chester Wright und Palladin zugestoßen ist, und nachdem Bistany Evans nun verhaftet worden ist ...«

Die Menge bricht in ein unglaubliches Gebrüll aus.

»Ja, genau«, sagt Colt. »Bistany hat die Jungs ermordet. Und deshalb haben Kitty und ich uns entschieden, Waffenstillstand zu schließen und uns in aller Öffentlichkeit zueinander zu bekennen.«

»Wir haben das Licht gesehen«, sagt Kitty, »und wir lieben uns.«

Liebe? Licht? Bei sexuellen Antonymen?

Jemand ruft: »Ich dachte, du wärst hetero, Colt.«

Kitty sagt: »Wir haben ein Übereinkommen. Colt kann hetero sein, wann immer er möchte. Das ist okay für mich. Hauptsache, ich bin sein einziger Mann.« Kitty schmiegt sich an Colt. »Hasi.«

Hasi?

Fannie Mae murrt: »Ich glaube, ich muss kotzen.«

Colt sagt: »Das Leben ist so einfach, wenn man akzeptiert, wer man ist.«

Kitty sagt: »Gleich nach der Tagung düsen wir ab nach Orlando.«

Heather sagt: »Oh, eine Juni-Braut.«

Fannie Mae verdreht die Augen.

Colt sagt: »Wenn man es genau nimmt, gehören wir zu der Art von Leuten, die in einem Vergnügungspark leben müssen ...«

»... wo wir den Unterhaltungsbedürfnissen unserer Mitmenschen entgegenkommen können«, beendet Kitty den Satz.

Colt fährt fort: »Eine Sache möchte ich euch jetzt noch sagen. Nach all diesen miesen Zwischenfällen ist mir klar geworden, dass ich all das, was ich anderen Menschen angetan habe – mit ihren Köpfen und Körpern herumzupfuschen –, nur getan habe, um mir selbst zu beweisen, wie stark ich war und wie viel Macht ich über andere hatte. Von jetzt an wird es keine weiteren Kämpfe oder Seelenklempnereien mehr für mich geben. Von jetzt an wird das einfache Leben gelebt.«

Einfaches Leben? Oder einfaches Gemüt? Innerhalb eines kurzen Feiertagwochenendes wird die wilde Macho-Bestie von einem zierlichen, tapferen Schneiderlein gezähmt. Diese Countrymusik hat es in sich.

Colt sagt: »Ich glaube, ich bin heute der glücklichste Mann auf Erden.«

Kitty sagt: »Ich auch.«

Colt sagt: »Und um den Mut zu feiern, den Kitty und ich aufgebracht haben, um an unseren eigenen Ort des Glücks und der Freude zu gelangen, wollen wir euch, das Publikum, bitten, uns die Erlaubnis zu erteilen, uns selbst den Preis des Zusammengehörigsten Paares zu verleihen.«

Das Publikum ist sprachlos.

Neben mir meutert Fannie Mae: »Wie können sie es wagen!« Ihre Worte, obgleich leise gesprochen, hallen durch die plötzliche Stille im Saal. Dann sagt sie zu Heather: »Das war nicht Teil der Abmachung.«

Heather fragt: »Willst du, dass ich da raufgehe und …«

»Nein«, sagt Fannie Mae. »Lass es. *Lass es einfach!*«

Auf der Bühne warten Colt und Kitty auf das Urteil des Publikums. Jemand ruft: »Macht doch, was ihr wollt, aber lasst uns endlich tanzen!«

Die Menge applaudiert.

Jetzt entsteht allerdings Unruhe am Eingang. Eine allzu bekannte Stimme will wissen: »Was geht hier vor?«

Es ist Bistany Evans, und sie sieht aus wie eine rachsüchtige Königin, die gekommen ist, um den unwürdigen Usurpatoren den Thron zu entreißen. Ich verlasse Fannie Mae und Heather und beeile mich, um Bistany am Pass den Weg abzuschneiden. Unterwegs entdecke ich auch die Loco Moto Mavericks im Saal. Vielleicht wird hier ja doch noch echte Unterhaltung stattfinden.

Ich erreiche Bistany und verstelle ihr den Weg.

»Sie!«, sagt sie. »Platz da!«

»Wie viele Leute wollen Sie noch umbringen, um Ihr dunkles und dreckiges kleines Geheimnis zu hüten?«

»Welches Geheimnis?«

»Was auch immer Chester über Sie wusste. Deshalb haben Sie ihn getötet, weil er etwas über Sie in Los Angeles wusste.«

Bistany kreischt: »Darum habe ich ihn *nicht* getötet! Ich meine, ich habe ihn *nicht* getötet!«

»Und dann mussten Sie Palladin töten, weil Chester ihm alles über Sie erzählt hat.«

»Ich habe niemanden getötet!«, sagt Bistany. »Hören Sie mal, ich habe der Polizei alles erzählt, und die haben mich laufen lassen. Also, wo liegt Ihr Problem?«

»Ich habe ein Problem damit, dass Sie ungeschoren mit einem Doppelmord davonkommen.«

»Um was genau handelt es sich eigentlich, wovon Sie glauben, dass ich eine solche Angst habe, dass man es herausfinden könnte?«

»Das weiß ich nicht«, sage ich, »aber es hat gereicht, um ...«

»Genauso ist es!«, sagt sie. »Sie wissen es *nicht*, und *deshalb* habe ich die Schnauze auch so gestrichen voll von Ihnen. Dann hören Sie jetzt mal zu, was ich zu sagen habe, und dann geht Ihnen vielleicht ein Licht auf.«

Sie pflügt durch die Menge in Richtung Bühne. Während sie sich Platz schafft, erkennen die Leute sie und beklatschen ihre Ankunft. Als sie auf die Bühne gelangt, bejubelt bereits das ganze Publikum ihre Rückkehr.

Und ich dachte, sie wäre der Feind.

Sie entreißt Colt das Mikrofon und wendet sich an das Publikum: »Ich grüße ohoich alle! Freut ihr eusch, dass ich wieder da bin?«

Der Jubel ist ohrenbetäubend. Das ist wie bei diesen Game-Shows, wo der Showmaster die Spieler *und* das Publikum erniedrigt.

Sie sagt: »Also, ich verspreche eusch, dass wir heute Abend eine Menge Spaß haben werden, Leute. Aber zuerst will ich eusch mein Herz ausschütten und die Wunden heilen, die diese schrecklichen Lügen, die über mich verbreitet werden, geschlagen haben. Ja, ich habe Chester Wright in Los Angeles gekannt. Ja, ich war dort seine Agentin. Und ja, ich habe meine Agentur ohne jegliche Vorankündigung an meine Klienten dichtgemacht und sie im Regen stehen lassen. Ich habe diese schwere Schuld das ganze letzte Jahr mit mir herumgetragen. Aber die Umstände ließen sich nun mal nicht ändern. Und dies ist die volle Wahrheit, so wahr mir Gott helfe: Ich habe niemals auch nur einen Cent von jemandem genommen, wenn ich ihn nicht rechtmäßig verdient hatte. Ich habe das Beste aus einer verfahrenen Situation gemacht, und nun trete ich hier vor ohoich alle hin und bitte eusch um Verzeihung. Auch wenn ihr mich vielleicht nicht persönlich kennt, bitte ich eusch, in eure Herzen zu schauen – es kostet eusch lediglich einen freundlichen Gedanken – und einen Weg zu finden, wie ihr mir all die schlechten Dinge verzeihen könnt, die ich in Los Angeles beging und die ich jetzt zutiefst bereue.«

Ein leises Murmeln geht durch die Menge.

»Ach, ich danke eusch!«, sagt sie. »Ich wusste, dass ich auf eusch zählen kann! Und damit ihr die *ganze* Wahrheit erfahrt, will ich ohoich allen den wahren Grund nennen, warum die Bostoner Polizei mich verdächtigt hat. Ich habe dies alles allein der Negativität einer einzigen Person zu verdanken. Da sieht man mal wieder, wie schlecht negatives Denken ist. Ein schlechter Gedanke kann eine ganze Polizeieinheit dazu bringen, eine Person für schuldig zu halten. Und, soll ich ohoich allen sagen, wer die Negativste Person Bostons ist?«

Und auf wen zeigt sie mit ihrem anklagenden Finger? Auf wen wohl? Auf mich.

»Sie!«, sagt sie. »Sie haben mir seit Freitag das Leben zur Hölle gemacht. Es ist alles Ihre Schuld!«

Meine Schuld? Was habe *ich* getan? Ich habe bloß versucht, sie für einen Doppelmord hinter Schloss und Riegel zu bringen. Das war alles. Und sie hat bisher weder verneint, Chester und Palladin getötet zu haben, noch hat sie uns ihr dunkles, schmutziges Geheimnis verraten. Wir wissen lediglich, dass sie als Agentin mit der Kasse durchgebrannt ist.

Wie dem auch sei, das Publikum heult mit der Wölfin. Sie werden mich jetzt wahrscheinlich teeren und federn. Bevor sie jedoch Gelegenheit dazu haben, knöpft sich Bistany Colt und Kitty vor, die noch immer auf der Bühne stehen und fassungslos sind, angesichts der soeben von Bistany aus dem Stegreif aufgeführten Zeremonie der Sühne und Reinigung.

Sie sagt zu ihnen: »Ich weiß ja nicht, was ihr zwei hier vorhabt, aber ich habe hier eine Tanzparty zu schmeißen. Colt, beweg deinen Arsch nach oben in die DJ-Kabine. *Sofort!*«

Aber Colt erwidert: »Die Zeiten sind vorbei, als ich noch nach deiner Pfeife tanzte. Mach doch selbst die Musik.«

Arm in Arm geht er mit Kitty von der Bühne. Kitty schaut

über seine Schulter zurück zu Bistany und fletscht die Zähne.

»Schlampe!«, sagt er.

Bistany schreit zurück: »Du bist die Schlampe, du kleine Schlampe!«

Das Publikum jubelt.

Kitty löst sich von Colt, dreht sich um, rennt zurück, springt in die Luft und wirft sich auf Bistany.

Sie schleudert ihn mit einem Judowurf zu Boden.

Keine weiche Landung.

Sie sagt zum Publikum: »Das hat Colt mir beigebracht.«

Sie jubeln.

Colt stellt sich für einen Schlagabtausch mit Bistany in Position, und sie fordert ihn heraus.

Durch rhythmisches Klatschen steigert der Mob sich in einen Schlachtruf hinein: »Los! Los! Los! Los!«

Colt überdenkt seine Attacke jedoch noch mal und zieht sich zurück. Er hat ja immerhin das Licht gesehen. So sammelt er nur Kitty vom Boden auf. Gemeinsam verlassen sie erniedrigt und geschlagen die Bühne.

Das Publikum bedenkt ihren Abgang mit Grölen und Buhrufen.

Dies ist keine Game-Show. Dies ist der Circus Maximus.

»Also!«, sagt Bistany, »kann einer von eusch den DJ ersetzen?«

Ein Typ ruft: »Ich!«

Bistany sagt: »Du bist engagiert! Schwing deinen Hintern rauf in die Kabine, und mach ein bisschen Musik für uns hier unten.«

Fannie Mae arbeitet sich derweil zum Ausgang vor. Ich bin kurz vor ihr dort und verstelle ihr den Weg.

»Ich habe heute Ihren Nachbarn getroffen«, sage ich.

»Meinen Nachbarn?«

»Der feine Herr, der die Blumen für den Tisch vor Ihrer Apartmenttür kauft, direkt gegenüber von Ihnen.«

Fannie Mae sagt: »Mr. Newbegin sucht die Blumen aus, Kürbis. Bezahlt werden sie von allen Bewohnern der obersten Etage gemeinsam. Und sie stehen auch nicht auf einem Tisch. Das ist eine Hepplewhite-Konsole. Und jetzt lassen Sie mich bitte durch.«

CRAZY!

Ich sage: »Der arme Mr. Newbegin. Es ging ihm gar nicht gut.«

»Das ist wirklich traurig«, sagt Fannie Mae. »Aber ich bin mir sicher, dass Sie sich dadurch nicht aufhalten ließen, nicht wahr, Kürbis?« Sie ringt sich ein höfliches Lächeln ab. Hübsche Zähne. Sie hat *ihre* am Wochenende nicht ausgetauscht.

Sie versucht erneut, zum Ausgang zu gelangen, aber ich verstelle ihr wiederum den Weg.

»Lassen Sie mich durch, Kürbis.«

»Sie können nicht gehen, bevor Sie nicht die Sieger des Kostümwettbewerbs bestimmt haben.«

»Der findet erst später statt«, sagt sie, »wenn wir Glück haben. Bei diesem Chaos weiß man ja nie, was noch passieren wird. Und jetzt lassen Sie mich durch!«

»Aber dann verpassen Sie den Showdown.«

»Welchen Showdown?«, fragt sie.

»Der beweist, dass Bistany die Mörderin ist.«

Fannie Mae sagt: »Niemand kann irgendjemandem auch nur irgendetwas nachweisen, Kürbis. Ich frage mich in der Tat, *wen* Sie jetzt verfolgen wollen, nachdem über Bistany alles bekannt ist?«

»Es ist längst noch nicht alles bekannt.«

»Nicht?«

»Sie haben sich ziemlich aufgeregt, als Colt und Kitty sich den Preis für das Zusammengehörigste Paar verleihen wollten.«

Sie sagt: »Sie hatten keinen Erfolg damit.«

»Aber wenn sie ihn gehabt hätten?«

»Ich hätte es nicht zugelassen.«

»Sie haben das letzte Wort.«

»Das erste und das letzte Wort«, sagt sie.

»Die Kohle.«

»Wenn Sie sich so platt ausdrücken wollen, Kürbis, ja.«

»Ist das mit dem Tanzwettbewerb genauso gelaufen? Stand von vornherein fest, dass Palladin und Chester gewinnen würden?«

Sie sagt: »Dieser Preis war als Belohnung gedacht, zur Förderung seines Talents.«

»Palladins.«

»Ja.«

»Und dennoch haben Sie der Polizei erzählt, dass Sie ihn kaum kennen.«

»Man kann einen Menschen auch aus der Ferne bewundern, Kürbis.«

»Vielleicht sehnten Sie etwas mehr Nähe herbei?«

»Ach, Kürbis«, sagt sie, »Sie werden schon wieder langweilig.«

»Wenn Sie wirklich so starke Gefühle für Palladin hegten, dann muss es Ihnen schwer gefallen sein, diese nicht ausdrücken zu können.«

»Aber ich habe sie ausgedrückt«, sagt sie, »indem ich ihm diesen Preis verleihen wollte.«

»Haben Sie Palladin auch in anderer Weise unterstützt?«

»Inwiefern?«

»Durch Geschenke«, sage ich. »Diese Kragenspitzen. Palladin hat mir erzählt, dass sie ein Geschenk waren, aber er wollte den edlen Spender nicht nennen. Kannte er ihn wirklich nicht? Oder war er nur diskret?«

Fannie Maes Augen verengen sich, und sie steht unbeweglich da.

Ich frage: »Und was war mit Chester?«

Sie zuckt zusammen. »Für Palladins Erfolg konnte ich alle Notwendigkeiten tolerieren.«

»Tolerieren?«

»Diese Vernarrtheit wäre vorübergegangen.«

»Palladins? Oder Chesters?«

»Beider«, sagt sie.

»Und wenn das nicht der Fall gewesen wäre?«

»Das werden wir jetzt wohl nie mehr erfahren, nicht wahr?«, erwidert sie. »Es ist so traurig.«

Ich sage: »Es muss schmerzlich für Sie gewesen sein, den beiden beim Tanzen zuzusehen, wie Palladin Chester im Arm hielt und nicht Sie. Hat Palladin gestern im Cubbyhole auf Sie gewartet?«

»Wo?«, fragt sie.

»Das würde erklären, woher Sie über Bistany und Chester in Los Angeles Bescheid wussten – wenn Palladin es Ihnen erzählt hätte.«

Fannie Mae sagt: »Es reicht, Kürbis! Als Nächstes werden Sie noch behaupten, Chester hätte es mir erzählt.«

»Hat er?«

»Warum hacken Sie auf so einem Detail herum?«, fragt sie. »Was macht das jetzt noch für einen Unterschied? Jeder weiß darüber Bescheid.«

»Aber es war gestern Nachmittag, als ich mit Palladin sprach, noch längst nicht jedem bekannt.«

»Dafür gibt es doch gar keine Beweise«, sagt Fannie Mae. »Jeder könnte es gewusst haben. Ich glaube, bei all diesem sturen Beharren auf ein oder zwei winzigen Details geht es in Wirklichkeit nur um Sie, Kürbis. Sie, Sie, Sie. Sie versuchen verzweifelt, die Dinge so zu interpretieren, dass sie in Ihr Bild passen. Vielleicht wollen Sie ja auch diesem Lieutenant etwas beweisen. He? Habe ich einen Nerv getroffen? Sind Sie vielleicht des Lieutenants kleines Maskottchen? Schmeißt er Ihnen kleine Bröckchen hin, und Sie ackern wie ein braves Hündchen, um da ranzukommen? Sehen Sie, auch ich kann provokant sein, Kürbis. Und Ihnen auf die Nerven gehen. Aber wozu das alles? Warum wollen Sie mir auf die Nerven gehen? Als Nächstes werden Sie mich des Mordes an Palladin beschuldigen – und an Chester womöglich auch. Sie werden sich ausdenken, wie ich die Kragenspitzen an seiner Leiche angebracht habe und die Bürgerkriegsgürtelschnalle an Palladins. Aber das können Sie nicht tun, nicht wahr, Kürbis, weil es nicht so gewesen ist. Es ist mir egal, wie sehr Sie die Tatsachen verdrehen. Die Wahrheit ist, dass Sie sich total verheddert haben und nicht mehr wissen, wo es langgeht.«

Ich sage: »Woher wussten Sie, dass es eine Bürgerkriegsgürtelschnalle war?«

»Hä?«

»Die Gürtelschnalle an Palladins Leiche. Woher wussten Sie, dass es ein Relikt aus dem Bürgerkrieg war?«

Fannie Mae zuckt die Achseln. »Sie sah entsprechend alt aus.«

»Aber es wurde nirgendwo gesagt, dass es sich um eine Bürgerkriegsgürtelschnalle handelt.«

»Sie fangen schon wieder an«, sagt sie, »aus eine Mücke einen Elefanten zu machen. Ein bloßer Versprecher, und Sie wollen mich schon aufknüpfen.«

»Ein verräterischer Versprecher«, sage ich. »Und ein weiterer Riss, durch den ich hinter Ihren rosa Vorhang sehen kann – Ihre rosa Tarnkleidung.«

»Seien Sie vorsichtig, Kürbis. Sie glauben, Sie stehen am Rande einer bedeutenden Enthüllung, nicht wahr? Was ist, wenn das zutrifft? Was ist, wenn das, was Sie annehmen, wahr ist? Was haben Sie davon, oder diese Jungen? Sie sind dahingegangen.«

»Aber Sie sind noch hier, Sie *beide*.«

»Sie können überhaupt nichts beweisen«, sagt sie.

»Die Zähne, die Kostüme, das Glucksen – alles an Ihnen ist Schauspielerei.«

»Das bedeutet noch nicht, dass es nicht wahr ist. Wenn Sie glauben, dass ich eine so gute Schauspielerin bin, Kürbis, dann sehen Sie sich mal das hier an.«

Fannie Mae beugt sich leicht von mir abgewendet vor und holt etwas aus ihren gebauschten rosa Röcken hervor. Ehe ich es mitbekomme, wirbelt sie um mich herum und nimmt mich in den Schwitzkasten. Als ich nach Luft schnappe, lässt sie ein großes Messer vor meinen Augen aufblitzen.

»Stand *davon* etwas in den Polizeiberichten?«, fragt sie. »Wie? Sind Sie sprachlos, Kürbis? Haben Sie Ihre Stimme verloren? Erkennen Sie es nicht wieder? Sie sind doch sonst so schnell mit zufälligen Entdeckungen und Wiedererkennungen zur Hand.«

Das ist eindeutig ein Mann, der mich da würgt.

Die uns umgebenden Leute weichen zurück. Sie beobachten uns gespannt, und das ist auch alles, was sie tun: beobachten.

»Dies«, sagt Fannie Mae, »ist ein authentisches Bajonett-Messer aus dem Bürgerkrieg. Die Vade-Mecum-Gesellschaft könnte bemerken, dass es in der Sammlung fehlt, allerdings kenne ich den Kurator dieser Sammlung persönlich.« Sie gluckst. »Sie mögen dieses Geräusch nicht, stimmt's, Kürbis? Ist es Ihnen zu theatralisch? Aber den Kurator kenne ich. Ich kenne ihn viel persönlicher, als ich Palladin je kannte. Und was werden Sie dagegen unternehmen?«

Die Ruhe in einer Krise bewahren. Das ist der einzige männliche Zug an mir, mit dem ich prahlen kann. Ich schnappe nach Luft, aber ich gerate nicht in Panik. Stattdessen fällt mir der Text von »Miss Otis Regrets« ein. Miss Otis zog eine Pistole unter ihrem samtenen Morgenrock hervor und erschoss ihren Liebhaber. Madame. Allerdings hält mir diese Miss Otis hier ein antikes Messer an die Kehle, und sie riecht nach blumiger Gesichtscreme. Oder wie die Luft in einer Aufbahrungshalle.

Fannie Mae sagt: »Sie sind wie ein aufdringlicher und ungezogener kleiner Hund – kläffen, kläffen, immer nur kläffen. Sie wissen nicht, was Sie tun, und es ist Ihnen egal. Sie verbeißen sich mit Ihren scharfen, kleinen Zähnen und warten, bis der Tod eintritt. Jeder, der nur ein bisschen Verstand hat, würde längst losgelassen haben, aber Sie nicht – Sie und Ihre völlige Ignoranz dessen, was manch einer von uns tun muss, um in dieser armseligen Welt bestehen zu können. Ich versuche, mein Leben in einem lieblichen Traum zu verbringen, aber ihr hündischen Wesen hetzt ständig hinter mir her, um mich daran zu erinnern, dass wir auf der Erde leben, mit den Füßen im Dreck, und dass es keine Träume gibt, nur Jäger und Gejagte.«

Immer mehr Leute scharen sich um uns. Sie wissen, dass etwas nicht in Ordnung ist, dass etwas ganz Schreckliches passieren kann und dass sie Zeugen davon werden, hautnah. Echt, wie im Fernsehen.

Fannie Mae bemerkt sie. »Was guckt ihr so?«

Bistanys Stimme kommt aus den Lautsprechern. »Fannie Mae, belästigt er dich?«

»Nicht mehr!«

Ich verwandele mich zunehmend in ein anaerobes Wesen, aber ich kann noch gucken. Colt und Kitty knuddeln in einer nahe gelegenen Nische. Der unerschrockene neue DJ legt »Back in My Baby's Arms« auf.

Heather steht ebenfalls in der Nähe und schaut mit den anderen zu, was als Nächstes passiert. Sie sieht Fannie Mae bewundernd an, als ob ich derjenige wäre, der hier für Unruhe sorgt, und Fannie Mae, Heathers wahre große Liebe, nicht mal einer Fliege ein Haar krümmen könnte.

Tja, aber ich bin nun mal ein kläffender kleiner Köter und leider keine Fliege. Und ich werde gleich ersticken. Und warum hilft mir keiner? Ist dies meine gerechte Strafe, weil ich Bistany Evans beschuldigt habe?

Bistanys Stimme kommt aus den Lautsprechern. »Fannie Mae, gibt es da drüben ein Problem? Ich kann von hier oben nichts sehen. Soll dir jemand helfen? Soll ich die Polizei rufen oder so? Du brauchst nur Bescheid zu sagen, dann mache ich es. Fannie Mae? Kann mir einer von eusch sagen, was da los ist? Warum steht ihr alle da rum? Was geht da *ab*?«

Plötzlich brummt die Lautsprecheranlage kräftig, dann knattert sie, quiekt und quäkt, schrillt mit einer Rückkopplung und geht schließlich mit einem lauten POPP! ganz aus. Sowohl Bistanys Stimme als auch die Musik sind verstummt.

Immerhin werde ich nicht mit Bistanys Gekreisch im Ohr sterben.

In diesem Moment geht ein Raunen durch die gaffende Menge. Eine Bewegung zieht sich hindurch, ähnlich dem Brodeln und Blubbern des Meeres beim Gezeitenwechsel. Kurz darauf machen die Leute den Weg frei für drei Mitglieder der Loco Moto Mavericks, die ihre glitzernden Rollstühle direkt bis zu Fannie Mae und mir gleiten lassen.

Der Anführer sagt: »Vielleicht sollten Sie ihn jetzt gehen lassen, Lady.«

Fannie Mae sagt: »Sie meinen, er soll leben und ich soll sterben?«

»Niemand muss sterben.«

»Ach, aber wir müssen alle sterben«, sagt sie. »Darauf läuft das Leben doch hinaus – der Kampf durch die Zeit bis zur Niederlage am Schluss. Warum nicht selbst ein bisschen mitentscheiden?«

Das Messer dringt ein Stückchen ein. Nicht schlecht für so eine alte Klinge.

Die Loco Motos wollen eingreifen, aber Fannie Mae hält sie zurück.

»*Sie* werden ihn auf dem Gewissen haben«, sagt sie.

»Okay, okay«, sagt der Anführer. Sie ziehen sich zurück.

Meine einzige Hoffnung ist somit zerplatzt.

Das Publikum gafft immer noch. Was soll es auch sonst tun? Beten? *Herr, wir danken dir, dass nicht wir es sind, die sich in den Klauen dieser blutrünstigen Bestie von einem Transvestiten befinden, und wir fürderhin gedeihen kraft der uns eigenen Gönnerhaftigkeit.*

Von der Game-Show über den Circus Maximus in die Kirche.

Die Ruhe in einer Krise bewahren.
Und ganz und gar nicht nett.
So bin ich. *Ich*.
Und wer tritt da ohne ankündigende Fanfare auf?
Branco.
Branco und die Kavallerie, beziehungsweise eine Horde anderer Bullen.
Im gleichen Moment erheben sich die drei Loco Moto Mavericks aus ihren Rollstühlen – verdeckte Ermittler – und drängen die Menge zurück, um Platz für Branco und seine Leute zu machen.
Da passiert das Unbegreifliche: Fannie Mae lässt mich los. Einfach so. Es fühlt sich an, als ob sie hinter mir geschmolzen wäre. Ich kann plötzlich wieder atmen. Ich stürze beinahe zu Boden, kann mich aber noch auf den Beinen halten und mich auf Brancos Seite hinüberretten.
Die Bullen bewegen sich auf Fannie Mae zu, aber sie gebietet ihnen mit ihrer rosa behandschuhten Hand Einhalt.
»Einen Augenblick, bitte«, sagt sie. Sie sieht Branco an. »Sie waren sehr rücksichtsvoll zu mir, Lieutenant, ungeachtet dessen, was ich bin. Dürfte ich mich bitte an das Publikum wenden? Ich glaube, ich bin es den Leuten schuldig.«
Branco erwidert nichts. Er nickt nicht. Er macht überhaupt nichts. Vielleicht kann er einfach nicht glauben, dass so etwas tatsächlich in Boston passiert. Außerdem schwenkt Fannie Mae noch immer das Messer, und es könnte jemand verletzt werden.
Weitere Sekunden verstreichen. Nichts passiert. Niemand bewegt sich. Dann langt Fannie Mae hoch und zieht sich die Perücke vom Kopf.
Darunter kommt F. Lloyd Newbegin zum Vorschein, aber das wusstet ihr natürlich schon.
Schlagartig wird mir klar – Eureka! –, dass er sich mit all den Blumen umgibt, um den eindringlichen und lang anhaltenden Geruch von Fannie Maes Make-up und Gesichtcremes

zu verschleiern. Manche Männer verstecken ihre Wahrheit hinter einer Ehefrau; F. Lloyd Newbegin versteckt seine hinter Blumen.

Er spricht nunmehr mit Stentorstimme, wie ein berühmter Erzähler in den Zeiten des Bürgerkriegs. »Es waren die Kragenspitzen«, spricht er zu der großen Versammlung. Die Worte hallen im weiten Raum des Saals wider. »Wenn ich es gewusst hätte«, sagt er, »dann hätte ich sie niemals für ihn, Palladin, gekauft.« Newbegin schüttelt bedauernd den Kopf. »Ich habe auch das Gunsmoke für ihn geschaffen. Er brauchte einen Ort, an dem er seinen Tanz entwickeln konnte, und ich brauchte eine Investitionsmöglichkeit. Auch Heather wollte ihren geheimen Traum verwirklichen, und so hat es uns allen etwas gebracht.« Zu Heather sagt er: »Aber es war *unser* Geheimnis.«

Unter Tränen nickt Heather ihm liebevoll zu.

»Danach«, sagt Newbegin, »tauchte Bistany mit dieser Tagung auf, und ich spürte, dass Palladin endlich den Ruhm erlangen würde, den er verdiente, und er mir danken würde. Wer konnte auch ahnen, dass Bistany – ja, du, Bistany – die nachfolgenden Ereignisse auslösen würde.«

Bistany brüllt von der Bühne, aber ohne Mikrofon ist sie kaum zu hören. Es klingt wie: »Du Hurensohn!«

F. Lloyd Newbegin fährt fort. »Bistany mit ihrer *Integrativlichkeits*-Kampagne.« Er lacht in sich hinein. »So ein Blödsinn. Aber weil sie dem Schicksal eins auswischen wollte, wurde mein Palladin mit Chester verkuppelt. Und wer war Chester? Ein humpelnder Junge. Mein Palladin war ein Gott. Ein Gott, dem ich die angemessenen Opfer gebracht hatte, den ich verehrt hatte, für den ich alles getan hatte. Und weil ich all das getan hatte, sah der Gott mich für einen Augenblick wohlgefällig an. Aber Chester bedeutete ihm viel mehr als alles, was ich ihm hätte geben oder für ihn hätte tun können.«

Die Bullen wagen sich ein paar Schritte vor, aber F. Lloyd

hält das Bajonettmesser hoch, und die Beamten bleiben stehen.

»Ich bedaure, dass ich Chester getötet habe«, sagt er. »Ich hatte es nicht vorgehabt. Ich habe ihn immer beobachtet, wenn er in meiner Nähe war. Als er Freitagnacht das Gunsmoke verließ, folgte ich ihm hinauf in Kittys Laden. Ich wollte mit ihm sprechen, ihm Geld anbieten, damit er Palladin verlässt, irgendwas! Aber er wollte nicht nachgeben. Er nannte mich traurig, alt und hoffnungslos. Dann gab er Intimitäten wieder, die ich mit Palladin geteilt hatte. Er lachte. Er und Palladin hatten zusammen über mich gelacht. Und wo blieb ich? Ich würde mit der Partylöwin zurückgelassen, die ich selbst geschaffen hatte, um an meinen Träumen festhalten zu können.«

Er schüttelt den Kopf.

»Traurig, sehr traurig«, sagt er. »Die Schere lag da, und ich benutzte sie. Durch Chesters Tod würde Palladin am eigenen Leib spüren, wie sich Verlust anfühlt, diese völlige Leere, weil man weiß, dass man, egal, wie hart man auch arbeitet, hofft und betet, nie das bekommt, wonach man sich sehnt. Aber eine solche Niederlage gab es für Palladin nicht. Er rief mich mitten in der Nacht an, nachdem er Chesters Leiche gefunden hatte. Er wollte, dass *ich* ihm helfe, Chesters Mörder zu finden! Selbst tot beherrschte dieser Junge noch meinen Palladin. Es ist wahr, ich habe seinen Tod geplant. Ich machte ihn mit Baldrian bewusstlos – der ließ sich unauffällig in diesen fruchtigen Drinks verabreichen, die Palladin so gerne trank –, dann habe ich ihn erdrosselt. So sehr Palladin mich auch verletzt hatte, wollte ich dennoch nicht, dass er leidet. Er hat einmal getreten – eine Zuckung, ich glaube nicht, dass es aus Schmerz geschah – und mir dabei das Gebiss zerbrochen, welches ich als normaler Mann trug.«

F. Lloyd lächelt in meine Richtung.

»Als Sie gestern zu mir kamen, trug ich mein schickes Gebiss. Schlau von Ihnen, dass Sie es bemerkt haben. Palladin hingegen hat nicht einmal vermutet, dass ich, F. Lloyd Newbegin, Fannie Mae Knox war. Er hat sich nicht die Mühe gemacht, die grundlegendsten Wahrheiten über mich – oder sonst jemanden – zu bemerken, dass wir nämlich viel komplexer sind als die sichtbare Person, die wir der Welt präsentieren.«

F. Lloyd behält mich im Auge.

»Ich wusste von Anfang an, dass ich, wenn überhaupt, dann nur von jemandem wie Ihnen gestellt werden würde. Selbst mein Versprecher – *die Bürgerkriegsgürtelschnalle.*« Er lacht wieder leise. »Es war kein Versprecher. Es war an der Zeit, dass ich gefasst wurde. Ich wollte von Ihnen überführt werden, weil Sie so moralisch und edel und selbstsicher sind. Sie denken, dass Sie *wissen*, woran Sie glauben, aber was wissen Sie wirklich? Nicht einmal ich weiß, wer *ich* bin. Wie hätte ich sonst zwei junge, verliebte Männer töten können?«

Branco sagt: »Das reicht jetzt. Lassen Sie das Messer fallen.«

F. Lloyd Newbegin hält einen Finger hoch. »Mein Schlusswort. Eine Warnung an all euch jungen Böcke, die ihr in Männern wie mir nur die verzweifelten, kugelbäuchigen Goldesel seht. Liebe ist gefährlich. Unterdrückt das Verlangen. Gebt nicht nach. Denn vor euch seht ihr die traurige Konsequenz des Kniefalls vor der Liebe. Liebe tötet.«

F. Lloyd wendet sich an Branco. »Sie können mich nun verhaften.«

Branco sagt: »Lassen Sie das Messer fallen.«

Jemand aus dem Publikum ruft: »Pathetische alte Tunte!«

F. Lloyd wirbelt zu der Stimme herum. »Wollt ihr meinen Kopf? Ihr alle habt Bistany vergeben, als sie gebeichtet hat. Und ihr habt auch alle kurz Colt und Kitty applaudiert. Warum nicht mir? Weil ich alt bin? Weil ich einen Mann getötet habe? Zwei Männer? Wenn ich jung und schön wäre, würdet ihr mir dann vergeben? Wenn ich ein knallharter junger Schurke wäre, fändet ihr meine Taten *aufregend*?«

Der Zwischenrufer sagt: »Schafft ihn raus! Lasst uns tanzen!«

Branco gibt einem seiner Leute ein Zeichen, den Kläffer zum Schweigen zu bringen.

F. Lloyd sagt: »Wie hättet ihr es denn gerne? Soll ich mir selbst diesen Dolch an die Kehle setzen, so?« Er hält sich das Messer an den Hals und verharrt in dieser dramatischen Pose. »Und soll ich dann zustechen, so?«

Die Bullen versuchen, ihn aufzuhalten, aber sie sind zu langsam. Blut spritzt überall herum. Er wusste genau, wo er die große Klinge ansetzen musste, bevor er zustach.

Heather flieht aus der Menge und wirft sich auf F. Lloyds Leiche. »Ach, Floyd, Floyd! Warum hast du nicht gewartet? Keiner hätte es herausgefunden. Ich sagte dir doch, ich verzeihe dir. Ich verzeihe dir alles, was du jemals getan hast.« Sie sieht anklagend zu mir herauf. Die Vorderseite ihres Gingan-Kleides ist blutgetränkt. »Das hier ist deine Schuld!«

Alles ist meine Schuld, Schätzchen.

Auf der Bühne hat es Bistany Evans die Sprache verschlagen, endlich.

Kitty und Colt halten sich zitternd umarmt.

Nachdem nun die Leiche von F. Lloyd Newbegin, alias Fannie Mae Knox, zum Leichenschauhaus gebracht wird, frage ich Branco: »Wieso bist du hierher gekommen?«

Er erklärt: »Ich hatte schon ein Team verdeckter Ermittler hier reingeschleust, um Bistany Evans zu überwachen. Aber nachdem du mir von Fannie Mae Knox' Nachbar erzählt hast, habe ich meine Leute angefunkt, damit sie ihn befragen. Das Erstaunliche war – er war ausgegangen.«

»Obwohl es ihm so furchtbar schlecht ging.«

»In der Zwischenzeit«, sagt Branco, »hatten wir Fannie Mae vom Revier bis zurück ins Park Plaza Hotel beschattet, wo sie auf ihrem Zimmer blieb. Das dachten wir zumindest.«

»Verrat's nicht«, sage ich. »Nebeneinander liegende Zimmer.«

Branco nickt. »Sie geht zur einen Tür herein, eine halbe Stunde später kommt Newbegin aus der anderen Tür. Die Zeit vergeht. Er kehrt auf sein Zimmer zurück, eine halbe Stunde später kommt sie aus ihrer Tür.«

»Wenn das kein begabter Verkleidungskünstler war.«

Branco sagt: »Und du hast ihn zu Hause erwischt.«

»Als Freiberufler«, betone ich.

Knurr, macht Branco. Dann sagt er: »Die nebeneinander liegenden Wohnungen waren der Schlüssel zu allem. Newbegin benutzte den Balkon, wann immer er Fannie Maes Apartment betreten oder verlassen wollte.«

»Aber Fannie Mae hat den Balkon wahrscheinlich nie benutzt.«

»Eine weise Entscheidung«, sagt Branco, »bei der Aufmachung.«

So geht die erste und wahrscheinlich auch letzte Mucho-Macho-Honcho-Tagung der Geschichte zu Ende. Wie will man ein solches Spektakel selbst jenseits von Boston noch überbieten?

Ich komme nach Hause und rufe Nicole an, aber sie ist nicht da. Ich hinterlasse eine Nachricht: »Die Veranstaltung morgen findet ganz sicher statt, und Vito Branco nebst Frau werden ganz sicher daran teilnehmen.«

Ich rufe Benjy an, und der ist auch nicht zu Hause. Ich erzähle seinem Anrufbeantworter: »Das mit morgen klappt. Ich habe mich für Hamburger und Bier entschieden, Brancos Stil. Wenn wir uns vorher nicht mehr sehen, dann bis um vier.«

Keiner der beiden ruft mich zurück, also bringe ich mich ins Bett und frage mich, ob ich die notwendige psychologische Kraft aufbringe, auch weiterhin Brancos Kleiner Kumpel zu sein. Freitagmorgen habe ich noch gescheut, als ich die verlorenen Kinkerlitzchen suchen sollte. Aber wäre es denn angenehmer, Tag und Nacht damit zu verbringen, Leute aufzuspüren, die aus ihnen plausibel erscheinenden Gründen gemordet haben?

21

Am nächsten Morgen, am Montag, dem eigentlichen Feiertag, regnet es in Strömen, mit Donner, Blitz und allem Drum und Dran. Aber Neuengland darf sich glücklich schätzen: Es schneit nicht.

Ich gehe nicht raus, um Lebensmittel einzukaufen. Wozu der Aufwand, wenn die Grillparty ohnehin ins Wasser fällt? Ich flitze nur mal eben um die Ecke zum Schnapsladen. Ich habe beschlossen, alle zum Essen auszuführen, und reserviere einen Tisch in Bobby's Beef 'n' Brew, einem Steakhouse auf der Shawmut Avenue, nur einen Straßenzug entfernt. Nichts Schickes, einfach nur gutes Essen und eine gut bestückte Bar. Das wird eine lustige Überraschung für meine Freunde. Wir trinken die Cocktails bei mir und zockeln dann zum Restaurant.

Der Regen und der Wind da draußen sind ein richtig hartes Training für meine neue Heizungs- und Lüftungsanlage. Und *mein* Training? Ich koche mir einen Pott Kaffee und igele mich mit ein paar Videos ein. Ich versuche auch noch einmal, Nicole und Benjy zu erreichen, aber es gehen nur die Anrufbeantworter dran. Vielleicht sind die beiden zusammen unterwegs, um Benjys Aussteuer einzukaufen.

Nicole trifft um vier ein, allein, unter einem Regenschirm von den Ausmaßen Rhode Islands. Sie hat sich in Schale geworfen und trägt die weiter gemachte Version eines ihrer edlen Pariser Originale: ein weißes Partykleid mit schwarzen Tupfen.

»Bist du auf dem Weg zu einer sommerlichen Veranstaltung, Schatz?«

»Nur zu einer Feiertags-Grillparty«, sagt sie.

»Wo ist Benjy?«

»Er kommt später.«

»Wann später?«

»Spielt das eine Rolle?«

»Ja, Schatz. Ich habe meine Pläne geändert. Ich habe eine kleine Überraschung für euch alle.«

»Tatsächlich, Darling? Erzähl mir davon, während du mir einen Drink holst.«

»Wenn ich es dir erzähle, ist es ja keine Überraschung mehr.«

»Dann hol mir nur den Drink«, sagt sie. »Ich hätte gern einen von deinen nervenbetäubenden Cosmopolitans.«

»Kein Bier?«

Nicole schaudert und zündet sich eine Zigarette an. Binnen Sekunden springt mein brandneues Luftfiltersystem an, um die Frische einer Wiese – aber ohne Blumen! – im Morgentau zu erhalten.

Ich mixe Nicole den Drink und auch für mich gleich einen mit.

»Übrigens«, sagt sie, »hast du dich auch schick gemacht, wie ich sehe. Gehört das zur Überraschung?«

Bevor ich antworten kann, klingelt es an der Tür. Es ist Branco mit seiner jungen Frau Costanza. Sie sind vom Regen ein bisschen nass geworden. Branco ist so lässig gekleidet, dass mir das Wasser im Mund zusammenläuft: eine graue Hose und ein burgunderroter Pullover mit rundem Ausschnitt, der die olive Hautfarbe und die stahlgrauen Augen betont. Costanza hat ein rosa Piqué-Strickkleid an. Rosa? Wie kann sie nur ungestraft Rosa tragen? Macht Branco die Farbe nicht zu schaffen? Erinnert sie ihn nicht an eine gewisse, in rosa Chiffon gehüllte Selbstaufopferung, deren Zeuge er letzte Nacht geworden ist? Selbst mich überkommt ein Moment der Trauer um Fannie Mae und ihr Alter Ego.

Aber um es mit Bistany Evans Worten auszudrücken: Das Leben geht weiter.

Branco überreicht mir eine gekühlte Flasche Pinot Grigio und holt mich so ins Hier und *Jetzt* zurück. Costanza gibt mir eine Schachtel italienischer Kekse. »Selbst gemacht«, sagt sie. »Für später zum Kaffee.« Der Boden der Schachtel ist noch warm.

Costanza bittet um ein Glas Wein. »Das ist gut für das Baby.«

Brava, Mädchen!

Während ich die Weinflasche öffne, holt Branco sich eine Flasche Bostoner Bier aus dem Kühlschrank. Dann bittet er um ein Glas.

Ein Glas?

Diese Grillparty entwickelt sich völlig anders als erwartet, angefangen beim Wetter über die Kleidung hin zu den Getränken.

Mit ihren Drinks bewaffnet drehen Nicole und Costanza eine Runde durch meinen Rohbau und reden wahrscheinlich von Frau zu Frau.

Ich frage Branco: »Können wir über den Fall sprechen?«

»Kommt drauf an«, sagt er.

»Ich weiß immer noch nicht, welch dunkles Geheimnis Bistany gehütet hat.«

Er erzählt mir: »Abgesehen davon, dass sie eine Talentvermittlerin war, hatte sie auch noch einen Begleitservice, den sie unter dem Namen Vera betrieb.«

»Vera«, sage ich. »Palladin hat den Namen erwähnt, aber es war eine Freundin von Bistany.«

»Nein«, sagt Branco. »Vera *war* Bistany. Als sie gestern Nachmittag erst mal zu reden anfing, war sie nicht mehr aufzuhalten.«

»Auf der Suche nach der Katharsis.«

Branco knurrt – selbst hier, außer Dienst.

»Das war es also?«, frage ich. »Bistanys großes Geheimnis ist, dass sie eine Hure war?«

»Keine Hure, Stan. Es war ein Begleitservice.«

»Diese Spitzfindigkeiten entziehen sich mir. Was ist mit dem verschwundenen Geld?«

»Einer von Veras neuen Kunden kam mit einem prall gefüllten Geldbeutel zu seinem ersten Rendezvous. Als Vera das Geld sah, erblickte sie zugleich auch eine leuchtendere Zukunft für sich selbst. Und als er schlief, hat sie sich das Geld genommen und ist abgehauen.«

»Du meinst, sie hat es gestohlen.«

»Das ist alles eine Frage der Interpretation der Tatsachen.«

»Noch so eine Spitzfindigkeit«, sage ich.

Branco erklärt: »Ihr Kunde wurde am nächsten Tag tot aufgefunden. Vera nahm an, dass man sie dafür anklagen würde. Dann las sie in der Zeitung, dass der Typ auf der Flucht vor der in Los Angeles ansässigen Mafia war, und sie vermutete, dass sie als Nächstes dran sein würde.«

»Also hat sie die Stadt verlassen.«

»Genau«, sagt Branco. »Aber das wäre gar nicht nötig gewesen. Wie sich herausstellte, hatte die Polizei von Los Angeles den Mafioso gefasst, der den Kunden ermordet hatte.«

»Das wusste sie aber nicht.«

»Bis gestern nicht«, sagt er. »Wir haben das bei unseren Ermittlungen herausgefunden und sie dann auch darüber informiert.«

»Und das Geld?«

»Das wird sie zurückgeben.«

»Sie hat es noch?«

Branco sagt: »Sie hat es investiert.«

»Aber doch nicht etwa in Mucho Macho Honcho?«

»Nein«, sagt er. »Es ist auf einem Konto in Übersee.«

»Und jetzt gibt sie es zurück?«

Er erklärt: »Die Bank, der es unterschlagen wurde, ist sehr froh, den Löwenanteil zurückzubekommen. Und da Bistany es ja nicht der Bank gestohlen hat, werden sie keine Anzeige erstatten.«

»Einfach so?«

»Sie arbeiten einen Deal aus«, sagt er.

»Und sie geht straffrei aus.«

»Sie hat immer noch Angst vor der Mafia.«

»Das sieht ja ganz nach einem weiteren persönlichen und geschäftlichen Versteckspiel aus. Aber was hatte Chester nun mit der ganzen Sache zu tun?«

Branco sagt: »Chester hat für sie gearbeitet.«

»Aber sie war seine Agentin.«

»Genau, und sie hat ihm Arbeit verschafft.« Branco grinst mit hochgezogenen Augenbrauen.

»Du meinst ...«, sage ich und schlucke, »Chester war ein *Begleiter*?«

Branco nickt. »Ein besonderes Stück. Manche Leute haben eine Schwäche für Unvollkommenheit.«

»Wow«, sage ich leise.

Mein Chester, mein Traum von jugenhafter Wonne, war ein Callboy. Und Palladin war ein Stricher. Und zusammen waren sie einen Moment lang glücklich. Das rückt mein nicht existierendes Liebesleben doch wieder ins rechte Licht.

Branco sagt: »Als Bistany dann in Boston eintraf, hatte sie ihre Erscheinung völlig verändert. Sie hatte abgenommen, die Haare gefärbt, ihre Sprechweise geändert, aber Chester wusste dennoch sofort, wer sie war.«

»Und sie hatte Angst, er würde sie verpfeifen.«

»Deshalb hat sie diesen Deal mit ihm vereinbart.«

»Der Deal!«, sage ich. »Wie sah der Deal aus?«

»Der Deal war dieser besondere Tanzpreis«, sagt Branco.

»Das Zusammengehörigste Paar.«

»Genau«, sagt er. »Bistany hat Chester eine landesweite Tournee versprochen, wenn er die Klappe hielte. Er stimmte zu, weil er ohnehin vorhatte, offiziell als Squaredance-Ausrufer zu arbeiten. Dann hat Bistany Fannie Mae die Idee verkauft, welche den Preis wiederum als Chance für ihren eigenen Schützling, Palladin, sah.«

»Fannie Mae hat gesagt, der Preis wäre ihre Idee gewesen.«

»Nein«, sagt Branco. »Wir haben nämlich noch eine weitere Person in Gewahrsam, die schwört, dass alles mit Bistany angefangen hat.«

»Heather Blossom?«

»Genau«, sagt er. »Sie war Newbegins Vertraute.«

»Weiß sie, wie er Palladin getötet hat?«

»Ja«, sagt Branco. »Newbegin wollte Palladin im Cubbyhole treffen, aber nachdem du ihn da verscheucht hattest, ging er zu Newbegins Haus und wartete dort auf ihn. Newbegin tauchte kurz nach seinem Kostümwechsel im Park Plaza zu Hause auf, nahm Palladin mit hinein, machte ihn bewusstlos ...«

Ich sage: »Und das wisst ihr alles von Heather Blossom?«

Branco nickt. »Sie weiß alles über Newbegin, sowohl über ihn selbst als auch über Fannie Mae Knox.«

»Das macht sie vor dem Gesetz zur Mithelferin.«

»Bei zwei Morden«, sagt Branco. »Ich schwöre dir, sie ist ganz versessen drauf, ins Gefängnis zu gehen. Sie war hoffnungslos in ihn verliebt, seit sie ihn im letzten Jahr kennen gelernt hatte.«

Ich sage: »Auf einer Cowboy-Kunstausstellung von Mr. Bryce Timothy in den Räumen der Bostoner Vade-Mecum-Gesellschaft.«

Branco fragt: »Woher wusstest du das?«

»Ich wusste es nicht. Es fügte sich nur gerade alles zu einem Bild zusammen.«

»Das zeichnet einen guten Detektiv aus«, sagt Branco. »Gut, dass du den Schwanz nicht eingezogen hast.«

Während ich versuche, wieder zu Bewusstsein zu gelangen, kommen Nicole und Costanza zurück. Ich weiß, dass sie so ziemlich alles mitgehört haben, worüber wir gesprochen haben, da mein Haus ja keine Wände hat.

Wie zum Beweis sagt Nicole: »Ich kann es immer noch nicht glauben, dass ein Mensch seine wahre Identität so verbergen kann, wie dieser Mann es getan hat.«

Ich erzähle ihr: »F. Lloyd Newbegin hatte ein schlichtes Gesicht, Schatz. Die helle Hautfarbe und die nichts sagenden Gesichtszüge eignen sich bestens für eine völlige Verkleidung, weil das Gesicht keine eigene Persönlichkeit ausstrahlt.«

»So wie deins, meinst du?«, fragt Nicole.

Ich strecke ihr die Zunge raus.

»Aber«, sagt sie, »zu behaupten, dass der eigene Liebhaber einen nie erkannt hat, ist grotesk!«

»Dieses Wort, Schatz, erinnert mich an Sherlock Holmes, der sich ständig verkleidet hat, um Dr. Watson und Mrs. Hudson in die Irre zu führen, die ihn beide sehr gut kannten.«

»Stanley, das sind lediglich Figuren aus einem Buch.«

»Manchmal muss man auch im wahren Leben den Unglauben aufgeben.«

Nicole fragt Branco: »Wie ist es diesem Mann gelungen, die Kragenspitzen und die Gürtelschnalle zu beschaffen, bevor er die beiden Jungen getötet hat?«

Branco sagt: »Beide Gegenstände waren in Wang Chus Schneiderei. Newbegin hat Chester die Kragenspitzen angesteckt und die Gürtelschnalle mitgenommen.«

Ich sage: »Er hat sie bestimmt erkannt, weil ich sie früher am Tag ihm gegenüber erwähnt hatte.« Ich frage Branco: »Was ist mit dem anderen Geldgeber, der Dolly Madison Rugala Widerrufliche Beschränkte Teilhabertreuhandgesellschaft?«

»Die wird bald widerrufen«, sagt Branco. »Wir haben die Frau in Baltimore angerufen, und sie hat ihre Anwälte verständigt. Das Geld wird jetzt direkt an die Vade-Mecum-Gesellschaft gehen und nicht länger von ihrem nun verstorbenen Neffen durch seine fragwürdigen Investitionen geschleust.«

»Dann war also Dolly Newbegins Tante?«

Branco nickt. »Er hat seinen Namen geändert, nachdem er sie dazu überredet hatte, eine Menge Geld in diese Treuhandgesellschaft zu stecken. Er hat auch die ersten beiden

Buchstaben seines Vornamens getrennt. Aus Floyd Rugala wurde F. Lloyd Newbegin. Der neue Name stand für seinen Neuanfang als Unternehmer.«

»Wo hast du das alles her?«, frage ich.

»Von Heather Blossom«, sagt Branco. »Sie hat sich auf dem Revier alles von der Seele geredet. Sie und Newbegin waren Geschäftspartner, wie du dich vielleicht erinnerst.«

»Aber sie wollte mehr.«

Branco sagt: »Es ist immer traurig, wenn jemand hinter einem anderen her ist und keinerlei Hoffnung besteht, dass er jemals bekommt, was er sich wünscht.«

Es entsteht eine bedeutungsschwangere Pause, während wir vier uns ansehen.

Es klingelt an der Tür. Ich öffne. Benjy saust aus dem strömenden Regen herein.

»Platz da!«, ruft er.

Sechs hübsche, männliche Models marschieren in mein Haus, eine ganze Kellnerbrigade vom Catering-Service, die im Nu das Kommando in meiner Küche übernehmen, und dabei schnattern sie gesellig über das Wetter und das Haus und den Feiertag und *Ach!*

Benjy geht zur Tür und ruft hinaus: »Okay, Jungs, ihr seid dran!«

Zwei kräftige Möbelpacker tragen einen großen, runden Esstisch herein und stellen ihn auf. Beim zweiten Gang bringen sie fünf Stühle mit und verteilen sie um den Tisch herum. Binnen weniger Minuten haben zwei Kellner den Tisch in eine stilvolle Tafel verwandelt, mit einem Tischtuch aus weißem Leinen, Porzellangeschirr, Silberbesteck, Kristallgläsern, Kerzen – eben allem, was dazugehört.

Benjy sagt leise zu mir: »Überraschung, Penny.«

Nicole schaut amüsiert zu.

Ich stelle Benjy Branco und Costanza vor.

Benjy reagiert auf sein erstes persönliches Zusammentreffen mit dem Bullen mit einem benommenen »Ach«.

Ich erzähle Branco: »Benjy ist mein Kontaktmann, falls ihr über die Arbeit reden wollt.«

Costanza sagt: »Und er ist so ein hübscher Junge!«

»Nicht wahr?«, sagt Nicole.

Ich erzähle Benjy: »Ich wollte euch alle zum Essen ausführen, aber das hier ist noch besser. Wie hast du das geschafft, so auf den letzten Drücker, an einem verregneten Feiertagswochenende?«

Benjy sagt: »Ich habe meine Quellen.«

»Ich bestehe darauf, dir das zu bezahlen.«

»Nur in Dienstleistungen«, sagt er. Dann nimmt er mich auf die Seite und senkt die Stimme. »Außerdem wollte ich deinen Bullen und seine Frau beeindrucken. Man sieht es ihr aber gar nicht so sehr an, wie ich erwartet hatte, Penny. Deiner Beschreibung nach war sie aufgeblasen wie die Hindenburg.«

»Ich habe mich verschätzt.«

Costanza taucht auf und entführt Benjy. »Lass mich dir einen Wein holen, du hübsches Ding.«

Im Davongehen höre ich Benjy sagen: »Wodka Stinger.«

Nicole kommt zu mir. »Dieser junge Mann hat einen so erlesenen Geschmack. Und er ist so großzügig.«

»Er will mich dazu bringen, um seine Hand anzuhalten.«

»Und?«, fragt Nicole.

»Nikki, kannst du dir vorstellen, dass ich mit einer Telefonkönigin verheiratet sein könnte?«

Branco steht plötzlich hinter mir. »Dann wärst du auch unter der Haube.«

Draußen blitzt es, und dann kracht der Donner. Costanza kreischt. Benjy lacht. Ich sehe Nicole und Branco an. Niemand sagt etwas.

Manche Menschen verbringen das verregnete Feiertagswochenende heulend am Strand. Andere treiben es wild und dreckig mit ihren Feiertagslovern.

Und ich? Ich bin genau da, wo ich sein möchte.